KNAUR

Über die Autorin:
Kerstin Sgonina ist als Journalistin und Schlussredakteurin tätig, u. a. für Condé Nast, Gruner & Jahr, MTV und Burda. Mit ihrer Familie lebt sie in Berlin. *Mojito-Nächte* ist ihr erster Roman.

KERSTIN
SGONINA

Mojito Nächte

ROMAN

KNAUR

Besuchen Sie uns im Internet:
www.knaur.de

FSC
www.fsc.org
MIX
Papier aus verantwortungsvollen Quellen
FSC® C083411

Originalausgabe September 2015
Knaur Taschenbuch

Ein Imprint der Verlagsgruppe
Droemer Knaur GmbH & Co. KG, München

Redaktion: Daniela Röll
Umschlaggestaltung: ZERO Werbeagentur, München
Umschlagabbildung: plainpicture / Frauke Schumann
Satz: Adobe InDesign im Verlag
Druck und Bindung: CPI books GmbH, Leck
ISBN 978-3-426-51638-6

2 4 5 3 1

Für Vanessa und Jessica

Trockenschwimmen

Wo habt ihr's gemacht?«, brüllt Annabelle in meinem Handy. Panisch presse ich meine Hand auf den Lautsprecher. Können die anderen meine beste Freundin ebenso kristallklar hören wie ich? Glücklicherweise rammt der Busfahrer gerade seinen Fuß aufs Gaspedal, bis der Doppeldecker mit lautem Röhren an einem Radfahrer vorbeigezogen ist.

Die Frau, deren Ellbogen in meine Rippen drückt, wirkt nicht, als interessiere sie sich für mein Liebesleben. Stattdessen wird sie staffelgeküsst: Immer wenn sie spricht, und sie spricht viel, presst ihr Freund im Anschluss den Mund auf ihren. Kuss, Satz, Kuss, Satz, wie beim Tennis. Millimeterweise versuche ich von ihr abzurücken, raube aber nur einer Schwangeren das bisschen Platz, das sie für ihren Bauch erkämpft hat. Zurück also zu den Turteltauben. Welche revolutionären Ideen die Blondine wohl in Worte fasst, dass ihr Typ so gar nicht an sich halten kann? Oder erfreut sie ihn mit den Erinnerungen an gestern Nacht? Apropos – Annabelle wartet auf meinen Bericht.

»Im Schrebergarten«, flüstere ich in mein Telefon.

»Was?«

»Schrebergarten.«

»Was?«

»Im Kleingartenverein in Weißensee, hinter dem Zwerg-Nase-Weg«, rufe ich, senke meine Stimme aber sofort, als ich die

Blicke der anderen Insassen auf mir spüre. Meine Wangen werden heiß.

»Sorry!«, tönt Annabelle. »Ich hab gestern im White Trash aufgelegt und bin noch halb taub. Was hast du gesagt?«

»Ich melde mich später wieder«, murmele ich.

»Ah, jetzt! Der Ohrschutz war drin. Ein Wunder, dass ich das Telefon gehört hab. Also: Details, wenn ich bitten darf.«

»Ryan hat die Knöpfe seines Hemds geöffnet«, wispere ich und wische meine Hand an der Hose ab. An irgendjemandes Hose, glaube ich, meine eigene fühlt sich anders an. »Darunter schimmerte im Bronzeton seine muskulö…«

»Ich schlafe gleich ein, und das liegt nicht nur an meinem Jetlag.«

»Du warst in Spanien, Annabelle, nicht in den USA. Innerhalb von Europa bekommt man keinen Jetlag.«

»Beim Sónar-Festival aufzulegen ist mindestens so anstrengend, wie zweimal rund um den Erdball zu fliegen. Also Fakten, bitte, und zwar pronto!«

Seit neuestem befindet sich Annabelle im Steilflug in den DJ-Olymp. Berghain und White Trash sind zu einem zweiten Zuhause geworden, und immer häufiger wird sie auch außerhalb Berlins gebucht. Warum sie trotzdem darauf besteht, weiterhin wochentags in einer Videothek zu arbeiten, ist mir schleierhaft.

»Also, Position?«

»Im Stehen.«

»Das hattet ihr aber oft. Probiert doch mal was anderes.«

Der Fahrer tritt auf die Bremse. Eine Traube Menschen wird gegen mich gepresst und kippt in die andere Richtung, sobald der Bus wieder Fahrt aufnimmt. Einem Typen allerdings ist die erzwungene Löffelchenstellung wohl angenehm. Sein Atem kitzelt an meiner Wange. Er riecht wie der meines früheren Cockerspaniels Arnold.

Mühsam wende ich den Kopf. Diesen Geruch halte ich keine zwei Sekunden aus, da hilft es nicht einmal, den Leinenbeutel mit den Gewürzen aus meiner Tasche zu kramen und an meine Nase zu pressen. Doch was tun? Der alten Dame zur Linken kann ich mich unmöglich auf den Schoß plumpsen lassen. Was, wenn sie fragile Knochen hat? Meine einzige Option ist das Kusspärchen. Mit hoheitsvollem Lächeln schiebe ich mich zwischen sie und ignoriere die wütenden Blicke. Wenn sie weiterhin Zärtlichkeiten austauschen wollen, müssen sie mich miteinbeziehen. Probeweise schnuppere ich und sauge meine Lungen voll. Schweiß und billiges Deo – wunderbar!

»Hat's lange gedauert?«, fragt Annabelle.

»Es geht.«

»Was heißt, es geht?«

»Halbe Stunde vielleicht.«

»Inklusive Vorspiel?«

»Mhm.« Ich sehe Ryans glatt rasierten Oberkörper vor mir, auf dem sich die Muskeln wie aufgemalt abzeichnen. Seine Arme, die sich um mich legten, sein …

»Was hat er gemacht?«, reißt mich Annabelles Stimme in die Gegenwart zurück.

»Wann?«

»Beim Vorspiel.«

Der Typ, den ich vom Küssen abhalte, mustert mich mit plötzlichem Interesse.

»Ähm, können wir später darüber …«

»Es gab kein Vorspiel, gib's zu!«

»Doch.«

»Glaub ich nicht.«

»Gab es aber.«

»Neihein.«

»Okay.« Ich senke die Stimme. »Er hat mich gestreichelt, ich hab ihn gestreichelt …«

»Bähp!«, ruft sie. »Anhalten! Das ist das Langweiligste, was ich in meinem ganzen Leben gehört habe. Wirklich, Emmi, ich wundere mich, dass Ryan noch mit dir zusammen ist.«

»Hey!«

»Tut mir leid, das sagen zu müssen. Oder war da sonst noch was?«

»Mit der Zunge«, sage ich so leise, dass ich mich selbst kaum hören kann.

»Was?«

»Zunge.«

»*Was?*«

»*Zunge!*« Mist, jetzt gucken alle. Mit hochrotem Kopf starre ich nach unten und murmele: »Ich schreib's dir per Mail. Vielleicht erzählst du mir lieber von deinem … Erlebnis.«

Annabelle seufzt. »Brad hat mich verlassen.«

»Was?« Im ersten Moment bin ich schockiert. Dann fällt mir ein, dass der Sänger der Barr Brothers nicht wirklich mit Annabelle zusammen ist. Oder war. Genauso wenig wie Ryan Gosling mit mir.

»Was ist passiert?«, frage ich trotzdem voller Mitgefühl.

»Er ist dauernd mit der Band unterwegs, und echt, ich glaub, ihm sind die Berliner zu cool.«

»Er war ja auch ziemlich alt«, versuche ich zu trösten.

»Allerdings! Der Nächste ist zwanzig, Maximum. Vielleicht kennt Ryan wen. Oder er hat einen jüngeren Bruder.«

Hat er? Keine Ahnung. In meiner Fantasie reden wir meist über mich. Eigentlich nur, wenn ich ehrlich bin.

Während Frauen in anderen europäischen Großstädten mit größerer Wahrscheinlichkeit Opfer eines Terroranschlags werden, als den Mann fürs Leben zu finden, landen Berlinerinnen eher mit Genickbruch in einem ungesicherten Baustellenloch als mit einem halbwegs annehmbaren Kerl in der Kiste. Hier ist eben alles etwas ärmlicher.

Nach einer besonders trostlosen Nacht vor zwei Jahren war Annabelle es leid, selbst bei Volltrotteln abzublitzen. Ein vierzigjähriger Möchtegernrockstar hatte sie in seine Wohnung gelockt, um ihr ein seltenes New-Order-Bootleg zu zeigen. Ein billiger Vorwand, wie sie voll Vorfreude glaubte. Nachdem er aber zärtlich seine Wange an dem Albumcover gerieben hatte, war er neben ihr auf dem Fußboden eingeschlafen. Ihr wurde klar: Sie brauchte eine Sexfrischekur, um wieder attraktiv für das andere Geschlecht zu sein. Doch da biss sich die Katze in den Schwanz. Kein Sex, ohne sexy auszusehen. Kein sexy Aussehen, ohne Sex gehabt zu haben. In einer Buchhandlung kam ihr die zündende Idee. Sie hatte mich nur widerwillig begleitet, stampfte schlecht gelaunt hinter mir her und betonte immer wieder, wie viel cooler ein Plattenladen von innen aussähe. Um meine Ruhe zu haben, griff ich in ein Regal und zog das bunteste Buch heraus, das ich finden konnte. Es hatte eine halb geschälte, rosafarbene Banane auf dem Cover.

»Masturbieren! Super!«

Die Buchhändlerin, eben noch in unsere Richtung unterwegs, schlug einen Haken und steuerte jemand anderen an. Annabelle studierte den Klappentext, pustete sich eine kurze weißblonde Strähne aus ihrer hohen Stirn, legte Letztere in Falten und zerrte an den Ärmeln ihres T-Shirts, bis mir übel wurde – wenn meine Klamotten so viel kosten würden wie ihre, würde ich sie wahrscheinlich nicht einmal zu tragen wagen. Leise vor sich hin murmelnd, las sie hier und dort ein wenig. Dann sagte sie: »Das sollten wir probieren.«

»Was genau denn bitte?«

»Hier steht, dass es eine Trockenzone gibt. Die soll man sofort verlassen. Und zwar durch Fantasie. Wir müssen imaginieren, den wildesten, dreckigsten Sex zu haben …«

»Wieso wir?«, unterbrach ich sie. »Ich liebe meine Trockenzone. Komm ja nicht auf die Idee, da was zu bewässern.«

»Du machst mit! Ab jetzt haben wir fünf Mal die Woche Sex. Aber vergiss Missionarsstellung und Knutschen, und komm mir bloß nicht mit poetischem Blümchensermon. Ich will Arsch, ich will Titten – is' was?«, wandte sie sich an eine junge Frau mit Kinderwagen, die hastig den Kopf schüttelte und ihrem Baby einen Schnuller in den Mund stopfte, als könne es uns so nicht hören. »Jedenfalls … wir stellen es uns vor und – peng! – haben wir fantastischen Sex auch in Wirklichkeit.«

Mit dieser Idee hat Annabelle den Jackpot geknackt. Zwar kaum in ihrem Sinn, denn mit real existierenden Männern schlafe ich immer noch nicht, während sich bei ihr nach wie vor nur Loser die Klinke in die Hand geben. Doch ich wäre nie von selbst darauf gekommen, welche Vorteile ein imaginierter Lover hat.

Erstens: Er ist immer in Topform, egal, ob morgens, mittags oder spät in der Nacht. Anstrengende Autofahrt, fünfstündiges Meeting, Ärger mit dem Chef? Nicht existent in Ryans Welt.

Zweitens: Keine Schuppe verirrt sich in sein Haar, kein Fett in die Bauchregion. Wenn er schwitzt, riecht er gut, schwitzt er nicht, sogar besser. Nie hat er kalte Füße, die er an meinen zu wärmen versucht, und weder pupst noch rülpst er, hat jedoch an meinen Prinzessinnengeräuschen nichts auszusetzen.

Drittens: Seine Laune passt sich meiner ideal an. Bin ich sauer, weiß er mich zu besänftigen, weine ich, tröstet er.

Viertens: Er liebt alles an mir. Was ich sage, was ich denke, was ich koche, was ich bin. Selbst wenn meine Silhouette nach einem guten Essen der eines Hängebauchschweins ähnelt. Zudem würde er nie einfach davonspazieren, im Gepäck mein Geld, mein Herz und mein Vertrauen in die Welt.

Wieder legt der Fahrer eine Vollbremsung ein, und ich versinke in einem Knäuel Menschen, der wie ein durch Arme, Beine und Hälse miteinander verbundener Organismus nach vorn kippt.

»Ist deine Schicht schon vorbei?«

Ich ziehe mich in die Vertikale zurück. »Es ist noch nicht mal elf. Ich bin auf dem Weg dahin.«

»Wieso rufst du mich zu so einer nachtschlafenden Zeit an?« Sie gähnt, bis ich ihren Kiefer knacken höre. »Bis nachher. Und gib acht, dass dich keiner beim Nachwürzen erwischt.«

Draußen legt sich die Hitze wie ein feuchtwarmes Tuch um mich. Schon aus dieser Entfernung kann ich das Biancetti-Haus sehen, das mit seinen zwölf Stockwerken wie ein Fremdkörper in den blassblauen Himmel ragt. Als ich um die Ecke biege, wehen mich die nach Pommes und Tiefkühlkost riechenden Böen beinahe um. Mein Arbeitgeber ist europaweit führend in Sachen Lebensmitteln, versucht aber seit kurzem, auch die Türen der Kosmetikindustrie für sich zu öffnen. Nun ist den Plakaten, auf denen kopflose Damen ihre eins-a-rasierten Beine zeigen, kaum mehr zu entkommen. Auch die Wand zu meiner Linken ist damit zugepflastert. Leere Plastiktüten und Zigarettenkippen treiben daran vorbei. Der penetrante Geruch nach Großküche lässt mich die Nase rümpfen, doch er übertüncht immerhin den der Abgase. Ein Lkw zieht donnernd eine Dieselwolke hinter sich her, und ich kneife die Augen zusammen und stemme mich den Windstößen entgegen.

Kurzer Check in meiner Umhängetasche: Der Leinenbeutel mit dem groben Meersalz, dem frisch gemahlenen Pfeffer, Rosenpaprika und Kümmel wartet auf seinen Einsatz. Heute muss ich noch vorsichtiger als sonst sein. Zwar bezweifle ich, dass die Köche zu Schichtende Reste ihrer eigenen Sauce von den benutzten Tellern lecken, doch die Gewürze duften aromatisch. Besonders der Thymian, von dem ich in letzter Minute ein paar Zweige abgebrochen habe. Ich reibe die Finger aneinander, um die Aromen der Kräuter abzubekommen. Dabei streife ich mein Notizbuch, in dem ich Kochideen sammle, bevor sie an meiner Küchenwand Platz finden. »Die Tarte meiner Träume« habe ich mir als neuesten Rezeptnamen ausgedacht. Allein bei dem Gedanken daran läuft mir das Wasser im Mund zusammen: mürbe Äpfel, die im Mund zergehen, auf einem kross gebackenen Teig, der mit Mehl, einer Prise Salz, Wasser und Butter auskommt. Aber auch, und das macht den Unterschied, mit nicht zu sparsam verwendetem Calvados, das Ganze gekrönt von einem schneckenhausgroßen Klecks Sahne und einer Prise Zimt.

Ein durchdringender Klingelton reißt mich aus meinen Träumen.

»Hallo?«, frage ich, ohne aufs Display geguckt zu haben. Es kann nur Annabelle sein, die noch Sonderwünsche für heute Abend hat. So wie letzte Woche, als sie mit den Worten in meine letzten Kochmanöver platzte: »Ich weiß, dass draußen dreißig Grad sind, aber irgendwie hab ich heute Lust auf Weihnachtliches. Was hältst du von Ente?« Natürlich gab es trotzdem Galettes bretonnes. Immerhin bastelte ich Annabelle einen Vogel aus Hefeteig. Als kleinen Trost.

»Hi«, sagt aber jetzt eine Stimme, die auf keinen Fall Annabelle gehört. Meine Nackenhaare stellen sich auf. Sie klingt so sanft, so weich, so samtig, als würde sie mir ein Wiegenlied singen. Dass ein einziges Wort so viel Gefühl transportieren kann ... Ich bin stehen geblieben und umklammere mein Handy. Mein Atem geht schwer, mein Herz ist unentschieden, ob es überstürzt klopfen oder stoppen soll. Denn obwohl wir uns seit fünf Jahren, neun Monaten und ein paar Zerquetschten nicht mehr gehört haben, brauche ich keine Millisekunde, um zu wissen, mit wem ich spreche.

»Was willst du, Rico?«, flüstere ich und klinge so heiser, als hätte ich geweint.

»Mit dir reden. Nichts weiter. Ich bin heute Morgen mit dem Gedanken an dich aufgewacht. Das ist doch nichts Schlimmes. Eigentlich doch eher was Schönes.«

Sanft und weich gräbt sich seine Stimme in mein Ohr. Ich sehe ihn vor mir. Besser gesagt sehe ich sein Lächeln vor mir, denn das ist neben seiner Stimme das, was ihn für mich ausmacht. Ricos Lachen ist wie in Holundersaft baden, so erfrischend und süß. Wenn er glücklich ist, lacht alles an ihm, sogar seine Hände scheinen zu glucksen. Er kann die Welt umarmen und sich von ihr umarmen lassen. An solchen Tagen neben ihm hatte ich keine Angst mehr vor dem Leben. Es erschien mir so einfach wie das Einmaleins.

Doch dann gab es die Kaugummitage, wie er sie nannte, in denen er am Boden klebte und kaum mehr den Kopf hochbekam. Er verschmolz mit dem Grau des Himmels, fand nachts keinen Schlaf, und seine Gedanken tropften zähflüssig durch sein Gehirn. Er sprach mit einer Düsternis, die kaum auszuhalten war. Ich aber hätte es aushalten können, da bin ich sicher. Beides – das Lachen und das Schweigen. Wenn ich nicht eines Tages todmüde nach Hause gekommen wäre und festgestellt hätte: Er war fort. Ebenso wie das Geld, das ich in kleinen Scheinen in einer Zwiebackdose aufbewahrt hatte.

»… so geht«, höre ich ihn jetzt.

»Gut«, antworte ich steif und spüre ein vertrautes Kribbeln. Diese Wut, ich weiß nie, wohin damit. Also presse ich die Lippen aufeinander und überlege, ob ich wortlos auflegen soll.

Laut saugt er die Luft ein. Selbst dieser Ton ist mir so vertraut, als wäre es mein eigenes Atmen.

»Ach, Spatz.«

»Nenn mich nicht Spatz! Nenn mich am besten überhaupt nichts, denn ich bin nicht mehr in deinem Leben, Rico. Lass mich in Ruhe!«

Er sagt nichts. Ich widerstehe dem Impuls, mir das freie Ohr zuzuhalten, damit die Straßengeräusche nicht hereindringen.

»Ich will doch nur mit dir reden«, sagt er leise.

Für einen Moment drohe ich einzuknicken. Es passt nicht zu ihm, dass er zuhört. Das war meine Aufgabe in den Jahren, die wir unsere Leben geteilt haben. Beziehungsweise in denen ich seines teilte. Doch ich habe Annabelle, Terese und mir selbst ein Versprechen gegeben. Trotz der Hitze habe ich Gänsehaut, während ich auf den Knopf drücke, merke, dass ich ihn verfehlt habe, und mit dem Daumen auf die Tastatur haue, bis er mir wehtut.

Aus. Erleichtert atme ich auf. Dass Tränen in meinen Augen lauern – geschenkt. Ich, Emmi Pape, habe mich nicht von Rico einlullen lassen. Ein Anfang, nicht?

Der Schritt, den ich tue, ist zu groß für meine Beine. Mein Körper geht in die Schieflage. Im selben Moment fegt mir eine Böe in die Seite. Ich rutsche vom Bordstein ab und taumele auf die Straße. Grelles Hupen ertönt. Erschrocken reiße ich die Augen auf und die Arme hoch, als ich von hinten gepackt und zurückgezogen werde. Im ersten Moment fühle ich mich ganz leicht. Ich kichere sogar, glaube ich, so unwirklich erscheint mir das Szenarium. Wäre ich gerade beinahe überfahren worden? Der dunkle Audi ist längst an mir vorbeigerast. Hinter den getönten Scheiben meinte ich, einen Mann wie wild gegen seine Stirn tippen zu sehen.

»Das war knapp«, höre ich hinter mir jemanden sagen. Immer noch in seltsam gehobener Stimmung, drehe ich mich um und blicke in die blausten Augen der Welt.

»Ähm, ja«, stottere ich und spüre, wie mir das Blut ins Gesicht schießt. Unter nachtschwarzen, leicht gewellten Haaren lächelt der Mann mich an. Eine außergewöhnliche Kombination, denke ich. Das helle Blau und das Schwarz. Dazu eine eher blasse Haut, von der sich sein großer, zu einem Lächeln verzogener Mund deutlich abhebt. Ich spüre meine Wangen noch heißer werden.

»Alles klar?«, fragt er mit einer Mischung aus Belustigung und Besorgnis. Stumm nicke ich, setze ein schiefes Grinsen auf und stolpere weiter. Erst als ich vor der gläsernen Eingangstür ankomme, fällt mir ein, dass ich mich nicht bedankt habe. Ich wirbele herum. Der Typ ist weg.

»Moin, Emmi«, nuschelt der Pförtner, nachdem er den Summer betätigt hat. Irgendwie schaffe ich es, die üblichen zwei, drei Sätze mit ihm zu wechseln, mich nach seiner Frau zu erkundigen, deretwegen er vor fünf Jahren von Hamburg nach Berlin gezogen ist. Wir haben in etwa zur gleichen Zeit begonnen, für Biancetti zu arbeiten, und ich erinnere mich noch genau an meine Nervosität, die gerade so meine Scham darüber übertünchte, als Servicekraft in einer Kantine anheuern zu müssen.

»Schönen Tach«, ruft er mir nach und wendet sich wieder seiner Sportzeitung zu.

Der Küchenbereich in der ersten Etage ist still. Bis eine Stimme ertönt, die mich an das sanfte Auf und Ab von Wellen erinnert. Mein Herz tut einen erleichterten Hüpfer. Wenn ich Herrn Meier höre, fühle ich mich zu Hause. Obwohl er mein Chef ist. Obwohl er mein Chef in einer Großküche ist, in der ich nicht etwa als Köchin arbeite, sondern als »Mädchen«. Bei Biancetti ist »Mädchen« zu sein gleichbedeutend mit dem untersten Rang. Selbst die Kollegen, die morgens am Buffet den Salat drapieren, fühlen sich uns um Längen überlegen. Doch wenn einer keinerlei Standesdünkel hat, dann Herr Meier. Wir sind vom ersten Moment an miteinander ausgekommen, und niemals würde es ihm einfallen, mich von oben herab zu behandeln.

»Zerzaust siehst du heute aus, meine Liebe!« Sein Lächeln sorgt dafür, dass sich meine Gesichtsfarbe dem Normalton annähert und meine Atmung ruhig wird. Fast gelingt es mir, den Audi zu vergessen, den Mann mit den irritierend hellen Augen. Und Rico.

»Hast du die Menüfolge schon abgesteckt für heute Abend?« Mit bloßen Fingern wischt er über seine von Dampf beschlagenen Brillengläser. Fettflecken bleiben zurück, und mit einem leisen Kopfschütteln setzt er sie ab und reibt mit seiner Schürze daran herum.

»Wie bitte?«

»Ist heute nicht Montag?«, fragt er und sieht mich verwirrt an.

»Mon... Ach so. Ja. Klar. Natürlich. Alles in trockenen Tüchern.«

Herr Meier blickt mich nachdenklich an. »Ist alles in Ordnung? Gibt es irgendwelche Neuigkeiten?«

»Neuigkeiten?« Ich schüttele den Kopf. »Nicht wirklich. Ein Glück.«

Er verzieht das Gesicht. Wieso guckt er so gequält? Doch schon wendet er den Blick ab und sieht in Richtung Fenster, die so beschlagen sind, dass man die kargen Bauten rund um den Ostbahnhof nur erahnen kann. »Zu deinem Freundinnenabend heute – lass mich raten. Ein leichter Sommersalat mit Fisch, selbstgebackenes Brot, diverse Dips, ich schlage einen aus Schafskäse, Joghurt und Minze vor, verfeinert mit einem Spritzer Zitronensaft, eine leichte Auberginencreme würde auch passen, in Knoblauch gedünstete Zucchini-Juliennes mit einem Tick Tomatenmark, dazu gesalzene Butter und das beste Olivenöl der Stadt. Oder das beste, das du dir leisten kannst.«

Seitdem ich hier arbeite, errät Herr Meier mit besorgniserregender Hellsichtigkeit jedes meiner Montagabendmenüs. Heute aber liegt er falsch.

»Eine Consommé mit Wildkräutern als Starter«, sage ich und merke, dass ich Aufwind bekomme, »als Hauptgang gibt es tatsächlich Salat, den Fisch allerdings lassen wir weg, weil …«

»… Annabelle keinen Fisch mag, stimmt, das hatte ich vergessen«, fällt er ein.

»Genau, und als Nachtisch habe ich über eine Karamellcreme nachgedacht mit einem Schuss …«

»Tokaier.«

»Pff. Als ob ich so etwas bezahlen könnte. Nein. Prosecco. Ich gebe zu, es klingt gewöhnungsbedürftig, aber ich habe mir den Kopf darüber zerbrochen. Es könnte zusammenpassen. Oder?«

Nachdenklich kaut er auf seiner Unterlippe herum, wiegt den Kopf und hebt die Hände. »Probiere es. Ich bin gespannt. Wenn du morgen ein paar Minuten Zeit hast, erzähl mir da…«

Handyklingeln unterbricht ihn. Er greift in die Tasche seines Kittels und kraust die Stirn, als er auf das Display blickt.

»Entschuldige, Emmi, ich muss da rangehen.«

Er nimmt das Telefon ans Ohr, meldet sich barsch und dreht sich um. Ich sehe seiner langgezogenen Gestalt hinterher, die sich nach oben immer weiter verjüngt, bis zu einem schmalen Kopf, der von einem hellgrau melierten Bürstenhaarschnitt gekrönt ist. Annabelle hat ihn zwar erst einmal getroffen, ihn aber äußerst treffend beschrieben: »Der Mann sieht aus wie eine Mischung aus amerikanischem Major und Haubentaucher.«

In der Umkleidekabine entledige ich mich meines T-Shirts und der Jeans, stopfe meine Beine in die Stützstrumpfhose und nehme die Arbeitskleidung aus dem Schrank. Wenn Rico mich jetzt sehen könnte, er würde sich kaputtlachen. Emmi in einer Kantine ... Nix da. Er darf nicht wieder Gewalt über meinen Kopf übernehmen. Meine große Liebe und früherer bester Freund – er ist Vergangenheit.

Ich wische eine Träne von meiner Wange, obwohl niemand da ist, der sie sehen könnte, und wühle mich durch den Inhalt meiner Umhängetasche. Lakritz, weiche Kaugummistreifen, kaputte Kugelschreiber. Als ich eine Apfelsine ertaste, seufze ich erleichtert auf. Solange es keine Mandarinen gibt, trage ich immer eine oder zwei Orangen mit mir herum. Auf dem türkischen Markt am Maybachufer gibt es sie selbst im Hochsommer. Verglichen mit denen des Winters kommen sie nicht gut weg, trotzdem stehen sie auf der Liste meiner Lieblingsfrüchte an zweiter Stelle. Nachdenklich lasse ich sie von einer Hand in die andere rollen. Ihr Duft erinnert mich an Weihnachten, an die Dunkelheit draußen, warmes Licht im Innern, Tannennadeln auf dem Fußboden, Schnee auf der Fensterbank, das Gefühl von Geborgenheit.

Ich schäle sie und teile sie in Viertel. Als Kind habe ich die Spalten ausgesaugt. Zurück blieben die weißgrauen Häute, von denen sich abends ein kleiner Haufen im Mülleimer sammelte. Mittlerweile esse ich sie mit. Meistens jedenfalls.

Zahmer Ritter

Schritte aus dem Flur kündigen Gesellschaft an. Ich werfe die Apfelsinenreste in den Mülleimer und blicke im verzerrten Garderobenspiegel darüber in ein Gesicht, das unmöglich meines sein kann. Seine Farbgebung erinnert an Blutorangen, und neben die Augen sind dunkle Balken gemalt. Wohl die Wimperntusche, die meine Wimpern verlassen hat und nun schwarzbröcklig auf Schläfen und dem Nasenrücken klebt. Sah ich etwa eben auf der Straße schon so aus?

Mein helles Haar steht so zerzaust vom Kopf ab, als hätte ich es zu Abizeiten das letzte Mal gekämmt. Ich hole tief Luft und werfe mir ein schiefes Lächeln zu – positives Denken hilft zwar nicht, habe ich festgestellt, es schadet aber ebenso wenig, warum es also nicht weiter versuchen?

Doch so starre ich nur auf meine Zahnlücke, und das hebt meine Laune nicht. Warum habe ich nicht auf meine Eltern gehört und sie mit elf machen lassen? Weil ich an die wahren Werte glaubte, die einen Menschen ausmachen, darum. Jetzt könnte ich mir einen Strauß Tulpen zwischen die Vorderzähne schieben. Was bei Vanessa Paradis ja sexy wirkt, bei mir aber eher an Pippi Langstrumpf erinnert. Kein Wunder, dass ich versucht bin, mir beim Lachen die Hand vor den Mund zu halten, da können Annabelle und Terese meine vollen Lippen loben, so viel sie wollen. Die doofe Lücke macht alles halbwegs Charmante zunichte.

»Hallo«, trötet Sabrina, nachdem sie die Garderobentür aufgerissen und wieder hinter sich zugeknallt hat. »Geht's dir gut? Du siehst aber blass aus. Hast du dich übergeben?«

Ich schüttele den Kopf.

Sie pfeffert ihre Tasche auf einen Stuhl, reißt sich die Klamotten vom Leib, dreht und wendet ihre Bluse vor ihren eng zusammenstehenden Augen und hält sie mir dann anklagend hin.

»Oh Mann, ein Kaffeefleck, guck mal!«

Vor lauter Blumen kann ich keinen Fleck ausmachen.

»Der Finn schon wieder. Er liebt es, mit Flüssigkeiten zu hantieren. Heute Morgen hat er meinen Becher genommen, tief reingeguckt und gesagt: ›Mama, ich kann das Meer sehen.‹ So lustig, oder?«

Unter Nicken reiche ich die Bluse zurück und öffne meinen Spind.

»Mensch, jetzt muss ich schon wieder waschen, wenn ich nach Hause komme«, lamentiert sie weiter. »Dabei hat der Finn doch heute Flöte. Das ist immer so anstrengend montags. Wenn ich ihn um halb vier abhole, müssen wir sofort weiter nach Kreuzberg, danach zum Osteopathen, dafür geht übrigens das Geld drauf, das ich hier verdiene. Schlimm, oder? Und heute Abend schauen wir schnell beim Griechen vorbei, das mag der Finn gern.«

Ich nicke und versuche, meine Wimperntusche dazu zu bewegen, wieder an den ihr zugewiesenen Platz zurückzukehren. Vergeblich. Je mehr ich rubbele, desto stärker rötet sich die Haut, die schwarzen Balken bleiben trotzdem. So könnte ich als Neo-Punk durchgehen.

»Der Finn liebt Knoblauch. Komisch, oder? Jedenfalls freut er sich immer total, wenn er beim Griechen selber sein Essen bestellen darf. Er sagt dann: ›Für mich bitte Karamaro.‹ Aber der Kellner weiß, dass der Finn damit Calamari meint. Er tut dann immer so, als sei das richtig. Süß, oder?«

Ein Vierjähriger, der Meeresfrüchte mag? Der Finn scheint wirklich ein besonderes Kind zu sein, denke ich, während ich einen Schritt auf die Tür zu mache.

»Warte, ich komme mit!«

Im Eiltempo wird ihr Körper in den Kittel verpackt, und ihre hobbitähnlichen Füße rutschen unter die Schnallen der beigegrauen Sandalen. Sie folgt mir den Gang entlang zur Küche, deren weiß gefliester Boden so glitschig ist, als wäre er mit Seife bedeckt. Wir verfallen in Schneckentempo, die Arme wie Vogelscheuchen neben dem Körper ausgestreckt. Glücklicherweise funktioniere ich innerhalb dieser vier Wände auf Autopilot. Selbst im Finstern würde ich meinen Weg zur Suppenstation finden.

Durch die halb geschlossene Schiebetür zur Linken erhasche ich einen Blick auf die Spülmaschine, die unter gewaltigem Dröhnen Dampfwolken auspustet. Stoßweise wird Feuchtigkeit zu uns herübergepumpt, hüllt den hinteren Teil der Kantine in weißen Nebel und perlt von den gefliesten Wänden herab. Sabrina und ich tasten uns zu den vier hintereinanderstehenden Essenswaggons vor, an deren rechter Seite sich ein silbrig schimmernder Tresen entlangzieht. Noch ist alles sauber. Keine verstreut liegenden Nudeln oder Reiskörner, keine Saucenflecken, keine schweißüberströmten Weißkittelmädchen, die leise keuchend Teller um Teller füllen und neben sich platzieren.

Im exakt richtigen Moment schnellt meine Hand zum Griff der vorderen Essensausgabe. Mit einem Spin schlittere ich an Sabrina vorbei, greife nach Deckel eins und zwei und schaue darunter. An Wagen eins gibt es Labskaus, am zweiten Gulasch. Was wollte ich?

Ach ja, zum Gulasch. Gestern Abend habe ich ungarische Websites durchgearbeitet und herauszufinden versucht, wie man aus Schweinefleisch in sämiger, brauner Soße Székelygulyás zaubert. Schwer durchführbar wegen des fehlenden Sauerkrauts. Aber: Nachwürzen geht immer.

Die Köche klappern mit ihren Kellen, die Wartenden unterhalten sich gedämpft, was durch den schmalen Spalt, der sich zwischen Essensausgabe und dem Sichtschutz auftut, wie leises Summen klingt. Millimeter für Millimeter schiebe ich den Saucendeckel zur Seite.

»Na, Mädchen?«, ruft mir die Vorarbeiterin zu. »Alles gut?«

Schnell stopfe ich den Leinenbeutel in die Kitteltasche zurück. Hat Nurhan was gesehen? Zwar mögen wir uns, doch ich vermute, meine Würzexperimente gingen ihr zu weit. Dafür würde bestimmt nicht einmal Herr Meier Verständnis aufbringen.

»Gut, gut«, lüge ich. »Und bei dir?«

»Geht, geht!« Sie verschwindet wieder im Dunst. Ich lasse die Kümmelkörner in meine hohle Hand gleiten, zerreibe zwischen den Fingern das Meersalz und füge den Pfeffer hinzu. Jetzt noch einhändig die Thymianblätter vom Stengel zupfen – fertig.

Die feuchte Hitze frisst sich durch meine Kittelschürze. Ich stopfe ein paar Haarsträhnen unter mein Papierhütchen, als auch die letzten Weißkittel eintrudeln. Eine dünne Brünette sieht blass aus. Sie hat heute ihren ersten Tag, und wahrscheinlich ahnt sie, was für ein Höllenjob auf sie zukommt. Grußlos gleitet sie an Sabrina und mir vorbei und stellt sich mit zusammengekniffenen Lippen hinter mich an die Gemüseausgabe. Ein heller Klang ertönt. Wir heben die Deckel an. Aus den Kesseln steigen Dampfwolken auf. Hoffentlich erschnuppern weder Thomas noch Benno den Kümmelgeruch!

Doch die Köche sind so sehr mit jovialem Männergequatsche beschäftigt, dass ich ein Soufflé zubereiten könnte, ohne sie auf mich aufmerksam zu machen.

Ich lasse drei Stücke Gulasch auf das Porzellan gleiten und kreise mit der Kelle darüber, bis die Sauce eine formvollendete Spirale bildet. Ein Kunstwerk nach dem anderen gleitet auf meinen Tresenabschnitt, bis dort mit jeweils zwei Zentimetern Abstand sieben Teller stehen, die in einem Sternerestaurant serviert werden könnten. Bei Sabrina dagegen herrscht heilloses Labskausdurcheinander. Lauter knallpinke Häufchen, auf denen ein Spiegelei und eine saure Gurke thronen sollten. Die aber hängen über den Rand oder sind zu Boden gekullert. Ich überlege, ihr zu helfen, beschließe jedoch, lieber meine Kreationen zu betrachten. Fataler Fehler! Die Biancetti-Stakkatoarbeit ist schließlich die beste Antihaftbeschichtung, die je für störende Gedanken erfunden wurde. Alles gleitet ab und rutscht in den hintersten Winkel des Kopfes. Jetzt aber habe ich ausreichend Zeit, um Luft zu holen. Schon stiehlt sich Rico in meine Gedanken. Kurzentschlossen schiebe ich die mit Erbsen und Bohnen bestückten Schüsseln der Brünetten hinter mir zur Seite, um auf der Theke Platz für mein Gulasch zu schaffen. Weiter geht es, bis sich mein Bewusstsein vom Körper abkoppelt und meine Hände ihre Arbeit von selbst verrichten. Kelle, Teller, Tresen. Kelle, Teller, Tresen.

Jenseits des Sichtschutzes ertönt ein Klirren, gefolgt von einem schnappenden Geräusch. Und einem Brüllen.

»Wer war das?«

Mein Körper schaltet auf Stopp. Schweißüberströmt stehe ich da, den rechten Arm erhoben.

»Die da«, sagt die Neue von der Gemüseausgabe. Ihr dürrer Zeigefinger zeigt anklagend auf mich und erinnert mich an den der Hexe aus »Hänsel und Gretel«. Aus den Augenwinkeln sehe ich Nurhan, die sich in überraschendem Tempo auf uns zubewegt.

»Was los?«

»Alles in Ordnung«, sage ich schnell.

»Nichts ist in Ordnung. Ich habe Gulaschsauce auf der Hose. Wo soll da was in Ordnung sein?« Die Frau, die so gebrüllt hat, steckt ihren Kopf von der anderen Tresenseite zu uns hindurch und fegt mit ihrem Haar die verstreut liegenden Erbsen und Bohnen auf. »Wer zahlt mir die Reinigung?«

»Ich wasche Ihnen die Hose«, schlage ich vor.

Sie starrt mich an, als hätte ich angeregt, das edle Stück zu filetieren. »Waschen? Sind Sie verrückt? Die hat vierhundert Euro gekostet. Das geht im Leben nicht mehr raus. Ich will eine neue.«

Kurz bin ich versucht, ihr meine im Tausch anzubieten. Doch beim Blick nach unten komme ich davon ab. Klein und fragil, wie sie wirkt, dürfte sie meterweit darin versinken. Außerdem will ich ihre Hose nicht.

»Was los?«, fragt Nurhan noch einmal und guckt von der Frau zu mir.

»Ein Teller ist runtergerutscht. Auf der anderen Seite.«

»Dir das passiert?«

»Ja.« Ich richte den Oberkörper auf. »Genau. Mir.«

»Wieso? Dir so was nie passiert!«

Die Frau trommelt mit den Fingern auf den Edelstahltresen und dreht mühsam den Kopf. Auf der rechten Hälfte kleben plattgedrückte Erbsen. »Ich möchte Ihren Chef sprechen. Sofort.«

»Hören Sie, bitte«, versuche ich es und setze mein freundlichstes Lächeln auf. Aus kalten Augen mustert sie mich. Um ihre Mundwinkel zuckt es, und für einen Moment keimt Hoffnung in mir auf. Wird sie mir gleich in die Seite boxen, kichernd, und mir zuflüstern, dass ihr heute einfach nur nach großer Schau zumute war? Doch nein, jetzt bildet sich ein Grübchen in ihrem püppchenhaften Kinn, und sie sieht aus, als würde sie gleich vor mir ausspucken.

»Ihren Chef, wenn es recht ist. Sofort.«

»Darf ich?« Diese Stimme klingt angenehm. Gleichzeitig so sehr nach mächtigem Mann, dass sogar die Saucenfrau ihren Kopf zurückzieht und sich aufrichtet. Mit gebeugten Knien linse ich nach oben. Zuerst sehe ich einen Mund, der wirkt, als habe ein Kind sich beim Malen mit den Proportionen vertan. Er ist zu groß, ebenso wie die Zähne eigentlich zu weiß sind. Über der markant geschnittenen Nase leuchten zwei hellblaue Augen, die mir bekannt vorkommen. Mein Audi-Retter!

Er beugt sich herunter und schiebt seinen Kopf unter dem Sichtschutz hindurch. Sein Gesicht nähert sich meinem bis auf wenige Zentimeter. »Gibt es Probleme?«

Wenn ich es mir recht überlege, sieht er wie ein Götterbote aus. Ich werde ihn Hermes nennen. Obwohl der bestimmt blond war. Bei den alten Griechen waren alle hellhaarig, was eigentlich verwunderlich ist. Ich muss einen Schock erlitten haben. Was interessiert mich seine Schwarzhaarigkeit? Ich habe wichtigere Dinge, um die ich mich kümmern muss. Zum Beispiel um die Frau, an deren Frisur jetzt beidseitig Gemüse klebt.

»Haben Sie hier was zu sagen?«, wendet sie sich an Hermes, der sich wieder aufgerichtet hat. Jetzt sehe ich bloß noch die Stelle seines Körpers, an der unter seinem Anzug und dem blütenweißen Hemd sein Nabel sitzen müsste.

»Ja. Ich bin für das Personal zuständig.«

Ach, denke ich und versuche meinen Kopf so zu postieren, dass ich nichts verpasse.

»Ach?« Erstaunt guckt sie ihn an. »Zu meiner Zeit noch nicht. Also … zu der Zeit, als ich hier eingestellt wurde. So lange ist das noch gar nicht her.«

Er begegnet ihrem Blick ohne ein Lächeln. Ihre Mundwinkel fallen in die Gerade zurück.

»Oder sind Sie nur für das Küchenpersonal zuständig?«

»Wie, nur?«, kräht Nurhan und stemmt ihre Fäuste in die nicht wahrnehmbare Taille. »Was heißen nur?«

»Für alle.«

Nurhan ist anzumerken, dass sie über Hermes' Worte ebenso erstaunt ist wie ich und die anderen Mädchen. Wir sind von Herrn Meier eingestellt worden, wurden mit Kaffee und Keksen bewirtet und freundlich darauf aufmerksam gemacht, dass wir Studentinnen sein müssen, um hier zu arbeiten. Damals war ich das sogar noch. Aber zurück zum Jetzt: Erstaunt bemerke ich, dass selbst Nurhan ungewohnt gerade dasteht. Hat sie etwa den Bauch eingezogen?

»Begleiten Sie mich doch bitte in mein Büro«, höre ich ihn sagen. Meint er mich? Doch schon wieselt Fräulein Erbsenschön hinter ihm her. Plötzlich bleiben sie stehen. Jemand versperrt ihnen den Weg, und dieser Jemand trägt leider eine beschlagene Brille. Ich wünsche mich so weit fort, wie es nur möglich ist.

»Ähm, Emmi«, sagt Herr Meier mit seiner melodischen Stimme. »Hat dieser Aufruhr mit dir zu tun?«

Hinter seinem Haubentaucherhaarbüschel erspähe ich eine Kochmütze. Benno, der Koch, muss mich verpfiffen haben. So ein Verräter!

Ich beiße mir auf die Lippen und nicke. Hermes hat die Hände in die Seiten gestützt und starrt abwechselnd auf Herrn Meier und mich. Wieso unternimmt er nichts? Steht er als Universalpersonalmanager nicht über dem Boss für die Küche?

Aus seinen dunklen Augen guckt mich Herr Meier traurig an. »Emmi, ich muss dir leider sagen …« Verlegen reibt er die Handflächen gegeneinander. »Also …«

Ich spüre, wie sich in meinem Hals ein riesiger Kloß zusammenballt, der mir das Atmen fast unmöglich macht. Keinen Panikanfall bekommen, Emmi, jetzt nicht!

»Du weißt, wie gern ich dich hier hatte. Aber nun ist es an der Zeit … also … Wir müssen alle mal von vorn beginnen …«

»Nur wegen Fräulein Erbsenschön?«, wispere ich.

Herr Meier beugt sich vor. Immer noch sind seine Brillengläser beschlagen, doch diesmal säubert er sie nicht. In seinem Blick fühle ich mich nichtsdestotrotz geborgen, obwohl ich augenscheinlich gerade gefeuert werde. Das macht die Angelegenheit noch schlimmer! Nun kann ich meine Tränen nicht mehr zurückhalten.

»Wie bitte? Was hast du gesagt, Emmi? Erbsen…?«

»Sie können mich doch nicht einfach so gehen lassen!«, bricht es aus mir heraus.

»Es tut mir leid, Emmi.«

»Ich meine, fünf Jahre!«

»Ja.« Er seufzt, und es klingt so herzerweichend, dass ich wortlos nicke. Den Blick nicht mehr von meinen Fußspitzen hebend, richte ich mich auf, lege sorgfältig die Kelle ab, die ich die ganze Zeit über in der Hand gehalten habe, und schließe die Deckel. Ein letztes Mal tätschele ich die Suppenstation und schlittere nach vorn, aus der Nebelwand heraus, aus der mir zahlreiche Blicke folgen. Warum hat Hermes nichts unternommen? Ich hatte den Eindruck, er wäre auf meiner Seite.

»Emmi!«, höre ich Nurhan rufen, als ich um die Ecke gebogen bin. Ungelenk gleitet sie auf mich zu und hält mir ihre zur Faust geschlossene Hand hin. »Noch etwas zum Abschied. Sind nicht mehr lange gut.«

Mit einem schiefen Lächeln lasse ich die Dillspitzen in der Kitteltasche verschwinden, wo sie sich zum Meersalz und den anderen Gewürzen gesellen, die ebenfalls aus Biancettis Fundus stammen. Seit ich hier arbeite – gearbeitet habe! –, wird er regelmäßig ausgemistet. Ein wenig zu regelmäßig, würde selbst Herr Meier sagen, wüsste er davon. Der Dill ist schätzungsweise bis 2030 haltbar. Nurhan hat diese Daten immer sehr großzügig ausgelegt. Doch dieses wird das letzte Päckchen sein, das ich von ihr entgegennehme. Ab morgen heißt es, neues Leben. Nur: Wie in aller Welt soll es aussehen?

Vor dem Aufzug warte ich eine Ewigkeit. In der Garderobe war ich schnell fertig – aus Angst, dass Sabrina und die anderen Mädchen mich beim Weinen erwischen könnten. Oder, noch schlimmer, dass Herr Meier anklopfen und mir alles Gute für meine weitere Zukunft wünschen würde. Ich schäme mich unendlich dafür, doch der Abschied von Biancetti fühlt sich grässlich an.

Ja, es war nur ein Job, ein nicht besonders gut bezahlter noch dazu. Doch nachdem ich vor fünfeinhalb Jahren planlos und ohne ein Quentchen Selbstbewusstsein nach Berlin gezogen war, ein BWL-Studium probiert und nach einem Semester wieder geschmissen hatte, wurde Biancetti zuerst eine Heimat für mich und dann sogar Familienersatz. Hier konnte ich meine Liebe zum Kochen einbringen – wenn auch meist heimlich. Hier fand ich Menschen, die sich ebenso für eine Rezeptidee begeistern konnten wie ich. Das war wichtig für mich, besonders nach Tante Beas Tod, mit der ich mich immer über meinen Eltern so befremdlich erscheinende Sachen wie »Warum getrocknete Brotkanten in jeden Haushalt gehören« oder »Fett als natürlicher Geschmacksverstärker« hatte austauschen können …

Ein leises »Ping« reißt mich aus meinen Gedanken. Die Leuchtanzeige des Aufzugs schaltet sich aus, die metallenen Türen surren auf. Ich schiebe mich hinein, ohne hochzusehen. Hoffentlich hat keiner der Anwesenden das Schauspiel eben beobachtet. Was ich jetzt gar nicht vertragen kann, sind mitleidige Blicke.

Scheinbar unbeteiligt hebe ich den Kopf, um die Lage zu checken. Und blicke schon wieder in diese irritierend blauen Augen. Dieser Mann scheint zu sein, wo ich bin. Ob ich ihn fragen soll, warum er eben nicht Herrn Meier davon überzeugt hat, mich zu behalten? Doch nein, die Blöße gebe ich mir nicht. Augenscheinlich interessiert ihn das Küchenpersonal in Wirklichkeit wenig. Wahrscheinlich bin ich als Biancetti-Mädchen unter seinem Niveau.

Seine Augen haben eine eigenwillige Farbe. Sie sind so hell, dass man beinahe geblendet ist, und scheinen Funken zu versprühen. Dazu hat er mir in den wenigen Sekunden, in denen ich meinen Blick nicht lösen konnte, das Gefühl gegeben, jemand ganz Besonderes zu sein. Wie seltsam. Aber ich werde nicht noch einmal hinsehen. Ich werde nach unten glotzen und tun, als hätte ich ihn nicht wahrgenommen.

Scheinbar gelangweilt reibe ich meine Oberarme und versenke mich in den Anblick meiner Fußspitzen. Die Espadrilles sind vorn staubbedeckt, doch der Rest des Stoffs hat seinen pastelligen Gelbton bewahrt. Ich denke an Eiscreme, an Apfelstrudel mit Vanillesauce, an portugiesisches Gebäck, und dann fällt mir meine Kündigung wieder ein, und meine Unterlippe beginnt zu zittern.

Der Lift kommt zum Stehen. Die Türen öffnen sich, und erst einmal ist nur Schwarz zu sehen. Dann auch ein bisschen andersfarbiges Haar und rosa Haut. Eine Wand aus Security-Personal steht vor uns. Die Männer wirken wie eben vom

Hubschrauber abgeseilt, auch wenn sie dafür eigentlich zu fett sind. Doch sie haben diesen entschlossenen Ausdruck im Gesicht, der den Jäger in ihnen zum Vorschein bringt. Bestimmt haben sie in Momenten wie diesen endlich das Gefühl, ihr Genmaterial im Griff zu haben.

»Jetzt aber mal raus«, sagt der eine und klingt dabei gleichzeitig gutmütig und autoritär. Irritiert starre ich ihn an. Darf ich etwa nicht mal mehr in aller Ruhe das Gebäude verlassen? Es ist ja nicht so, dass ich von »Mission Impossible«-hafter Wichtigkeit wäre und sich mein Papierhütchen und der Biancetti-Kittel nach Verlassen der Umkleidekabine von selbst zerstören, auf dass ja keine DNA von mir zurückbleibt. Was bitte wollen diese Typen von mir?

Einer betritt den Aufzug und schiebt mich unsanft zur Seite. Dann greift er nach Hermes' Arm. Hinter ihm sind sie her? Wieso? Immerhin ist er der Personalmanager. Ich drehe mich zu ihm um. Ein Lächeln zuckt um seinen Mund. Als hätte ich alle Zeit der Welt und wäre völlig unbeobachtet, betrachte ich sein Kinn und den Hals darunter, unter dessen heller Haut ich den Adamsapfel ausmachen kann. Er wirkt weiß und majestätisch wie der einer Marmorstatue.

Seine Hand hebt sich und kommt warm auf meinem Oberarm zum Liegen. Sanft drückt er seine Fingerspitzen in meine Haut. Er beugt sich vor, sodass ich seinen Atem an meinem Hals spüre. Ein Schauer rieselt meinen Nacken hinunter.

»Du bist mehr wert«, sagt er leise.

»Jetzt aber los, Freundchen«, brummt der Security-Mann. Hermes löst sich von mir und verschwindet in dem Männerpulk. Gemeinsam schieben sie ihn auf die Glasfront zu. Ein Summen ertönt, die Pforte öffnet sich, und einer gibt ihm einen Stoß. »Lass dich hier nie wieder blicken, klar?«

»Für dich immer noch Sie, du Arschloch!«

»Pass bloß auf, Freundchen.«

Mit einem Summen rastet die Tür wieder ein. Die Kerle drehen sich um, grinsen, einer klopft dem anderen auf die Schulter.

»Der kommt nicht wieder.«

»... von hinten sehen.«

»... Ärger, mein lieber Scholli.«

Ohne sich umzudrehen, schreitet Hermes über den Platz, der Oberbaumbrücke entgegen. Stumm blicke ich ihm nach und reibe mit den Händen über meine Jeans. Diesmal ist es wirklich meine.

Statt den Bus zu nehmen, laufe ich die Strecke nach Hause. Die Nachmittagshitze lässt den Asphalt glühen und brennt heiß auf mein Haar nieder. Ich spüre, wie mir Schweiß den Hals hinabrinnt, die Wirbelsäule hinunter, konzentriere mich auf die vor Trockenheit knisternde Luft und darauf, einen Schritt vor den anderen zu setzen. Ich habe nie zu den Menschen gehört, die beim Laufen denken können, stattdessen macht mein Kopf Pause. Geistesabwesend blicke ich in die Gesichter der Passanten, die müde wirken, obwohl der Tag noch nicht alt ist. Häuser und Autos sind von feinem Staub bedeckt, der ihnen ein gräuliches Aussehen verleiht. Ganz Berlin scheint in eine Aschewolke gehüllt zu sein.

Überrascht stelle ich kurze Zeit später fest, dass ich den Alexanderplatz erreicht habe. Bei dem Versuch, dem Menschengedränge auszuweichen, laufe ich fast wieder vor ein Auto. Diesmal aber ist es kein Audi, sondern ein alter Trabbi, der wahrscheinlich nicht einmal einen blauen Fleck bei mir verursacht hätte. Doch jetzt bin ich wieder wach. Wut schwappt über mich, und ich muss die Zähne zusammenbeißen, um nicht laut zu schreien. Jahrelang war Herr Meier ein Vertrauter, erkundigte sich Morgen für Morgen nach meinen Freundinnen, meinen Zukunftsplänen ... Na, vielen Dank. Wollte er mich die ganze Zeit loswerden und ergriff nun begeistert die Gelegenheit? Ich stapfe vorwärts und balle die Fäuste.

»What's up, babe?«

Verblüfft starre ich Ryan an. »Was machst du hier?«

Er grinst und fährt sich mit einer schüchtern wirkenden Geste durchs Haar. »I thought you might be glad to see me.« Solche einfachen Dinge sagt er immer auf Englisch. Sollte es komplizierter werden, kann er glücklicherweise problemlos ins Deutsche wechseln.

»Du wartest doch immer zu Hause auf mich.«

»Today might be a special day.«

»Das kannst du laut sagen.«

Aus seinen graublauen Augen blickt er mich besorgt an. »What happened?«

Ich erzähle ihm alles. Na ja, fast alles. Hermes lasse ich weg, denn ich befürchte, dass Ryan nicht damit einverstanden wäre, von Platz eins in meiner Fantasie verdrängt zu werden. Nicht, dass wirklich Gefahr besteht – ich bin sicher, den Kerl mit den eisblauen Augen morgen wieder vergessen zu haben. Schließlich schläft der sexyeste Mann der Welt in meinem Bett. Als ich fertig bin, ist die Wut futsch. Stattdessen starre ich in eine Panikwolke. Mein Bankkonto ähnelt einem staubigen Dachboden. In der Nachttischschublade liegen hundert, vielleicht hundertzehn Euro. Mehr habe ich nicht! Mit Ryan brauche ich darüber nicht zu sprechen. Schnöder Mammon interessiere ihn nicht, sagt er immer und versteht nicht, dass dieser seit Jahren, nein, eigentlich schon immer andauernde Geldmangel bei mir Beklemmungen auslöst.

»You always made it, girl«, sagt er leise. »You are strong.«

Skeptisch sehe ich ihn an.

»Why don't you call your father?«

Ohne mir dessen bewusst zu sein, beschleunige ich meine Schritte.

»He could lend you some mo…«

»Das werde ich nicht tun«, sage ich so bestimmt, dass es mich selbst überrascht. »Wenn es hart auf hart kommt, suche ich mir einen noch schlechter bezahlten Job. Ich kann putzen. Ich kann mich auch in eine Imbissbude stellen. Meinen Vater aber werde ich nicht anpumpen.«

Er weiß doch kaum, dass ich existiere. Das aber spreche ich nicht aus. Eine Diskussion über Richard Pape ist das Letzte, worauf ich heute Lust habe.

Zwetschg me if you can

Ich habe die Essenspläne für den Abend über den Haufen geworfen und starre in meiner kleinen, mit all dem Holz und dem auf Flohmärkten zusammengesuchten Sammelsurium an Kochgeschirr vollgestopften, aber gemütlichen Küche auf meine handgeschriebene Rezeptdatenbank. Als Terese und Annabelle das erste Mal hier waren, blickten sie sprachlos auf die gigantische schwarze Fläche. Mittlerweile haben sie sich damit angefreundet und lieben die Pseudofilmtitel, mit denen ich meine kulinarischen Experimente überschreibe. Annabelle steht besonders auf »Fahrstuhl zum Kompott«, natürlich neben den Marmeladenrezepten. DiCaprio-Fan Terese begeistert sich für »Zeiten des Auflaufs« und »Zwetschg me if you can«.

Ich muss meine Gedanken davon abhalten, verrücktzuspielen. Ansonsten steht es im Spiel dumme Ideen gegen Emmi innerhalb weniger Minuten zehn zu null. Schlimmstenfalls könnte ich mich aufs Telefon stürzen und die Nummer meiner Mutter wählen. Doch Silje Pape ist keine Trösterin. Vielmehr ein Fan praktischer Tipps. »Selbst ist die Frau«, würde sie sagen oder: »Fällt der Reiter vom Pferd, schwingt er sich gleich wieder in den Sattel.« Nur um wenig später die Spur zu wechseln: »Ich habe ja nie verstanden, warum du dich bei deiner Intelligenz in der Küche versteckst.« Spätestens dann dürfte es ungemütlich werden.

Tief einatmen, auf das Wichtige konzentrieren: Annabelles, Tereses und mein Montagabendessen. Eine Consommé als Vorspeise war geplant. Als Hauptgang Hühnerstreifen an Salat aus weißem und grünem Spargel. Zum Dessert die Karamellcreme, gekühlt und als Experiment mit einem Schuss Prosecco verfeinert. Das perfekte Sommer-Dinner, fand ich gestern. Doch dafür müsste sich die Welt in altbewährtem Tempo drehen. Jetzt aber befinde ich mich im Schockzustand. Da gilt es, die Seele zu streicheln. Cremiges Essen muss her. Plus Schärfe, um den Angstdrachen zu bändigen.

Mal überlegen … Linsenreis mit Rosinen und Nelken? Ein guter Ansatz, doch das Feuer fehlt. In zarte Reisblätter gewickelte Sommerrollen, deren Füllung von gefährlich roten Tupfern durchzogen ist? Scharf ja, cremig nein. Verworfen. Etwas Nahöstliches? Doch das Huhn, das im Kühlschrank friert, hat sicher nichts gegen eine Reise nach Mexiko!

Wenig später wabern nach Möhren, Pfeffer und Lauch duftende Dunstschwaden durch die Luft, im Topf auf dem Herd blubbert und zischt es. Ich habe mir das Haar hochgesteckt und fächele mir mit den Topflappen Luft zu. Das reicht nicht, ich brauche größeres Gerät. Eigentlich ist meine Küche durchorganisiert wie der Kopf von Hermine Granger, Geschirrtücher aber scheinen lebendig zu sein. Mal finden sie sich auf einem der aufpolierten Sperrmüllstühle, mal hinter den mit Nudeln, Reis und Couscous gefüllten Weckgläsern im Hängeregal. Hin und wieder im Herd – ich verdächtige Ryan, sie aus Faulheit dort hinein zu stopfen, statt sie im Bad in den Wäschekorb zu legen – oder unter meinem Kopfkissen im Schlafzimmer, warum auch immer. Heute entdecke ich eines im Gefrierfach. Es ist bretthart, doch auf den Kopf gelegt gar nicht so unangenehm.

Das Huhn, das in den brodelnden Sud plumpst, ist prall und fest, und sein schnurgerades Brustbein lässt vermuten, dass es in seinem Freilandleben sportlicher war, als ich es je sein werde. Brühe spritzt gegen die Fliesen. In einem Anfall von Kreativität habe ich sie blau verziert. Leider mit Edding, was sie eher an die Bastelecke eines Kindergartens erinnern lässt, als ihnen mediterranes Flair zu verleihen.

»Honey? Why don't you come over?« Von seinem Stuhl aus wirft mir Ryan einen lasziven Blick zu.

Unschlüssig beiße ich mir auf die Lippen. Ich bin nicht wirklich in Stimmung, zu viel saust mir im Kopf herum. Biancetti, aber auch Rico, den ich einfach nicht aus meinen Gedanken verbannen kann. Einmal nicht aufgepasst, und hops, steht er da und beginnt, mit schmeichelnder Stimme zu sprechen. Vielleicht sollte ich mich doch auf Ryan stürzen, nur zur Ablenkung. Kurzer Check: Die Brühe kocht nicht über, und bis Annabelle und Terese eintreffen, vergehen mindestens noch zwei Stunden.

Zunächst unschlüssig, beuge mich zu ihm hinab und knabbere an seinen Lippen. Etwas enthusiastischer wandere ich abwärts, hauche über seinen Hals, der nach warmem Moos riecht. Ein zarter Flaum führt von seinem Bauchnabel zum Hosenbund. Vorsichtig zupfe ich mit den Zähnen an den Härchen. Er seufzt und spannt die Oberschenkel an. Ich ziehe mein Kleid hoch und lasse mich auf seinen Schoß sinken.

In meiner Fantasie trage ich stets blumige, raffiniert geschnittene Vintage-Dresses, meine Taille ist schmaler, das Haar länger, der Rücken makellos, was deshalb so auffällt, weil ich mich meist von hinten sehe. Keine Ahnung, wieso.

Mit mehr Entschlossenheit machen sich meine Finger an seinem Reißverschluss zu schaffen. Er stöhnt leise und schließt die Augen. Erwähnte ich, dass der Stuhl, auf dem er sitzt, viel weniger kippelt als der in meiner Küche? Der Raum ist ebenfalls größer, und im Hintergrund ist das Rauschen des Meeres zu hören. Wir sind allein in einer Hütte, abgeschieden vom Rest der Welt.

Ryan murmelt etwas, fährt mit seinen Fingern zwischen meine, küsst den Handrücken, sieht mich aus seinen graublauen Augen an. »I think I …« Er blinzelt und sucht nach Worten, als sich ein anderes Gesicht über seines schiebt. Ryans feines blondes Haar wird zu einem dunklen Büschel, das senkrecht zur Zimmerdecke steht, seine graublauen Augen bekommen einen durchdringenden Ausdruck, verstärkt in ihrer Leuchtkraft. Hermes blickt mir entgegen und hebt die Hand, um sie auf meine Schulter zu legen. Ich springe auf. »Sorry, Ryan.«

»What's up, girl?«

»Heute ist nicht mein Tag. Bitte denk dir nichts dabei.«

Im Flur bleibe ich an der Holzleiter hängen, die als Schuhablage und Taschenhalter dient. Als sie mit einem Krachen zu Boden geht und dabei nur knapp meinen Fuß verfehlt, platzt die oberste Sprosse auf. Ich fluche und spüre, dass mir Tränen in die Augen treten. Alles scheint mir zu entgleiten, alles geht zu Boden.

Doch vielleicht lasse ich den Spalt in der Leiter, wie er ist, und sammle die Briefe meines Vermieters darin. Meine Furcht davor, dass er mein Apartment luxussaniert, ist mindestens so groß wie die vor dem Finanzamt, der Rentenstelle und meiner Krankenkasse. Glücklicherweise habe ich ein Rezept gegen diese Panik gefunden. Öffne ich den angsteinflößenden Brief mit zwei- bis dreimonatiger Verspätung, weiß ich, dass er unwichtig war – andernfalls hätte ich längst Nachfolgepost erhalten.

Zwei Schritte weiter stehe ich im Badezimmer, von dessen Mitte aus man jede Wand mit den Fingerspitzen berühren kann. Dafür ist es so hoch, dass es an einen Schacht erinnert.

Doch mit dem hellen Lack auf den Dielen und den Wänden in Zartblau wirkt es … nun ja, immer noch nicht großzügig. Zumindest aber nicht mehr so beklemmend wie damals, als ich zum ersten Mal einen Fuß hereinsetzte und annahm, in einem Wandschrank mit integrierter Toilette gelandet zu sein. Zudem bietet es eine Menge Stauraum – oben. Das Putzzeug erreiche ich nur mittels der Leiter, die im Flur steht, doch so kommt Annabelle zumindest nicht einmal in unbeobachteten Momenten auf die Idee, Essigkonzentrat zum Nachwürzen zu benutzen.

In der Dusche lasse ich mir die heißen Tropfen auf den Kopf trommeln. Ricos Stimme klingt in meinem Gedächtnis nach. Ich schalte auf Kalt und schnappe nach Luft, während das eisige Wasser meinen Rücken hinunterströmt.

»Ich muss noch mal weg!«, rufe ich, mit immer noch nassen Haaren und einigermaßen erfrischt, in Richtung Wohnzimmer, wohin sich Ryan verzogen hat. »Passt du auf die Suppe auf?«

»Sure.«

Auf meinem himmelblauen französischen Herrenrennrad, das nur dann besser aussähe, wenn eines dieser schlanken Mitte-Mädchen draufsäße, sause ich nach Weißensee. Ich habe es auf einem Paderborner Trödel geschossen – für fast schon beschämende fünfzig Euro. Nach jedem Gebrauch schleppe ich es fünf Stockwerke hoch, um es nicht morgen auf Ebay wiederzufinden. Mit ein Grund, warum ich nie damit zu Biancetti fahre: Nach den Stunden an der Essensausgabe streiken meine Beine. Aber was rede ich? Biancetti ist Vergangenheit. Ich werde mein Rad verkaufen müssen. Auf dem Flohmarkt im Mauerpark bekomme ich dafür garantiert vierhundert. Doch das tröstet mich nicht.

Umgeben von Plattenbauten, halb verfallenen Parks, aber immerhin top ausgerüsteten Spielplätzen, erhasche ich einen ersten Blick auf meine Bohnenstangen. Sie biegen sich in dem zarten Lüftchen, und ich meine, ihre Blätter rascheln zu hören. Ich trete noch entschlossener in die Pedale. Ein paar Meter weiter verschwinden sie wieder aus meinem Blickfeld. Nun ist nur noch das riesige Schild zu sehen, auf dem der Name des früher hier ansässigen Supermarkts prangt. Mittlerweile ist es grau, die Buchstaben sind ausgebleicht und verwaschen. Seit zwei Jahren steht der Flachbau leer und verfällt zusehends. Kein Leben mehr darin – darauf aber schon.

Ich umrunde das Gebäude, schließe mein Rad an einen verbogenen Laternenpfahl und sehe mich prüfend um. Kindergeschrei dringt an meine Ohren und das Krächzen zweier Krähen, die mich von einem Ast aus beobachten. Doch sie sind die einzigen Zeugen, und so baue ich meine behelfsmäßige Treppe aus Europaletten zusammen, taste mit dem Fuß nach einem Vorsprung neben dem Notausgang, greife mit den Fingerspitzen an den Rand des Daches und erklimme meinen garantiert hunde- und hasenfreien Hochgarten. So häufig, wie ich das mache, sollte es mir leichter fallen, mich emporzuziehen. Doch wie immer liege ich erst einmal keuchend auf der sonnenwarmen Abdeckung und lasse die Wolken am weit entfernten Himmel vorüberziehen. Schließlich habe ich genug Kraft geschöpft, um vorwärtszukriechen. Mich so zu bewegen hat taktische Gründe. Sollte die Polizei Wind davon bekommen, kann ich mir die heimliche Gemüsezucht hier oben abschminken. Und niemals werde ich Annabelle und Terese ein zweites Mal dazu überreden können, säckeweise Erde hochzuhieven. Mal davon abgesehen, dass selbst in Weißensee die ungenutzten Dachflächen langsam knapp werden.

Als ich das erste von Holzplanken eingefasste Beet erreiche, fahre ich zärtlich mit den Fingern über die Blätter der Zuckerschoten und nehme den Mangold unter die Lupe. Meine fleißigen Helfer, die Marienkäferlarven, haben einen Bombenjob gemacht: keine Spur von Blattläusen.

Nachdem ich zu den Tomaten gerobbt bin, fülle ich meinen Stoffbeutel mit den prallsten Exemplaren und danke dem heißen Sommer, dass er bereits Ende Juni die erste Zucchini-Ernte möglich macht. Ein paar Möhren noch, und schon klettere ich wieder hinab, verstaue die Paletten hinter einem Container und schwinge mich auf mein Rad.

Das Huhn köchelt immer noch auf kleiner Flamme vor sich hin. Nachdem ich es zwischen zwei Gabeln herausbalanciert habe – das Fleisch fällt von den Knochen, und beinahe wäre mir eine Keule mit einem Platsch zurückgeplumpst –, seihe ich die Brühe durch ein Sieb und ziehe den feuerroten Tomaten die Haut ab. Ich habe lange nicht mehr mexikanisch gekocht. Ich habe nicht an Tante Bea denken wollen, schätze ich, doch warum eigentlich nicht? Sie war meine Seelenverwandte, und wir fühlten uns allein durch die Liebe zum Kochen verbunden, obwohl wir nicht durch einen gemeinsamen Genpool verbandelt waren.

Ich war acht, als ich sie kennenlernte. Meine Eltern, damals noch ein Paar, unternahmen mit mir meine erste Fernreise, und ich war so aufgeregt, in das Flugzeug zu steigen, dass ich schon Tage vorher kaum ein Auge zubekam. Als wir endlich in dem kleinen Ort auf der Halbinsel Yucatán ankamen, war ich erschöpft und ängstlich. Die Hitze hatte mich wie ein Schlag gegen den Brustkorb getroffen, und die exotischen Gerüche und die fremden Menschen, die hingebungsvoll und ohne zu fragen meinen hellen Schopf streichelten, verstörten mich.

Tante Bea bemerkte meinen furchtsamen Blick, als ich hinter dem Rücken meiner Mutter hervorlinste, an den Erwachsenen vorbei in ihre Küche. »Hast du Hunger?«, fragte sie.

Ich schüttelte den Kopf. Da verstand sie.

»Ich zeige dir, wie man einen traditionellen mexikanischen Auflauf zubereitet. Ich habe ihn Aztekenpudding getauft.« Sie lachte mit ihrer heiseren Stimme. »Du kannst mich übrigens Tante nennen. Ich habe mir schon lange eine Nichte gewünscht. Wir tun einfach, als ob du meine wärst.«

Im Meer vor Tante Beas Haus gab es riesige Fischschwärme, die sich so nah an der Küste bewegten, dass man nur mit Schnorchel und Taucherbrille ausgestattet auf Expedition gehen konnte. Ich hatte Angst, doch Tante Bea schwamm langsam vor, und ich folgte ihr, bis wir von Hunderten neugierigen Meeresbewohnern umringt waren. Meine Finger wurden weiß und schrumpelig, Salzkrusten bildeten sich auf meinen Lippen. Es war atemberaubend.

Der Kontakt zwischen meinen Eltern und Tante Bea brach ab, als ich ein Teenager war, doch ich schickte ihr regelmäßig Mails, auf die sie mit seitenlangen Briefen antwortete. Wir teilten Rezepte, erfanden abenteuerliche Speisen, schmiedeten Pläne für ein Wiedersehen. Daraus wurde nie etwas, und bei dem Gedanken beiße ich vor Wut die Zähne zusammen. Wenn Rico nicht gewesen wäre! Neben meiner Kochlehre hatte ich jedes Wochenende in einer Kneipe geschuftet. Von dem Geld hatte ich nicht einen Cent ausgegeben. Alles war in die verbeulte Zwiebackdose im hintersten Winkel meines Kleiderschranks gewandert.

Seit fast zwei Jahren ruht Tante Beas Körper auf einem Hamburger Friedhof. Der Tag ihrer Beerdigung war einer der traurigsten meines Lebens – dabei hatte sie den Tod nicht gefürchtet. »Mit jedem geht es zu Ende«, hatte sie mir aus Mexiko geschrieben, »und in wohl nicht allzu ferner Zukunft bin ich an der Reihe. Doch das macht nichts. Wer ein Leben gelebt hat, das so frei und luftig war wie meines, so farbig und freudvoll, den schreckt das Sterben nicht. Schlimmer ist es sowieso für die, die bleiben. Doch sei du nicht traurig, meine liebe Emmi. Tu, was du liebst, mit aller Kraft und das, was du nicht liebst, mit ausreichend Aufmerksamkeit, dann wird dir alles gelingen. Konzentriere dich auf dein Leben. Ich hoffe, ich kann dich mit meinen bescheidenen Mitteln dabei ein wenig unterstützen.«

Als ihr Schreiben bei mir eintraf, war sie schon tot. Monate früher, als von den Ärzten prophezeit, war sie leise eingeschlafen in ihrem lichten, farbenfrohen Haus nahe Cancún. In aller Hast hatten die Kinder ihre Habseligkeiten zusammengeräumt, das Anwesen verkauft und Tante Beas Körper nach Deutschland überführt. An einem trostlosen Oktobertag wurde sie in Hamburg beigesetzt. Die Familie weinte, doch ich schluckte meine Tränen hinunter. Denk an ihre Worte, sagte ich mir, konzentriere dich auf dein Leben. Tu das, was du liebst, mit aller Kraft.

Ich finde, ihre Asche gehört in das Karibische Meer, nicht unter nasskalte norddeutsche Erde. Doch so kann ich ihr Grab regelmäßig besuchen, und auch diesen Oktober, am mexikanischen Feiertag El Día de los Muertos, werde ich wieder mit einer ganzen Wagenladung voller süßer Sachen dorthin fahren. Schon Mitte des Monats gehen die Vorbereitungen los, und Annabelle und Terese haben nach anfänglichem Kopfschütteln auch für dieses Jahr ihre Unterstützung zugesagt. Beim letzten Mal haben sie so viel Zuckerguss angerührt, dass sie Muskelkater bekamen, und mir beim Schmücken der süßen Totenköpfe und Miniatursärge geholfen. In einer großen Kühltasche transportierte ich alles auf den Ohlsdorfer Friedhof und breitete es auf Tante Beas Grab aus. Ich zündete Lichter an und sprach leise mit ihr, und als es dunkel wurde, packte ich sorgfältig alles wieder ein und verteilte die Sachen am Hamburger Hauptbahnhof an die Obdachlosen, die fraglos lieber Geld genommen hätten.

Der Saft der Tomaten ist in hohem Bogen auf mein Shirt gespritzt. Ein hellroter Streifen mit glibberig aussehenden Kernen zieht sich vom Ausschnitt bis zur Brust, und ich streife es über den Kopf und werfe es neben mich. Es ist heiß genug, um das Gemüse in Jeans und Unterhemd zu würfeln. Als alles in kleinen Schüsseln bereitsteht – die Salsa aus Zwiebeln und Tomate, die Zucchiniwürfel, die gewürzte Crème fraîche –, ziehe ich Streifen um Streifen des duftenden Hühnerfleisches ab. Die Ausbeute ist reichlich. Ich nasche so viel, dass ich es mit einem großen Schluck Weißwein herunterspülen muss, was Ryan mit gerunzelter Stirn zur Kenntnis nimmt.

»At least we have more time together now«, flüstert er, küsst mich auf die Wange und verschwindet aus der Küche.

Nachdem ich die letzten Fleischreste aus den Rippen geklaubt habe, beginnt die Schichtarbeit: Tortilla, Fleisch, Tortilla, Salsa, Tortilla, Zucchini, Tortilla, Fleisch. Lage für Lage getränkt in der sahnigen Milchmischung. Auf Fladen Nummer neun lasse ich Käse rieseln.

Als Annabelle eintrudelt, wabert ein heimeliger Duft durch die Küche.

»Wow, das riecht super!«, sagt sie. Und mit Blick auf den Wein: »Kein Mojito heute?«

Als sie vor fünf Jahren das erste Mal vor mir stand – ich in dunkelblauem, züchtig unter dem Knie endenden blauen Rock und weißer Bluse, sie in einem Kleid, das aussah wie aus Zeitungen zusammengeklebt, tatsächlich aber aus Seide und von Vivienne Westwood war –, begutachtete sie so lange mein Tablett mit den Getränken, bis mein Arm zu zittern begann und ich zwischen zusammengekniffenen Lippen herauspresste: »Wir haben auch noch etwas anderes außer Orangensaft, Kaffee und Sekt.«

»Wirklich?« Sie strahlte mich so erfreut an, dass ich sie fast mochte. Was mich selbst überraschte, denn grundsätzlich hasste ich bei diesen Außer-Haus-Veranstaltungen alles: mein biederes Outfit, die spießigen Lokale, die Leute in Schuhen, die mehr gekostet hatten, als ich in zwei Monaten verdiente. Nur Moritz Meier nicht, der mit besorgtem Gesicht zwischen den Leuten hindurchflitzte und mich immer wieder zur Seite nahm. »Geht's noch? Sehr schlimm? In drei, zwei, einer Stunde ist es vorbei.« Alle paar Monate stellte Biancetti bei Kaffeeveranstaltungen von Reiche-Leute-Clubs das Personal und die Getränke – wieso, habe ich nie recht verstanden. Doch es gab gutes Geld, und so nahm ich immer an, wenn Moritz mich fragte.

»Und was gibt es, bis auf Saft, Kaffee und Sekt?«, fragte das Wesen mit den streichholzkurzen, beinahe weißen Haaren und dem seltsamen Kleid. Ihre helle Haut zierten genau sieben Sommersprossen, zählte ich. Zwei auf der Stirn, drei auf der Nase, eine an jeder Wange. Ob sie sie dorthin malte?

»Gin. Rum. Whisky.«

»Hallo!« Sie hakte sich bei mir unter. »Dann nichts wie hin zu dem feinen Zeug. Ich habe das Bedürfnis, diesen Nachmittag unwiderruflich aus meinem Gedächtnis zu trinken.«

Nervös ließ ich meinen Blick über die wohlfrisierten Köpfe wandern. Das Lokal war riesig. Die Chance, von Moritz Meier erwischt zu werden, also recht gering. Ich zog sie hinter mir her in die Küche, vorbei an Nurhan, die tadelnd ihren dicken Zeigefinger erhob. »Mädchen, was los?«

»Gleich zurühück«, flötete ich.

Kopfschüttelnd stemmte sie ihre Hände in die Hüften. »Pass auf, dass Meier nicht sieht.«

Verwaist lag der hintere Trakt der silbern schimmernden Clubhausküche da. Annabelle und ich schlichen auf Zehenspitzen um die Schränke und kicherten wie Teenager, wenn die Schubladen beim Aufziehen zu laut schnarrten. Ich fühlte mich ausgelassen wie auf einer Klassenfahrt ins Landschulheim. Schließlich fanden wir die Spirituosen.

»Ich hab Kräuter gesehen«, wisperte ich. »Wie wär's mit einem Mojito?«

Annabelle prustete los und hielt sich schnell die Hand vor den Mund. »Ist das nicht voll Nineties?«

Ich starrte sie an. »Was? Nineties? Du spinnst.«

Geduckt liefen wir zum sechsflammigen Gasherd. So einen wollte ich auch!

»Was machst du?«, zischte Annabelle. »Streichelst du den Ofen?«

»Das ist ein Herd«, flüsterte ich zurück, zog die danebenliegende Tür zum Kühlraum auf und scannte die Plastikpaletten, gefüllt mit Obst und Gemüse. In einer Ecke fand ich, was ich suchte: in Geschirrtücher gewickelte Sträuße. »Okay, Koriander, Petersilie, Basilikum … et voilà: Minze.«

»Was passiert, wenn die Tür zufällt und wir sind noch drin?«

»Dann sollten wir uns wohl mit den Tüchern hier zudecken.«

»Oder Gymnastik machen«, sagte sie und führte eine Art Ententanz auf, der meine Zuneigung zu ihr endgültig besiegelte. Sie sah so albern und gleichzeitig fröhlich aus, wie ich es nur von Kindern kannte.

Schneller habe ich nie zwei Mojito zustande gebracht; und obwohl er zu wenig Eis hatte, dafür aber zu viel Zucker, schmeckte er herrlich. Mit einem Grinsen wie die von Honigkuchenpferden kippten wir in einer Küchenecke stehend die Dinger auf Ex, klatschten uns ab und kehrten beide auf unsere

Posten zurück – ich mit einem Tablett bewaffnet und dem abweisendsten Gesichtsausdruck, zu dem ich fähig war, Annabelle umrundet von einer Gruppe junger Frauen, aus der sie herausstach wie ein Paradiesvogel. Immer wenn ich vorbeilief, zwinkerte sie mir zu. Abends überreichte sie mir mit einer feierlichen Geste ihre Telefonnummer – seitdem kleben und essen wir zusammen, Letzteres immer montags und immer bei mir. Und nie geht es ohne Mojito.

Glücklicherweise nahm Terese, die etwas später in unseren Bund aufgenommen wurde, das Ritual begeistert an. »Super, im Ausland trinke ich immer deutschen Riesling, keine Ahnung, warum, aber hier finde ich Urlaubsdrinks großartig!« Damit hatte sie sich direkt in unser Herz geprostet. Fortan waren wir zu dritt, und ich kann mir kein Leben mehr ohne meine Freundinnen vorstellen.

Jetzt reibt sich Annabelle über die Nase. Sie hat immer noch sieben Sommersprossen im Gesicht, auch sonst hat sie sich kaum verändert seit unserer ersten Begegnung. Nur dass sie keinen Fuß mehr in Reichenclubs setzt und stattdessen in hipperen Locations wie der Wilden Renate und dem Festsaal Kreuzberg verkehrt.

»Ich war am Wochenende abstinent«, erkläre ich. »Da muss ich mich mit Weißwein aufwärmen, sonst kommt das Hochprozentige wie ein Schock.«

Das mit der Abstinenz stimmt, der Rest aber ist eher geschönt. Soll ich nicht einfach mit der Wahrheit rausrücken? »Annabelle, ich wurde gefeuert« / »Annabelle, endlich bin ich Biancetti los« / »Annabelle, ich bekomme gleich einen Panikanfall«. Hm. Lieber nach dem Essen. Dann bleibt noch genug Zeit für Krisengespräche.

»Wohingegen ich mich an das Wochenende nur bruchstückhaft erinnere.« Ihre Haut schimmert wie mit Perlmuttpartikeln bestäubt. Wie stellt sie das bloß an: beim Auflegen bis zum Morgengrauen Drinks in sich hineinzuschütten und am nächsten Tag trotzdem auszusehen wie eine wunderschöne Statue aus Eis?

Sie greift nach einem Kochbuch, um sich Luft zuzufächeln. »Wenn die Hitze nicht schleunigst aufgibt, löse ich mich auf. Warum bin ich kein Kerl? Ich will auch oben ohne rumlaufen können!«

Ich schiele auf ihren Busen, den sie nackt lieber nicht in der Öffentlichkeit zeigen sollte. Eine toplose Annabelle könnte den Verkehr zum Erliegen bringen, derart voll und rund sind ihre Brüste. Zudem so weit oben angesetzt, dass sie das Alter kaum fürchten müssen. Zugegeben, auch meine sind rund. Jedoch so klein, dass sie genauso gut eckig daherkommen könnten, ohne Aufsehen zu erregen.

Mit hochgezogenen Augenbrauen mustert sie mich. »So nett du selbst in Unterwäsche wie dieser aussiehst, und das ist nicht einfach – ich finde, beim Essen sollte man angezogen sein.«

Ich linse an mir hinab. Hoppla, das sieht nicht gut aus. Mein Unterhemd ist ausgeleiert, und die Tomatenflecken haben sich in den gräulichen Baumwollstoff vorgearbeitet. Als es klingelt, flitze ich ins Schlafzimmer und angele mein Lieblingskleid von dem lackierten Ast, der als Garderobenersatz von der Decke baumelt. Mittlerweile hat er sich als Allroundtalent entpuppt: Auch Schmuck und Sonnenbrillen lassen sich hier aufbewahren. Die Klamotten von heute Vormittag riechen immer noch nach Kantine, obwohl sie die Schicht über im Spind lagen. Ich werde sie mit Nelkenöl besprühen müssen, um sie in einen tragbaren Zustand zurückzuversetzen und nie wieder auch nur einen Gedanken an Biancetti zu verschwenden.

Essbares Glück

Als ich im Jerseydress in die Küche zurückkehre, sitzt dort Terese, wie immer knallbunt gekleidet. An ihren Füßen baumeln Schuhe, auf denen sie glatt ohne Zuhilfenahme einer Leiter Glühbirnen auswechseln könnte. Zu gern würde ich einmal messen, wer höher ist: sie oder ihre Absätze? Ihr wie mit dem Lineal geschnittenes kupferrotes Haar glänzt wie mit Öl besprüht, darunter guckt ein herzförmiges Gesicht hervor, dessen schmale Lippen zu einem Lächeln gekräuselt sind.

»Im Juli lege ich auf drei Firmenpartys auf«, berichtet Annabelle gerade, »außerdem in Hamburg und in München beim Filmfest. Das findet übrigens an deinem Geburtstag statt, Emmi, ausgerechnet! Schlimm?«

Ich hasse es, meinen Geburtstag zu feiern. Andererseits bekomme ich jedes Mal Weinkrämpfe, wenn nicht jeder in der Umgebung von drei Kilometern mit einer Überraschung vor meiner Tür steht. Vielleicht ist der Dreißigste genau der richtige Anlass, um mit diesen Kindereien aufzuhören.

»Schon in Ordnung«, murmele ich und fühle mich plötzlich sehr erwachsen. Doch was sollte mich heute noch schockieren? Ich wurde gefeuert und von einem Götterboten berührt. Von meinem Ex fange ich gar nicht erst an.

Mit einem Ruck reiße ich die Balkontür auf. Die Luft ist lau und riecht nach Salbei, Thymian und der üppig wuchernden

Minze. Mit diesem Vorrat könnte ich glatt eine Mojitobar eröffnen. Ich pflücke zwei Handvoll und halte sie vor meine Nase. Jedes Kraut hat eine eigene Wirkung auf mich. Melisse verscheucht Anflüge von Traurigkeit. Thymian und Salbei wirken zugleich beruhigend und anregend, der Duft von Koriander ist dank Tante Bea wie nach Hause kommen. Und Minze der ultimative Laune-Booster.

In der Küche hat Terese schon begonnen, den Zucker zu zerstoßen. Ich lasse die liebevoll zerpflückten Blätter darüberrieseln, nehme ihr den Mörser ab, gebe einen Schuss Sirup hinzu und rolle die Limetten fachmännisch über die Tischplatte, um ihnen gleich so viel Saft entlocken zu können wie möglich. Meine Freundinnen kennen das Procedere und geben sich nicht mal mehr die Mühe, nachzufragen. Jetzt noch Crushed Ice in die Gläser, Rum und Mineralwasser darüber, fertig.

»Auf uns!«

Ich liebe die Kombination aus erfrischender Minze und der süßen Schwere von Zucker und Rum. Auch Tereses Augen schimmern glückselig, und sie lehnt sich in ihrem Stuhl zurück.

»Ist das Leben nicht toll?«

An den meisten anderen Tagen würde ich ihr zustimmen, doch heute enthalte ich mich und verteile lieber die Vorspeisenteller mit geraspelter Möhre, gehobelten Champignons und in hauchdünne Scheiben geschnittener Gurke.

»Rohkost?« Annabelles Gesichtsausdruck könnte kaum angeekelter sein, wenn ich gekochte Riesenameisen servieren würde. Zwei Minuten später ist der erste Gang für beendet erklärt, und Annabelle versucht einen Turm aus Hühnchen, Tortillas, Gemüse und Guacamole in ihren Mund zu verfrachten.

»Halleluja!«, presst sie zwischen zwei großen Bissen hervor. »Das ist ja der … Himmel. Noch besser als das Risotto, das du im Frühjahr gekocht hast und von dem ich geglaubt habe, es würde so langweilig schmecken, wie es aussah. Aber dann ein Happs, und ich habe glatt darüber nachgedacht, Vegetarierin zu werden.«

Terese und ich kichern. Annabelle als Vegetarierin ist ebenso schwer vorstellbar wie ich als Fastfood-Konsumentin. Oder Terese als Stubenhockerin.

»Aber das hier«, fährt Annabelle fort, »ist essbares Glück. Wow, Emmi. Wirklich: wow.«

Geschmeichelt koste ich. Der zurückhaltende Geschmack des Gemüses, die Schärfe der Salsa und die cremige Süße von Sahne und Käse verbinden sich auf eine Weise, die ich von keinem anderen Gericht kenne. Dazu das eigentlich geschmacksarme Hühnerfleisch, nun vollgesogen mit Würze. Und die Tortillas, weich und saftig, die mit jedem Bissen das Gefühl von Wärme und Geborgenheit im Bauch verstärken. Annabelle hat recht. Tante Beas Aztekenauflauf ist pures essbares Glück, genau wie in meiner Kindheitserinnerung.

Stille ist eingetreten. Nur das Schaben der Gabeln ist noch zu hören und das Knacken von Annabelles Unterkiefer, jedes Mal, wenn sie den Mund öffnet und wieder schließt. Nachdem sie mit dem Zeigefinger ihren Teller sauber gewischt hat, nimmt sie einen Schluck und lehnt sich zurück.

»Wie wäre es, wenn wir drei zusammen Urlaub machen?«

»Super!«, sagt Terese. »Ich muss allerdings mit Hase sprechen. Oder kann er mit?«

»Warte, lass mich überlegen, ähm: *nein!* Was wäre denn das für ein Urlaub: drei Girls und ein Hase?«

»Ich finde es komisch, wenn du Hase zu ihm sagst.«

»Dann nenn ihn einfach Peter.«

»Das klingt so onkelhaft. Hase passt zu ihm, aber nur bei mir.«

»Jedenfalls lege ich im August bei einer Party in Meckpomm auf«, redet Annabelle weiter. »Ich weiß, gähn. Aber es soll richtig hübsch dort sein.«

»Mecklenburg-Vorpommern?« Terese guckt, als wolle Annabelle sie zu einer Radwanderung durch Tschetschenien überreden. »Warum nicht Ibiza? Oder Martha's Vineyard? Dahin wollte ich schon immer mal.«

»Wenn du durchsetzen kannst, dass wir wie du nur zehn Prozent des Flugpreises bezahlen: gern!«

»Hallo?« Terese postiert ihre Killerheels auf dem wackeligen Küchenstuhl neben sich, zieht die Beine an und schüttelt den Kopf, ohne dass nur ein kupferrot gefärbtes Haar aus der Form gerät. »Das ginge, wenn wir ab jetzt miteinander verwandt wären. Ersten Grades. Was schwierig werden dürfte …«

»Also Meckpomm?«, unterbricht Annabelle. »Ich wollte mir sowieso die neuen Jagdclubs da anseh…«

Sie verstummt, als sie Tereses fassungslosen Blick bemerkt. Annabelles Herkunft schimmert nie einfach nur durch, sondern knallt einem wie neonfarbene Graffiti ins Auge. Ihr Großvater hat mit Schriften über eine ursprünglich angehauchte Großwildjagd – ich sage nur: Pfeil und Bogen – ein Vermögen angehäuft. Was seine Nachkommen bei ihren Tänzen über das Münchener High-Society-Parkett in wenigen Jahren wieder durchbrachten. Mittlerweile arbeitet Annabelles Mutter als Zahnarzthelferin, ihr Vater schreibt Bücher darüber, wie sich Armut und Eleganz vereinen lassen. Er hat sogar schon mal bei Annabelle, Terese und mir dafür recherchiert. Schlussendlich verfügen wir aber nicht über ausreichend Glamour, um als Garnisonsfiguren für so etwas herhalten zu können.

»Ich kann mich einfach nicht daran gewöhnen, dass du in deiner Freizeit gern Tiere erschießt«, stöhnt Terese.

»Wenn man Fleisch isst, kann man ebenso gut dafür sorgen, dass es auf den Teller kommt. Falls dir das nicht passt, ernähre dich vegetarisch.«

»Ja, aber …«

»Da gibt es kein Aber. Abgepackte Wurst im Supermarkt zu kaufen und sich einzubilden, sie sei auf Bäumen gewachsen, ist dumm.«

Terese kneift die Lippen zusammen.

»Tja …«, grätsche ich hinein, um das aufkommende Gewitter zu vertreiben. Was soll's, ich kann ebenso gut jetzt mit der Wahrheit rausrücken. Das Mahl ist verspeist, die Mojitos sind getrunken. Wenn mich meine beiden Freundinnen gleich in Grund und Boden schreien, halte ich es schon aus. »Ohne mich. Ich kann mir selbst Meckpomm nicht leisten. Seit heute Nachmittag bin ich nämlich arbeitslos.«

»*Was?*«

»*Warum?*«

»Herr Meier hat mich gefeuert.« Erstaunlicherweise fühle ich mich nicht beschämt, während ich die Worte ausspreche. Allerdings auch nicht befreit. Sondern bloß verpflichtet, mit der gesamten Geschichte herauszurücken. Stumm lauschen mir Annabelle und Terese, was einem Wunder gleichkommt. Als ich fertig bin, guckt mich Terese mitleidig an.

»Ach du je! Wenn man es allerdings von einem anderen Standpunkt aus betrachtet …«

»Ich weiß«, leiere ich herunter. »Biancetti war kein Job für die Ewigkeit. Ich könnte meine Talente besser einsetzen. Aber wo? Und von welchen Talenten sprechen wir?«

»Also wirklich«, explodiert Terese, und schnell unterbreche ich sie: »Können wir das Thema wechseln?«

Annabelle beugt sich vor und studiert mich, als sei ich ein seltenes Insekt. »Sorry, nö. Eines ist mir nämlich nicht ganz klar: Wieso warst du so verpeilt, dass dir der Teller runtergefallen ist?«

»Ich war verwirrt.«

»Das an sich ist ja nichts Neues«, bemerkt sie. »Aber warum so sehr?«

»Weil da … so … ein … Typ … und vorher … Rico …«

»Rico?«, kreischt Terese.

»Er hat … angerufen …«

Terese hat die Augen aufgerissen und starrt mich an.

»Also. Rico.« Ich hole tief Luft. So viel brauche ich davon gar nicht, denn das Telefonat ist schnell wiedergegeben. Terese legt den Kopf schief und blickt mit gerunzelter Stirn in die Ferne, Annabelle hat ihr stoischstes Gesicht aufgesetzt. Rico, wird mir wieder einmal klar, ist kein gutes Gesprächsthema in dieser Runde.

»Und was, glaubst du, wollte er?«, fragt Terese schließlich.

Ich zucke mit den Schultern.

Annabelle zieht ihre Augenbrauen so hoch, dass sie fast an der Zimmerdecke kleben. »Das ist doch ganz einfach. Der Mann ist bekannt dafür, dass er … na ja … Phasen hat. Mal ist er der anschmiegsamste kleine Kater der Welt und wollte wochen-, Quatsch, monatelang nicht von deiner Seite weichen, oder, Emmi?«

Ich nicke, auch wenn ich einen Stich spüre. Es war ja nicht *nur* so. Wir hatten auch ausgeglichene Tage. Verdammt wenige, zugegeben.

»Und dann, peng. Er hat eine grandiose Geschäftsidee, pumpt alle Leute an, die er kennt, und irgendwann auch Fremde, denn die, die ihn kennen, wollen ihm nichts mehr leihen. Nur du hilfst ihm, einen Segelschein zu machen, um einen Yachtclub auf der Pader zu eröffnen, oder eine Umzugsfirma zu gründen, obwohl er nicht mal einen Führerschein hat.« Sie presst die Lippen aufeinander. Wieder nicke ich stumm. Alles schon da gewesen mit Rico. »Er befindet sich also entweder in einer Alles-was-ich-will-schaffe-ich-auch-Periode und braucht Unterstützung, oder er muss sich ausruhen, und was ist schon gemütlicher als dein Schoß?«

Mir treten Tränen in die Augen. Annabelles Version ist vereinfacht, doch tatsächlich lässt sich Ricos und meine Geschichte so zusammenfassen. Mal waren wir einander so nah, dass nicht mal ein Stück Papier zwischen uns gepasst hätte, dann wieder war er weg, bevor ich »Halt« rufen konnte. Bis zu jenem Nachmittag, an dem ich die Zwiebackdose fand. Ich kündigte mein Paderborner WG-Zimmer, brach meine Kochlehre ab und zog nach Berlin, wo ich niemanden kannte und niemand mich.

Um Annabelle und Terese, vor allem aber mich von Rico abzulenken, sage ich: »Und dann war da dieser Typ. Er hat mich von der Straße gezogen, denn aus Verwirrung über Ricos bescheuerten Anruf wäre ich fast von einem Audi überfahren worden.«

Weder Annabelle noch Terese reagieren. Nachdenklich schauen sie mich an, dann wechseln sie einen beklemmend wissenden Blick.

»Ich lasse Rico nicht mehr in mein Leben«, erkläre ich, entrüstet, dass sie mich für so weich halten könnten.

»Nein?«, fragt Terese skeptisch. »Du bist ja nun nicht gerade die Entschlossenste, weißt du?«

Darauf weiß ich nichts zu sagen. Wir schweigen eine Weile, und ich überlege schon, Musik anzumachen, als Terese plötzlich aufblickt. »Was für ein Typ?«

»Wie bitte?«

»Was für ein Typ hat dich von der Straße gezogen?«

»Ein verdammt gut aussehender.« Die Erinnerung lässt mich kichern. Ich bin wohl leicht beschwipst. »Mit knallblauen Augen und einem großen Mund, er selbst war auch riesig. Und schlaksig. Und gut angezogen, in einem Anzug zwar, was ja nicht so meins ist. Ein bisschen, als sei er Mitglied in einer Britpopband, doch nicht gewollt, sondern … es sah einfach gut aus.«

»Er hat dich von der Straße runtergerissen – und dann?«

»Nichts und dann. Erst mal. Aber später ist er in der Kantine wieder aufgetaucht und sagte, er sei der Personalchef. Hermes hat mich also ein zweites Mal retten wollen, sozusagen, aber es hat nicht gereicht, denn dann kam Herr Meier, und Herr Meier hat mich entlassen, und dann habe ich ihn im Fahrstuhl wiedergetroffen, wo er seine Hand auf meine Schulter gelegt und gesagt hat, ich sei mehr wert. Dann ist er abgeführt worden.«

Stille. Der lautes Durcheinanderreden folgt.

»Abgeführt?«

»Personalchef?«

»Hermes?«

»Hand auf deine Schulter gelegt?«

»Ich verstehe das nicht.«

»Ich auch nicht«, gebe ich zu. »Mojito?«

Sie nicken.

»Und er heißt Hermes?«, fragt Terese eine Viertelstunde später, und wenn ich mich nicht irre, leiert ihre Stimme ein wenig. »So einen seltenen Namen findet man garantiert online.«

»Ich habe ihn Hermes getauft. Um ihn nicht Toller-Mann-mit-schwarzen-Haaren-und-eisblauen-Augen nennen zu müssen.«

»Ach so.« Sie kaut auf ihrer Unterlippe herum und starrt mich aus ihren großen Augen an. »Und? Was fühlst du?«

»Was soll ich schon fühlen? Ich kenne ihn doch gar nicht.«

»Ich meine wegen Rico.«

»Ach so.« Ich senke den Blick. Was fühle ich? Keine Ahnung, um ehrlich zu sein. Mein Inneres scheint abgeriegelt worden zu sein. Aber das kann ich den beiden unmöglich erzählen. Es würde sie in ihrer Angst, ich könnte zu Rico zurückkehren, nur bestärken.

»Vielleicht sollte ich versuchen, Hermes kennenzulernen«, überlege ich laut. »Rein vorsorglich. Nicht, dass ich wirklich Angst hätte, noch an Rico zu hängen …« *Gelogen,* flüstert eine dünne Stimme in meinem Kopf. »Andererseits … Vielleicht doch nicht. Ich glaube, ich bin noch nicht so weit.«

»Oh doch!«, ruft Terese. »Oh doch! Du bist in deinen besten Jahren und verschwendest sie daran, von einem Hollywoodstar zu träumen. Emmi, das ist was für Teenager. Und mit Hermes hätten wir vielleicht auch das zweite Problem endlich vom Tisch.«

»Welches zweite Problem?«

»Deins«, ereifert sie sich. Sie lüftet ihren Rock, auf dem in Kniehöhe ein zitronengelbes Rechteck mit Herzen prangt. Als sie unsere Blicke bemerkt, erklärt sie: »Von Hases Mutter.« Peters Mutter hat nach ihrer Scheidung Patchwork entdeckt. Seitdem gibt es kaum einen Fleck in Tereses und Peters Wohnung, der nicht von zusammengenähten Stoffresten bedeckt ist. Das Loft wirkt jetzt wie eine gigantisch große Puppenstube, in der ich mir so farblos vorkomme, dass ich auf Besuche verzichte.

»Erst gestern haben Hase und ich darüber gesprochen«, fährt sie fort. »Dass du den Amish-Leuten Konkurrenz machen könntest. Oder diesen verrückten Waiting-Till-Marriage-Anhängern.«

»Ihr habt über mein Sexleben geredet?«

»Das machen wir oft. Auch wenn es in Wahrheit wenig zu reden gibt, in der Hinsicht passiert ja nicht viel, aber genau das macht es auch interessant.«

Ich stelle mir Peter und Terese am Küchentisch vor, sie poliert die Pfeffermühle, er schneidet Feigen auf, und vielleicht fällt ihr in genau so einem Moment ein zu sagen: »Also, Emmi sitzt ja ganz schön auf dem Trockenen. Langsam bekomme ich Zweifel, dass ihr noch mal einer an die Möpse will.«

Und Peter kichert und fragt: »Welche Möpse?«

»Was ist daran bitte interessant?«, frage ich.

»Dass es heutzutage Leute gibt, die sich freiwillig dem Zölibat verschreiben. Nicht, dass ich dir einen Vorwurf machen wollte.« Sie hebt die Hände, als fürchte sie, ich könne ihr mein Glas überziehen. »Kann gesund sein. Was Aids angeht. Herzkreisflauftechnisch vielleicht nicht so. Stimmt's, Annabelle?«

Die guckt von Terese zu mir. »Nichts dagegen, wenn du mir zur Abwechslung mal echte Sexabenteuer erzählst, von mir aus auch mit einem Mann namens Hermes. Langsam kenne ich Ryans Vorlieben schon besser als meine.«

Terese beugt sich fachmännisch über meine Umhängetasche, zieht mein Notizbuch heraus und zückt einen Stift. »Lasst uns einen Plan entwickeln.«

»Das Buch ist für meine Rezepte!«

Terese tut, als höre sie mich nicht. »Zuerst allerdings, und eigentlich bin ich ganz froh, dass wir an diesem Punkt sind, müssen wir Emmis Karriere in den Griff bekommen.«

Annabelle und ich prusten gleichzeitig los. »Karriere?«

»Was nicht ist, kann noch werden. Ich sehe Potenzial. Es bedarf nur ein wenig Nachdenkens. So, Annabelle. Emmis Vor- und Nachteile, aber pronto.«

»Wie? Jetzt?«, frage ich.

»Du brauchst einen Job. Und Geld. Und, zur Abwechslung, Anerkennung. Also ja: jetzt.«

Wann genau hat sich das Gespräch eigentlich in diese Richtung entwickelt? Terese hat leicht reden, sie … Na ja, wenn ich ehrlich bin, hat sie überhaupt nicht leicht reden. Sie stammt aus einer alteingesessenen Stahlfamilie im Saarland – wobei Stahlfamilie in ihrem Fall nicht Stahlmagnaten heißt, sondern Stahlarbeiter. Terese war zwei, als eine Hütte nach der anderen schloss und ein Mann nach dem anderen arbeitslos wurde. Ihr Vater bildete keine Ausnahme. Mit den Kumpels wurde nicht mehr geschuftet, sondern gesoffen. Gerade siebzehn, floh Terese von dort. Sie absolvierte die Ausbildung zur Flugbegleiterin in der Hälfte der sonst üblichen Zeit und wurde mit fünfundzwanzig Jahren die jüngste Purserin der Airline. Nein, leicht reden hat Terese wirklich nicht.

»Dann mal los mit eurer Basher-Liste«, murmele ich und schaffe es nur mit Mühe, meine plötzlich aufkommenden Tränen herunterzuschlucken.

»Wir wollen dich nicht bashen«, beeilt sich Terese zu sagen. »Wir wollen deine Vorteile auflisten, um dir Mut zu machen, und deine wenigen Nachteile, um sie auszumerzen.«

Ich gebe ein müdes Prusten von mir.

»Emmi, das macht Spaß, bestimmt! Also, Annabelle, du beginnst.«

Spaß stelle ich mir zwar anders vor, aber ein bisschen neugierig bin ich nun doch. Was wohl für sie meine hervorstechendste Eigenschaft ist – davon abgesehen, eine ambitionierte Köchin zu sein, gut zuhören zu können und keine Angst vor Bohrmaschinen zu haben?

Nach kurzem Überlegen konstatiert Annabelle: »Emotional.«

»Puh, und wie.«

»Verdammt anstrengend von Zeit zu Zeit.«

»Allerdings!«

Über wen reden die?

»Jemand, für den eine Arschtrittmaschine erfunden werden sollte.«

Was?

»Moment«, unterbreche ich. »Ich dachte, ihr wollt für mehr Anerkennung sorgen! Bisher klingt das meiste nach Beleidigung.«

»Faul«, wirft Annabelle ins Rennen.

»Faul?« Fast spucke ich das Getränk wieder aus, von dem ich gerade einen Schluck genommen habe. »Jetzt hört aber auf!«

Vielleicht wäre jetzt der richtige Moment, einzuwerfen, dass ich es bin, die montags immer kocht. Ich bezahle nicht allein, okay, wofür gibt es schließlich unser gemeinschaftliches Sparschwein, in das Terese, Annabelle und ich regelmäßig Münzen werfen – aber den Nachmittag in der Küche verbringe ausschließlich ich. Nicht unerwähnt lassen will ich auch, dass ich so oft es geht nach Kreuzberg fahre, mich dort in Tereses Wagen setze und sie vom Flughafen abhole, damit sie endlich mal die Füße hochlegen kann. Faul? Pustekuchen!

Mist, vor lauter Nachdenken habe ich ihre letzten Worte verpasst. Terese allerdings nickt gerade dermaßen energisch, um Annabelle beizupflichten, dass mir ganz anders wird.

»Außerdem hat sie sich fünf Jahre mit einem Job herumgeschlagen, der sie brutal unterfordert hat, statt sich Gedanken über ihre Ziele zu machen.«

»Ich habe keine Ziele«, werfe ich nonchalant ein und strafe sie mit meinem arrogantesten Blick. »Das ist einfach so. Gewöhnt euch dran.«

»Nee«, sagt Terese. »Genau deshalb sitzen wir hier. Einmal Ziele für Emmi, bitte.«

»Entschuldige mal! Ich habe mir damals nicht gewünscht, von einem Prinzen in Knickerbockers und mit Helmfrisur auf ein Schloss entführt zu werden. Es hätte mir schon gereicht, mein Geld nicht an jemanden wie Rico zu verschleudern. Eine Reise zu Tante Bea zu unternehmen gehört meiner Meinung nach durchaus zu den realistischen Zielen.«

Sie legt den Kopf schief und sieht mich traurig an. »Ja, aber …«

»Mir ist schon klar, dass ich mir all das selbst zuschreiben muss. Ich hätte Rico nie vertrauen dürfen. Das weiß ich. Aber ich finde es verdammt ungerecht, dass ihr so tut, als sei ich aus reiner Dummheit da reingeraten. Ich habe diesen Mistkerl geliebt! Sagt nicht, dass euch so etwas nicht auch passieren könnte.«

»Schon, aber Emmi, ich finde, dass du langsam darüber hinweg sein solltest. Ich meine, okay, Rico war das Schlimmste, was dir passieren konnte, aber das ist mehr als fünf Jahre her.«

»Ich weiß.«

»Und es ist ja nicht so, dass du nicht könntest, wenn du wolltest.«

»Ach.«

»Ich meine …« Unsicher guckt sie zu Annabelle. »Es gibt doch Typen, die dich gut finden. Echte Typen, meine ich. Nicht Ryan Gosling. Und es gibt ganz sicher Jobs. Einen guten Job. Für dich. Einen, in dem du aufgehen kannst. Hat nicht deine Tante immer ges…«

»Sie war nicht meine Tante.«

»Deine Sozusagen-Tante. Sie hat doch immer …«

»Ja«, schneide ich ihr das Wort ab, krause die Stirn und blicke düster drein. In Wirklichkeit aber bin ich nicht sauer. Ja, meine Freundinnen sagen manchmal Dinge, die besser verpackt sein könnten. Doch immerhin fragen sie mich dabei hin und wieder nach meiner Meinung, im Gegensatz zu meinen Eltern, deren Wahrheiten absolut sind, jede für sich. So besteht meine Mutter heute noch darauf, dass ich die Kochlehre nie hätte anfangen dürfen – man sehe ja, was dabei herauskam. Und mein Vater? Der hat sich in sein Schmolleckchen zurückgezogen, seit meine Mutter ihn vor die Tür gesetzt hat, und schickt zwei SMS pro Jahr. Die paar Male, die ich ihn anrief, war er so wortkarg, dass ich mich wie eine nervige Telefonverkäuferin fühlte. Ich weiß nicht, warum er sauer auf mich ist. Ich weiß nur, dass nichts, was ich tue, seine Aufmerksamkeit wecken kann.

Terese und Annabelle dagegen interessiert, was *ich* zu meinem Leben zu sagen habe – andernfalls wären wir wahrscheinlich keine so guten Freundinnen. Und auch wenn sie mit ihren Ideen manchmal über die Stränge schlagen, liebe ich sie inbrünstig dafür.

Schließlich ist es so weit. Annabelle und Terese wissen, was die Zukunft für mich bringt: einen neuen Job und einen neuen Mann. Woher beides zu bekommen ist, darüber allerdings sind sie noch uneins. Terese findet, ich solle wieder dort beginnen, wo ich nach Rico aufgehört habe. »So eine Lehre lässt sich schließlich fortführen.«

Lässig winkt Annabelle ab. Ihrer Meinung nach bin ich zur Clubbesitzerin berufen. »Das ist in Berlin eine todsichere Investition. Und ich werde Resident-DJ, das ist ja klar.«

»Quatsch«, fällt Terese ein. »Was soll Emmi denn mit einem Club? Sie hasst es, auszugehen.«

»Ähm, Moment, so schlimm ist es auch wieder nicht.«

»Wie bitte? Du würdest nicht mal tanzen gehen, wenn man dir heimlich MDMA verabreichen würde.«

Annabelle rollt die Augen. »Tereschen, wenn es um Drogen geht, solltest du dich lieber raushalten. Aber grundsätzlich stimme ich dir zu. Club und Emmi, das passt wirklich nicht.«

Beide verstummen und gucken nachdenklich. Gott, ist das deprimierend! Nicht einmal ihnen fällt noch ein verstecktes Talent von mir ein.

Ich kehre auf den Balkon zurück und schneide behutsam eine weitere Handvoll Minzblätter. Von draußen werfe ich einen kurzen Blick ins hell erleuchtete Innere. Annabelles weißblonder Schopf und Tereses roter beugen sich wieder tief über das Blatt Papier. Wie sehr ich sie darum beneide, zu wissen, was sie wollen! Weder Annabelle noch Terese müssen sich Gedanken darum machen, ob sie je falsch abgebogen sind.

»Emmi, du bist großartig«, sagt Terese, als ich wieder eintrete. »Du wirst deinen Weg finden, da bin ich sicher.«

Ich nicke, auch wenn ich daran zweifle. Es gibt so viele Möglichkeiten. Was, wenn ich meine nicht ergriffen habe, als die Zeit dafür reif war?

Durch mein Küchenfenster beobachte ich die Nacht, wie sie zum Morgen wird. Gestern scheint weit weg zu sein. Sollte ich mich von dem Rausschmiss schon erholt haben, genauso wie von Hermes' Fingerspitzen? Keine Ahnung. Ich weiß nur, dass sich die Küchenwände drehen, wenn ich für einen Moment vergesse, einen konkreten Punkt zu fixieren.

»Du musst ins Bett, verdammt«, motzt Annabelle und versucht, meinen linken Arm auszureißen.

»Was?«

»Ins Bett!«

Wieder zerrt sie an mir. Ich löse den Blick vom Fenster und sehe an mir hinunter. Die Rumflasche liegt in meinem Schoß, den dazugehörigen Schraubverschluss entdecke ich nirgends.

»Los jetzt«, bellt Annabelle. »Abmarsch!«

Ich versuche aufzustehen, aber es klappt nicht.

»Kreislauf, das Blut muss … Dingens … runter.«

»Nix da. Hoch mit dir. Und ab ins Bett!«

Widerwillig lasse ich mich von ihnen auf die Beine stellen und gegen den Kühlschrank lehnen. Meine Küche wirbelt um mich herum, und Annabelle und Terese schwanken auf und ab wie Kapitäninnen auf hoher See. Sie heben mich und schieben mich. Irgendwann liege ich auf meinem Bett, sehe der Deckenlampe beim Schlingern zu und schlittere in nebulöse Träume hinein. Und irgendwann wieder hinaus, als jemand nahe meinem Ohr flüstert: »Ich bin oberhammergeil!«, und: »Ich will Flugbegleiterin werden.«

»Was ist los?«, stammele ich.

»Nichts«, sagt Terese und streckt eines ihrer dürren Beine aus. »Ich habe nur ein Glas Wasser gewollt.«

»Im Schlafzimmer?«

»Ich hab mich vertan. Ich dachte, das wäre das Bad.«

Langsam richte ich mich auf, lasse mich aber gleich wieder zurückfallen. Wer hat der Sonne erlaubt, so grell zu scheinen? Und so stolz ich auf meine Schrankalternative bin, die aus deckenhohen Regalen hinter einem pink-gelb-grün gemusterten Vorhang besteht – heute scheinen die Farben mit spitzen Pfeilen auf meine Augen zu zielen. Wenn ich länger als eine Sekunde darauf blicke, wird mir schummrig. Ich versuche, meine Augen mit den Händen abzuschirmen und das Schlucken einzustellen. Der Geschmack in meinem Mund weckt die Erinnerung an eine stetig leerer werdende Spirituosenflasche.

»Oberhammergeil?«, wispere ich. »Was ist denn das für ein Wort? Bist du wieder in den Neunzigern gelandet?«

»Ist was passiert?«, murmelt Annabelle verschlafen neben mir.

»Terese hat versucht, mich zu hypnotisieren, und zwar mit einem Wort wie ›oberhammergeil‹.«

Annabelle setzt sich auf. »Sagt man das jetzt wieder?«

Terese rümpft die Nase und stolziert raus, wobei sie die Hosenbeine meines Schlafanzugs anheben muss wie eine Schleppe.

Kurze Zeit später sitzt Annabelle vor einer Reihe Marmeladengläsern in der Küche. »Quitte, I like!« Genüsslich leckt sie ihren Finger ab.

»Rede bitte nicht, als wärst du Mrs Facebook. Und nimm einen Löffel, ja?«

Sie ignoriert mich. »Mhm, die Pflaumenmarmelade ist auch nicht übel. Wobei, die aus Himbeeren und Minze … Ich kann mich nicht entscheiden. Was machst du da?«

»Frühstück.«

Ich stelle Zucker, Salz, Mehl und Natron neben sie und hole Butter aus dem Kühlschrank. Die Erdbeeren sehen matt und schrumpelig aus, haben aber keine faulen Stellen. Trotzdem müssen sie dringend vernichtet werden.

In meinen Schläfen scheint ein ganzer Bautrupp zu arbeiten, der mit Hammer und Meißel auf meine Nervenbahnen klopft. Ich presse eine Milchtüte gegen meine Stirn und atme auf.

»Wir machen einen auf Altmodisch«, flüstere ich mit Whiskystimme. »Nicht nur bin ich oberhammergeil, ich backe auch noch Scones. Leider kann ich nicht mit Clotted Cream dienen.«

»Wie bitte?«

»Die isst man dazu. Hab ich dir nicht mal welche geschenkt?«

»Mhm«, sagt sie so zögerlich, dass ich misstrauisch werde.

»Hat sie dir geschmeckt?«

»Wenn ich mich richtig erinnere, ähm, war sie lange gelb und wurde irgendwann grau. Mit einem silbrigen Schimmer.«

»Wie bitte?«

Mit sichtbar schlechtem Gewissen fegt sie mit dem Fuß über den Boden.

»Drei Stunden habe ich dafür am Herd gestanden und Sahne reduziert! Und nicht nur das – ich habe ewig gebraucht, um Mama davon zu überzeugen, mir das Glas zu überlassen. Hast du es wenigstens aufbewahrt oder gleich in den Müll geworfen?«

»Weggeworfen. Emmi, tut …«

»Wie sieht's aus?« Frisch geduscht und frisiert erscheint Terese im Türrahmen. »Steigst du bei uns ein?«

Grummelnd messe ich zweihundert Milliliter Buttermilch ab. Annabelle gibt fiepende Geräusche von sich und hält die Hände wie ein bettelnder Hund vor die Brust. Ich drehe ihr den Rücken zu. Terese starrt mich mit erwartungsvoll aufgerissenen Augen an. Als ihr zu sehr später Stunde einfiel, dass ich ja auch ihre Kollegin werden könnte, schlug sie mit ihrer kleinen Faust so heftig auf den Tisch, dass unsere Gläser hopsten. Annabelle und ich winkten unisono ab. Ich und Stewardess? Ein weiterer Vorschlag aus der Kategorie »Undenkbar«.

Doch Terese gibt auch jetzt nicht auf. »In asiatischen Ländern ist das ein Traumberuf für Mädchen. Genauso begehrenswert, wie Model zu sein. Früher war das hierzulande nicht anders. Keine Ahnung, warum mittlerweile alle Saftschubse dazu sagen. Es ist viel mehr als das. Du trägst Verantwortung, und das nicht zu knapp, kennst die technischen Details der einzelnen Flugzeugtypen und bist darin trainiert, wie du dich in Notsituationen zu verhalten hast.«

»Das klingt ja überaus reizvoll, aber …«

»Lass mich ausreden. Jetzt kommt der beste Teil: Nicht nur verdienst du gut, hast eine Menge Abwechslung, bereist ferne Länder, du machst sogar Geld damit, zu Hause zu sitzen!

Stand-by nennt sich das. Und du siehst berühmte Leute. Ich hatte mal Claudia Schiffer an Bord. Die übrigens keine so gute Haut hat, wie ich dachte. Aber zurück zum Thema: Es geht fix. Du bewirbst dich online, darauf folgt ein Telefoninterview, und schon laden sie dich ins Assessment Center ein. Das schaffst du spielend! Emmi, du bist perfekt für den Job. Hübsch …«

»Na ja«, wende ich ein.

»Okay, du solltest dein Gesicht mit Make-up vertraut machen, aber davon abgesehen ist das meiste top. Und denk daran, was du alles futtern kannst! Redest du nicht seit einer Ewigkeit davon, bei Ottolenghi essen zu wollen? Mach einen Ausflug nach Islington, du stirbst, egal, was du dort probierst. Und in Singapur hat gerade ein Lokal direkt am Wasser eröffnet. Man kann beim Essen quasi mit den Füßen baden. Normalerweise bekommt man erst nach monatelangem Verharren auf der Warteliste einen Tisch, aber für Crewmitglieder machen sie eine Ausnahme. Wer sagt denn, dass du dich für den Rest deines Lebens beruflich festlegen musst? Krisenzeiten sind nicht ideal dafür, die eine Idee zu haben, bei der sich alle Probleme in Luft auflösen. So eine Idee kommt einem immer nebenbei im normalen Leben. Nicht auf Abruf.«

Wahrscheinlich hat sie recht. Obwohl die alle Probleme lösende Idee in den vergangenen fünf Jahren auch nicht vorbeigeschaut hat – und wenn Biancetti kein normales Leben bietet, welcher Arbeitgeber dann? Doch es stimmt schon, ich war immer neidisch auf die Bandbreite kulinarischer Abenteuer, die Terese offenstehen. Was tue ich also noch hier? Ich sollte längst in Uniform auf dem Rollfeld stehen, anstatt Teig auszurollen und mit einer Dessertschüssel Kreise auszustechen!

»Okay, ich versuche es als Flugbegleiterin.«

»Juhu! Dann los.«

»Der Teig für die Scones ist noch nicht fertig.«

Terese tut, als habe sie mich nicht gehört. »Erst mal trainieren wir dein Gleichgewicht. So ein Flugzeug wird manchmal ganz schön durchgeschüttelt. Dabei musst du immer eine gute Figur machen. Also: allez-hopp!«

Was wörtlich gemeint war, wie ich wenig später feststelle. Sie scheucht mich barfuß über einen improvisierten Trimm-dich-Pfad in meiner Wohnung, den Flur hoch und wieder runter, und lässt mich von Stuhl zu Stuhl hopsen, ein Tablett balancierend, auf dem mein ältestes Geschirr getürmt ist. Wer hätte gedacht, dass man für diesen Job die Körperbeherrschung eines Mikrochirurgen benötigt?

»Aufhören«, japse ich schließlich.

»Excuse me?«

»Ich kann nicht mehr.«

»In English, please.«

»Wieso das denn?«

»Good English skills come in handy on the job.«

»Was du nicht sagst!« Gott, bin ich hungrig. Und genervt. Wo ist Ryan, wenn man ihn braucht? Er könnte mir die passenden Phrasen einflüstern. Von nun an muss er so tun, als verstünde er mich nicht, wenn ich aus Faulheit wieder nur Deutsch mit ihm spreche.

»In English, Emmi!«

»I'm tired!«, motze ich.

Überrascht sieht sie mich an. »Okay. Genug für heute.«

Nachdem ich meine Freundinnen zur Tür hinauskatapultiert habe, sehne ich mich nach Süßem. Die Scones zu backen würde zu lang dauern. Doch im Kühlschrank müsste genug Butter für ein genussintensives Topping sein. Cupcakes ohne Cupcakes, nur mit Haube. Fantastisch!

Als ich die weiche Masse in einen Spritzbeutel fülle, taucht Ryan neben mir auf. »What about me?«

Verwirrt sehe ich ihn an. »Hast du etwa Hunger?«

»No!«

Auf einen meiner hübschesten Unterteller gebe ich fingernagelgroße Buttercremetupfer. In Lila sähen sie besser aus, aber ich bin keine Freundin von Lebensmittelfarben.

»You won't be at home any more«, flüstert er mit rauer Stimme.

Beziehungsgespräch? Ich dachte, so etwas gäbe es nur mit echten Männern.

»Ich bin nicht permanent weg«, versuche ich ihn zu beruhigen. »Außerdem kannst du mitkommen. Und ich habe endlich ein ordentliches Gehalt. Wir können uns Reisen leisten. Mal an die Ostsee fahren.«

Unbewegt blickt er mich an. »Sorry, but I don't speak German – at all.«

Muss er meinen Plan so schnell in die Tat umsetzen?

»You do not have to, also, you ... The Eastern sea. No, I meant the North of Germany, but the Eastern part«, formuliere ich in meinem besten Schulenglisch, das zugegeben verdammt eingerostet ist.

»The Baltic Sea?«

»Genau«, rufe ich. »Die meinte ich. That's where we can go!«

»Well, you know«, er runzelt die Stirn und blickt mich skeptisch an, »normally I live in L. A. I suppose the Pacific is a bit more ... engaging.«

»Oh«, sage ich langsam. »Du möchtest nicht mitkommen?«

»Well ...«

»But I have to work. I need the money.«

»What for?«, fragt er und kommt näher.

»For the rent. Die zahle schließlich ich allein.« Ich halte die Hand hoch. »Entschuldigung, das schaffe ich nicht auf Englisch. Jedenfalls: Ich muss weiterdenken. Bald werde ich dreißig. Vielleicht will ich irgendwann Kinder.«

Himmel, nein, das kann ich mir nicht vorstellen. So einen Finn, wie meine Ex-Kollegin Sabrina ihn hat, mit kostspieligen Osteopathietherapien und Dauerappetit auf Calamari, kann ich mir nicht leisten. Nicht einmal als Flugbegleiterin. Doch meine Ansprache wirkt. Ryan kommt näher. Ich kann den zärtlichen Ausdruck in seinen Augen erkennen.

»Kids, hm?«

Er lässt sich auf einen Stuhl plumpsen und guckt verträumt. Ich werde unruhig. Was nun? Fällt er auf die Knie und hält um meine Hand an? Emmi Gosling. Hört sich gar nicht übel an.

»But you don't need to work«, sagt er langsam. »I'm a film star, baby.«

Ha! Jetzt hab ich ihn. »Solange du bei mir bist, Schatz, bist du kein Filmstar. Für mich bist du einfach Ryan.«

»Oh honey.« Er schließt mich in seine warmen Arme. Ich drücke meine Nase gegen sein Baumwollhemd, atme seinen Geruch ein und fühle mich plötzlich hilflos und klein. Was, wenn die Entscheidung, Flugbegleiterin zu werden, nicht die richtige ist? Ehrlich gesagt, fürchte ich mich ein wenig davor. Ständig außer Haus sein? Das hatte ich bisher verdrängt. Ich liebe meine Wohnung! Außerdem kochen Flugbegleiter nicht. Sie essen, was ihnen serviert wird. Ich beiße mir auf die Lippen. Nein, beschließe ich nach kurzem Nachdenken: Diesmal mache ich keinen Rückzieher. Emmi Pape, ausgewiesene Expertin in der Ein-Schritt-vor-zwei-zurück-Bewegung, wird die Sache durchziehen und von Yotam Ottolenghi höchstselbst bedient werden. Ab in den Himmel!

»War dein Hermes eigentlich groß?«, fragt Annabelle zwei Tage später am Telefon.

»Wieso?«

»Mitte dreißig, schlaksig, Grübchen, riesiger Mund?«

»Jaaaa …«

»Schwarze gewellte Haare und Augen, die aussehen wie diese Gletschereis-Bonbons aus dem Supermarkt?«

»Exakt.«

»Kann sein, dass ich ihn gefunden habe. Komm rum!«

Schneller bin ich nie zur Schlesischen Straße geradelt. Was, wenn Annabelle ihn wirklich aufgespürt hat? Einfach so? Und wo – etwa im Internet, bei Milliarden von Websites? Schwer vorstellbar. Trotzdem trete ich wie eine Verrückte in die Pedale und ignoriere jegliche Verkehrsregeln. Dreiundzwanzig Minuten später fege ich die Treppen zu Annabelles Wohnung hoch und breche japsend in ihrer heißen Küche zusammen. Lieber würde ich mich ja in ihr Wohnzimmer setzen, doch das ist für Gäste verboten. Annabelle fürchtet, man könne ein Kabel rausreißen oder sonst wie ihr Home Studio verwüsten.

»Hier!« Sie hält mir eine zerknitterte Zeitschrift vor die Nase und tippt auf ein briefmarkengroßes Foto. »Ist er das?«

»Wer soll darauf was erkennen?«

»Na, komm. Dunkle Haare, blaue Augen, groß, markante Nase, davon hattest du übrigens nichts erzählt.«

Ich versuche, Hermes' Züge in diesem Mann zu entdecken. Er könnte es sein. Vielleicht aber auch nicht.

»Keine Ahnung. Ich glaube, ich brauche eine Brille.«

Annabelle seufzt. »Wärst du auch nur einen Tick praktischer veranlagt, hättest du dir längst meinen Computer geschnappt und seinen Namen gegoogelt. Hier.« Sie bohrt einen Fingernagel in das Papier. »Cordt Willander. Journalist. Früher hat er für eine Bremer Tageszeitung gearbeitet, sich hochgerackert, wie es aussieht. War später Redaktionsleiter bei ›Capital‹. Aber irgendwann muss irgendwas passiert sein. Er hat aufgehört, über Wirtschaftsthemen zu berichten. Engagierte sich für die Umwelt. Hat den einen oder anderen Preis eingesackt. Mittlerweile ist er Chefredakteur eines Ökomagazins namens ›Forever Green‹. Guck mich nicht so an, ich habe mir das nicht ausgedacht. Und jetzt kommt's: Sitz der Redaktion ist in Berlin!«

»Kannst du das alles aus dem kleinen Foto herauslesen?«

»Internet, Emmi, schon mal gehört?«

Ich ziehe es vor, sie zu ignorieren. Genauso wie mein Herz, das unnatürlich schnell klopft. Hermes zum Anfassen nahe? Ich bin mir nicht sicher, ob ich froh darüber bin.

Annabelle klappt ihr Laptop auf und öffnet Seite um Seite. »Ist er das? Und das? Hier vielleicht?«

»Hmhmhm … Ich würde sagen … ja.«

Ein durchschnittlicher Journalist scheint er nicht zu sein, dafür wird zu viel über ihn berichtet. Er hat sich in einem Supermarkt an eine Fleischtheke gekettet und gedroht, sich dort erst wieder loszumachen, wenn er die Kunden vom Vegetarismus überzeugen konnte. Dabei sah er so blendend aus, dass sogar die »Brigitte« ein Foto druckte. Daneben prangte ein Artikel, in dem er über die Vorzüge seines fleischlosen Lebens berichtete. Ich frage mich, was er bei Biancetti wollte. Hat er sich mit dem dortigen Umweltbeauftragten getroffen? Allerdings wurde er nicht gerade mit einem freundlichen Händedruck verabschiedet.

»Wie hast du ihn eigentlich gefunden?«

Annabelle lässt die Fingergelenke knacken. »Er hat mich gefunden. Wie du vielleicht weißt, bin ich dabei, von nationalem Musikinteresse zu werden. Wovon auch ein unscheinbares Heft namens ›Forever Green‹ Wind bekommen hat. Ich habe eine Mail von Mr. Wunderbar bekommen und ihn gegoogelt. Bingo.«

Ich brauche ein paar Sekunden, bevor ich begreife, was sie eben gesagt hat. »Du legst für, was, für …«

»Exakt.« Im Moonwalk geht sie auf die Küchentür zu, bleibt unter dem traurig aussehenden Kopf jenes Wildschweins stehen, das ihr Großvater an seinem zweiundneunzigsten Geburtstag erlegt hat, und wirft ihre Arme in Siegerpose in die Luft. »Bei der Sommerparty seines Magazins. Und du darfst mich begleiten. Was sagst du jetzt?«

Gar nichts, dafür ist mir zu übel. Überraschungen dieser Art können unmöglich gesund sein. Wahrscheinlich verkürzt sich meine Lebenserwartung gerade um sieben Jahre. Da könnte ich ja glatt mit Rauchen anfangen! Und ich freue mich nicht das kleinste bisschen. Warum nicht? Ich sollte hopsen vor Begeisterung – doch dafür machen mich neue Lebensabschnitte zu nervös.

»Hast du etwas zu essen für mich?«, wispere ich. In Süßes verpackt lässt sich der Schock vielleicht leichter verdauen.

»Ich? Hier? Erwarte bitte nicht zu viele Wunder auf einmal!«

Tausche Orangenhaut gegen Apfelpo

»Der Servicegedanke und ich sind wie Yin und Yang!«, rufe ich.

Terese wirft mit einem Eiswürfel nach mir. »Ich übe nicht aus Spaß mit dir, mach keinen Quatsch!«

Ich kichere. »Wir sehen aus, als würden wir für Helmut Newton posieren. Ich weiß bloß nicht, ob er mit meinem schäbigen Wohnzimmer als Kulisse glücklich wäre. Und mit mir als Model, na ja, vielleicht auch nicht.«

Terese dagegen macht auch bloß in Unterwäsche eine Topfigur. Teure Dessous können vielleicht doch mit eigentlich unbezahlbaren Vorteilen aufwarten. Selbst in dieser Körperhaltung, mit rundem Rücken und angezogenen Beinen, wirkt sie knackig. Bei mir hingegen schlabbert nicht nur der Saum meines Höschens, auch die Bauchhaut hat schon straffere Tage gesehen.

»Soll ich mir nicht doch etwas anziehen? Terese, ich bin so nervös!«

»Eben, deshalb bringst du es lieber so hinter dich. Sie sieht dich schließlich nicht. Hauptsache, du sprichst vernünftig und verständlich. Ich will auf keinen Fall, dass du einen Hitzeschock erleidest.«

Mein letztes Jobinterview liegt ein halbes Jahrzehnt zurück. Herr Meier hat mich in der Sekunde eingestellt, als ich die von ihm dargereichten Kekse als Kreationen des britischen Prinzen identifiziert hatte, also circa in Minute drei des Vorstellungsgesprächs.

In meinem Mund herrscht das Klima einer tropischen Steppe. So kann ich die Airline unmöglich von mir überzeugen. Ich brauche ein Getränk, möglichst ein alkoholisches. Doch angeschickert spreche ich Stampfkartoffelenglisch, das nur texanische Farmer verstehen. Von Flugbegleiterinnen wird mit Sicherheit ein Erste-Sahne-Oxford-Englisch erwartet. Worauf habe ich mich nur eingelassen? Aber keine Bange, versuche ich mich zu beruhigen. Ich werde ruhig und kompetent vor mich hin schwafeln und so tun, als sei ich der netteste Mensch auf Erden. Das sollte zu machen sein, oder?

Ich schnappe mir das Handy, setze mich aufrecht hin, atme ein, atme aus. Angst – von dir lasse ich mich nicht mehr unterkriegen, los geht's, Zukunft, ich komme! Mit zittrigen Händen tippe ich die Nummer ein, die mir mein Arbeitgeber in spe gemailt hat. Es tutet einmal, zweimal, dann wird abgehoben.

Jetzt bin ich so aufgeregt, dass sich die Frau am anderen Ende auch mit »Prinzessin von Abu Dhabi« melden könnte, ohne dass es mir auffiele.

»Frau Pape, schön, dass wir miteinander sprechen.« Ihre Stimme klingt weich und angenehm. Am liebsten würde ich sie auf Band aufnehmen und mir vor dem Schlafengehen vorspielen. Ich nicke, bis mir einfällt, dass ich meine Freude verbal äußern sollte.

»Das finde ich auch.« Meine Stimme befindet sich in ungeahnten Höhen. Hoffentlich glaubt sie nicht, ich wäre eins vierzig groß und vor ein paar Tagen zehn geworden.

Meine Gesprächspartnerin lacht freundlich. »Sollen wir kurz den Ablauf besprechen?«

»Ja.« Immer noch nicht tiefer.

»Ich werde Ihnen zunächst Fallbeispiele aus dem Fliegeralltag nennen und Sie ein paar grundsätzliche Dinge hinsichtlich Ihrer Service-Einstellung fragen. Darauf folgt ein kurzes Gespräch auf Englisch. Anschließend unterhalten wir uns über Ihre beruflichen Wünsche und Ziele. Das sollte alles in allem nicht länger als eine halbe Stunde dauern. Einverstanden?«

»Ja«, piepse ich. »Fantastisch.« In dieser Tonlage halte ich nie und nimmer dreißig Minuten durch.

Terese springt vom Sofa auf und postiert sich vor mir, die Hand auf dem Brustkorb, der sich senkt und hebt, als würde sie reanimiert. Was soll das?

»Atmen!«, zischt sie.

Ah. Genau. Luft. Hinein in die Lungen und wieder hinaus. Nach ein paar Sekunden spüre ich, wie sich mein Herzschlag normalisiert.

»Möchten Sie über die Frage nachdenken, Frau Pape?«

»Das ist nett. Danke.« Leider habe ich wertvolle Zeit mit der Sauerstoffzufuhr verplempert, anstatt die Ohren aufzusperren. Ich habe keine Ahnung, worüber ich nachdenken soll. Hilfesuchend blinzele ich Terese an, deren Mund seltsame Bewegungen macht. Weiß sie nicht, dass ich neben all meinen nicht existenten Berufswünschen vor allem einen nie hatte: professionelle Lippenleserin zu werden?

»Könnten Sie die Aufgabe wiederholen?«, frage ich.

»Sicher. Stellen Sie sich vor, Sie sind während eines Fluges von Madrid nach Bonn für die Businessclass verantwortlich. Ein Passagier beschwert sich über die übel riechenden Füße seines Sitznachbarn. Was tun Sie?«

Zunächst denke ich darüber nach, ob der Typ seine Schuhe ausgezogen hat oder der Schweiß durch das Leder hindurchkriecht. Vielleicht leidet er an Fußpilz. Was von seiten des Gemüses aus als Rufmord geahndet werden sollte – wer hat schon Appetit auf ein Steinpilzrisotto, wenn er dabei an schimmelig aussehende Füße denkt?

Tereses Augenbrauen erreichen Deckenhöhe. Okay, konzentrieren. Duftspray und ähnliche Flüssigkeiten dürfen nur in Kleinstmengen an Bord, so viel weiß ich. Zitronenmelisse wäre eine Alternative. Ich sollte stets ein Töpfchen bei mir tragen, ebenso getrockneten Lavendel, gemahlene Nelken und Ingwer gegen Reiseübelkeit. Wann immer ein Passagier über Wehwehchen klagt, Fräulein Pape hat ein Mittel parat. Wow, das reimt sich! Die Airline könnte mit mir werben – als Engel in Blau-Gelb. Ich werde eines dieser feschen Käppchen tragen und so ansteckend lachen, dass alle mit mir fliegen wollen. Der ideale Zeitpunkt, sich die Zahnlücke wegmachen zu lassen. Geht das mit plus/minus dreißig noch?

»Emmi!«, zischt Terese.

Ach ja, ich wollte mich ja konzentrieren. Spanien … Tapas. Ich liebe diese würzigen Dinger. Bis auf die mit Rinderpansen, die in Madrid so gern gegessen werden. Frittierte Paprikaschoten hingegen, in Meersalz gewendet, öltriefende Tortillas aus Kartoffeln und Eiern, Oliven, Queso Manchego … Aber zurück zur Aufgabe. Flug nach Bonn. Ehemaliger Hauptstadtflughafen. Einmal hat es also schon geklappt. So schwierig kann es doch nicht sein. Ein paar Landebahnen hier, ein paar dort. Gepäckbänder. Restaurants. Apropos, was isst man in Bonn? Sauerbraten, Kohl, doch da bin ich nicht sicher … Helmut. Seine Leibspeise wird auch mit Tiermagen gemacht. Oma-Essen. Von meiner kenne ich nur Fotos.

Terese fuchtelt mit den Armen. »Was hat sie gesagt?«, flüstert sie viel zu laut.

»Übel riechende Füße?«, frage ich in den Hörer. »In der Businessclass?«

»Exakt«, sagt die Dame.

Auffordernd starre ich Terese an. Die verliert sich erneut in unleserlichen Mundbewegungen. Ich beuge mich so weit vor, dass ich ihren Atem auf dem Gesicht spüre, und frage zögernd in den Hörer: »Kaktusrunde?«

»Also … Was sagten Sie bitte, Frau Pape?«

Um Gottes willen, Kakteen könnten im Luftverkehr als Waffe gelten! Damit ins Cockpit, und zack!, würde ich mit einem Elektroschocker bewegungsunfähig gemacht.

»Ich … also …«

Tereses Lippen drohen auseinanderzureißen. Warum haben wir nie Gebärdensprache gelernt? Aber jetzt … ich glaube, ich hab's!

»Entschuldigen Sie, ich hab mich versprochen, haha, ich meinte natürlich Latexwunder!«

»Frau Pape, ich fürchte, ich verstehe Sie nicht.«

Terese springt auf, wetzt durch das Zimmer, durchwühlt meine schick übereinandergestapelten Krimskramskisten und wirft die Sofakissen herunter. Ihre Nervosität wirkt auf meine wie ein Brandverstärker. Klares Denken? Nie unmöglicher als jetzt.

»Es tut mir leid«, flüstere ich. »Falls Sie je nach Berlin kommen sollten, würde ich Sie gern zum Essen einladen. Auf Wiederhören.«

Sachte lege ich das Telefon neben mir ab.

»Wieso hast du keinen verdammten Stift in deiner Wohnung?«, kreischt Terese. »Ich hätte es dir aufschreiben können. Statuskunde, Emmi, du hättest dich erkundigen sollen, ob der Stinker Statuskunde ist!«

»Ich hab Kreide. In der Küche.«

Sie nimmt ihren Flickenrock vom Sofa, steigt umständlich hinein, knöpft ihre Bluse zu und schlüpft in ihre Holzsandalen. Ihr Blick ist verhangen, als sie mich für einen Moment anstarrt. Sie schlägt die Augen nieder, dreht sich um und stampft hinaus. Mit einem Rums fällt die Tür ins Schloss.

Mein Herz fühlt sich an, als sei es in dicht gewebtes Glacé gehüllt. Ich schlucke den Kloß hinunter, der sich in meinem Hals gebildet hat, und zupfe an dem Bund meiner Unterhose. Unter abgenibbeltem Stoff kommt das Grau des Gummis zum Vorschein. Mit dem Gehalt der Airline hätte ich mir hübsche Lingerie leisten können. Spitzenbesetzte Seide, pastellig getupftes Satin. Cups mit Füllung, sodass der fehlende Inhalt kaum auffiele. Und Hemdchen im Babydoll-Schnitt, die meinen Bauch unter einem Traum aus Creme verschwinden ließen. Von hinten dürfte mich immer noch keiner sehen. Oder gibt es die Höschen mit Apfelpo-Einlage?

Auf meinem Weg zur Sommerparty von »Forever Green« sehe ich nichts als Füße. Unmengen von rosafarbenen, braungebrannten, staubigen, pfannkuchenförmigen, hässlichen und solchen, die gerade noch als appetitlich durchgehen. Ob sie stinken, kann ich nicht feststellen. Doch ich wünsche mir die Kraft, endlich den Kopf zu heben. Die doofen Dinger am unteren Ende der Leute will doch keiner sehen. Ich hasse sie. Fast ebenso sehr wie Pilze.

Auf dem Markt breche ich künftig garantiert in Tränen aus, sollten welche in mein Blickfeld kullern. So was spricht sich herum. Sobald ich auftauche, wird ein Raunen durch die Reihen der Verkäufer gehen, worauf emsiges Umschichten des Gemüses erfolgt. »Vorsicht, da kommt die Verrückte, packt die Pilze weg!« Und ich werde meinen Finger in die Schultern fremder Leute bohren und »Statuskunde!« bellen.

Das ist nicht gut. Wenn ich in diesem Zustand Hermes' Fest besuche, sieht meine Aura aus wie mit Teer übergossen. Ich muss das Selbst-Bashing auf später verschieben. Nur für den Fall, dass er mich bemerkt, mit mir spricht, flirtet … Natürlich bin ich nicht so dumm zu glauben, dann wäre alles andere unwichtig. Aber es wäre vielleicht ein kleines bisschen weniger schrecklich. Ein verführerisches Augenzwinkern von ihm würde reichen. Es könnte mich über die nächsten Wochen hinwegtrösten, bis ich genug Kraft und Selbstbewusstsein gefunden habe, um den nächsten Versuch in Sachen Erwachsenwerden zu starten.

Also aufrichten, Bauch rein, Brustähnliches raus und mit meinen Metallic-Sandalen um die Wette funkeln. Das dunkle Backsteingebäude vorne rechts müsste es sein. Als ich näher komme, entdecke ich Annabelle, die gerade ihren Plattenkoffer aus dem Taxikofferraum wuchtet und den Fahrer unwirsch anblökt, als er ihr helfen will.

»Gut«, sagt sie, als sie mich erblickt. »Pünktlich.«

Sie schiebt das Gepäck die Stufen hinauf, und schon sind wir im kühlen Innern eines Gebäudes, das mehr von einem ostdeutschen Rathaus hat als von hipper Party-Location. Aber laut Annabelle geht hier regelmäßig der Punk ab.

»Und, hat's geklappt? Bist du jetzt Flugbegleiterin?«

Stumm schüttele ich den Kopf. Sie mustert mich, nickt und gibt mir einen sanften Stoß. »Komm!«

Ich folge ihr den Trakt hinunter. Brauntöne in allen Variationen, am Boden wie an den Wänden und der Decke.

»Hier müsste es sein.«

Sie stößt eine Schwingtür auf, und wir betreten einen Innenhof, der romantischer kaum sein könnte. Chinesische Lampions baumeln über den Holzbänken. Jeder Platz ist sorgfältig eingedeckt, mit Tellern in verschiedenen Größen und aus allen erdenklichen Epochen zusammengewürfelt. Auch Besteck und Gläser wirken wie in geduldiger Liebe von

Flohmärkten und türkischem Trödel zusammengesammelt. Neben Vasen mit Feldblumen stehen Kerzenstumpen und fein geschliffene Karaffen, gefüllt mit Wasser, Saft und Wein. Die Luft riecht nach Linde und einer feinen Note von Gebratenem.

»Herzlich willkommen!« Aus dem Halbdunkel einer Ecke löst sich eine Gestalt und schreitet mit einem Lächeln auf uns zu, das ein Notstromaggregat ersetzen könnte. Mein Herz hat Schluckauf. Atmen, Emmi, atmen! Und vielleicht mal auftauchen aus der Deckung hinter Annabelles größtem Gepäckstück. Doch das hat Zeit.

»Cordt Willander, hallo! Und ihr macht die Musik?«

»Ich«, sagt Annabelle.

Ich verbleibe in der Hocke und lächle, bis mir meine Zahnlücke einfällt. Schnell presse ich die Lippen aufeinander. Er reicht Annabelle die Hand, dann wendet er sich mir zu, als von hinten eine Stimme ertönt: »Cordt, hilfst du mir?«

»Sorry, Leute, ich werde gebraucht. Toll, dass ihr da seid!« Schon ist er fort.

»Hättest du mich nicht vorstellen können?«, frage ich Annabelle zwischen zusammengebissenen Zähnen hindurch.

»Und was hätte ich sagen sollen? Ich mache die Musik, und hey, die hinter meinem Koffer ist Emmi, sie steht auf dich?«

Ich funkele sie an, vergeblich, da sie mittlerweile auf dem Boden hockt und mit konzentriertem Gesichtsausdruck Kabel zusammensteckt. Doch ich bin ja selbst schuld. Warum benimmt sich meine Schüchternheit immer noch wie ein Überfallkommando?

Nach und nach füllt sich der Hof. Annabelle jagt die ersten Songs in die Boxen, ein paar Mutige beginnen zu tanzen. Ich hatte angenommen, die Belegschaft eines Ökomagazins käme in Birkenstocks und Strohhut. Weit gefehlt. Die meisten tragen teure Turnschuhe und schicke Frisuren, ein paar Frauen sehen atemberaubend schön aus. Besonders eine, deren mahagonifarbener Pferdeschwanz bei jedem Schritt wippt. Sie trägt flache Schuhe und ein schlichtes weißes Kleid, dessen Saum mit Perlen bestickt ist. Die Blicke aller Gäste begleiten sie. Sie erträgt sie, als gehörten sie zu ihrem Outfit.

Annabelle drosselt die Lautstärke. Ein Klimpern ist zu hören, und alle wenden sich Hermes zu, der sich mit einem Glas in der Hand vor der Tafel positioniert hat und in die Runde blickt. Die Tanzenden lassen das Tanzen sein und gesellen sich zu den Herumstehenden unter die Zweige der laternengeschmückten Linde. »Ich freue mich, euch zu unserem Sommerfest begrüßen zu dürfen. Sommerfest – was sage ich! Wir feiern, dass unser Magazin nach einer nicht immer einfachen Kindheit und Jugend erwachsen geworden ist. Jahre der gelungenen Zusammenarbeit liegen hinter uns, in einem kleinen Team, das selbst in schwierigen Situationen nie den Glauben aufgegeben hat an das, was es tut …«

Ich präge mir den Schwung seiner Nase ein, die Kontur seines Mundes, den dichten Wimpernkranz unter nachtschwarzen Augenbrauen, die zu den eisbonbonfarbenen Augen einen beeindruckenden Kontrast bilden. Er hat etwas Altmodisches an sich, was nicht nur an seinem perfekt sitzenden Anzug liegt. Vielleicht ist es das halblange Haar, das in einer einzigen weichen, dichten Welle nach hinten gekämmt ist. Oder sein gewinnendes Lächeln und die Begeisterung, die in seiner Miene liegt. Wie hypnotisiert starre ich ihn an. Sein Blick trifft auf meinen. Als er ihn zu meinem Nachbarn weiterschweifen lässt, reibe ich mir über die Oberarme. Eben war mir heiß, nun scheint eine Brise aufgekommen zu sein.

»… und sich von Rückschlägen nicht entmutigen ließ. Das glücklicherweise weiterhin an Bord ist und gemeinsam mit unseren neuen Kollegen dafür brennt, ›Forever Green‹ noch interessanter zu gestalten und noch mehr Leser zu begeistern. Ich möchte euch das gesamte Team vorstellen – die alte Belegschaft sowie die neue. Fangen wir mit Marlies Schikora an, dem wichtigeren Teil der neuen Doppelspitze.«

Im Editorial der neuesten Ausgabe von »Forever Green« hat Hermes berichtet, dass die Zeitschrift verkauft wurde. Völlig habe ich die neuen Zuständigkeiten nicht begriffen. Nur, dass der neue Geldgeber in Münster sitzt, die Redaktion jedoch weiterhin in Berlin arbeitet und aufgestockt wird. Keine Hiobsbotschaft also, wie ich das sehe. Doch wie mag es für ihn sein, als Hälfte eines Zweierteams zu arbeiten? Ich finde, er sieht glücklich aus. Doch wer würde sich nicht so geben auf der Sommerparty jenes Magazins, das er von der ersten Seite an mitgestaltet hat? Zudem frage ich mich, ob die Frau, auf deren Schulter seine Hand ruht, wichtiger ist als er. In den Meldungen über den Relaunch wurde sie stets zuerst genannt. Aber das mag daran liegen, dass sie eine Frau ist. Eine ziemlich kleine, allerdings mit einer großen Vorliebe für Absätze, auf denen sie das Gleichgewicht genauso ungelenk hält wie ich auf Schlittschuhen. Sie wirkt wie eine Miniaturausgabe des Schiefen Turms von Pisa. Ein wenig schiefer sogar, weil sie sich so weit von Hermes weglehnt, wie machbar ist, ohne umzufallen. Ihr Gesicht ähnelt dem eines Meerschweinchens und wartet mit zwei Knopfaugen auf, die argwöhnisch um sich blicken. Hoffentlich mobbt sie ihn nicht. Was, wenn er wegen ihr das Magazin verlässt? Nach Bremen zurückkehrt, ohne zuvor wenigstens mit mir gesprochen zu haben? Der Gedanke beunruhigt mich dermaßen, dass ich nicht mehr zuhören kann. Doch als Hermes bei der Hübschen ankommt, versuche ich mich wieder auf seine Worte zu konzentrieren. Sie heißt Sarah und arbeitet seit Anbeginn der »Forever Green«-schen

Zeitrechnung als Redaktionsassistentin. Hermes ist nicht ganz fertig mit den Lobeshymnen auf sie, als über uns Blitze zucken. Das Grollen, das vor ein paar Minuten noch fern klang, ertönt nun über unseren Köpfen, und ein heißer Wind wirbelt Staub und Stoffservietten auf.

Wie auf Kommando strömen weiß gekleidete Menschen aus den Tiefen des Gebäudes und beginnen, die Tische abzudecken und die Lampions in Sicherheit zu bringen. Noch einmal fegt eine Böe zwischen den Hofmauern hindurch, rüttelt an den Ästen der Linde und wirft Klappstühle um.

»Emmi!« Annabelle lässt ein Knäuel ineinander verschlungener Kabel in meine Arme fallen und sprintet, einen Turm aus Verstärker und Boxen balancierend, ins Innere. Zwei Sekunden später ist sie zurück. »Jetzt mach schon. Bring das rein!«

Mit panischem Gesichtsausdruck verschließt sie ihren Plattenkoffer so sorgfältig, dass er eine Atomkatastrophe überstehen könnte. Ich eile ins Innere, lasse den Kabelsalat auf den Boden gleiten und laufe wieder hinaus, wo Annabelle gerade einen massigen Kerl anbrüllt, der ihr nicht schnell genug aus dem Weg geht. Beinahe überfährt sie seine Füße, als sie ihren Koffer ruckartig in meine Richtung zieht.

Erste Tropfen platschen auf den ausgetrockneten Boden, ein grelles Licht zuckt über den Himmel und taucht den Hof in unwirkliches Licht. Ein paar Tapfere helfen dem Servicepersonal dabei, auch die letzten Stühle ins Trockene zu schaffen. Wieder ein Blitz, von einem gewaltigen Krachen gefolgt.

»Hier ist alles klar«, ruft mir ein Kellner zu, dessen Schürze sich wie ein Sumo-Gürtel um seine Hüften gewickelt hat. »Geh rein!« Ich frage mich, ob ich ihn darüber aufklären sollte, nicht zu seinem Team zu gehören. Doch dann lasse ich es und laufe über dunkle Bodenplatten, immer den Stimmen nach. Als ich den schmal geschnittenen Raum betrete, der mit seiner Schützenvereinsoptik – tannengrünen Sofas an den Seiten, braunem Linoleum unten und einer Deckenverkleidung, die noch aus DDR-Tagen stammen dürfte – nur bedingt ideal für eine fröhliche Sommerparty zu sein scheint, muss ich unwillkürlich kichern. Ein Magazin, das sich die Artenerhaltung auf die Fahnen geschrieben hat und vegetarische Ernährung propagiert, feiert umringt von lauter toten Tieren. Gegenüber der Tür hockt ein ausgestopfter Marder auf einem Regalbrett, neben ihm lauert ein Eichhörnchen, für immer eingefroren in seinem Lauf. Oberhalb von Hermes' Kopf krallen sich die Fänge eines Falken in ein Paneel, von links blickt streng ein Seeadler auf ihn hinab. Ich stehe unterhalb einer Eule, deren Gefieder von Staub ergraut ist. Ein Paradies für Annabelle, die bestimmt wehmütig an ihren Opa denkt. Hermes dagegen sieht genervt aus. Er lässt seinen Blick über die armen Viecher wandern und seufzt. Doch dann glättet sich sein Gesicht, und er hebt erneut die Stimme: »Ich gebe zu, wir hätten auch das Innere der Location begutachten sollen. Aber so sei es. Esst und trinkt, knüpft Freundschaften, fachsimpelt, wenn ihr mögt, aber amüsiert euch lieber. Der Ernst beginnt früh genug, nämlich morgen um zehn. Prost – auf euch! – und guten Appetit.«

In Windeseile wurde ein Buffet aufgebaut. Die Leute schnappen sich Teller und häufen Teigtaschen, Hummus und andere Vorspeisen auf ihre Teller. Ich entscheide mich für einen Salat aus Couscous. Der Weizengrieß ist knackig und schmeckt filigran nach Mandel, was unter all der Petersilie, Minze, dem Basilikum und Salbei jedoch kaum wahrnehmbar ist. Ein bisschen weniger von allem hätte Wunder gewirkt. Was ist als Nächstes dran? Die Pickles sehen fantastisch aus. Leuchtend rot, grün und gelb. Ebenso das Rote-Bete-Risotto, rechts neben dem Fisch. Wenn mich auch der seltsam verformte Mozzarella anlacht, der eingebettet in einem Meer aus funkelndem Olivenöl nur darauf zu warten scheint, von mir probiert zu werden. Probeweise drücke ich meinen Finger hinein, als eine Hand vorschießt und meine auf das Tischtuch presst. Einigermaßen sanft zwar – aber hallo?

»Äh, dürfte ich bitte meine Hand wiederhaben?«

»Man tatscht kein Essen an.« Der Typ, der mich aus dunkelgrünen Augen mustert, spricht mit einem eigentümlichen Singsang. Es könnte schön klingen. Vielleicht, wenn er etwas Nettes sagen würde.

»Fremde Frauen aber auch nicht.« Mit einem Ruck ziehe ich meine Hand unter seiner hervor. Irre ich mich, oder zuckt ein Lächeln um seinen Mund?

»Darf ich bitte an den Käse?«, frage ich mit eisiger Stimme. Könnten Blicke töten, würde er auf der Stelle umfallen. Doch er zieht nur seine Augenbrauen hoch, die recht formschön sind für so einen ungehobelten Typen, und grinst. »Wenn du mir versprichst, ihn zu essen, anstatt ihn zu begrapschen – gern.«

Lieber würde ich ihn dir an den Kopf werfen! Das würde an der ohnehin seltsamen Frisur nicht viel ändern. Sein dunkelblondes Haar wirkt wie unter Strom. In Zeigefingerlänge steht es vom Kopf ab, so dicht und ineinander verflochten, dass es an Dreads erinnert. Vielleicht nutzt er für seine Locken ein Glätteisen und ist vorhin in den Regen gekommen. Sein Anzug allerdings, der nach etwas ehemals Teurem aussieht, an Revers und Saum jedoch ausgefranst ist, scheint trocken zu sein. Auch wenn es mir nicht passt, der Typ hat etwas … Irgendetwas Nettes. Vielleicht sind es diese seltsam grün funkelnden Augen, in denen ich meine, einen Tick Orange – oder ist es Gold? – ausfindig zu machen. Vielleicht die breite Nase. Selbst wenn ich die von Hermes ebenfalls gelungen finde, obwohl sie das genaue Gegenteil ist, lang, schmal, ein bisschen spitz sogar, sehr entschlossen jedenfalls, apropos entschlossen – ich sollte etwas unternehmen, denn der Typ vor mir blickt mich immer noch so amüsiert an, dass ich mir lächerlich vorkomme.

Mit einem Ruck schiebe ich ihm den Teller hin. »Lass es dir schmecken.«

»Komm schon, so habe ich es nicht …«

Doch ich höre schon nicht mehr zu. Mit einer wegwerfenden Handbewegung stelze ich davon und baue mich neben Annabelles improvisiertem DJ-Pult auf. Vor Aufregung ist mir heiß geworden. Wahrscheinlich sieht mein Kopf aus wie die Tomaten in meinem Dachgarten. Am liebsten würde ich den Typen in Gurkengazpacho tunken. Doch die Blöße gebe ich mir nicht. Was, wenn er sich zur Wehr setzt? Obwohl … wenn er handgreiflich würde, könnte mich Hermes retten. Wo steckt er eigentlich? Ich lasse meinen Blick über die Menge schweifen. Die Leute tanzen, reden, trinken, lachen. Von seinem schwarzen Schopf keine Spur. Allerhöchste Zeit, eine Runde zu drehen. Doch nachdem ich zweimal den Raum durchlaufen habe, peinlichst genau darauf achtend, nicht in die Nähe des Buffets zu kommen, muss ich einsehen, dass Hermes verschwunden ist.

Nicht etwa nach Hause? Unsinn, er ist der Gastgeber. Vielleicht finde ich ihn bei einem Spaziergang in Richtung Toilette. Es sind schon seltsamere Dinge passiert, als am Fuß der Treppe über einen Götterboten zu stolpern, der sich endlich an mich erinnert. Mit zärtlichem Ausdruck, die Lippen leicht gekräuselt, würde sein Kopf sich meinem nähern. Wer braucht Worte, wenn, ja … wenn man sich in diesem riesigen Stockwerk zurechtfinden würde. Wo sind denn die Treppen? Und wo in aller Welt die Klos?

Nachdem ich zwanzig Türen geöffnet und wieder verschlossen habe, höre ich wummernde Beats. Immerhin nähere ich mich augenscheinlich dem Tanzsaal und muss nicht für den Rest der Nacht hier herumirren. Klickklack, machen meine Sohlen auf dem gefliesten Boden, während ich in Richtung der Musik eile.

»Aber du weißt doch, dass …«

»Weiß ich nicht!«

Diese Stimme kenne ich, habe ich ihr heute doch ausgiebig gelauscht. Mein Herz macht einen Hopser. Ich bleibe stehen, um meine Sandalen auszuziehen, und verharre so, während die Kälte des Bodens durch meine Fußsohlen dringt.

»Cordt, wirklich …« Diesmal die Frauenstimme. Alles in mir zieht sich zusammen. Mit angehaltenem Atem pirsche ich zu der offen stehenden Tür und spähe hinein. Hermes steht nahe dem Fenster, der Mahagoni-Schönheit zugewandt. Schnell ziehe ich den Kopf wieder zurück.

»Okay, aber ich verspreche nichts«, sagt sie. Von ihm ist nichts zu hören. Sag etwas, Hermes, mach! Doch es bleibt still. Küssen sie sich? Hat er seine Hand unter ihr Kleid geschoben? Zugegeben, sie wären ein hübsches Paar. Ihre zarte Statur neben seiner schlaksigen, seine helle Haut neben ihrer olivfarbenen. Während ich an seiner Seite bestimmt aussähe wie eine überdimensionierte rosa Wärmflasche.

Ich kann nicht anders, ich muss hineingucken. Langsam, ganz langsam schiebe ich meinen Kopf am Türrahmen vorbei. Hermes und sie stehen dicht voreinander. Seine Hände ruhen in seinen Taschen, ihre hinter ihrem Rücken, so weit Entwarnung. Doch ich kann seine Augen sehen. In ihnen flimmert etwas, das ein schmerzendes Ziehen in meiner Brust auslöst.

Abrupt drehe ich mich um und laufe auf Zehenspitzen davon, ziehe ein paar Meter weiter die Schuhe wieder an und klackere den Flur entlang. Was jetzt? Mich wieder unter die Feiernden mischen? Unmöglich. Ich reiße die erstbeste Tür auf und schlüpfe ins Innere, ziehe sie hinter mir ins Schloss und gleite an ihr hinab zu Boden.

Wieso sollte jemand wie Cordt Willander auch solo sein? Wie naiv war ich, zu glauben, er könne in mir Aschenputtel sehen – und sich selbst als Prinzen? Ich schüttle meinen Kopf und bette ihn sanft auf meinen Knien. Wie leer ich mich fühle. So leer wie seit langem nicht. Als habe jemand einen Strohhalm in mich hineingesteckt und alles herausgesaugt. Ich könnte mich jetzt schütteln und aufstehen und so tun, als sei nichts passiert. Ich könnte einen Haufen Drinks in mich hineinschütten und nach Hause gehen, mich an Ryan kuscheln, Hermes vergessen, Rico vergessen, Biancetti vergessen, meine Pläne für eine Zukunft vergessen, die ich selbst in die Hand nehmen wollte. Doch anstatt das zu tun, ziehe ich langsam, ganz langsam das Glacé von meinem Herzen und weine um den Job, von dem ich nur ein paar Tage träumen durfte, um das Essen bei Ottolenghi, um ein am Meer gelegenes Restaurant in Singapur, in dem Hähnchenspieße in Erdnusscreme serviert werden, Wildreis mit Safran, dickflüssiger Saft aus Melonen. Darum, niemals nachsehen zu können, wer mittlerweile Tante Beas Haus in Mexiko bewohnt. Ich weine, weil ich fast dreißig bin und nichts erreicht habe. Weil ich keine Ahnung habe, welche Anforderungen das Leben an mich stellt. Vor allem aber weine ich um meine Träume von einem echten Mann. Einem, der mich umhegt und pflegt. Der mein Herz als ein kostbares Gut betrachtet, statt es herauszureißen. Ohne es zu bemerken, hatte ich mir ihn so sehr gewünscht.

Ein Geräusch aus dem Flur lässt mich auffahren. Rasch robbe ich von der Tür weg, wische mir über das Gesicht und starre verwirrt auf meine mascaraverschmierten Finger. Knarrend öffnet sich die Tür. »Oops…«

Nicht schon wieder er. Auch wenn er durch den Tränenschleier hindurch schwer zu erkennen ist – die elektrisierten Haare können nur dem Mozzarellamann gehören.

»Alles in Ordnung bei dir?«, fragt er, wieder mit diesem Singsang in der Stimme, den ich nicht zuordnen kann. Es klingt wie eine beruhigende Melodie.

»Mir geht's super.«

Er lehnt seinen Oberkörper vor. »Wirklich? Du siehst gar nicht so aus.«

»Alles bestens.« Ich stehe auf und klopfe mir den Dreck vom Po, als mein Blick auf mein nass geweintes Oberteil fällt. Blut schießt mir ins Gesicht. Lachsfarben zeichnen sich die Brustwarzen darunter ab. Ich verschränke meine Arme und blicke ihn wütend an. »Ich wäre jetzt gern allein, wenn es dir nichts ausmacht.«

»Okay …« Er zögert, die Türklinke in der Hand. Trotz der Dunkelheit kann ich die Sommersprossen auf seinen Wangenknochen und dem Nasenrücken sehen. Sie hat einen kleinen Höcker, wie eine Sprungschanze.

»Ich komme klar«, sage ich heiser. »Tschüs.«

Er nickt, tritt in den Flur zurück und zieht sachte die Tür hinter sich zu. Wenig später verklingen seine Schritte.

Das Oberteil trocken zu pusten funktioniert nicht. Nach ein paar Versuchen ist mir schwindlig und das T-Shirt immer noch nass. Ich gebe es auf und hebe den Kopf. Erst jetzt sehe ich, in welch wundersamem Raum ich gelandet bin. Ein paar Sonnenstrahlen, die sich durch die Wolken kämpfen, überziehen die Bootsplanken am Boden mit einem magischen Schimmer. Staubpartikel tanzen durch die Luft. Doch nicht nur sie. Neben den mit Büchern gefüllten Regalen und vor den Fenstern hängen Hunderte von Schmetterlingen an durchsichtigen Fäden, schillernd, manche bunt, manche schlicht. Mit ausgestreckter Hand trete ich näher. Ihre Fühler beben bei jedem meiner Atemzüge. Zerfallen sie bei meiner Berührung? Sachte tippe ich an ein behaartes Bein. Es fühlt sich fest an. Wie auch der Rest des Körpers, der nicht aus getrocknetem Chitin besteht, sondern aus täuschend echt geformtem Plastik.

Umringt von zart hin und her schwingenden Faltern verharre ich so lange, bis ich die Müdigkeit spüre, die sich wie ein Umhang über meine Schultern legt.

»Süße, ich hau ab«, tippe ich in mein Handy. »Bitte entschuldige, das war nicht mein Abend.«

Als ich auf dem Heimweg an einer Werbewand mit zwei samtenen Frauenbeinen vorbeikomme, bin ich plötzlich wach. Mit geballten Fäusten marschiere ich auf die elegant übereinandergeschlagenen Damenfüße zu und kratze mit dem Fingernagel am Papier, bis es mir gelingt, einen Schnipsel zu fassen zu bekommen und abzureißen. Noch einen. Und noch einen. Und … noch einen. Das Ganze dauert länger, als ich einkalkuliert hatte. Deutlich anstrengender ist es auch. Ich verfluche das widerspenstige Papier. Wer hat es nur mit so viel Engagement angeleimt? Am liebsten würde ich die Beine der Dame stoppelig malen, aber ich habe keinen Stift dabei. Trotzdem betrachte ich mein Werk anschließend mit Genugtuung. An den Rändern ist kaum mehr etwas zu erkennen, und zumindest aus der Ferne betrachtet sollte ihre Haut ziemlich mitgenommen wirken. Ich kichere in mich hinein und sehe mich nach dem nächsten Biancetti-Plakat um, als ich aus den Augenwinkeln ein Polizeiauto um die Ecke biegen sehe. Rasch setze ich ein unschuldiges Gesicht auf und schlendere betont lässig davon.

Als ich erwache, blicke ich in ein schweres, dunkelgraues Nichts. Kein Mensch (außer Ryan) wartet auf mich. Kein Job. Ich könnte so lange schlafen, bis mein Leben ins Lot gekommen ist. Aber was, wenn das nicht geschieht?

Mühsam hebe ich den Oberkörper und stütze mich auf den Ellbogen. Mein Schlafzimmer wirkt kleiner heute. Auf den abgezogenen Dielen stapeln sich Klamotten und Bücher und der Rest der Unordnung, die Terese gestern verursacht hat. Hinter den zugezogenen Vorhängen blitzt ein strahlend blauer Himmel hervor. Er wirkt wie glatter Hohn. Nur mühsam unterdrücke ich meine Tränen. Gestern habe ich genug geweint. Heute muss ich einen Weg in meine Zukunft finden.

Das hört sich so beängstigend an, dass ich schnell die Beine aus dem Bett schwinge und mich nach Ablenkung umsehe. Gibt es etwas zu leimen, zu sägen, zu bemalen? Doch die Holzreste, die ich vergangene Woche bei einer Schreinerei abgesahnt habe, sind längst mit Sandpapier bearbeitet, sonnengelb gestrichen und in wilder Anordnung an die Wand vor mir geschraubt, wo sie meine hübschesten Bücher präsentieren. Selbst mein lange aufgeschobenes Projekt, einen Duschvorhang aus exotischen Plastiktüten zu fertigen, habe ich am vergangenen Wochenende fertiggestellt.

Ein Teil von mir sehnt sich danach, mich gleich wieder auf das weiße Laken zurückkippen zu lassen. Ich könnte den Rest des Tages an die Decke starren und mich mit den Bildern des gestrigen Abends malträtieren. Von Hermes und der schönen Rothaarigen.

Wie dumm war ich, zu hoffen, dass Hermes mich auch nur wahrnehmen würde. Ich bin viel zu unsicher, um interessant zu wirken. Ich ziehe die Schultern hoch, wenn andere Frauen den Busen rausstrecken. Ich bekomme eine piepsige Stimme, wenn ich aufgeregt bin, und heiße Wangen, wenn ein gut aussehender Mann mit mir spricht.

Wenn ich wenigstens arbeiten könnte. Ich würde Herrn Meier um Doppelschichten anflehen und die Tresen wienern, bis Hermes nicht mehr alle fünf Sekunden in meinem Kopf auftaucht. So aber besteht Gefahr, dass ich Ähnlichkeit mit einer Krokette entwickle: mit ungewaschenen Haaren und in Joggingklamotten, die nie Außenluft geatmet haben, nichts anderes mehr tun, als auf dem Wohnzimmerboden sitzend »Gavin & Stacey« zu gucken.

Frustriert schlurfe ich in die Küche, um Linsen in ein rauchgraues Glas rieseln zu lassen und den Wildreis in eine nachtblaue Kanne aus Emaille umzufüllen. Tante Bea hat sie mir geschickt, gut eingewickelt in Luftpolsterfolie, mit einer Karte, die einen palmengesäumten Strand zeigte. Ich drücke einen Kuss auf das Gefäß und setze mich auf den Balkon. Die Pflanzen darauf blühen so bunt, dass ich mich mit viel Fantasie in ihrem Garten in Mexiko wähne, ich muss nur die Augen zusammenkneifen, bis bloß ein schmaler Schlitz bleibt, und mich mehr auf den Geruchssinn denn das Sehen konzentrieren. Tief atme ich den Duft der Zitronenmelisse ein. Natürlich ist er nicht so stark wie der von Orangenblüten. Doch wie gesagt: mit ein bisschen Einbildungskraft …

Deutlich sehe ich sie vor mir mit ihren hellgrauen, wild aufgetürmten Haaren, von denen sich immer wieder Strähnen lösten und so elektrisiert abstanden wie die des Mozzarellamanns von gestern Abend. Wie er hatte auch sie diesen leicht amüsierten Blick, so als müsse sie stets in sich hineinkichern, weil das Leben einfach schöner ist, wenn man lacht. Wenn sie von ihren Kindern erzählte, wiegte sie den Kopf, ihre Augen funkelten, und ich spürte, dass sie die beiden mit einer Zärtlichkeit liebte, um die ich ihre Tochter und ihren Sohn beneidete.

Die Erinnerung gibt mir Kraft. Ich stehe auf, lockere meine Beine und trete in die Küche, in der es nur minimal kühler ist als draußen. Mit tiefschwarzem Kaffee in meiner Lieblingstasse – blau lackiert mit grellbunten aufgepinselten Blumen, natürlich aus Mexiko – und dem aufgeklappten Laptop kehre ich zu meinen Kräutern zurück, lasse Schokoladeneis mit gecrushten Pekannüssen im Mund zergehen und gebe »Forever Green« in das Adressfeld des Browsers ein. Die Website ist schlicht gehalten, in hellem Grün, sehr seriös. Zum gefühlt tausendsten Mal klicke ich auf »Story« und lese, dass Hermes das Magazin vor zwei Jahren gegründet hat –»um endlich nicht mehr nur zu quatschen«. Ich beiße mir auf die Lippen. Ob er heute Morgen im Bett der Mahagonifrau aufgewacht ist – und mit ihr alles macht außer quatschen?

Schluss damit. Ich wollte mich aufbauen, nicht herunterziehen. Also raus aus dem Internet, rein ins Leben. Doch als ich die Seite schließen will, fällt mein Blick auf die Rubrik »Jobs«. Gab es die vorher schon? Falls ja, habe ich sie übersehen. Nach einem Klick lese ich: »Redaktionspraktikum, ab sofort«. Die Anforderungen sind dürftig. Doch auch wenn es nur ein Praktikum ist – was habe ich schon mit Journalismus am Hut?

Du hattest immer eine Eins in Deutsch, ertönt ein Flüstern in meinem Kopf. *Und keine kann Filmtitel so elegant-absurd verunstalten wie du.*

Ja, Filmtitel – das ist aber etwas anderes als einen ganzen Artikel schreiben. Außerdem werde ich in einigen Wochen dreißig. Ich würde mir wie eine Rentnerinpraktikantin vorkommen. Da könnte ich mir ebenso gut ein Schild umhängen mit der Aufschrift: »Versagerin«.

Das Geräusch der Türklingel lässt mich hochschrecken. »Wir sind es!« Mit Gebäck von unserem Lieblingsportugiesen stehen Terese und Annabelle vor mir. Dankbar lasse ich sie herein und drücke Terese so fest an mich, bis sie aufschreit. »Alles klar, Emmi?«

Mein Nicken ist so tapfer, dass ich stolz auf mich bin. Wenig später trinken wir auf dem Balkon Kaffee, der stark und verbrannt ist und an Toffee erinnert, und vernichten die Pastéis de Nata. Als auch der letzte Krümel von den Tellern getupft ist, verschwindet Annabelle im Innern und kehrt mit einem blanken Umschlag zurück.

»Für dich. Von uns. Nur geliehen, aber auf unbestimmte Zeit.«

Rasch reiße ich ihn auf. Zehn Hunderter liegen darin. Vorsichtig ziehe ich sie heraus und halte sie fest umklammert, damit der Wind sie nicht fortträgt. »Aber …«

»Nichts aber«, unterbricht sie mich. »Wir glauben bombenfest daran, dass du uns das Geld vor Ende des Sommers zurückzahlen kannst.«

Terese wedelt mit ihrem Patchwork-Rock, diesmal in hellem Violett und mit rosafarbenen Buchstaben versehen, um Luft an ihre Beine zu lassen. Schnell bringe ich die Scheine in Sicherheit. »Wir finden etwas für dich. Und keine Sorge. Das erste Vorstellungsgespräch ist immer das schwierigste. Die nächsten laufen besser.«

»*Die?*«, rufe ich. »Ich hatte gehofft, den nächsten Job, für den ich mich bewerbe, auch zu bekommen.«

Sie zieht die Augenbrauen hoch und blickt Annabelle an. Die beugt sich vor und tätschelt mein Bein. »Klar doch. Du schaffst das.«

Ich blicke wieder auf den Umschlag. »Ich kann das nicht annehmen. Ich weiß einfach nicht, wie ich das je zurückzahlen soll.« Mit einem Mal fühle ich mich so mutlos, dass ich am liebsten weinen würde.

»Ach, Emmi«, sagt Terese leise. »Es ist doch nur Geld. Wir hängen nicht so dran, und du brauchst es. Wenn du es erst nächstes Jahr abzahlen kannst, von mir aus in Zehn-Euro-Schritten, reicht das.«

Ich bin so gerührt, dass meine Unterlippe nun doch zu zittern beginnt. »Danke«, kommt mir mit rauer Stimme über die Lippen. »Wenn ihr nicht wärt, ich weiß nicht …«

»Jetzt aber Schluss«, ruft Annabelle. »Du weißt, wie ich zu Sentimentalitäten stehe. Mir wird davon schwindelig.«

»Okay, okay«, beeile ich mich zu sagen. Aber jetzt, da ich sie vor mir sehe, Annabelle mit ihrem weißblonden Raspelschnitt, Terese mit den im Sonnenlicht schimmernden Haaren, die eine groß, die andere klein, die eine laut, die andere eher der stille Typ, wird mir klar, dass mein Entschluss, aus Paderborn wegzugehen, goldrichtig war. Andernfalls hätte ich die beiden niemals kennengelernt.

»Es tut mir leid, dass ich mich so blamiert habe«, sage ich. »Ich hoffe, man bringt dich nicht mit mir in Verbindung.«

Mit majestätischem Lächeln schüttelt Terese den Kopf, während Annabelle sich schon aufplustert, um weitere Gefühlsduseleien im Keim zu ersticken.

»Und jetzt höre ich auf«, sage ich.

»Danke!«

»Ich will keinesfalls drängeln, und glaub nicht, es hat etwas mit dem Geld zu tun …« Terese runzelt die Stirn. Sofort fühle ich mich unter Druck. »Also, was willst du jetzt machen, Emmi? Hast du eine neue Idee?«

»Taxi fahren?«, erwidere ich lahm.

»Vielleicht etwas mit Perspektive? Ich finde ja immer noch, du könntest die Kochlehre zumindest wieder in Betracht ziehen.«

»Ich dagegen glaube, dass Emmi dann wieder an Rico denken würde«, fällt Annabelle ein.

Ich nicke. »Das wäre, wie wenn dein Ex Pilot wäre, und nun würdest du ihn jedes Mal, wenn du ins Cockpit kommst, vor dir sehen.«

»Aber Rico ist kein Koch.«

»Das nicht, aber er ist untrennbar mit dieser Zeit verknüpft.«

»Heißt das, wir können uns glücklich schätzen, dass du überhaupt noch für uns in der Küche stehst, Emmi?«

»Ja.«

»Aber Biancetti war doch auch …«

»Exakt! Es hatte mit Kochen zu tun, und deswegen hat es mir gefallen, aber ich war nicht in der gleichen Position, somit war es das Beste, das mir pass…«

»Also, das will ich nicht hören!« Streng guckt Terese mich an. »Emmi, du kannst dir doch nicht deine Zukunft kaputtmachen lassen von einer Angelegenheit, die so lange zurückliegt. Das ist hochgradig kindisch!«

Annabelle schnippt mit den Fingern. »Ich weiß, was gefragt ist! Wir brauchen etwas, das Emmis Rico-Festplatte überschreibt. Eine neue Verknüpfung – mit positiven Erfahrungen.«

»Und wie soll die aussehen?«

Sie zuckt mit den Achseln.

»Also, das ist zwar wieder eine komplett bescheuerte Idee, aber ich hab da heute was entdeckt.« Zögernd schiebe ich den beiden den aufgeklappten Laptop zu und beobachte sie nervös, während sie lesen. Es dauert eine Ewigkeit, bis Annabelle aufblickt. »Hm.«

»Ich weiß«, sage ich so schnell, dass ich mich fast verhaspele. »Nie und nimmer würden die mich nehmen.«

»Warum eigentlich nicht?« Entschlossen klappt sie das Notebook zu. »Ich wusste schon immer, dass du schreiben kannst.«

»Ach ja?«

»Allein deine Rezepttitel sind großartig. Mir ist auch etwas eingefallen. ›Der Pimmel über Berlin‹.«

Begeistert guckt sie von Terese zu mir.

»Na ja«, sage ich zögernd. »Das hat nichts mit Essen zu tun.«

»Ja, und?«

»Darum geht es. Und ehrlich gesagt finde ich es auch nicht *so* lustig.«

»Oh.« Sie zuckt mit den Schultern. »Na ja. Verstehe. Praktikum bei ›Forever Green‹. Ich finde die Idee gut. Terese?«

Erst jetzt fällt mir auf, dass sie stumm geblieben ist. Nachdenklich fährt sie sich durchs Haar. Plötzlich sieht es nicht mehr aus wie das eines Playmobilmännchens. Mir wird mulmig.

»Das geht gar nicht.«

»Und warum nicht?«, will Annabelle wissen.

»Ich sage nur: Don't shit where you eat.«

Ich verziehe das Gesicht. »Ich hasse diesen Spruch!«

»Warum wohl?«

Annabelle winkt ab. »Du brauchst einen Job, dort gibt es einen – zumindest etwas in der Art. Außerdem waren wir uns doch einig«, hierbei guckt sie Terese an, als wolle sie sie hypnotisieren, »dass Emmi alles, und damit meine ich *alles*, tun muss, um nicht auch nur eine Sekunde, nicht mal kurz vor dem Einschlafen, an Rico zu denken.«

»Tu ich doch gar nicht«, werfe ich ein. Was nicht ganz stimmt. Aber allzu viele Sekunden waren es nicht.

»Was hilft da besser als ein neuer Mann?«

Ein neuer Mann mit wunderschöner Freundin, denke ich, behalte es aber für mich.

Terese nickt schließlich, wahrt aber ihren skeptischen Gesichtsausdruck. »Ja. Okay. Vielleicht ist die Idee wirklich nicht schlecht. Mach es. Probiere sie aus.«

Ein nervöses Prickeln erfasst meine Arme und Beine und arbeitet sich bis zu meinem Bauch vor. »Meint ihr wirklich?«

Sie nicken, die eine mit deutlich überzeugterem Ausdruck in den Augen als die andere, und ich schnappe mir den Computer, verstaue den Umschlag in meiner Hosentasche und entere die Küche. Es gibt keinen besseren Ort, um einen Lebenslauf zu formulieren, der hoffentlich Hermes' Aufmerksamkeit erregt. Ich wische den Tisch ab, rubbele an Flecken herum, die älter sind als ich selbst, fege Krümel von den Sitzflächen der Stühle und vom Fußboden, bis ich einen Schritt zurücktrete und zufrieden bin. Jetzt kann es losgehen.

Zwei Stunden und einen Minze-Melonen-Salat später halte ich stolz ein Exemplar in den Händen, das es in Sachen Irrealität mit jeder gepimpten Russin in Sankt Moritz aufnehmen kann. Mein Herz poltert, und ich fühle mich der Ohnmacht nahe. Annabelle blickt mich nachdenklich an.

»Solltest du zu einem Vorstellungsgespräch eingeladen werden, müssen wir dich ruhigstellen. Du zitterst ja jetzt schon.«

»Ich? Gar nicht!«

»Aber keine Bange, ich weiß da was!«

Sommerrolle rückwärts

Ich kann nicht behaupten, die Medikamente würden wirken. Zumindest nicht wie geplant. Das Einzige, was ich spüre, ist Übelkeit. Keine Ahnung, ob aus Nervosität oder weil ich acht aus jeder Schachtel genommen habe. Ist das zu viel? Bisher dachte ich, von homöopathischen Sachen dürfe man einwerfen, bis nichts mehr reingeht. Jetzt bin ich unsicher. Schweiß tritt aus meinen Poren, und ich fühle mich von dem Weiß, in dem die Gästeecke gehalten ist, geblendet.

Um nicht umzukippen, fixiere ich die Magazin-Cover von »Forever Green«, von denen unzählige die Wand vor mir pflastern. »Fracking – Segen oder Schande?« steht auf einem, »Bio, mein Bio« auf einem anderen. Allein beim Lesen der Überschriften schlafen mir die Füße ein. Aber ich finde es großartig, dass sich Hermes so engagiert. Auch ich kann das. Für diese Welt, die Natur, die Flüsse, Meere. Tiere nicht zu vergessen. Ich zum Beispiel war für die Paderborner Igelhilfe tätig – so steht es zumindest in meinem Lebenslauf.

Hektische Röte überzieht mein Gesicht. Ich wollte das Erlogene doch nachprüfen! Zum Beispiel, ob eine Paderborner Igelhilfe überhaupt existiert. Aber dann war ich so aufgeregt, dass ich das Bewerbungsschreiben einfach so in den Briefkasten warf.

Jetzt wird mir auch noch schwindelig. Oder habe ich mich mit den Tabletten vergiftet? Ich sehe mich in Hermes' Arme fallen, einen letzten Atemzug tun. »Wir hätten uns früher treffen müssen«, wird er sagen. Doch da bin ich schon tot.

»Frau Pape? Kommen Sie bitte herein.«

Wo ist Hermes? Wieso steht da nur der Schiefe Turm von Pisa? Ich setze ein Lächeln auf und versuche, nicht zu wanken, während ich ihr in den Konferenzraum folge. Auch er ist in Weiß gehalten und leer bis auf einen ovalen Tisch, um den ein Dutzend Stühle arrangiert ist. An den Wänden stapeln sich Umzugskartons. Von dem Typen, der mich an der Tür in Empfang nahm, weiß ich, dass die Redaktion die Räume erst kürzlich bezogen hat. An seiner Stelle habe ich Mahagoni-Miss erwartet, bisher aber nicht mal eine Strähne von ihr gesehen. Vielleicht vergnügt sie sich mit Hermes. Und vielleicht lag Terese mit ihrer ersten Meinung vollkommen richtig. Ist ein gebrochenes Herz in diesem Büro nicht vorprogrammiert?

»Frau Pape, nehmen Sie bitte Platz.«

Ich lasse mich auf eine weiße Stuhlfläche plumpsen und versuche, die Panik in mir zu unterdrücken.

»Wie ich sehe, bringen Sie weitreichende Erfahrungen im Büroalltag mit und weisen diverse Veröffentlichungen auf.«

Ich nicke. »Hauptsächlich in Lyrikmagazinen. Ich, äh, habe während meines Studiums auch den einen oder anderen Beitrag zu, nun ja, Gehaltsdebatten publiziert.«

Nicht über die Uni sprechen! Ich erinnere mich kaum mehr an die ersten Wochen, und die waren die einzigen, bei denen ich überhaupt regelmäßig anwesend war. Sollte sie Dinge zu meinem angeblichen Master in BWL erfragen, wird es eng. Vielleicht sollten wir lieber über die Kochlehre sprechen … ähm. Nein. Die habe ich ja gar nicht erwähnt.

»Sie sind sich hoffentlich darüber im Klaren, dass Sie hier nicht schreiben werden«, unterbricht sie meine Gedanken mit kühler Stimme.

Noch mal Glück gehabt! Moment – heißt das, sie nimmt mich nicht? Warum wurde ich dann eingeladen? Die Tür fliegt auf, Hermes tritt ein und eilt mit ausgestreckter Hand auf mich zu.

»Schön, dass wir uns endlich kennenlernen!«

Seine Hand ist warm und trocken. Am liebsten würde ich sie nicht mehr loslassen.

»Cordt Willander, hallo. Und Sie sind …«, er späht auf die Blätter in Pisas Hand, »… Emma Pape.«

»Ja«, hauche ich. Er sieht nicht so aus, als würde er mich erkennen. Bin ich derart unauffällig, dass man mir zweimal über den Weg laufen kann, ohne sich daran zu erinnern? Wie deprimierend! Obwohl ich eigentlich ganz froh bin. Den Kantinenjob habe ich in meiner Vita ebenfalls verschwiegen. Nicht, weil ich mich dafür schämen würde. Aber ich habe in meinen fünf Jahren bei Biancetti genug abschätzige Blicke von Leuten geerntet, die den Job mit Dummheit gleichsetzten.

Er nimmt Platz und guckt suchend über den Tisch. »Haben wir Ihnen nichts zu trinken angeboten?«

»Ähm …«

»Marlies, könntest du der Dame bitte ein Glas Wasser bringen? Oder möchten Sie lieber Kaffee?«

Ich schüttle den Kopf.

Pisa stolziert hinaus. Ich schaue auf die Tischplatte, aus dem Fenster, auf meine Finger. Hermes dagegen guckt mich an, zumindest glaube ich, seinen intensiven Blick auf mir zu spüren. Habe ich mir eigentlich heute Morgen an beiden Augen die Wimpern getuscht? Und mein Haar – hoffentlich ist es durch die Hitze nicht hinabgesunken und klebt nun an meiner Kopfhaut.

Jetzt umspielt auch noch ein Lächeln seine Lippen. Für einen Minimoment habe ich Angst, dass mein Körper meinem Hirn den Gehorsam verweigern und einfach aufstehen könnte, die Arme um Hermes schlingt, die Lippen auf seine drückt …

Ich zucke zusammen, als die Tür mit einem entschiedenen Klacken aufgedrückt wird und wieder ins Schloss fällt. Ohne ein Wort stellt Pisa das Glas vor mir ab. Während sie zu ihrem Stuhl zurückgeht, wischt sie sich mit angeekeltem Gesichtsausdruck die Hand an einem Taschentuch ab.

»Wo stehen wir?«, fragt Hermes, überfliegt meine Unterlagen, legt sie auf der Tischoberfläche ab und wartet, bis ich einen Schluck genommen habe.

»Ich …«, setzt er an.

»Ich …«, unterbricht Pisa, die sich wieder hingesetzt hat und den Kragen meiner Bluse fixiert. Habe ich da einen Fleck von der köstlichen Rhabarber-Chili-Marmelade, die ich heute Morgen zentimeterdick auf mein Brot geschmiert habe? Ich wusste es: Aufgeregt, wie ich war, hätte ich nackt frühstücken sollen. Doch sosehr ich auch meinen Hals verrenke, ich sehe nur blütenreines Weiß.

»… würde von Frau Pape gern wissen, wo sie ihre Schwächen und ihre Stärken sieht«, fährt sie fort.

»Stärken und Schwächen«, sagt Hermes.

»Wie bitte?«

»Stärken und Schwächen.«

»Das sagte ich.«

»Das Positive zuerst, ist meine Devise.« Er lächelt mich an, und hoppla, habe ich ihm das Nichterkennen verziehen und befinde mich gedanklich bei Biancetti. Seine Finger auf meinem Oberarm, ihr sanfter Druck …

»Frau Pape, würden Sie uns bitte Ihre *Stärken* und Ihre *Schwächen* schildern?« Jetzt guckt sie schräg an mir vorbei. Hätte sie nicht meinen Namen genannt, würde ich glauben, sie meinte jemanden hinter mir.

Nervös rutsche ich auf dem Stuhl herum. Annabelle und Terese haben das mit mir geübt. Doch meine Atmung bereitet mir Probleme, während mein Herz wie eine altersschwache Lokomotive bei einer Bergfahrt rumpelt.

»Es tut mir leid, ich …«

Himmel, ist das unangenehm. Könnte es an der Überdosis liegen? Baldrian- und Johanniskraut-Overkill.

»Ist Ihnen nicht gut?« Hermes beugt sich vor. Er riecht nach Salbei und Moos. Eine Strähne fällt ihm ins Gesicht. Als er sie fortstreicht, streift seine Hand meinen Arm. Hilfe, ich sterbe!

»Entschuldigung«, wispere ich. »Ich brauche einen Moment.«

»Hier ist es ja auch heiß! Marlies, könntest du das Fenster öffnen?«

Mein Kopf beginnt zu trudeln. Eine Hand um die Armlehne gekrallt, taste ich nach dem Wasserglas. »Es tut mir leid. Das ist … warten Sie, Stärken. Ich …«

»Jetzt ruhen Sie sich erst mal aus! Ich bringe Sie in mein Büro.«

Davon, dass Hermes mich stützt, bekomme ich kaum etwas mit. Wenig später liege ich auf zwei aneinandergeschobenen Sesseln, die Beine in der Luft, und komme mir dämlich bis an die Grenze des Unermesslichen vor.

Er sitzt an seinem Schreibtisch und telefoniert. Immer wieder spüre ich seinen Blick auf mir ruhen und weiterwandern.

»… Anbieter sind viel zu teuer. Das können wir uns nicht leisten. Was mich in den Wahnsinn treibt, ist, dass ich jetzt alles selbst organisieren m… Vergiss es. Versuch in Erfahrung zu bringen, wer euch beliefert, ja? Irgendwer muss das wissen. Und frag, ob es Bio ist. Okay, mach's gut.« Als er auflegt, seufzt er. »In dieser Stadt gibt es geschätzt zehntausend Anbieter von

Obstkisten, die meisten davon teuer und schlecht. Ich frage mich, wie sie überleben. Geht es bei Ihnen wieder?«

Ich setze mich auf und nicke. Mein Herz klopft wieder im gewohnten Takt, nur etwas schummrig ist mir noch.

»Sollen wir weitermachen?«, fragt er. »Ich könnte Marlies bitten, hinzuzukommen. Oder wir sprechen allein.«

»Ja, vielleicht, wenn …«

Er lächelt, und seine Augen glitzern. »Kein Problem. Marlies hat genug zu tun. Lassen Sie mich sehen.«

Wieder konsultiert er meinen Lebenslauf. Ich bete, dass er alles nach dem Abitur überspringt. Obwohl, die Igelhilfe könnte vorher stattgefunden haben. Ich habe sie unter »Ehrenamt, div.« aufgezählt, ohne ein Jahr zu nennen. Wäre es glaubhaft, dass ich sie im zarten Alter von sieben ins Leben rief? Niemand kann von einer Grundschülerin erwarten, sich längerfristig zu engagieren. Ich behaupte einfach, die Idee aus Mangel an Mithilfe schnell wieder eingemottet zu haben. Andererseits – ob eine Siebenjährige überhaupt einen Verein gründen darf? Merke: Je mehr ich ins Detail gehe, desto gefährlicher wird es. Besser, ich lenke ihn schnell ab.

»Sie könnten das Obst auf dem Markt kaufen.«

Er lässt die Blätter sinken. »Wie bitte?«

»Statt das Obst bringen zu lassen, könnten Sie es auf dem Markt kaufen. Dort ist es frisch und saisonal. Entschuldigung. Ich hätte nicht zuhören sollen.«

»Ihnen blieb ja kaum etwas anderes übrig.« Er wiegt den Kopf. »Wir haben niemanden, den man auf den Markt schicken könnte. Das kostet Zeit. Und setzt ein gewisses, nun ja, Interesse an Lebensmitteln voraus. Aber ich möchte unseren Mitarbeitern etwas bieten. Wenigstens einen Korb mit frischem Obst.«

»Ich kenne ein paar Marktleute. Es gibt einen Hof in der Schorfheide – er ist nicht Bio-zertifiziert, aber die Produkte sind pestizidfrei angebaut. Nur das Getreide nicht – aber das ist in diesem Fall ja egal.«

Überrascht mustert er mich, dann nickt er.

»Ich könnte fragen, ob Georg und seine Jungs eine wöchentliche Tour hierher machen. Südfrüchte bekommen Sie da nicht, aber da hätte ich andere Ideen.« Mein Schwindel hat sich in Luft aufgelöst, meine Nervosität auch. Jetzt verläuft das Gespräch, wie ich es mir vorgestellt habe. »Und Sie sollten sich nicht auf Obst beschränken. Gemüse ist ein guter Snack, gesund, zuckerarm und viel günstiger. Ganz spontan fällt mir da das Rezept für einen fantastischen Bohnensalat ein. Mit Erbsen!«

Oh nein! Wieso habe ich das gesagt?

»Bohnen mit Erbsen? Klingt, ähm, interessant.« Nachdenklich guckt er mich an und beugt sich vor. »Es kommt mir vor, als würde ich Sie von irgendwoher kennen.«

Mach schon, Emmi, die Kurve bekommst du!

»Ich hab … also, eigentlich bin ich eine Freundin von Annabelle. Sie hat bei Ihrer Sommerparty aufgelegt.«

»An Annabelle erinnere ich mich. Aber an Sie … ich weiß nicht.«

Soll ich doch mit der Wahrheit herausrücken? Schließlich sitze ich barfuß zwischen zwei zusammengeschobenen Sesseln, die zweite Chefredakteurin denkt, ich sei eine Simulantin, und statt meine Stärken zu betonen und meine Schwächen unter den Teppich zu kehren, fasele ich etwas von Gemüsesnacks. Das Wort Journalismus kam in meiner Rede nicht einmal vor. Habe ich etwas zu verlieren? Ich glaube nicht.

»Die Hose«, sage ich mit plötzlicher Entschlossenheit. »Sie haben mir bei Biancetti geholfen. Dann wurde ich allerdings trotzdem gefeuert. Und wir haben uns im Fahrstuhl wiedergesehen.«

Zu gern wüsste ich ja, warum er wie ein gesuchter Verbrecher behandelt wurde, doch heute ist kaum der richtige Tag, um meiner Neugier freien Lauf zu lassen.

Er blickt mich nachdenklich an, dann schlägt er sich mit der flachen Hand gegen die Stirn. »Sie! Genau.« Er lächelt, bis sich eine tiefe Furche zwischen seinen Augenbrauen bildet. Doch gleich glättet sie sich wieder, und er mustert mich mit neuem Respekt. »Haben Sie neben Ihrem Studium da gearbeitet?«

»Ja.«

»Regelmäßig?«

»Ja.« Aber wie soll ich so meinen Master gemacht haben? »Es gab Abendveranstaltungen«, schiebe ich schnell hinterher. »Sowohl an der Uni als auch bei Biancetti. Sonst hätte ich das niemals zeitgleich geschafft.«

»Sie waren in der Kantine?«

»Mhm.« Vielleicht sollte ich etwas Färbung dazugeben. Selbst wenn Hermes nicht wie einer dieser Arroganzlinge wirkt, die Küchenjobs mit niedrigem IQ zusammenwerfen – besser, ich gehe auf Nummer sicher. »Aber ich hatte auch andere Aufgaben. Es gab ein Restaurant ausschließlich für das Management. Ganz oben, im zwölften Stock. Dort war ich öfter. Am Abend.«

Das ist nicht mal gelogen. Nur das »öfter« stimmt nicht. Um genau zu sein: zweimal. Aber immerhin.

»Da habe ich mich um die persönlichen Belange der Gäste gekümmert. Der … Manager von … außerhalb. Wenn Gespräche anstanden.«

»Ach ja?«

»Ich habe so eine Art vorübergehende Assistenz übernommen.« In Wirklichkeit bin ich mit einem Wägelchen voller Kaffeetassen und Plätzchenteller vor ihnen hergefahren und habe ihnen die Konferenzräume gezeigt, wo sie ihre Laptops an den Overheadprojektor anschlossen und mir zum Dank ein knappes Lächeln zuwarfen.

Seine Stirn wirkt plötzlich umwölkt. Hätte ich Biancetti doch nicht erwähnen sollen? Eine Kantinenvergangenheit scheint keinen Deut besser zu sein als, sagen wir, eine in der Mafia. Außerdem wurde er von pummeligen Security-Männern rauskatapultiert. Klar, dass er keine hohe Meinung von dem Laden hat. Mist. Warum schaffe ich es nie, solche Dinge früher in Betracht zu ziehen?

»Ich wusste es«, sagt er leise.

»Wie bitte?«

»Ich erinnere mich jetzt an Sie. Und ich wusste es ... Ich habe Ihnen ja schon im Aufzug gesagt, dass Sie mehr wert sind, als für einen Arbeitgeber zu schuften, der sowohl bei Transparency International als auch diversen Umweltorganisationen auf der Schwarzen Liste steht.«

Er hat mich nicht vergessen! Ich könnte aufspringen und ihn kü... Nix da. Du bist semierwachsen, Emmi, benimm dich!

»Nun denn.« Er steht auf und geht mit entschlossenen Schritten auf mich zu. »Emma, ich freue mich, Sie bei uns begrüßen zu dürfen!«

Hurra! Ich hab das Praktikum! Wenn ich das Annabelle und Terese erzähle. Na ja, vielleicht erst mal nur Annabelle.

»Die Gehaltsfrage klären Sie bitte mit meiner Kollegin Brit. Bei Ihrem Lebenslauf sollte das für beide Seiten zufriedenstellend sein, so viel kann ich jetzt schon verraten. Ich bringe Sie zu ihr. Schön, wirklich schön.« Er klopft mir auf die Schulter und lässt seine Hand einen Moment länger als üblich dort liegen. Oder bilde ich mir das nur ein? »Kommen Sie. Oder besser gesagt: komm. Wir duzen uns hier.«

Er bugsiert mich den langgezogenen Altbauflur herunter. Ich könnte hopsen und die halbe Welt umarmen.

Zwei Minuten später stehen wir in einem kleinen, hellen Büro.

»Brit, das ist Emma, unsere neue Redaktionsassistentin.«

Jetzt reicht es aber! Ich weiß genau, dass ich in meinem Bewerbungsschreiben nicht mit »Gebt mir den Job der Schönen mit den Mahagonihaaren« aufgewartet habe.

»Marlies und ich sind beeindruckt von Emmas Zielstrebigkeit«, erklärt er Brit, die mich unter dünn gemalten Augenbrauen gelangweilt mustert. »Studium plus diverse Praktika und Assistenzen in Verlagen *plus* Job bei einem Großkaliber wie Biancetti. Emma, du scheinst daran gewöhnt zu sein, früh aufzustehen. Du brauchst nicht so erschrocken zu gucken. Es war doch klar, dass wir dich nicht als Praktikantin nehmen würden. Bei deinen Fähigkeiten wäre das glatt fahrlässig. Aber mir gefällt deine Bescheidenheit. Wie viele Uniabsolventen tragen die Nase ganz oben und glauben, gleich in die Chefetagen einziehen zu können! Klasse, dass du keine von ihnen bist.«

Jetzt bekomme ich Panik. Welche Fähigkeiten? Was in aller Welt macht eine Redaktionsassistentin?

Mit seiner warmen trockenen Hand schüttelt er meine verschwitzte, winkt und ist fort, bevor ich auch nur ein Hüsteln herausbringen kann.

»So«, sagt Brit und schiebt mir ein paar dicht beschriebene Seiten zu. »Nimm das mit, und lies es sorgfältig durch. Wenn du es unterschrieben hast, steck es in die Post.«

Spanking für Anfänger

Von außen presse ich meine Wange gegen die Toilettentür und murmele unhörbar: Warum? Warum? Warum? Warum stehe ich hier, in der Redaktion von »Forever Green«, und gebe seit einer Woche alles, um das Trugbild einer perfekt organisierten, erfahrenen, hochprofessionellen Redaktionsassistentin aufrechtzuerhalten? Leider ist alles in diesem Fall nicht viel, denn in den letzten Tagen habe ich eine Menge über mich erfahren. Zum Beispiel, dass Flexibilität und Durchsetzungskraft in meinem emotionalen Portfolio minder entwickelt sind, ich im Organisieren eine Null bin, am Telefon ein Angsthase, als Kollegin unsichtbar bis ärgerlich. Dass mir die Verwaltung der Portokasse schwerfällt, von der Abrechnung der Reisekosten ganz zu schweigen. Und dass ich Ohrensausen bekomme, wenn ein Haufen Leute etwas von mir will.

Ich hätte den Vertrag niemals unterschreiben dürfen!

Gleich wieder zu kündigen kommt allerdings auch nicht infrage. Annabelle würde mir den Kopf abreißen. Vorher ich mir selbst. Schließlich habe ich in erster Linie hier angefangen, um Hermes kennenzulernen. Davon allerdings kann keine Rede sein. Bisher habe ich ihn kaum zu Gesicht bekommen.

»Mach was, Emmi!«, höre ich meine neue Kollegin Karin motzen. Sie steht dicht hinter mir und bläst mir ihren säuerlich riechenden Atem ins Haar. Von der anderen Seite des Holzes dringt unterdrücktes Schluchzen an mein Ohr.

Karin gibt das gefühlt tausendste gekünstelte Hüsteln von sich. In einer größeren Redaktion mit zahlreichen WCs wäre so ein Heulanfall auf dem Klo kein Problem. Doch wir haben nur eine Unisex-Toilette. Wenn ich Lisa nicht schleunigst dort raushole, wird Marlies Schikora ein weiteres Häkchen auf ihrer Emmi-Versagens-Liste machen können. Ich habe diesen Zettel noch nicht zu Gesicht bekommen, doch ich bin mir sicher, dass er existiert.

»Komm schon, Lisa«, sage ich in beschwörendem Ton. »Ich habe Taschentücher, Apfelsinen, Augentropfen und die besten Lakritzbonbons, die man jenseits von Schweden kaufen kann.«

»Nei-hein«, dringt ihre körperlose Stimme an mein Ohr.

»Emmi, lass dir was einfallen«, zischt Karin hinter mir.

»Wie wäre es mit Kaffee?«, frage ich die Holztür.

Schweigen.

»Cappuccino?«

Schweigen.

»Frappuccino?«

Schweigen, dem nach lang erscheinenden Sekunden ein gemurmeltes »Nein« folgt. Karin stöhnt ausgiebig. Am liebsten würde ich mich umdrehen und ihr die Meinung sagen. Warum muss sie auch gerade in dieser Woche fasten und nur Tee und Gurkenwasser in sich hineinlaufen lassen, als hätte ihr Magen die Ausmaße eines Swimmingpools? Ständig belämmert sie alle damit, wie viel besser es ihr damit ginge als mit dem ganzen Gift, das unsereins so in sich reinstopft. In Wirklichkeit gleicht Karins Laune der eines Zooleoparden. Ich habe ständig Angst, dass sie mir das Gesicht zerkratzt.

»Teeccino?«

Schweigen. Schweißtropfen bilden sich auf meiner Oberlippe.

»Mojito?«

Ein Klacken ertönt, Lisa drückt die Klinke herunter und öffnet die Tür. Die Haut um ihre Augen ist angeschwollen, ihre Nase rot.

»Bekomme ich wirklich einen?«

Ich nicke. Limonen sind da, Minze, Zucker. Fehlt der Rum, aber Ginger Ale geht auch. Zumindest hoffe ich, dass sie den Ersatz akzeptiert.

»Wird aber auch Zeit«, murrt Karin und quetscht sich eilig an uns vorbei.

In der kleinen, fensterlosen Küche sammle ich die nötigen Ingredienzen für einen alkoholfreien Mojito zusammen und sorge dafür, dass Lisa ausreichend Küchenrolle hat, um sich die Nase zu putzen. Unablässig klingelt das Telefon, ein unförmiger, schnurloser Klotz, den ich mehr schlecht als recht unter meinen Gürtel geschoben habe. Ein Fotograf möchte wissen, wohin er seine Rechnung schicken soll, eine PR-Agentur, ob Cordt Willander an den Lead Awards teilnimmt. Der nächste Anrufer fragt, wie hoch unsere Auflage ist und ob die Zeugen Jehovas eine kostenlose Anzeige schalten dürfen.

Nach wie vor würde ich jeden am liebsten wegdrücken. Leider hat mich Pisa einmal dabei erwischt, seitdem nehme ich lieber ab. Dabei bin ich nervös bis zur Grenze der Panik, weil ich beim Verbinden gleich am ersten Tag den falschen Knopf gepresst habe. Der Anrufer landete in einer Endlosschleife aus französischem Easy Listening und schrie mich danach fünf Minuten lang an.

Mit halbem Ohr lausche ich in den Flur hinaus. Selbst wenn ich weiß, dass Pisa einen Friseurtermin hat und Hermes bis heute Nachmittag in Düsseldorf weilt. Gestern war er in Hamburg. Vorgestern in Berlin, aber vorgestern war Sonntag. Genau genommen habe ich ihn seit dem Vorstellungstermin genau einmal zu Gesicht bekommen. Er schien mich kaum wahrzunehmen und brachte mein Gerüst aus Hoffnungen, überraschend über mich gekommenem Selbstbewusstsein und wilden Träumen damit abrupt zum Einstürzen.

Plötzlich würde ich am liebsten heulen. Warum konnte nicht alles weitergehen wie zuvor? Ryan und ich in unserer kleinen Welt. Keine Veränderungen, kein Stress. Der Tagesablauf so schlicht, dass kein Terminplan vonnöten war: drei Stunden in der Kantine schwitzen, nach Hause radeln, duschen, kochen, meinen Kopf in Ryans Schoß legen und Mädchenserien schauen, die kein echter Kerl je mitgucken würde. Ohne Überraschungen und Herausforderungen. Dafür eignete sich Biancetti perfekt. Jetzt wache ich nachts manchmal auf und wälze mit Blick auf die Digitaluhr neben meinem Bett unliebsame Gedanken.

Drei Uhr siebenundfünfzig: Warum hat mich Hermes bei dem Vorstellungsgespräch so intensiv gemustert – und wieso ist nichts davon übrig geblieben?

Drei Uhr neunundfünfzig: Ich habe mir alles eingebildet. Seinen Blick. Das Lächeln. Seine Hand auf meinem Arm womöglich auch.

Vier Uhr: Meine Kollegen hassen mich. Ich sie auch. Trotzdem – ich will nicht gehasst werden!

Vier Uhr zwei: Ich hasse sie nicht wirklich. Bis auf Pisa. Vielleicht noch Andy. Karin geht mir bloß auf die Nerven, doch wenn sie erst wieder normal isst, könnte sie ganz nett sein.

Vier Uhr drei: Muss ich mir einen anderen Job suchen? Dieser entspricht so gar nicht meinen Vorstellungen, ebenso wenig wie ich seinen Anforderungen. Was passt zu mir? Kann ich überhaupt irgendwas? Professionelle Nachwürzer gibt es nicht. Vorkoster nicht mehr. Und selbst wenn Annabelle glaubt, ich könne gut schreiben – Filmtitel abzuwandeln ist etwas anderes, als einen journalistischen Text zu formulieren.

Vier Uhr fünf: Was wollte Rico von mir?

»Emmi?«

Verwirrt gucke ich Lisa an. »Ja?«

»Das Telefon klingelt!«

Schnell hebe ich ab, erteile pflichtbewusst Auskunft und lege wieder auf. Anschließend wasche ich sorgfältig die Limone, drücke und knete sie und schneide sie in Achtel, pflücke die Blätter von den Stengeln Minze, die vom mittäglichen Joghurtdip übrig geblieben sind, und zermahle sie zusammen mit dem Zucker mit einem Löffelstiel. Oder probiere es zumindest. Das Ergebnis geht überhaupt nicht als zufriedenstellend durch. Frustriert sehe ich mich nach einem anderen Hilfsmittel um.

»Du bist ganz anders als Sarah.«

Erstaunt gucke ich hoch. »Wie bitte?«

»Deine Vorgängerin. Das war eine ganz schöne Kuh. Aber nicht weitersagen, bitte.«

Wem sollte ich davon schon erzählen?

»Sie hätte nie so etwas Nettes für mich getan.«

»Wie einen unechten Mojito mixen? Na, so unfassbar hilfreich ist das ja nun auch nicht.«

»Doch«, sagt sie leise.

Ich fühle mich geschmeichelt. Und verdränge den Impuls, Lisa weiter auszufragen. Zu gern wüsste ich ja, ob Hermes und Sarah was miteinander hatten – oder haben. Aber was wäre ich für eine tolle neue Freundin, wenn ich gleich mit meinem egoistischen Kram ankäme?

Lisa trompetet in ein Stück Küchenrolle und lässt es zu Boden fallen. »Jedenfalls bin ich froh, dass endlich mal eine okay ist.«

»Endlich m…?«

Wieder klingelt das Telefon. Zerstreut melde ich mich und nehme mir vor, Lisa gleich nach dem Auflegen auszuquetschen. Was meinte sie mit »endlich mal«? Doch als ich die junge Dame endlich los bin, die »Forever Green« eine angeblich vollkommen fehlerfrei laufende Rechtschreibkorrektur-Software verkaufen will, hat Lisa den Kopf wieder gesenkt und starrt auf zwei zerknitterte Seiten auf ihrem Schoß, die von hier betrachtet ganz schön bunt wirken.

»Was ist das? Dein Artikel?«

Sie seufzt, schluckt ihre Tränen hinunter und zeigt sie mir. Bis auf die Überschrift lässt sich nichts mehr entziffern. Überall rote Korrekturen, mit Pfeilen versehen, die an den Rand verweisen. »Unsinn!«, steht da, »Langweilig. Langweilig. Langweilig!«, oder: »Haben Sie das ernsthaft recherchiert? Das bezweifle ich!«

Marlies Schikora ist die Einzige im Büro, die siezt. Und darauf besteht, gesiezt zu werden. Nur Hermes ist von dieser Regelung ausgenommen. Doch selbst bei ihm scheint es ihr nicht zu schmecken. Am Ende des Artikels kleben Aufkleber mit »Gefällt mir nicht«-Aufschrift, wie bei Facebook. Eine Menge davon.

»Elf Mal Daumen runter«, flüstert Lisa. Wieder treten Tränen in ihre Augen.

Mitleid wallt in mir auf. Doch weil mir einfach nichts Aufbauendes einfallen will, untersuche ich den Inhalt des zentimeterdick eingefrorenen Eisfachs. »Mit Crushed Ice kann ich nicht aufwarten. Aber daran soll dein Drink nicht scheitern.«

Ich lasse Eiswürfel auf ein Geschirrtuch fallen, wickle die Enden um meine Faust und beginne, die Arbeitsfläche damit zu bearbeiten.

»Alles klar hier?« Andy steckt die obere Hälfte seines massigen Körpers durch die Tür, und ich unterbreche meine Tätigkeit. »Ist jetzt Spanking angesagt? So sauer sind wir nun auch wieder nicht auf Lisa.«

Er verschwindet wieder. Ich fahre damit fort, das Leintuch auf den Plastiktresen krachen zu lassen und mir vorzustellen, er läge darunter. Andy ist der Typ, der im Hof nur in Zeitlupe Platz machte, als Annabelle ihren Plattenkoffer vor dem Regen retten wollte. Leider ist er mir in der kurzen Zeit, die ich ihn kenne, nicht sympathischer geworden. Erst gestern ließ er mich ins offene Messer laufen, als er mir das Rezept für einen Obstsalat hinlegte. »Probier doch mal so was!« Mit seinen ungewöhnlichen Zutaten wie Sternanis und Kardamom machte es mich neugierig. Und Pisa zur Furie, die, wie sich herausstellte, eine Abneigung gegen weihnachtliche Gewürze hat, die an Tobsucht grenzt. Benimmt er sich so, weil er als Kind immer gehänselt wurde? Bestimmt war er schon damals äußerlich wenig ansprechend. Diese gelblich weiße Haut. Das flusenartige Haar. Die Zähne, die so spitz sind, als würde er sie nachts feilen. Brrr, gruselige Vorstellung.

Ich frage mich, was er gegen mich hat. Doch vielleicht sollte ich mich nicht für so wichtig nehmen. Hier scheint jeder gegen jeden zu sein. Mit ihren jungenhaft kurz geschnittenen Haaren, der rosigen Haut und den schokoladenbraunen Augen sieht Lisa zwar nett aus – doch noch traue ich nicht mal ihr. Mir wurde zugetragen, dass Pisa die Redakteure in Einzelgesprächen übereinander ausfragt. Angeblich hat sie sich irgendeinen Fußballnationaltrainer zum Vorbild genommen, der lieber eine starke Mannschaft hat als fabelhafte Einzelspieler – leider vergisst sie dabei, dass Verpfeifen den Teamgeist alles andere als stärkt. Mein bisheriger Eindruck ist, dass jeder jeden misstrauisch mustert und niemand seinen Kollegen vertraut.

Endlich sind die Eiswürfel klein genug. Doch die grobkörnige Zuckermasse bereitet mir immer noch schlechte Laune. Ich brauche etwas Großes, Festes, zum Beispiel einen Briefbeschwerer aus massivem Glas. Natürlich findet sich so etwas hier nicht, Pisa legt Wert auf elegante Kargheit. Doch da fällt mir der »Forever Green«-Stempel ein. Sein hölzerner Griff dürfte zwar im Anschluss nicht mehr der alte sein, aber was soll's.

Als Stößelersatz taugt er, stelle ich wenig später fest. Lisa hat ihre Tränen getrocknet und sieht gebannt dabei zu, wie ich Zucker, Limettensaft und Minzblättchen zu Kleinholz verarbeite. Als die Masse einen einheitlichen Farbton angenommen hat, wische ich erleichtert den Stempel ab – er scheint grün bleiben zu wollen, vielleicht sollte ich Pisa gegenüber behaupten, ihn verloren zu haben –, schüttele den Arm aus, werfe Limettenviertel dazu, gieße Ginger Ale darüber und arrangiere die übrig gebliebenen Minzstengel, an denen ich zu Dekozwecken je drei Blätter gelassen habe, wie einen kleinen Blumenstrauß. Durch das beschlagene Glas hindurch schimmert der Drink in einem sanften Goldton. Eigentlich hätte ich auch Lust auf einen.

»Ach, das ist toll! Danke.« Lisa lässt sich auf den einzigen Hocker sinken und nimmt einen großen Schluck. »Bis morgen muss ich den Artikel auf die Reihe kriegen. Bei elf Daumen runter heißt das: komplett neu schreiben.« Wieder glitzern Tränen in ihren Augen, und sie formt mit ihrer Wirbelsäule einen traurig wirkenden Halbmond. »Mir liegt mehr der wissenschaftliche Stil. Früher habe ich Broschüren betextet – für NGOs, die Bundeszentrale für politische Bildung und so was. Kein Satz zu viel, hieß es da. Alles musste stimmen. Das kam auch hier gut an. Aber seit Marlies im Boot ist, weht ein anderer Wind. Sie will fachliche Perfektion – zusammen mit

Entertainment. *Entertainment!* Wenn sie sich auch nur die Bruchteile einer Sekunde gelangweilt fühlt, hast du ein Problem. Hab ich ein Problem. Denn meine Texte findet sie so öd, dass sie, ich zitiere, während des Lesens selbstdestruktive Tendenzen entwickelt. Was immer das heißen soll. Und jetzt hat sie gesagt, wenn ich noch mal so etwas abliefere, war es das. Dann kann ich gehen.«

»So einfach kann sie dir doch nicht kündigen.«

»Kündigen?« Lisa lacht mutlos. »Hier wird niemand gekündigt. Wir arbeiten alle frei. Du nicht?«

Ich schüttle den Kopf.

»Dann hast du Glück. Oder auch nicht, wie man es nimmt. Jedenfalls meinte sie, dies sei meine letzte Chance …« Sie seufzt. »Wo soll ich dann hin? In dieser verdammten Stadt gibt es nichts. Die Broschüren schreiben längst andere, so etwas ist heiß begehrt. Alle Zeitschriftenredaktionen sind in Hamburg oder München. Aber ich hab eine sechsjährige Tochter. Sie kommt in anderthalb Monaten in die Schule. Da wechselt man nicht einfach mal den Wohnsitz.«

Mitleidig starre ich sie an. »Was sagt denn Cordt dazu? Sein Wort zählt doch genau soviel wie Pi… äh, das von Marlies.«

Sie wischt sich eine Strähne aus dem Gesicht. »Klar hat er es versucht. Es hat bloß nichts genutzt.«

»Wie bitte? Er hat doch genauso viel zu sagen wie sie. Oder?«

Sie zuckt mit den Schultern. »Na ja … Schon.«

»Aber?«

»Er … er ist, also, weißt du … Ach, vergiss es.«

Verwirrt starre ich sie an.

»Er ist wirklich in Ordnung«, setzt sie noch mal an. »Netter Chef und alles. Aber er ist auch sehr, sagen wir mal, absorbiert. Von seinen Themen. Da fällt man als Mitarbeiter hin und wieder hinten runter.«

Ich schüttele den Kopf und muss so ratlos aussehen, dass sie erklärt: »Cordt ist wie ein Leuchtturm. Wenn das Licht auf dich fällt, strahlt alles. Doch dann wandert es weiter, und du – stehst im Dunkeln.«

»Aber …«

»Warte mal«, unterbricht sie mich. »Schreibst du nicht auch?«

»Wie, ich? Nein!«

»Cordt sagte so was. Politische Gedichte?«

Ihr Blick ist so hoffnungsvoll, dass mir schlecht wird. Panisch schüttle ich den Kopf, doch sie scheint es nicht zu bemerken.

»In meinem Text geht es um Fotovoltaik in der Landwirtschaft. Meinst du … also, könntest du dir vorstellen, ich meine, das ist ja ganz schön unverschämt von mir … Aber ich frag jetzt einfach. Schreibst du den Artikel für mich?«

»Ich würde es nur schlimmer machen. Das mit den Gedichten, also …«

»Bitte, bitte, bitte, Emmi, bitte!« Sie guckt mich flehend an. Ihr linkes Ohr ist größer als das rechte, fällt mir auf. Und ihr Mund so klein wie der einer Puppe. Ob ihre Tochter genauso aussieht? Ich stelle mir die Kleine vor, mit derselben Frisur, roten Wangen und einer gigantischen Schultüte in den Armen, wie sie aufgeregt den Blick über ihre neuen Klassenkameraden wandern lässt.

»Ich würde dir so gern helfen. Aber es geht nicht«, sage ich und stelle mich breitbeinig hin. Das Problem ist, dass meine Stimme nicht entschlossen klingt. An Lisas Blick merke ich, dass auch sie das hört. »Ich kann nicht.«

»Jeder kann das. Also, bis auf mich. Ich gebe dir alle Infos, die ich habe. Wenn du willst, recherchiere ich noch mehr. Ich bleibe bis spät und arbeite dir zu. Oder ich koche für dich! Oh je, lieber nicht. Darin bist du viel zu gut, da blamiere ich mich.«

»Ach Quatsch.«

»Fischstäbchen mit Kartoffelbrei?« Sie legt den Kopf schief. »Am Wochenende? Sagen wir Sonntag? Dann lernst du gleich Trine kennen.«

»Trine?«

»Meine Tochter. Ich mache den Kartoffelbrei auch selbst. Nicht aus der Tüte!«

»Okay.«

Okay? Wie bescheuert bin ich? Ich werde sie ins Verderben führen, Trines Kindheit vermurksen, mich für alle Ewigkeit blamieren. Ich nehme alles zurück! Doch Lisa hat schon ihre Arme um meinen Hals gewickelt und drückt sich an mich.

»Danke!«

Ich meine, das Ploppen der Schweißperlen zu hören, wenn sie auf der weißen Schreibtischplatte vor mir aufkommen. Die Luft steht in meinem Kabuff. Seit drei ewig erscheinenden Stunden brüte ich über Nennleistungen von was weiß ich wie vielen Gigawatt und sinkende Einspeisevergütungen. Ackerflächen sind von der Bebauung mit Solarzellen ausgenommen, aha. Großzügig bemessen, verstehe ich null Komma ein Prozent von dem, was hier steht. Wie in aller Welt soll ich daraus etwas Verständliches und gleichzeitig Unterhaltsames zaubern?

Ich reibe mir über die brennenden Augen und starre wieder auf die Buchstaben. Als ich ein Geräusch höre, stopfe ich Lisas Ausdruck unter den Tisch. Pisa hat diese gewisse Art, eine Tür zu öffnen. Zunächst ein kurzes Zögern, nachdem die Klinke nach unten ging, dann ein entschiedener Ruck. Eine Tonfolge, die ich im Schlaf zuordnen könnte.

»Haben Sie die Buchungen erledigt, die ich Ihnen heute Morgen aufgetragen habe?«

Ich spüre ihren Blick auf meinem Haaransatz. Wie immer guckt sie mir nicht in die Augen, sondern in die Nähe davon, auf die Nase, die Stirn oder ein Ohr. Mist, sie will Ergebnisse. Die ich ihr nicht liefern kann. Denn nachdem ich mich heute Vormittag ratlos von einer Reise-Website zur nächsten geklickt habe, schien nur ein Weg der richtige zu sein: die Angelegenheit zu vertagen. Das immerhin erledigte ich dermaßen souverän, dass ich ihren Frankreich-Trip glatt vergaß.

Ich nicke stumm.

»Hat Herr Willander angerufen?«

»Nein.«

»Er weiß, dass ich ihn morgen zurückerwarte, oder?«

Sofern er die zwanzig Mails gelesen hat sowie seine Mailbox abhört, auf die ich mit wackeliger Stimme gesprochen habe: ja.

»Bleiben Sie heute bitte, bis der Letzte geht. Sonst vergisst wieder ein Trottel, die Alarmanlage scharf zu stellen.«

Ohne ein weiteres Wort verschwindet sie in ihrem Büro, und ich hole hektisch die Buchungs-Websites auf meinen Schirm zurück. Pisa möchte vom Flughafen in Toulouse aus einen Mietwagen nehmen, jede Nacht in einem anderen Hotel verbringen und von Cannes aus zurückfliegen. Das hört sich nicht nach einer Geschäftsreise an, wenn man mich fragt. Unwichtig. Ich muss die Reise buchen, wie auch immer. Sind das zwei One-Way-Flüge oder kann ich einen Zwischenstopp eingeben? Handelt es sich gar um eine Rundreise? Zu allem Unglück lande ich immer wieder bei Pauschalangeboten. Doch etwas sagt mir, dass sich Pisa in Familienhotels mit All-you-can-eat-Buffet nicht angemessen untergebracht fühlen würde.

Ein Kollege nach dem anderen schleicht mit gemurmeltem Gruß an mir vorbei. Ich traue mich nicht, einen von ihnen um Hilfe zu bitten. Wer weiß, ob sie mich bei Pisa verpetzen würden. Also verharre ich in der Hitze, wische Schweißbäche von meiner Stirn und wühle mich durch das Internet, bis mein Handy schrillt.

»Ich bin's, Terese. Emmi, tust du mir einen Gefallen? Ich brauche dringend etwas Hübsches zum Anziehen, dieses schicke Kleid, das leider im Schrank zu Hause hängt. Hase ist unterwegs, aber du bist doch in Kreuzberg.«

Was ist mit Terese los? Normalerweise ist sie wohlorganisiert wie keine andere.

»Bitte, bitte, Emmi, ich gehe mit Kollegen aus und …«

»Erstens habe ich keinen Schlüssel zu deiner Wohnung«, unterbreche ich sie.

»Bekommst du vom Türken unten. Der hat ein Ersatz-Set.«

»Zweitens muss ich eine Reise buchen, und ich habe nicht den blassesten Schimmer, wie das geht.«

»Wieso hast du das nicht gleich gesagt?«

»Weil es nicht nur um einen Flug geht, es kommen Hotels hinzu und Mietwagen und was weiß ich noch.«

»Keine Ahnung, warum du es dir so schwer machst. Welches Reisebüro arbeitet für euch? So was macht niemand allein am Rechner. Diese Reise wird schließlich nicht die einzige sein, die du einfädelst. Frag jemanden, wie euer Reisebüro heißt.«

»Es ist niemand mehr da – außer Pisa.«

»Durchsuch die Schubladen. Du sitzt an demselben Schreibtisch wie deine Vorgängerin, oder? Guck alles durch. Irgendwo muss was sein. Falls nicht, ruf mich wieder an.«

»Ich kann trotzdem nicht. Ich muss einen Artikel schreiben. Über Fotovoltaik.«

»Umso besser. Du holst das Kleid, und nimm auch gleich die Tüte mit, die auf dem Küchentisch steht. Nicht fallen lassen, bitte. Darin ist feinster Riesling, den schenke ich dir im Tausch gegen das Kleid. Damit schreibt es sich garantiert besser. Also, abgemacht?

»Abgemacht«, wispere ich.

Pisa stöckelt an mir vorbei und wirft meiner Oberlippe einen strengen Blick zu. Ich lasse das Handy fallen und tue, als sei ich beschäftigt.

»Denken Sie an die Alarmanlage!«

»Natürlich.«

Sobald ihre Schritte verklungen sind, drehe ich mich panisch um. In den Schubladen und im Regal hinter mir ist nichts. Noch einmal nachgucken. Wieder nichts. Was jetzt? Ich könnte mit Fingernägelknabbern anfangen, mir einen unechten Mojito mixen, auf ein Wunder hoffen. Oder »Reise« in das Suchfeld im Computer eingeben. Bingo! Sarah hat einen Ordner mit dem Titel »Geschäftsreisen« angelegt. Im Gegensatz zu mir scheint sie etwas von dem Job verstanden zu haben. Hier steht es: »Wunder Reisen, Mehringdamm 62«. Plus Telefonnummer und die Öffnungszeiten. Morgen früh um neun werde ich dort auf der Matte stehen. Bis dahin steht mir allerdings noch viel Arbeit bevor.

Mit einem Seufzer fahre ich den Computer herunter, lösche das Licht und kontrolliere, ob die Fenster geschlossen sind. Nun noch die Alarmanlage einschalten und vorsichtig tastend die Stufen hinunter. Wie anscheinend immer funktioniert die Flurbeleuchtung nicht. Im Halbdunkel kommt mir eine schlaksige Gestalt entgegen. Ich presse mich so dicht wie möglich an die Wand, um den Mann vorbeizulassen, doch als er näher kommt, erkenne ich das volle schwarze Haar, die lange, entschlossen gekrümmte Nase, die helle

Gesichtshaut. Selbst im Halbdunkel scheinen die Augen zu leuchten.

»Emmi, hallo. So spät noch hier?« Keine zwanzig Zentimeter von mir entfernt stoppt er und sieht mich mit einem Blick an, der mich kribbelig macht. Kurz denke ich an Raubtiere, die ihr Opfer anstarren, dann aber wische ich den Gedanken fort. Cordt Willander ein Löwe – mit mir als Antilope? Lächerlich.

»Ich hab L…«, beginne ich, dann fällt mir ein, dass er von Lisas und meinem Geheimnis nichts wissen darf, »…äh, Lust gehabt, weiterzumachen. Ich kann schlecht schlafen, wenn ich die Dinge nicht zu Ende bringe.«

Seine linke Augenbraue hüpft ein wenig, und nun guckt er so sexy amüsiert, dass ich auf der Stelle sterben könnte. Mit feuchten Händen halte ich mich an der Wand hinter mir fest und bete, dass meine Wangen ihre hellrosa Farbe behalten und dem Klatschmohn heute ausnahmsweise nicht Konkurrenz zu machen versuchen. Diesen Ton sieht man auch im Dämmerlicht, so viel ist sicher.

»Dinge zu Ende bringen finde ich gut«, sagt er. Er bleibt stehen, auch ich rühre mich nicht, und doch scheint mir, als seien die Zentimeter zwischen uns zusammengesurrt. Ich spüre seinen Atem auf meiner Wange. Es fühlt sich wie eine Berührung an.

Er blinzelt. »Du bist hübsch.«

Wie bitte?

Mit einem Blick, der mich wünschen lässt, zuerst seine, dann meine Klamotten runterzureißen, sieht er mich an. Minuten scheinen sich in Stunden zu verwandeln, und ich habe das Gefühl, Feuer gefangen zu haben.

Plötzlich macht er einen Schritt zurück und räuspert sich. »Einen netten Abend noch.«

Ich haspele einen Gruß und bin so schnell unten, dass ich froh sein kann, nicht über meine eigenen Füße gestürzt zu sein. Vor meinem Fahrrad lege ich den Kopf in den Nacken. Ein wildes Kribbeln breitet sich in meinem Bauch aus.

Cordt Willander hat mit mir geflirtet. Mit mir, Emmi Pape, die in seinen Augen hübsch ist. Hilfe, ich glaube, ich bin verliebt!

Himmel & Erde

Langsam macht meine Küche dem Ofen Konkurrenz. Soll ich das Kunststück versuchen und einen Tintenfischring am Zeigefinger baumelnd mit Öl übergießen? Wäre doch gelacht, wenn er sich bei schätzungsweise siebzig Grad im Schatten nicht von selbst frittiert! Meine Rezepttafel schimmert dunkel, die Schrift darauf sieht verschmiert aus. Sogar der Kühlschrank scheint zu flirren, und vom Boden und den Wänden strahlt Hitze ab.

Die gesamte Stadt liegt in schläfriger Faulheit danieder. Nichts rührt sich. Nur der Wasserhahn tropft hin und wieder. Plopp macht es, dann wieder plopp. Ich bin dankbar für seine Ablenkung, denn in meinem Kopf herrscht hektisches Gedränge. Meine Gedanken schubsen und beschimpfen sich, am lautesten aber mich: *Emmi, die Dumme! Emmi, die Versagerin! Emmi, die dafür sorgt, dass Lisa gefeueueueuert wird!*

Ich presse die Handflächen gegen meine schweißnasse Stirn, doch so wird mir nur noch heißer. Und munter weiter geht es mit dem Gedankenkarussell: *Du dachtest, Cordt flirtet mit dir? Pfffff … Seitdem jedenfalls hat er dich keines Blickes mehr gewürdigt. Sieh es einfach ein: Er hatte Mitleid, weil bis auf Lisa niemand mit dir spricht.*

Schluss! Das ertrage ich nicht länger. »Ryan?«

»Yes, pumpkin?«, ruft er aus dem Wohnzimmer, das wegen seiner Schattenlage mit über den Daumen gepeilt fünfzig Grad Celsius geradezu arktische Qualitäten aufweist.

»Findest du mich eigentlich blöd?«

Ich hasse es, wenn Frauen so was fragen. Das ist noch schlimmer als: »Sehe ich von hinten besser aus als von vorn?«

»Ich ziehe die Frage zurück!«

»Okay, honey.«

Bis Terese und Annabelle eintrudeln, habe ich einiges zu tun. Doch während ich Butter und Mehl zu Blätterteig zu verarbeiten versuche, wandern meine Gedanken immer wieder zu Lisa. Vor fünf Tagen hat sie den Fotovoltaiktext abgegeben, den ich ihr eine halbe Stunde zuvor vollkommen übernächtigt in die Hand gedrückt hatte. Seitdem herrscht Stille. Kein Wort von Pisa. Keine Aufkleber. Keine Rotstifteskapaden, die glauben machen, man würde angeschrien. Mit jedem verstrichenen Tag wird Lisas Gesichtsausdruck angespannter. Das Trommeln ihrer Finger auf der Schreibtischplatte ist im gesamten Büro hörbar. Und jeden Nachmittag verabschiedet sie sich mit einer Mischung aus Erleichterung und Angst.

Von meinem gestrigen Besuch weiß ich, dass Trine tatsächlich bis auf winzige Details ein Ebenbild ihrer Mutter ist. Das Haar der Kleinen ist länger und war zu Zöpfen geflochten, mit vielen rosa Haarspangen darin. Doch ihre Augen sind Lisas, das Lächeln auch. Ich habe die Schultüte gesehen. Bei dem Anblick schnürte es mir die Kehle zu. Das passiert auch jetzt wieder, allein bei dem Gedanken daran.

Ich versetze dem Teig einen Schlag und versinke mit der Hand bis zur Tischplatte. Nie und nimmer bekomme ich bei dieser Hitze einen selbstgemachten Blätterteig hin. Besser, ich verfrachte die wellige Kugel erst mal in den Kühlschrank.

»Have you finished?«, ertönt Ryans matte Stimme.

»Nein.«

»Ist dir klar, dass du ständig am Herd stehst, seitdem du für dieses Magazin arbeitest? Even more than before?«

Womit er recht hat. Die Stunden außerhalb des Büros verbringe ich entweder in meinem Weißenseer Dachgarten oder in der Küche. Ich knete, schäle, hacke, würfele, schmore, sautiere und dämpfe. Nichts Neues – eigentlich. Doch ich habe mir angewöhnt, nachts aufzustehen und mich hierher zu verziehen, statt mich herumzuwälzen. Ryan stört sich nicht an dem Krach, der um zwei Uhr morgens aus der Küche ertönt. Ich selbst allerdings sehe langsam ganz schön übermüdet aus. Zudem platzt mein Tiefkühlfach aus allen Nähten. Ich weiche sogar schon mit Tupperware auf Tereses aus. Die freut sich, solange die Speisen nicht zu stark gewürzt sind. Seit neuestem soll Peter nämlich unter einer Allergie leiden, die durch Chili und Pfeffer noch befeuert wird.

Die Haut der Feigen fühlt sich zart und samtig an. Ihr Inneres leuchtet in dunklem Violett und riecht nach provenzalischem Sommer, nach dem warmen, ins Orange gleitenden Licht der Nachmittagssonne, nach einer Stille, die nur das Blöken von Schafen und hin und wieder ein Traktor durchbrechen. Behutsam lasse ich die Scheiben in drei Schälchen gleiten und zähfließende, honigsüße Pannacotta darauftropfen. Im Kühlschrank wartet der Blätterteig, nach wie vor in völlig unblättrigem Seinszustand. Nennen wir ihn der Wahrheit halber Klumpenteig. Und verfrachten das renitente Ding erst einmal ins Gefrierfach.

Als mein Handy klingelt, halte ich den Atem an. Wie immer befürchte ich Ricos nicht gespeicherte 0171-Nummer zu sehen. Ich habe versucht, sie mir einzuprägen, um auf keinen Fall noch einmal den Fehler zu begehen, abzuheben. Doch so oder so: Das schiere Schrillen löst fast einen Herzinfarkt bei mir aus. Auf dem Display aber steht ein Name. Mein Puls erhöht sich noch weiter. Es ist Hermes.

»Hallo?«, sage ich viel zu schnell und mit rauer Stimme.

»Hi, Emmi. Entschuldige, dass ich dich jetzt noch anrufe, aber ich bin in deiner Gegend und würde gern etwas mit dir besprechen. Passt es dir?«

Notiert: Er weiß, wo ich wohne. Aber besprechen – ist das gut oder schlecht?

»Ja, sicher. Komm vorbei.«

Die Wanduhr zeigt sieben Uhr dreiundzwanzig. Anderthalb Stunden, bis meine Montagsgäste kommen. Das mit dem Klumpenteig schaffe ich. Aber viel wichtiger: Kleben Teigreste an meiner Nasenspitze, habe ich Mehl auf dem Kleid? Und überhaupt, das Kleid! Es ist das abgetragenste, das ich besitze, eher Kittel als Dress, mit verblichenen Kirschen bedruckt. Ein Geschenk zu meinem siebzehnten Geburtstag, wenn ich mich richtig erinnere. Ich sollte lernen, mich von Dingen zu trennen.

Während ich sämtliche Klamotten auf mein Bett und über den von der Decke baumelnden Ast werfe, rattert mein Kopf. Pisa könnte sich Lisas Artikel erst heute Abend vorgenommen haben. Ich sehe sie vor mir, wie sie in Hermes' Büro stapft: »Lisa ist raus, endgültig. Talentlosigkeit schleppen wir nicht mit.«

Ich kneife die Augen zusammen. Verdammt, verdammt, verdammt! Ich bin an allem schuld. Lyrik, BWL-Master – warum konnte ich nicht die Wahrheit sagen? Zumindest Lisa gegenüber hätte ich den Mut aufbringen müssen, meine Talentlosigkeit in allen Belangen einzugestehen. Jetzt ist es zu spät. Also tapfere Miene ins Gesicht zimmern und mich mit Würde feuern lassen – zum zweiten Mal innerhalb eines Sommers. Denn eines ist klar: Lisa musste versuchen, ihre Haut zu retten. Sie wird gebeichtet haben, dass ich den Katastrophentext verbrochen habe. Wer könnte es ihr verdenken?

Nervös halte ich mir einen zitronengelben Rock an. Zu knallig. Jeans? Zu sehr Understatement. Also das pink-weiß gestreifte Kleid. Mit dem grauen Shirt darüber sieht es lässig und weiblich aus, es betont die Beine, während meine Nachteile, Po, Hüfte et cetera, kaschiert werden. Ich will zumindest einigermaßen hübsch aussehen, während ich die Kündigung akzeptiere.

»What's up?«

Vor Schreck stolpere ich nach vorn und steche mir beinahe das Auge an dem weiß lackierten, herabhängenden Zweig aus. »Bitte schleich dich nicht so an, Ryan!«

Er sagt nichts, sondern betrachtet mich mit gerunzelter Stirn.

»Nichts ist los«, füge ich entschlossen hinzu. »Alles in bester Ordnung.«

»Dressing up, hm?«

»Na ja …« Ich muss es ihm ja doch sagen. Also am besten sofort. »Hermes kommt vorbei.«

Seine Augen verdunkeln sich.

»Er will etwas mit mir besprechen. Ich wette, er setzt mich vor die Tür. Also, äh, die Bürotür. Nicht die hier, ist ja klar.«

»I don't want him here.«

»Das ist immer noch meine Wohnung.«

»But I live here as well.«

»Ryan, es gibt überhaupt keinen Grund …«

Das Klingeln an der Tür unterbricht mich. Mit erstarrt wirkender Miene winkt Ryan in Richtung Flur. »Go.« Er klingt heiser und sieht so unendlich traurig aus, dass ich ihn am liebsten in den Arm nehmen würde.

Es klingelt erneut. »Have fun«, flüstert er in meinem Rücken.

Als ich öffne, hämmert mein Herz, als hätte ich den K 2 bestiegen. Zudem droht das schlechte Gewissen, mich zu überwältigen. Doch als ich Hermes im Türrahmen stehen sehe, so unfassbar gut aussehend, werden meine Knie weich.

»Hi«, sagt er. Auf seinem Kinn sprießen Bartstoppeln, unter dem T-Shirt zeichnet sich sein Schlüsselbein ab. »Ist es sehr unverschämt, einfach reinzuplatzen?«

Stumm schüttele ich den Kopf.

Er folgt mir in die Küche und guckt belustigt vom Tisch, der von einer dünnen Mehlschicht bedeckt ist, zum Herd, auf dem im kochenden Wasser die Kartoffeln hüpfen.

»Erwartest du Gäste?«

»Das ist für morgen.« Die Wahrheit scheint langsam zu einer entfernten Bekannten zu werden. »Möchtest du was trinken?«, schiebe ich nach.

Zuerst greife ich zu einem Wasserglas, doch nach kurzem Überlegen entkorke ich eine Flasche Wein. Mit leisem Klirren treffen unsere Gläser aufeinander. Ich betrachte seine schmalen Finger, die den Stiel umfassen. Der ist echt, fährt mir durch den Kopf. Ein echter Mann, und dann auch noch Hermes, der sich keine fünfzig Zentimeter von mir entfernt auf einem Stuhl lümmelt, die langen Beine knapp neben meinen ausgestreckt.

»Hübsch hier. Der ideale Ort zum Entspannen.«

Entspannen würde ich das nicht nennen, zappelt verborgen unter dem Tisch doch mein linker Fuß, als sei er an ein Stromkabel angeschlossen. Ich hoffe, mein Oberkörper ruckelt nicht mit.

»Hast du Hunger?«, frage ich, um mich in sichere Gefilde zu bringen. Er winkt ab. Trotzdem stehe ich auf. Als ich den Kühlschrank öffne, spüre ich seinen Blick. Habe ich blaue Flecken an den Waden? Oder, bewahre, zieht sich meine Orangenhaut bis zu den Knien? Rasch rücke ich das Kleid zurecht und starre ins Kühlschrankinnere.

Geschätzt dreihundertzwanzig Boxen Tupperware stapeln sich darin, aber so köstlich der Koriander-Schafskäse-Salat am Samstag schmeckte, mittlerweile ist er lasch und ölig. Warum habe ich die Reste überhaupt aufgehoben? Was gibt es noch? Zwei Stücke Mangold-Quiche, auf deren Oberfläche sich das Gemüse so braunstichig lümmelt, dass es kaum appetitlich wirkt. Die Panzanella gestern Mittag war fantastisch. Vorsichtig hebe ich den Plastikdeckel an. Die abgerissenen Stücke Sauerteigbrot sind durchnässt, der Weißkäse hat die Farbe der Flaschentomaten angenommen, alles riecht essigsauer.

»Kaffee?«, frage ich schnell.

Er nickt, und ich setze Espresso auf. Während wir daran und an dem Wein nippen, sprechen wir über alles Mögliche, nur nicht über »Forever Green«. Hin und wieder streift sein Arm meinen. Es fühlt sich an, als würde ich mit einer Feder gestreichelt. Nervöse Zuckungen sausen durch meine Nervenbahnen.

»Warum arbeitest du eigentlich für uns?«, fragt er. Ich wusste es. Jetzt kommt sie, die Kündigung. Aber was ist mit Lisa? Muss auch sie gehen? Es wird meine Schuld sein, dass sie ihre Wohnung verliert. Könnten Trine und sie bei mir unterkommen? Es wäre eng, okay, und Ryan wäre nicht glücklich, aber man muss auch mal Opfer bringen.

»Emmi, meiner Meinung nach bist du als Redaktionsassistentin völlig …«

Fehlbesetzt? Komm schon, sag es einfach!

»… unterfordert.« Er lächelt. »Lisa hat aus dem Nähkästchen geplaudert. Keine Bange, Marlies weiß nichts davon. Meines Erachtens kann das auch so bleiben.«

Stumm nicke ich und blinzele.

»Ich war überrascht von der Qualität von dem, was du geschrieben hast«, fährt er fort und streicht sich eine Strähne aus den Augen. »Das war gut recherchiert und, ähm, unkonventionell ausformuliert. Der Kniff, das Große im Kleinen zu erzählen, hat mir gefallen. Landwirtschaft, da blättern viele Leser weg. Wir sind schließlich nicht der Bauern-Verlag. Aber mit solarunterstütztem *Urban Gardening* können auch Großstädter was anfangen. Ich überlege ernsthaft, mir eine Fotovoltaikanlage an das Balkongeländer zu hängen, eine Trocknungsanlage zu kaufen und Wein zu züchten.« Er beugt sich vor und grinst. »Wie schreibst du im letzten Absatz? ›Solaranlage daheim, Glück allein – endlich keine Rosinen mehr, die wie Pappmaché schmecken.‹ *So* stelle ich mir das neue ›Forever Green‹ vor. Weniger wissenschaftlich. Dichter an der Zielgruppe.«

Sagte er gerade, er findet meinen Artikel gut? *Meinen Artikel?* Den ich mir mit Hilfe von Tereses fantastischem Riesling aus den Fingern gesogen habe in der Nacht auf Mittwoch, während neben mir der gedeckte Apfelkuchen backte? Wunder Reisen war am nächsten Tag sehr angetan von meiner Gabe. Aber zurück zu Fotovoltaik in der Landwirtschaft. Beziehungsweise Fotovoltaik auf dem Dachgarten, denn je mehr Tropfen Riesling meine Kehle hinunterrannen, desto überzeugter wurde ich, dass mein Hochbeet professionelle Züge annehmen sollte. Dass es verwerflich sei, nur für mich selbst zu produzieren und für Annabelle und Terese. Ganz Weißensee würde sich beteiligen. Auf allen Dächern ließe sich Solarstrom sammeln. Das Gemüse könnte auch über Nacht wachsen. Wagenladungen kämen zusammen. Eine Community würde sich bilden. Gemeinsam pflanzen, gemeinsam ernten. Gemeinsam kochen! An Bedürftige verteilen. Stadtteilzentren … ich in der Mitte, Kinder mit staubverschmierten Wangen hingen lachend an meiner Schürze … die Nahrungsversorgung der Zukunft … Ich hatte wirklich eine Vision in diesen frühen Morgenstunden.

»Besonders mochte ich den ironischen Unterton«, unterbricht Hermes meine Gedanken.

Welcher ironische Unterton? Schwamm drüber – Hermes mag meinen Text! Er findet, ich passe super zu »Forever Green«. Endlich nicht mehr dieses langweilige, wissenschaftliche Zeug, dieses … Moment! Was ist mit Lisa? Sie schreibt genau dieses langweilige, wissenschaftliche Zeug!

»Eigentlich habe ich den Text kaum verändert«, sage ich schnell. Lüge Nummer … keine Ahnung, ich kann schon nicht mehr mitzählen. »Lisa hat ihn umgeschrieben und mich nach meiner Meinung gefragt, und ich habe nur hier und da was eingefügt. Minimal. Verschwindend.«

Er beugt sich vor. Seine Augen glitzern nur ein paar Handlängen von mir entfernt. Ich halte den Atem an.

»Keine Angst«, sagt er mit sanfter Stimme, in der etwas mitschwingt, das ich nicht benennen kann. Zärtlichkeit? »Du musst von jetzt an nicht alle Texte für sie schreiben. Lisa braucht hin und wieder jemanden, der vorgibt, wie ein guter Beitrag auszusehen hat. Das hast du getan.«

Mir wird heiß vor Scham. Wieso stehe ich plötzlich gut da und sie so schlecht? So hatte ich mir meine Hilfe nicht vorgestellt. Lisa sicher auch nicht.

Langsam nähert sich seine Hand meiner. Sie ist schmal, mit gepflegten Fingernägeln, und könnte einem Pianisten gehören. Was wird er damit machen? Sie auf meine legen?

»Du stehst wohl nicht gern im Mittelpunkt. Ein sympathischer Zug. Nicht häufig in der Medienwelt.«

Ich stehe so schnell auf, dass das Stuhlbein ein Quietschen von sich gibt.

»Ich muss mich um das Essen kümmern.«

Der Klumpen! Schockgefroren wird er niemals willig sein, sich zu einem Tarte-Boden ausrollen zu lassen. Doch die halbe Stunde im Eisfach hat nicht ausgereicht. Kalt, aber nicht steinhart liegt er in meiner Hand. Ich platziere ihn auf dem Tisch und beginne die Klarsichtfolie abzupfriemeln, von der immer wieder Fetzen unter meinen Nägeln kleben bleiben.

»Komm, ich helfe dir.« Er nimmt meine Hand in seine und zupft Fitzelchen für Fitzelchen von meiner Haut. Ich höre auf zu atmen und frage mich, ob mein Herzschlag in meinen Fingerspitzen zu spüren ist.

»So, das wär alles.« Er lächelt. »Was willst du damit jetzt anstellen?«

»Ausrollen«, kommt es dumpf über meine Lippen.

»Aha.«

»Ja, dann mache ich das mal, oder?« Wie war das – ich bin seit neuestem gut im Formulieren?

Wieder streckt er seine Beine aus. Ich beginne mit dem Nudelholz zu hantieren. Schwerstarbeit, wenn der Teig wütend auf einen ist. Doch ich bin heilfroh, die letzten fünf Minuten ausblenden zu können, und konzentriere mich auf das langsame Auf-und-ab-Rollen. Schweißtropfen sammeln sich in meinem Dekolleté und bahnen sich langsam ihren Weg. Es kitzelt auf meiner Haut. Als ich den Kopf hebe, wird mir schwindelig. Hermes starrt mich an, als sehe er mich zum ersten Mal.

»Daher kommen deine Muskeln«, sagt er leise.

»Wie bitte?«

»An deinen Armen. Du hast durchtrainierte Arme. Oh. Hätte ich das nicht sagen sollen? Ich meine nicht, dass du wie ein Kerl aussiehst, ganz im Gegenteil!«

Jetzt sage ich »Aha«. War das ein Kompliment oder eine Beleidigung? Ich schiele auf meine Oberarme. Als muskulös würde ich sie nicht bezeichnen. Immerhin aber wackeln sie nicht bei jeder Bewegung mit. Und eigentlich, ja, eigentlich sehen sie tatsächlich ganz hübsch aus.

Ich lächle ihn hoffentlich verführerisch an und spüre, wie noch mehr Röte meine Wangen überzieht.

Er nimmt die mit Tafelfarbe bestrichene Wand in Augenschein. Siedend heiß fällt mir ein, dass ich vor ein paar Nächten seinen Namen daraufgekritzelt habe. Glücklicherweise nicht den echten, sondern »Hermes«.

»Notierst du dir da, was du als Nächstes kochen willst? Und was sind das für seltsame Rezeptnamen? ›Sag niemals Brie‹? ›Ein Quantum Toast‹?«

»Ich hab ein Faible für Filmtitel. Total albern, ich weiß.«

Er nickt. Wie – findet er es wirklich albern?

»Das sind Sachen, bei denen ich etwas verändern möchte«, beeile ich mich zu sagen. »Rezeptvariationen. Irgendwann habe ich gemerkt, dass es nicht gut ist, loszulegen und wild rumzuprobieren. Zunächst muss es im Kopf sein. Und dann im Topf.«

Die Abendsonne schickt einen Strahl herein. Höchste Eisenbahn, die Kartoffeln vom Herd und die Tomaten aus dem Ofen zu nehmen. Zum Abkühlen stelle ich sie auf den Balkon, wasche und zupfe Salat, gebe Öl, Essig und Salz in ein ausgespültes Marmeladenglas und schüttle es, bis sich kleine Blasen bilden.

»Zeigst du mir die anderen Räume?«

Aus dem Wohnzimmer katapultiere ich ihn schnell wieder hinaus. Ryan sitzt auf dem Sofa und gibt den sterbenden Schwan. Mein schlechtes Gewissen wirkt wie ein Holzhammer, und für den Bruchteil einer Sekunde komme ich zu mir. Hermes ist mein Boss! Ich sollte nicht mit ihm in meinem viel zu engen Flur stehen. Sondern ihn höflich verabschieden und mich wieder ans Kochen machen.

»Und jetzt?«, fragt er.

Die Härchen auf meinen Unterarmen stellen sich auf. Ich fühle mich wie in einem Loop-Traum, wie Annabelle sie nennt. Einem ohne Anfang, ohne Ende, innerhalb dessen man aber immer weiß, was als Nächstes kommt, da man es schon hundert Mal genau so geträumt hat.

Was, wenn er sich vorbeugt und seine Lippen meine berühren? Will ich das wirklich: echte Haut an meiner? Echte Gefühle, nicht nur träumerisch-verliebte, die niemandem wehtun?

Neugier schimmert in seinen Augen und wieder etwas, das ich nicht deuten kann.

»Oh, baby«, höre ich Ryan lautlos flüstern. *»Don't do it.«*

Doch ich bezweifle, ausreichend Willensstärke aufbringen zu können, um Cordt Willander zu widerstehen. Ich betrachte die Falten, die sich neben seinen Mundwinkeln gebildet haben.

»He will hurt you.«

Ist das nicht der Preis für alles, wofür es sich zu leben lohnt? Ich bin bereit, verletzt zu werden – nach Jahren, in denen ich nicht viel gespürt habe, außer körperlich satt zu sein.

»Glaubst du, dass dich stärker macht, was dich nicht umbringt? So läuft das nicht. Was dich nicht umbringt, hinterlässt Narben. Lange verdickte Stellen in der Haut, die sich über Jahre hinweg taub anfühlen.«

»Jetzt mach mal halblang, Ryan.«

»Außerdem: Findest du den Typen gut aussehend? Er sieht aus wie eine Mischung aus James Stewart und der Cheshire Cat.«

»Wem?«

»Der Grinsekatze.«

»Ach, halt die Klappe!«

Cordt greift nach mir und zieht mich an sich. Ich spüre seine Wärme, atme seinen Geruch ein, der mich an Kräuter denken lässt. Sein Mund legt sich auf meinen. So sanft, dass es kaum spürbar ist. Gänsehaut zieht sich von meinen Füßen bis zu den Haarspitzen. Sanft fahren seine Hände über meine Oberschenkel, den Po, die nackte Haut meines Bauchs.

»Moment.« Ich schlängele mich an ihm vorbei ins Bad und tippe so hastig auf der Tastatur meines Telefons, dass die SMS aus mehr Fehlern als korrekten Buchstabenfolgen bestehen müsste. Ich hoffe, Annabelle und Terese können sie trotzdem lesen. Und mir verzeihen.

Hermes steht im Flur und lächelt, folgt mir ins Schlafzimmer, fegt die Kleider vom Bett und zieht erst meine aus, dann seine. Sein Oberkörper ist hell und schmal. Ein paar schwarze Härchen wachsen auf seiner Brust. Ich küsse sie, wandere hinab bis zu seinem Bauchnabel. Er stöhnt und zieht meinen Kopf zu sich hoch. Seine Lippen öffnen sich, sanft schiebt er mit der Zungenspitze die meinen auf. Ein Stoß durchfährt mich, ich schlinge meine Arme um ihn und ziehe ihn an mich. Wir kippen auf das Bett, und ich spüre seine Haut, auf der sich ein Schweißfilm gebildet hat. Er riecht nach Salz. Nach Mann. Nach Sex.

Seine Finger fahren zwischen meine Beine. Das Kribbeln, das eben noch in meinem Kopf war, lässt meinen Körper flirren. Meine Zähne hinterlassen kleine Abdrücke auf seiner Haut. Er hebt den Kopf und blickt mich aus seinen intensivblauen Augen an.

»Möchtest du …?«

»Ja, aber, also, ich nehme nicht die Pille.«

Er setzt sich auf. »Hast du Gummis?«

»Sorry, Mist, ich, also, nee …«

»Warte, ich gucke mal.« Mit einem entschuldigenden Lächeln nimmt er seine Jeans zur Hand. »Was für ein Glück, dass ich gerade diese Hose anhatte.« Er hält eine Plastikverpackung hoch. »Bitte glaub nicht, dass ich sie extra eingesteckt hätte.

Wirklich nicht!« Wieder grinst er sein Grinsen, in dem ich am liebsten sterben würde. »Ich bin nur hierhergekommen, um deine journalistischen Ambitionen zu fördern, das schwöre ich. Aber dann hast du so verdammt sexy ausgesehen, als du in der Küche standst.«

Sexy? Ich dachte immer, zwischen diesem Adjektiv und mir lägen Welten.

Er beugt sich vor und knabbert an meiner Unterlippe. Ich spüre seinen Atem auf meiner Wange und meinen Brüsten, zwischen meinen Beinen. Meine Finger krallen sich in mein Laken, und ich spüre das Pulsieren, als würde ich jeden Moment explodieren. Er taucht mit verträumtem Lächeln wieder auf. Ich fühle mich so warm und geborgen, als würde ich in geschmolzener Schokolade versinken.

Mein Kopf hört auf zu denken. Alles Fühlen rutscht nach unten. Ich höre mich atmen und seufzen und wieder atmen. Wann habe ich aufgehört, mich so zu spüren? Oder fange ich gerade erst damit an?

Danach küsst er mich kurz, rutscht sachte von mir herunter und bettet seinen Kopf auf mein Kissen. Ich rücke an ihn heran und lege meine Hand auf seinen Oberarm. Irgendwann merke ich, dass er schläft. Ein Prickeln rieselt von oben durch mich hindurch. Ich glaube, es ist Glück.

Die Kartoffeln sind noch nicht ganz abgekühlt. Ich entferne die schrumpelig gewordene Haut und setze sie spiralförmig auf den Boden der Springform, streue Petersilie und geschnittenen Ziegenkäse darüber und fülle die Zwischenräume mit den ölig triefenden Tomaten. Während ich einen Finger hineintunke und glänzend wieder herausziehe, denke ich an Cordts Gesichtsausdruck. Er wirkte so konzentriert, als er ging. Alles saß wieder, die Hose genauso wie sein Lächeln.

Vorsichtig hebe ich den Blätterteig an, der eine Stunde lang in der Hitze der Küche vor sich hin schmolz. Jetzt ist er komplett hin. Zerflossen und flockig. Zu nichts mehr zu gebrauchen. Ich schnappe mir die Schlüssel und renne die Treppen hinunter. Hoffentlich gibt es beim Spätkauf Blätterteig. Andererseits – wofür? Besser gesagt: für wen? Terese und Annabelle dürften stinksauer auf mich sein. Zu Recht. Ich habe vorbildlich das Klischee einer schlechten Freundin erfüllt – meine Mädels für einen Typen sitzengelassen. Ich schäme mich. Und doch, und das ist noch schlimmer, würde ich es für Cordt auch ein zweites Mal machen.

Die Straße im orangefarbenen Schummerlicht der Straßenlaternen wirkt wie eine Filmkulisse. Baufällige Häuser zu beiden Seiten, in deren grauen Mauern noch die Einschusslöcher des Zweiten Weltkriegs zu sehen sind. Wie lange noch, bis auch diese Gegend von Investoren vereinnahmt wird? Und man mir anbietet, meinen Umzug zu finanzieren, in eine Wohnung mit Zentralheizung, grauer Auslegware und Fensterbrettern aus Plastik?

Mit einer Packung Teig, deren Verfallsdatum vergangenen Monat überschritten wurde, stemme ich mich gegen das schwere Hoftor und höre es hinter mir ins Schloss krachen. Während ich die Treppen erklimme, schnuppere ich an meinen Händen. Sie riechen nach Seife, kein bisschen mehr nach Hermes. Mein Mund immerhin erinnert sich noch an die Küsse. Die Haut drum herum brennt. Sie ist Bartstoppeln nicht gewöhnt.

Nachdem ich den Blätterteig über die Springform gelegt und sie in den Ofen geschoben habe, laufe ich ins halbdunkle Wohnzimmer, wo Ryans Gesicht im Mondlicht schimmert.

»Hya, babe.« Seine Stimme klingt beinahe normal. Allerdings nur beinahe.

Ich setze mich zu seinen Füßen. »Alles in Ordnung?«

»Yes.« Er räuspert sich und starrt auf einen Punkt in der Dunkelheit.

»Komm schon, Ryan.«

»What?«

»Du bist wütend auf mich.«

»If you think so.«

Ich strecke mich, bis ich den Schalter der Stehlampe erreiche. Licht flammt auf. Er blinzelt und schirmt sich die Augen ab.

»Ryan, es tut mir leid. Ich konnte nicht anders.« Das klingt ja, als sei ich sexsüchtig! »Natürlich hätte ich anders gekonnt. Aber … ich hatte es mir so sehr gewünscht.«

Das macht die Sache nicht besser. Ich nehme Ryans Hand, doch er entzieht sie mir.

»He's no good.«

»Woher willst du das denn wissen?« Führt sich Ryan jetzt wie meine Mutter auf? Ein Blick, und er weiß Bescheid über alles, was sich hinter Hermes' attraktiver Maske verbirgt? »Du hast ihn nur einmal kurz gesehen!«

»He's no good«, murmelt er erneut.

Großartig. Mein eingebildeter Lover ist eifersüchtig.

»Ich werde ihn nicht mehr einladen, wenn du da bist. Okay?«

Wahrscheinlich würde er sowieso nicht kommen.

Ryan nickt, guckt mir aber immer noch nicht in die Augen. Ich betrachte seinen nackten Arm, nehme die kalifornisch gebräunte Haut in Augenschein, die Adern, die sich darunter abzeichnen. Bei dem Film »Drive« falle ich jedes Mal fast in Ohnmacht, wenn Irene nach seiner Hand greift, die so zärtlich um den Steuerknüppel liegt. Diese Intimität, wenn er langsam die Finger spreizt und seine mit ihren verschränkt …

Das ist eine Liebesszene. Fast eine Sexszene, obwohl nicht mal ein nackter Bauchnabel zu sehen ist. Aber ich finde sie viel verführerischer als das wilde Knutschen im Fahrstuhl, bei dem alle anderen Zuschauerinnen Schnappatmung bekommen.

»Ich will dich nicht verlieren«, wispere ich. Jetzt dreht er den Kopf. Nah, ganz nah ist er mir. Doch es ist nichts im Vergleich mit der Wärme eines echten Körpers. Dem Klopfen eines echten Herzens. Und hier kommt sie wieder: meine echte Angst.

Durch das geöffnete Fenster dringt Musik. Seine Hand legt sich an meine Wange. Ich lege meine Hand auf seine. Ein Lächeln huscht über seine Züge.

Plötzlich fällt mir Rico ein. Wie kühl sein Körper im Winter immer war, während er im Sommer zu brennen schien. Um meinen Geburtstag herum war seine Laune stets am besten. Er hätte mir ein Schloss gebaut, aus eigener Kraft, hätte er es finanzieren können. Doch wenn das Laub fiel, verschwand jeder Optimismus, von dem er vorher zu viel gehabt hatte. Er starb innerlich und erwachte erst Monate später wieder zum Leben.

Ich blinzele. Ich habe an Rico denken können, ohne dass es wehtat. Erstaunt blicke ich an mir hinunter. Mein Atem geht regelmäßig, ebenso mein Herzschlag. Wenn Hermes morgen kein Wort mehr mit mir spricht, so war es zumindest dafür gut.

Der Ofen piept. Ich warte, bis die Tarte surprise abgekühlt ist, wickle sie in Folie und werfe eine Jacke über. Als ich zwanzig Minuten später den Finger von der Türklingel nehme, zweifele ich allerdings daran, dass es eine gute Idee war, hierherzukommen. Was, wenn Terese und Peter längst schlafen? Es ist fast Mitternacht. Über mich und meine Tarte werden sie sich womöglich nicht besonders freuen. Doch als die Tür aufgerissen wird und ich in ihr Gesicht blicke, das fast genauso rot ist wie ihr Haar, fällt die Anspannung von mir ab.

»Und?«, kreischt Terese. »Ist was passiert?«

»Dürfte ich erst mal?«

»Klar, rein mit dir! Annabelle und Hase wollen schließlich auch alle Details hören!«

Mein Lächeln verrutscht. Mit Peter wollte ich mein Erlebnis eigentlich nicht teilen.

»Emmi-Demmi!«, grölt Annabelle, als sie mich sieht. Auf der lang gezogenen Tafel im kombinierten Wohn-/Esszimmer versammeln sich die Zeugen einer feuchtfröhlichen Nacht. Haben sie es tatsächlich geschafft, heute Abend drei Flaschen Wein zu vernichten?

»Hat jemand Hunger?«, frage ich und stelle die Tarte ab.

Lautes Gejohle ist die Antwort. Peter lehnt sich vor und zwinkert mir zu. »Aber vorher wollen wir alles wissen!«

»Genau! Raus mit der Sprache!«, fällt Annabelle ein.

»Okay, okay. Wir haben uns geküsst. Und … na ja … miteinander …« Peters erwartungsvoller Gesichtsausdruck und sein halb geöffneter Mund irritieren mich. Ich mustere meine Finger, während ich murmele: »… miteinander geschlafen. Okay? Wir hatten Sex. Mein Chef und ich.«

Als keine Reaktion kommt, blicke ich auf. Wieso guckt Terese schon wieder so skeptisch? Wollten sie nicht genau das: meine Rico-Festplatte überschreiben?

»Was habt ihr?« Ich lege eine Pause ein. »Es war eine einmalige Sache. Eine dumme, einmalige Sache. Oder … was meint ihr?«

Annabelle hat den Kopf schief gelegt und scheint nachzudenken. Schließlich hellt sich ihr Gesicht auf. »Das ist super. Allerdings wäre ich dir verbunden, wenn du dich nicht gleich verliebst.«

»Äh, warum nicht?«

»Keine Ahnung …« Sie runzelt die Stirn. »Ich würde ihn gern erst mal näher kennenlernen.«

»Du bist nicht meine Mutter, falls dir das entfallen sein sollte.«

»Aber deine beste Freundin. Also, mit Terese zusammen.«

Die nickt.

»Ihr wollt ihn abchecken?«

Jetzt nicken beide. Mist, ich glaube, dafür ist es zu spät – für den Teil mit dem Noch-nicht-Verlieben. Doch das behalte ich lieber für mich.

»Also«, meldet sich Peter zu Wort. »Ich bin da anderer Meinung. Er ist dein Boss. Wer wäre so blöd, mit seiner Untergebenen zu schlafen, wenn er nicht auf sie stehen würde?«

Dieser Gedanke ist ganz nach meinem Geschmack. Ich hole Messer und Teller aus der Küche und schneide die Tarte an. Annabelle und Terese werfen sich einen Blick zu, der Bände spricht. Doch jetzt habe ich genug Kraft, jeglichen Zweifel in die hinterste Rumpelkammer meines Gehirns zu verbannen. Wenigstens für ein paar Minuten, vielleicht sogar Stunden, möchte ich hoffen können.

Sinn und Ginlichkeit

Wie wäre es, wenn du die News übernimmst?«, fragt Cordt. Er sitzt auf dem Rand meiner Schreibtischplatte und arrangiert seine Beine mit Mühe so, dass sie nirgendwo anstoßen.

Drei Tage lang habe ich ihn nicht zu Gesicht bekommen. Jeglicher Optimismus, den ich in der Nacht zum Dienstag zu konservieren versucht hatte, löste sich am nächsten Morgen in einer Rauchwolke auf. Ich erfuhr, dass Cordt unterwegs zu den Verlagschefs Hans Behlig und Torsten Hauser nach Münster war. Und anschließend irgendwo anders hin. Von dem Moment an checkte ich alle zehn Sekunden mein Handy. Alle zwanzig mein Mail-Postfach. Und jeden Morgen und Abend meinen Briefkasten. Alle drei taten so, als hätten sie noch nie von jemandem namens Cordt Willander gehört.

»Hundert Wörter pro Text«, spricht er weiter, »drei bis vier davon pro Ausgabe. Zusätzlich könntest du unsere Website betreuen. Oder wird dir das zu viel?«

Ich tue, als müsse ich nachdenken. Auch wenn ich ihn am liebsten anschreien würde: *Warum hast du mich nicht angerufen?*

Eine SMS hätte auch gereicht, mit einem kurzen »War schön mit dir«. Fürs Erste. Denn was, wenn Peter unrecht hat? Wenn Cordt sich innerlich dafür steinigt, mit mir geschlafen zu haben? Ich stelle mir vor, wie er bei der Erinnerung daran das Gesicht zu einer Grimasse verzieht. Nein, Emmi, aufhören! Warst du dir Montagabend nicht noch sicher, dass es in jedem Fall etwas Gutes hat, nämlich Ricos Schatten zu vertreiben? Also. Benimm dich auch so!

»Kannst du dich hier konzentrieren?«, fragt er und guckt mit skeptischem Blick um sich. Im vorherigen Leben war mein Büro sicher eine Rumpelkammer. Immerhin hat es ein Fenster. Das sich zwar nur anderthalb Meter von der gegenüberliegenden Mauer entfernt befindet, doch ich habe stets eine Ahnung davon, wie das Wetter ist.

Ich nicke stumm, auch wenn dieses Nicken eine Lüge ist. Kein Mensch kann seine Gedanken auf Linie halten, wenn im Sekundentakt Pisa vorbeiklappert oder sonst jemand, der Kopierpapier, Tacker, Post-its, Stifte oder Briefmarken möchte. Oder kundtut, dass der Kaffee ausgegangen ist und das Mineralwasser enttäuschend wenig sprudelt.

»Also, sind wir uns einig?«

Ich nicke wieder, und er steht auf, bleibt aber vor meinem Schreibtisch stehen. »Emmi«, er senkt die Stimme, »ist bei dir alles in Ordnung?«

Ich nicke so fest, wie ich kann, ohne dass meine Lippen mitwackeln.

»Gut.«

Mit einem bemüht wirkenden Lächeln schreitet er davon. Ich schlucke. War es das? Hat Cordt mich probiert und für ungenießbar befunden?

Ich atme tief ein und aus. Das Wochenende steht bevor – und am Montag mein Geburtstag. Dreißig. Es fühlt sich so an, als habe sich jemand im Datum geirrt. Denn dreißig, das heißt doch: erwachsen werden. Das heißt endlich etwas finden, das mit dem Wort Beruf einigermaßen treffend umschrieben ist. Und eine Liebe, in der beide Parteien auch für die Umstehenden sichtbar sind.

Zumindest habe ich kaum Zeit, darüber nachzudenken, denn ich werde Annabelle auf die Fashion Week begleiten. Sie ist der Überzeugung, ein Abend mit lauter fantastisch aussehenden Leuten werde mich auf andere Gedanken bringen. Irgendwie bezweifle ich das.

Mit eingezogenem Kopf haste ich unter dem kühlen Torbogen hindurch zu der dunklen Limousine, aus der Annabelles porzellanhelle Hand winkt. Als ich zu ihr auf die Rückbank klettere, mustert sie mich, öffnet den Mund, schließt ihn wieder und nimmt mich in den Arm. »Ach, Maus. Aber es ist schön, dass du mitkommst.«

Wir werden Berlins Prachtstraße herunterkutschiert. Eigentlich großartig. Doch mir ist nicht großartig zumute. Erst recht nicht, als ich die Models sehe und die Besucher der Fashion Week, die allesamt schlank, attraktiv und super gekleidet sind. Natürlich wusste ich, was mich hier erwarten würde. Allerdings habe ich naiv angenommen, ich würde ihnen wie vom Kinosessel aus zugucken und hätte mit der Sache eigentlich nichts zu tun.

Alle verfügen über denselben gelangweilten Blick, der abschätzig von meinen Schuhen zu meiner Stirn kriecht. Ein paar Sekunden dauert dieser Outfit-Scan nur, lange genug aber, um mir meiner selbst gewahr zu werden, als wäre ich splitterfasernackt.

Im Innern des Zeltes herrscht arktische Kälte. Das ist in den ersten Minuten angenehm, dann beginne ich, meine Oberarme zu reiben und hin und her zu wackeln, während Annabelle ihr Set aufbaut.

Sie mustert mich. »Brauchst du Medikamente?«

»Nee.«

»Nachher reden wir, ja?«

Ich nicke und bemühe mich, still zu stehen. Doch so wird meine Spucke im Mund gefrieren! Ich muss mich bewegen. Etwas trinken. Um locker zu werden und Cordt zu vergessen.

Apropos Cordt … Vielleicht taucht er hier auf. Andererseits: eher nicht. Selbst wenn er immer gut angezogen ist, nehme ich an, er hat etwas gegen die Oberflächlichkeit der Modewelt. Doch vielleicht täusche ich mich. Was, wenn er plötzlich vor mir steht? Ich brauche einen Drink. Und jemanden zum Reden, bevor ich die Für- und Gegenargumente hinsichtlich Cordts Fashion-Week-Besuchs bis zur Besinnungslosigkeit durch mein Gehirn ballere.

Als ich mit meinem Gin Tonic von der Bar komme, hat sich der Raum gefüllt. Seltsam, kein Laufsteg. Wo flanieren die Models? Oder hüpfen sie über die Holzblöcke, die kreuz und quer über den Boden verteilt sind? Doch nein, die werden gerade von attraktiven Männern eingenommen. Eine etwas andere Schau, scheint mir.

Annabelle senkt die Nadel auf die Platte. Ein langsamer, bedrohlich wirkender Beat setzt ein. Die Leuchten flackern kunstvoll, erlöschen, exakt positionierte Strahler hüllen die Schönlinge auf den Klötzen in goldenes Licht. Wie auf Kommando setzen sich die Gäste in Bewegung. Eine dunkle Masse Mensch umkreist die Models, die nicht mit der Wimper zucken. Ich bin unsicher, ob sie schlucken dürfen.

»Hi, babe.«

Ryan!

»All by yourself?«

Ich nicke, möglichst unauffällig natürlich. Die Leute um mich herum sollen nicht denken, ich führte Selbstgespräche.

»Where's your fella?«

»*Weiß ich doch nicht!*«, sage ich lautlos. »*Was machst du hier?*«

»*I'm just curious.*« Mit zusammengekniffenen Augen blickt er sich um. Wenn ihn nur jemand sehen könnte außer mir. Mit diesem Mann an meiner Seite würde ich nicht einmal bei einer Veranstaltung wie dieser Komplexe bekommen. Ich könnte mit sagenhaft regungsloser Miene dastehen, die Hände in der nicht vorhandenen Taille, und eine Aura von »Ich krieg sie alle, und frag nicht, wie mir das gelingt« versprühen.

»*Worauf?*«

»*Whether he's a gentleman.*«

»*Und wann wäre er das?*«

»*If he'd be here.*«

Schon klar. So einfach ist das in Ryans Welt. Ich balle meine Hände zu Fäusten und muss mich zusammenreißen, nicht laut zu werden. »*Cordt hat eben auch andere Verpflichtungen. Und nur weil er einmal mit mir geschlafen hat … Vielleicht, keine Ahnung, vielleicht muss er es ja noch ein zweites Mal tun, um überze…*«

Als ich Ryans Blick bemerke, verschlucke ich die letzten Worte. Krümmt er sich gleich vor Lachen, oder plant er, mich bei nächster Gelegenheit hinterrücks abzumurksen?

»*Jesus, do you listen to yourself?*«

Ich beiße mir auf die Lippen. Recht hat er. Ich klinge wie ein Nacktmull. Wenn ein Nacktmull sprechen könnte, natürlich. Jedenfalls wie jemand, der seiner Umgebung schutzlos ausgeliefert ist und so wirkt, als sei Gott bei seiner Erschaffung gerade abgelenkt gewesen. Rückgrat? Pah, wer braucht das schon.

Ich nehme einen Schluck von meinem Getränk, das eiskalt in meinen Mund läuft und heiß die Kehle hinunter. Tolles Zeug, ich sollte dringend mehr davon zu mir nehmen, anstatt mich von Ryan deprimieren zu lassen. Drei Gläser später schmeckt es nicht mehr so gut. Zudem wirkt der Boden schief, und ich bin zweimal gegen Leute gestolpert, die mich mit Mafioso-Miene wieder von sich stießen. Ryan hat kurz vor der Bar mit beleidigter Miene abgedreht, und nun stehe ich hier und sehne mich nach Terese. Sie würde mir etwas zu essen besorgen.

»Annabelle!«

»Hm?«

»Ich hab Hunger.«

Keine Ahnung, ob sie mich wahrnimmt oder durch mich hindurchsehen kann wie durch ein Gespenst. Mit einem seligen Lächeln flippt sie durch ihre Albumcover, zieht eine Scheibe heraus und wiegt sie zärtlich in der Hand.

»Ich muss dringend was essen.«

»Hier drin gibt's nichts.«

»Ich weiß«, sage ich. »Deswegen stehe ich ja vor dir!«

Sie verdreht die Augen. »Ich organisiere was. Warte.«

Ich laufe weiter um die Männer herum. Ob sie auch frieren? Was, wenn einer niesen muss? Ich hoffe, sie werden gut dafür bezahlt, von mir und den anderen angeglotzt zu werden. Einer von ihnen ist blond, jung, mit einer Nase, die aussieht wie zweimal gebrochen. Hilfe, ist mir schummrig. Ich hätte nicht so viel trinken sollen. Ich hätte gar nichts trinken sollen. Dafür mehr essen. Doch heute Morgen machte ich eine schreckliche Entdeckung. Ich ging in die Küche und fühlte: nichts. Keine Vorfreude, als ich die Kühlschranktür öffnete und den Kopf hineinsteckte. Nichts, als ich sie wieder schloss. Ich begutachtete die Tafelwand mit den neuesten Rezepten. Zimt-Mascarpone-Donuts, Penne mit Spargel in Limonen-Knoblauch-Sauce, ein Sommerdrink aus selbstgemachtem Erdbeer-Basilikum-Sirup. Nichts.

Auch jetzt fühle ich mich innerlich taub. Wie nach einer Spritze, deren Gift den gesamten Körper ausfüllt. Der Alkohol hat geholfen, doch nicht für lange. Jetzt steigt der Nebel wieder an. Ich kämpfe mich durch die Menge zurück und rüttle an Annabelles Ärmel.

»Mach irgendwas!«

Nun sieht sie alarmiert aus. Sie greift zu ihrem Telefon, tippt etwas ein, und wenige Minuten später strahlt mich ein Mädchen an, das so gesund wirkt, als sei es eben aus den Alpen angereist.

»Komm mit.«

Sie führt mich durch einen Raum, der leer und weiß wie eine Gummizelle ist. Doch im nächsten wartet der Himmel. Ein Holztisch, beladen mit Köstlichkeiten in den knalligsten Farben: neongelb, neonrot, neongrün. Kunterbunt durcheinandergewürfelt wie im Ikea-Paradies.

»Wow.«

Das Mädchen grinst. »Die Hölle für Models, nach Sean McKenna.«

Was aus der Entfernung aussah wie das Buffet eines bizarren Kindergeburtstags, entpuppt sich bei genauerem Hinsehen als düsteres Kunstwerk: Grell bemalte Cake-Pops in Totenkopfform mit lippenlosen Mündern und dunklen Augenhöhlen liegen neben mit Zuckergusskreuzen verzierten Särgen und Körperminiaturen aus Marzipan, aus denen schwarzroter Glibber läuft. *El Día de los Muertos!* Wer immer dieser Sean McKenna ist, er könnte ein ähnliches Faible für Mexiko haben wie ich, wenn er sich im Datum auch leicht geirrt hat. Der Totenfeiertag wird dort erst in drei Monaten begangen.

In der Tischmitte thront eine gigantische Torte, deren sahnige Oberfläche kaubonbonartige Kugeln bedecken. Da sie angeschnitten ist, kann ich zwar die pastelligen Polka-dots im Innern erkennen, nicht aber lesen, was draufsteht.

»Nimm dir, so viel du willst.«

Mit offenem Mund starre ich sie an. Hat sie gerade gesagt, ich dürfe davon essen?

»Mach schon. Du siehst ja, bisher hat sich kaum jemand bedient.«

»Danke!«

Doch erst einmal muss ich den Rest bewundern. Tartes, die mit hässlichen Fratzen verziert sind, ein Skelett aus Hefeteig, Lollis, die aussehen wie abgehackte Hände. Jetzt, da ich nahe genug bin, erschließt sich mir auch der aus Buttercreme geformte Satz auf der Giganto-Torte, selbst wenn ein paar Buchstaben fehlen: *Eat this and die.*

»In einem Artikel der ›Zeit‹ wurde er als Jonathan Meese der Patisserie bezeichnet«, erklärt das Mädchen, als sie meinem Blick folgt.

»Oh. Okay.«

»Ich muss weiter. Bleib hier, so lange du willst. Und häng dir das um.«

Sie reicht mir einen Backstage-Pass, und ihr Bubikopf wippt zur Tür, die mit einem leisen Klacken zufällt. Ich bin allein. Allein mit dem Alptraum aller Models. Wer in aller Welt kam darauf, ein solches Catering zu bestellen? Vorsichtig, um das Arrangement nicht zu zerstören, tupfe ich mit dem Zeigefinger die um den Kuchen verstreut liegenden Krümel auf. Sie sind so süß, dass sich mein Magen zusammenzieht. Besser als nichts, keine Frage. Doch da ist noch etwas anderes. Mit gekräuselter Nase nehme ich Witterung auf. Rund um den Tisch werde ich nicht fündig, doch an der Rückwand des Raums verstärkt sich der Geruch, wenngleich er wie ein Windhauch bleibt.

Da! Eine weiße, zerknitterte Tüte, wie achtlos liegengelassen. Ich tippe mit der Fußspitze dagegen, gehe in die Hocke, öffne sie. Drei runde Brotlaibe liegen darin, die dunkelbraune

Kruste mehlbestäubt. Vorsichtig nehme ich einen heraus, schnuppere daran, beäuge ihn. Er wiegt leicht in der Hand, doch wenn man den Daumen hineindrückt, spürt man die Elastizität und die Schwere des Mehls.

Gutes Brot ist schwer in Berlin zu ergattern, wenn nicht gar unmöglich. Selbst die Fünf-Euro-Laibe der Galeries Lafayette überzeugen mich nicht. Doch dieser wirkt wie aus einer Schwarzwälder Bäckerei gekullert. Ich kann nicht anders. Ich muss ein Stück herausbrechen und meine Nase in der weichen, leicht feuchten Krume vergraben. Die Kruste zerspringt in tausend Stücke und verwandelt sich in meinem Mund in malzig schmeckendes Karamell. Das Innere ist fest, aber so perfekt durchlöchert, dass es als Edamer der Getreidekultur durchgehen könnte. Jetzt einen Schuss Olivenöl, etwas Meersalz. Aber das muss nicht sein. Das Brot ist gut genug. Während ich Bissen für Bissen herunterschlucke, fühle ich mich seltsam getröstet. Kein Gedanke mehr an Cordt. Es gibt nur den salzig-süßen Geschmack und mich.

»Hm.«

Vor Schreck verschlucke ich mich beinahe. Als ich den Oberkörper herumreiße, sehe ich eine schwarze Hose und ein schwarzes Shirt, aus dem muskulöse, braungebrannte, von Sommersprossen überzogene Arme ragen.

»Bist du ein Model?« Sein Mund verzieht sich zu einem Lächeln. Die Augen hält er hinter einer Sonnenbrille versteckt. »Wohl nicht …«

Ich starre ihn wortlos an. Wie gern würde ich ihm jetzt etwas an den Kopf knallen, das ihn beschämt und voll Respekt für mich zurückließe. Doch mir kommt nichts über die Lippen.

»Hast du wenigstens etwas übrig gelassen?«

Immer noch stumm, werfe ich den Rest des Brotes in die Tüte. Wortlos nimmt er sie. Ich spüre seinen Blick auf mir, auch wenn ich seine Augen nicht sehen kann. Was für ein Depp. Typisch Modenschaupublikum.

Er dreht sich um und fragt mit Blick auf den süßigkeitenbeladenen Tisch: »Wieso isst du Brot, wenn du Kuchen haben kannst? Ist das irgendein umgekehrter Marie-Antoinette-Quatsch?«

Jetzt bemerke ich seinen Akzent. Er könnte Däne sein, vielleicht Schwede. Gut möglich, Skandinavier hüpfen in rauen Mengen auf Fashion-Week-Partys herum.

Als ich nicht antworte, nimmt er die Brille ab. »Angst um die Figur?«

Wie bitte? Und warte mal, kennen wir uns nicht?

»Erst Käse mit den Fingern, dann Brot ohne alles«, bemerkt er. Bestens. Dem Mozzarellamann vom »Forever Green«-Buffet scheine ich an schlechten Tagen von jetzt an regelmäßig über den Weg zu laufen.

»Du bist echt …« Er denkt nach. »Seltsam. Ist dir das schon mal aufgefallen?«

»Nein«, bringe ich heraus. Der Typ macht mich sprachlos. Und wieso habe ich das Gefühl, nicht hier sein zu dürfen? Um meinen Hals baumelt immerhin ein VIP-Ausweis. VIP! Anstelle von »IKS« wie in »Interessiert kein Schwein«.

»Immerhin kannst du dich damit trösten, weit überraschender zu sein als die ganzen faden Leute, die hier so rumspringen.«

Immer noch sage ich nichts.

»Hey, das war ein Kompliment.«

Und du bist ein Arsch, hey.

Mit einer abschätzigen Handbewegung zeigt er auf Sean McKennas Wunderwerk. »Du hast nicht mal probiert?«

»Doch.« Ich stehe auf und drücke den Rücken durch. So atmet es sich leichter, und meine Stimme klingt gleich fester. »Ich hatte einfach keine Lust auf Süßes.«

»Aha.« Er zieht eine Augenbraue hoch, nimmt sich ein Törtchen, dreht es zwischen den Fingern, schnuppert daran und beißt ab. »Nicht übel. Du solltest mal kosten.« Damit dreht er sich um und schlendert auf die Tür zu. Dort angekommen, wirft er einen kurzen Blick zurück. »Übrigens hat Brot auch viele Kalorien. Bye.«

Wie ein Feuerball breitet sich die Wut in meinem Bauch aus. Aber es ist zu spät, ihm etwas hinterherzuschreien. Seine Schritte sind verhallt, und ich bin mit all den quietschbunten Süßigkeiten allein. Nichts wie raus hier. Doch als mein Blick auf die Cake-Pops fällt, macht es ping in meinem Kopf. Endlich wird mir ihre wahre Bestimmung gewahr. Und ich bin mehr als entschlossen, ihnen den Weg dahin zu ebnen. Mit Feuereifer entferne ich die Plastikstäbe und verpasse den knallbunten Kugeln mit dem Daumen eine Einbuchtung, sodass sie nicht wegrollen. Eigentlich sind sie perfekt für diese Modeveranstaltung: wunderbar anzusehen, doch ohne eigenen Geschmack. An der Tür drehe ich mich um. Die Lettern sind windschief, aber groß genug, um nicht übersehen zu werden. Hoffentlich ist der Typ der Erste, der hereinkommt. Und weiß, dass sich die überdimensionale Botschaft an ihn richtet.

Vollidiot!, steht dort in Blau, Grün, Pink und Lila. Sogar das Ausrufezeichen habe ich hinbekommen. Und weiter unten, in Anlehnung an die schwungvolle Tortenaufschrift aus Buttercreme: *Eat this and cry.*

Sonne, Mond und Sternanis

Es ist noch nicht einmal neun, und ich sehe aus, als käme ich von einem Wüstentrip. Sand – oder ist es Dreck? – bedeckt meine Wangen, das Haar ist in bizarren Formationen verweht. Bloß weil Tereses Opel keine Klimaanlage hat, um den Süßspeisen ausreichend Kühlung zu verschaffen. So düsen wir mit heruntergekurbelten Fenstern durch das morgendliche Berlin, und meine Geburtstagsfrisur hat sich schon zwei Meter die Torstraße hinunter verabschiedet. Dabei gefiel sie mir so gut. Zumindest solange ich meine Hände vor die Augen hielt und zwischen den Fingern hindurchlinste.

»Kannst du langsamer fahren, Terese? Wenn die Profiteroles in ihren Boxen herumkullern wie Bowlingkugeln, sind sie nachher Matsch.«

»Tut mir leid, ich habe es eilig. Ich hatte total vergessen, dass Hase und ich heute, also, ähm, Pläne haben.« Kaum hat die Ampel auf Orange geschaltet, rammt sie ihren Fuß auf das Gaspedal. »Was in aller Welt sind Profiter…dingens?«

»Windbeutel. Mit Kokosnuss und Sahne im Innern und Schokoglasur außen. Sehr lecker.« Ich kralle meine Finger in das Plastik der Tupperware. Vielleicht hätte ich meine Mitbringsel schlichter halten sollen. Ein Obstkuchen hätte es auch getan. Andererseits lässt sich ein miesepetriger Kollege wie Andy niemals von einer gedeckten Apfeltorte beeindrucken. Geschweige denn so weit kaufen, dass er nett zu mir ist.

Im Büro angekommen, rast Terese die Treppen hinauf.

»Was in aller Welt haben Peter und du eigentlich vor?«

»Nichts weiter. Aber kannst du dich ein bisschen beeilen?«

Sie ignoriert meine neugierigen Blicke. Nachdem ich die Alarmanlage entschärft und die Tür geöffnet habe, zischt sie schon an mir vorbei in Richtung Kühlschrank.

»Stopf nicht alles einfach rein! Pass bitte auf, die Torte! Ich bin um fünf aufgestanden, um sie so schön hinzubekommen, wie sie geworden ist.«

»Entschuldigung. Heute ist einfach alles so, ach, auch egal ...«

Heute ist mein Geburtstag, würde ich am liebsten sagen, doch sie sieht so ... un-teresig aus. Hektische Flecken zieren ihre sonst so blassen Wangen, sie ist nicht geschminkt, und ihr Haar! Wild steht es vom Kopf ab. Ich wusste nicht, dass es zu so etwas fähig ist.

»Alles klar bei dir?«

Sie blinzelt. »Natürlich!«

Das kam mit solcher Inbrunst, dass ich sie skeptisch mustere. »Wirklich?«

»Ja«, antwortet sie knapp, dreht sich zweimal um sich selbst und presst mich inbrünstig an sich. Sie riecht nach Puder und Vanille. Ich spüre ihren durchgedrückten Rücken unter meinen Händen und frage mich, ob er sich immer so hart anfühlt. Etwas ist doch!

»Terese, setz dich wenigstens eine Minute. Du bekommst das erste Stück Geburtstagstorte!«

»Sorry, ich muss los.« Sie schenkt mir ein entschuldigendes Lächeln und ist schon zur Tür raus. »Ich rufe dich nachher an!«

Ja, ja, im Vornherein habe ich es als völlig unproblematisch abgetan, dass an meinem Geburtstag keine meiner Freundinnen Zeit für mich findet. Aber wieso ausgerechnet an meinem dreißigsten? Und heute ist doch sogar Montag!

Um mich abzulenken, laufe ich zur Toilette. Und unterdrücke beim Blick in den Spiegel nur mühsam einen Schrei. In meinem Kleid aus silbrig durchwebter Baumwolle und mit dem Flechtzopf, den ich Heidi-like um meinen Kopf gewickelt hatte, ähnelte ich vorhin noch ein minibisschen Sienna Miller. Jetzt hingegen Farrah Fawcett, was die Frisur angeht, während Donatella Versace im Vergleich zu mir mit Porzellanteint aufwarten kann. Eilig zücke ich den Perlmuttpuder. Verdammt, das war zu viel. Jetzt sehe ich aus, als habe ich mich an einer Speckschwarte gerieben. Mit einem müffelnden Baumwollhandtuch reibe ich mir über das Gesicht und hinterlasse noch rötere Stellen.

Ich sollte mich lieber an dem Anblick meiner fantastischen Torte erfreuen. Wie verführerisch ihre dunkle Kakaoglasur vor ein paar Stunden im Morgenlicht schimmerte! Am liebsten hätte ich mich kopfüber reinfallen lassen. Stattdessen nippte ich an meinem sechsten Espresso, verteilte spiralförmig Goldflöckchen auf die Oberfläche und freute mich auf die Reaktionen der anderen. Nie wieder wird Andy mit einer so fiesen Idee wie dem weihnachtlich anmutenden Obstsalat daherkommen, wenn er erst ein Stück dieses Schokotraums gekostet hat.

In der beengten Büroküche lasse ich die Kaffeemaschine warmlaufen und sammle Teller und Besteck auf einem Tablett, um sie in den Konferenzraum zu bringen. Mehr und mehr Kollegen verziehen sich wortlos hinter ihre Monitore. Das Neonlicht über mir flackert, und ich vermute schon, gleich im Dunkeln dazustehen – jemand hätte ja auch mal daran denken können, hier ein Fenster einzubauen –, doch dann fängt es sich wieder. Ich fülle Kanne um Kanne, gebe Zuckerwürfel in eine leere Schachtel für Büroklammern und gucke mich nach einem Behältnis für die Milch um. Nichts bis auf eine Vase, aber mit der könnte es sogar hübsch aussehen.

Mein Prunkstück sollte jetzt ausreichend Kühlung bekommen haben. Aufgeregt öffne ich den Deckel der Tupperware. Nein. Oh. Nein! Ein Matschklumpen liegt dort, wo sich vor zwei Stunden mein ganzer Stolz befand. Von den Goldblättchen ist nichts übrig geblieben, sie wurden samt und sonders verschluckt. Mit zittrigen Fingern versuche ich sie herauszufischen. Schmierige Krater bleiben zurück, die ich mit Spucke zu ebnen versuche. Wenig später muss ich mir eingestehen, dass sie nicht zu retten ist. Mir bleiben zwei Möglichkeiten: wegschmeißen – oder zum Unperfekten stehen. Unperfekt, was sage ich. Mut zur Hässlichkeit trifft es besser.

Nur mit Mühe gelingt es mir, meine Tränen hinunterzuschlucken. Immerhin sind die Profiteroles heil geblieben. Etwas matschig hier und da, aber im Großen und Ganzen intakt. Ich arrangiere den Blumenstrauß vom Empfang auf dem Konferenztisch und vierundzwanzig Windbeutel pyramidenförmig in der Tischmitte. Wenn ich die Torte halb unter den Blumen verschwinden lasse, sieht sie weniger schlimm aus. Noch ein paar Tassen und Teller davor – so geht es.

Absätze klackern durch den Flur, Pisa erscheint im Türrahmen.

»Der morgige Termin wurde auf heute Nachmittag verschoben. Die Herren Behlig und Hauser treffen gegen vierzehn Uhr ein. Sie … ah, ich sehe, Herr Willander hat schon mit Ihnen gesprochen. Wunderbar. Mit den Tellern können Sie sparsamer umgehen, wir sind nur zu viert.« Ungeduldig wedelt sie mit der Hand. »Kümmern Sie sich darum, ja? Wasser, Tee, Saft bräuchten wir. Um das Gebäck habe ich mich geküm… Was ist das denn?«

Sie stapft heran und beäugt die Pyramide aus Profiteroles. »Sagen Sie nicht, das wurde so geliefert.«

»Geliefert?«

»Das ist nicht, was ich bestellt habe! So etwas … so etwas …« Fassungslos nimmt sie meine goldverklumpte Chili-Schoko-Tarte in Augenschein. »Was ist dieser Haufen? Soll das etwas Essbares sein? Himmel! Muss ich mich tatsächlich selbst an den Herd stellen und *backen?*« Sie spuckt das Wort aus, als verbrächte sie lieber drei Wochen im Knast, als zu derlei Handlungen gezwungen zu werden. Ich sollte sie meiner Mutter vorstellen. Die beiden scheinen, was die bloße Existenz von Küchen angeht, ähnlicher Meinung zu sein.

»Das ist meine Torte«, flüstere ich. »Ich wusste nicht, dass der Termin …«

Ihre Nase zuckt, und für einen Moment glaube ich, sie pruste los. Doch sie rümpft sie nur. »Wann haben wir den Gemüsesnack und Ihren *fantastischen* Obstsalat durch Derartiges ersetzt? Und haben Sie wieder Sternanis beigefügt?«

»Nein, das ist …«

»Bewahren Sie Ihr Mittagessen bitte bei sich auf, ja? Wir brauchen den Tisch.«

Sie stöckelt hinaus. Ein Kloß bildet sich in meinem Hals. Aber es kommt nicht infrage, dass ich heute schon um zehn Uhr weine. Ich kneife mich in den Unterarm und trage einen Teil der Teller in die Küche zurück, ebenso mein Backwerk, das ich in den Plastikboxen im Kühlschrank verstaue. Anschließend setze ich mich hinter meinen Schreibtisch und betrachte die Liste, die mir Pisa am Freitagabend hingelegt haben muss. Zählt zu meinen Aufgaben tatsächlich, ihre Kostüme vom Wäscheservice zu holen? Oder hat sie das nur eingefügt, um ihre A-bis-Z-Liste zu vervollständigen? Mit W gibt es nicht viel.

Das Telefon auf meinem Schreibtisch gibt einen Ton von sich. Ein sanftes Düdelidü, das internen Gesprächen vorbehalten ist.

»Ja?«

»Emmi, komm doch bitte in mein Büro. Danke.«

Cordts Stimme klang gestresst. Vielleicht hat er bei einem Blick in meinen Vertrag festgestellt, dass heute mein Geburtstag ist – und er steht ohne Geschenk da! Oder hat er ein schlechtes Gewissen, weil er Sex mit mir hatte?

Ich reibe meine Hände an der Schreibtischoberfläche trocken und streiche mein Kleid glatt. Was, wenn er mir sagt, dass es ihm leidtut? Dass er seine Position missbraucht hat und so etwas nie wieder passiert?

Mein Herz poltert dumpf, als ich anklopfe und die nur angelehnte Tür aufschiebe. Die Vormittagssonne taucht seinen Schreibtisch in gleißendes Licht. Er steht neben dem Fenster, eine Strähne fällt ihm ins Gesicht, sein Mund ist gekräuselt, jedoch nicht zu einem Lachen.

»Hilfst du mir mal mit diesem Teil?« Wütend zerrt er an der Zugschnur der Jalousie, die sich keinen Millimeter bewegt. »Wie in aller Welt soll man arbeiten, wenn man nichts sieht?«

Er überreicht mir die Kordel. Doch sosehr ich auch an ihr reiße, sie will nicht.

»Ich glaube, sie hat sich verfangen.«

»Ach!«

Als er meinen Gesichtsausdruck wahrnimmt, tätschelt er meine Schulter. »Entschuldige, Emmi. Der ganze Stress, und das an einem Montagmorgen. Ich verstehe nicht, warum Behlig und Hauser nicht wie angekündigt morgen reinschneien. Aber nein, plötzlich muss es heute sein, und wichtig, wie die Herren aus Münster nun einmal sind, müssen wir natürlich kuschen.«

Ich nicke. Die Perlenreihe der Zugschnur ist in meiner Hand warm und glitschig geworden. Vielleicht sollte es mal einer mit Schmackes versuchen. Über mir ertönt ein Knacken. Die rechte Halterung der Jalousie springt heraus.

»Oh, Mist, Cordt, das tut mir leid!«

Aus müden Augen blickt er mich an. »Ist schon gut. Wäre mir auch passiert, wenn ich noch weiter dran gezerrt hätte. Danke, Emmi. Du kannst die Tür zumachen.«

Wieder klopft mein Herz schneller. Meint er *mit* mir im Zimmer oder ohne mich? Er wendet sich seinem Bildschirm zu und schirmt die Sonne mit der Hand ab. Wie es scheint, ohne mich.

Als ich wieder an meinem Tisch sitze, krampfe ich die Hände zusammen, bis meine Nagelbetten schmerzen. Aber so leicht lasse ich mir meinen Dreißigsten nicht verderben. Ich werde aus dem Tag so viel rausholen, wie möglich ist. Okay, meine Torte sieht aus wie eine Schokolade gewordene Katastrophe, aber sie ist mit Liebe gebacken.

Zur Erbauung summe ich innerlich die »Marseillaise«, während ich die Küchenablage blank putze und die Windbeutel von Neuem aufschichte, deren Schokoglasur mittlerweile ausreichend kalt ist, um nicht zu verkleben. Schwach höre ich ein Türklingeln, doch da muss jemand anders aushelfen. Ich habe zu tun.

»Hi.«

Als ich mich umdrehe, sehe ich einen Stapel Kuchenkartons, darüber einen Büschel dunkelblondes Haar.

»Hi.« Geschäftig wende ich mich wieder meinem Geburtstagsbuffet zu. Im Unterschrank müssten noch Servietten sein.

»Wohin mit der süßen Ladung?« Der Typ spricht mit einem eigentümlichen Singsang. Mit *diesem* eigentümlichen Singsang, den ich, Moment, da muss ich nachrechnen, vorgestern das letzte Mal gehört habe.

»In den Konferenzraum.« Mein Mund ist wie ausgetrocknet, und ich stehe stocksteif da und traue mich nicht, den Kopf zu drehen.

»Der wo ist?«

»Er, ähm, ist dahinten. Flur runter. Zweite links.« Meine Stimme glibbert wie Götterspeise, über die ein Föhn gehalten wird.

»Zeigst du mir den Weg?«

»Klar«, murmele ich und laufe voraus. Noch hat er mich nicht von vorn gesehen, aber irgendwann wird mir wohl nichts anderes übrigbleiben, als ihm mein Gesicht zu zeigen.

»Hier wären wir«, sage ich, als wir nach viel zu kurzer Zeit den Konferenzraum erreichen. »Stell die Sachen auf dem Tisch ab. Ich kümmere mich später darum.«

»Es wäre nett, wenn du mir jetzt schon helfen könntest.«

Der Augenblick der Wahrheit wäre dann wohl jetzt gekommen. Langsam drehe ich mich um und blicke in die matschgrünen Augen des Mozzarellamanns. Unter seiner gebräunten Haut treten deutlich seine Wangenknochen hervor. Vielleicht ist er doch kein Schwede. Slawisch möglicherweise? Die Sommersprossen, die seine Wangen und die Nase übersäen, gingen glatt als sympathisch durch, wäre er nicht … ja, wäre er nicht der Mozzarellamann.

Mit keiner Regung zeigt er, dass er mich erkannt hat. Stimmt ja. Ich scheine ein Allerweltsgesicht zu besitzen. Auch Cordt hat sich schließlich nicht an mich erinnert. Aber in diesem Fall ist das mal Glück. Schließlich habe ich ihn, wenn auch nur schriftlich, als Vollidioten bezeichnet.

Sorgsam platziert er die Kartons zwischen den Tellern. Eine seltsame Berufswahl, das muss ich schon sagen. Kuchenlieferant. Vor allem erstaunt mich, dass jemand auf die Idee kommt, diesen ungehobelten Typen mit seinen kostbaren

Schätzen auf Kunden loszulassen. Mit dem Ausdruck äußerster Konzentration öffnet er einen Deckel nach dem anderen.

Moment mal – erwähnte er eben nicht Süßigkeiten? Ich sehe nur Gemüse. Wohlgemerkt ziemlich krummes Gemüse, aber das könnte durchaus nach Cordts Geschmack sein. Vorsichtig hebt er knallrote Chilischoten aus ihrer Verpackung und setzt sie so sanft auf den bereitgestellten Tellern ab, als handele es sich um Neugeborene. Mit den Radieschen, Paprikaschoten und Tomaten verfährt er ebenso zärtlich.

»Was, sagtest du, bringst du?«

Ohne aufzublicken, murmelt er: »Kuchen. Nichts als Kuchen.«

Ich beuge mich vor. Tatsächlich, das Gemüse ist nicht echt. Oder anders gesagt: zuckriger, süßer, irgendwie toller als echt.

»Wow.«

Ein Lächeln huscht über seine Züge. »Und hier … Ich hatte heute Nacht diese Idee, eigentlich total albern. Nachts wach zu liegen, um an Lavendel zu denken und weiße Schokolade. Egal. Aber versuch nachher die Zwiebeln!«

Bei diesem Typen sollte mich langsam nichts mehr wundern. Trotzdem komisch, dass er sich so sehr für seine Arbeitgeber ins Zeug legt, dass er sogar nachts über seine Frachten nachdenkt. Nachdenklich starre ich ihn an. Bis mir auffällt, dass er meinen Blick erwidert. Mir wird heiß. Hat er mich jetzt erkannt? Aber ich sah vorgestern sicher ganz anders aus. Mein Haar war ungewaschen und hatte mehr Ähnlichkeit mit einem Algenteppich als mit dem, was heute mein Gesicht umweht. Ich war stärker geschminkt. Und noch nicht dreißig.

»Was ist das denn?«, platze ich heraus, um ihn abzulenken. Mit seinen kräftigen Händen platziert er vorsichtig zwei müsliriegelgroße Rechtecke auf der Platte und bestreut sie mit Sesam.

»Tofuschnitzel aus Pannacotta. Die dürfen nicht warm werden.«

»Schon klar«, murmele ich und kann nicht umhin, beeindruckt zu sein. Wie gern würde ich Mäuschen spielen, wenn Herr Behlig und Herr Hauser ihre Zähne in der quietschsüßen Überraschung versenken!

»Und als Letztes: ein Geschenk für Marlies.«

Schockiert sehe ich auf. Er kennt sie – und nennt sie beim Vornamen? Ich ahnte, dass der Typ krank ist. Wie sehr allerdings, habe ich unterschätzt. Trotzdem beuge ich mich vor und blinzele ins Dunkel des Kartons hinein. Viel kann ich nicht erkennen bis auf tannengrünen Zuckerguss und ein Gebilde darauf, das vielleicht ein Fußball ist – doch was sollte Madame Schikora damit anfangen?

»Mein Lieblingspatissier!«

Diesmal habe ich sie nicht kommen hören. Mit ausgebreiteten Armen klackert Pisa auf den Mozzarellamann zu. Einen Meter vor ihm macht sie halt, küsst die Luft und klatscht in die Hände, als sie das Törtchen-Arrangement in Augenschein nimmt. »Fantastisch! Ich wusste, dass du mich nicht enttäuschst! Nicht einmal dann, wenn wir so kurzfristig umdisp…«

Ein Räuspern ertönt. Cordts Augen wirken wie verschleiert, selbst wenn sie zu Schlitzen geformt sind. »Was ist das?«

»Sean McKenna, Cordt Willander.«

Momentchen. *Das* ist Sean McKenna? Hölle-für-Models-Sean-McKenna? Der Typ, der mir bei der »Forever Green«-Party auf die Finger klopfte und mich bei der Schau der Fashion Week so dämlich anredete? Noch mehr als zuvor wünsche ich mir nichts sehnlicher, als im Boden zu versinken. Schlund, wo bist du?

»Hi«, sagt Sean zu Cordt.

»Tag.« Mit gerunzelter Stirn starrt der auf die Kuchenkartons, dann auf das Zuckergemüse. »Woher kommt das? Hast du das bestellt, Emmi?«

»Um Gottes willen«, trillert Pisa. »So etwas überlasse ich doch nicht, also …«

»Ist das Bio?«

Zunächst herrscht Stille. Bis Sean verhalten kichert und sich das erste von mir dokumentierte Grinsen auf Pisas Gesicht ausbreitet. Ich beiße mir auf die Lippen.

»Kein Gemüse, Cordt«, sagt sie. »Das ist Kuchen.«

»Aha.« Sein düsterer Blick wandert von ihr zu mir und wieder zurück. »Für wen soll er sein?«

Mit schlechter Laune ist er noch sexyer als normalerweise. Ich wische ein paar nicht existente Krümel von meinem Kleid.

Pisa hebt das Kinn. »Herr Behlig und Herr Hauser wissen das Werk eines guten Patissiers sehr wohl zu schätzen. Und es ist mein Wunsch, unsere Gäste auf eine Weise willkommen zu heißen, mit der ich selbst gern empfangen werde.«

Mit unbewegtem Gesichtsausdruck öffnet Sean den letzten Karton und hebt die Torte heraus, auf deren Zuckerdecke ein melonengroßer Globus thront. Sein Meer schimmert in dunklem Blau, in Grün die Landmassen. Eine Freiheitsstatue aus Fondant reckt ihre Fackel empor, rechts davon ragt aus dem Wasser das aufgerissene Maul eines Hais. Man kann sogar Italien erkennen – samt dem Schiefen Turm von Pisa!

»Eine Überraschung des Hauses.«

»Ach!« Pisa schlägt ihre kleine Hand vor den Mund. »Sean, das ist fulminant!«

»Marlies, können wir unter vier Augen reden?«

Mit steifen Schritten verlässt Cordt den Raum, sie eilt hinterher.

Lächelnd packt Sean die Pappe zusammen. »Soll das in die Küche?«

Während ich ihm durch den Flur folge, betrachte ich die kräftigen Schulterblätter, die sich unter seinem T-Shirt abzeichnen.

»Heilige Scheiße!« Er stoppt so abrupt in der Küchentür, dass ich beinahe gegen ihn laufe. »Was ist hier passiert?«

Ich luge an ihm vorbei. Der Tresen sieht aus, als sei ein Schwein von der Decke gefallen. Kuchenkrümel überall, die Flecken von mit Goldglitter durchsetzter Schokolade und Sahne ziehen sich bis auf den Fußboden.

Andy schiebt seinen massigen Körper aus dem Flur herein, einen Teller mit einem letzten noch intakten Windbeutel balancierend. »Ich kann nicht mehr! Weiß jemand, wem wir das zu verdanken haben?«

Ich nicke, unfähig, etwas zu sagen.

Andy lehnt sich vor. »Und wem?«

»Mir«, flüstere ich. »Ich habe Geburtstag.«

»Meinen herzlichsten!« Er stellt den Teller ab und ist schon wieder weg. Stumm beginne ich das Geschirr zusammenzuräumen.

»Darf ich kosten?«

Ohne mich umzudrehen, nicke ich.

»Der ist gut.«

»Danke.« Als ob ich ihm das abnähme.

»Wie heißt du?«

»Emmi.« Das war so leise, dass selbst ich mich kaum höre.

»Das schmeckt wirklich … speziell.«

Ich wirbele herum. Was jetzt, Vollidiot, willst du dich wieder über mich lustig machen? Nur zu, versuch es, aber diesmal stehle ich mich nicht mit ein paar Zuckerbuchstaben aus der Affäre.

Doch Sean McKenna sieht mich mit solcher Intensität an, dass ich den Mund wieder zuklappe. Die Farbe seiner Augen erinnert mich in diesem Licht nicht an Matsch, sondern an Jade. Alles Blut weicht aus meinem Gesicht und scheint sich in meinen Füßen zu tummeln. Der Rest meines Körpers fühlt sich kribbelig-taub an. »Wie hast du diese Ausgewogenheit hinbekommen?«, fragt er. »Süß, aber gleichzeitig … hm … würzig. Und frisch.«

»Basilikum«, sage ich leise und senke den Blick. Doch nun starre ich auf seine Hände, und das ist keinen Deut besser. Sie sind groß und wirken warm und machen mich, ich weiß nicht wieso, nervös. »Ich habe einen Hauch davon in die Sahnefüllung gegeben.«

Er sieht tatsächlich ein bisschen beeindruckt aus. Hat er sich etwa gar nicht über mich lustig gemacht? »Okay, Emmi, mach's gut. Und danke für deine Hilfe.«

Ich nicke noch, als er längst fort ist.

Eine Kaffeetasse schiebt sich auf meinen Schreibtisch. Ich ignoriere sie. Eine Flasche Sekt folgt, an deren Hals eine bunte Girlande baumelt. Widerstrebend nehme ich die Kopfhörer ab, aus denen unerlaubt laute Musik dröhnt. Doch wer soll mir das schon verbieten? Pisa und Cordt sitzen mit den Herren vom Verlag zusammen, die sich beim Anblick von Seans Backkunst kaum mehr einbekamen.

»Nimmst du Milch?«, fragt Lisa.

»Schwarz.«

»Es tut uns leid. Wirklich, wirklich, wirklich allen. Bis auf Andy, aber das wundert ja keinen.« Sie lächelt unsicher. »Warum hast du uns nicht erzählt, dass heute dein Geburtstag ist? Und redest du jetzt wieder mit uns?«

Trotzig gucke ich sie an.

»Bitte, Emmi! In Ordnung, angesichts dieser Sauerei verstehe ich, dass du stinksauer bist. Aber wenn wir auch nur den Hauch einer Ahnung gehabt hätten … Ich verspreche dir, die Küche hätte höchstens halb so schlimm ausgesehen.«

»Na ja …«

»Hey«, unterbricht mich Brit und steckt ihren Oberkörper in mein Büro. »Hast du Lust, morgen mit uns essen zu kommen, Emmi?«

Überrascht starre ich sie an. »Ja, gern.«

»Dann ist das abgemacht. Übrigens wurde etwas für dich abgegeben. Bin gleich wieder da.«

Wenig später streckt sie mir eine Hülle aus zart schimmerndem Papier entgegen. »Blumen für Mademoiselle. Bitte sehr.«

Vorsichtig löse ich die Klebstreifen. Blaue und purpurne Kornblumenblüten leuchten mir entgegen. An den Stielen baumelt Sean McKennas Visitenkarte. Mit den fein geschwungenen Worten auf der Rückseite: *Manchmal ist weniger einfach mehr – deine Profiterole war fantastisch. Feiere dich selbst!* Und klein darunter: *Der Vollidiot.*

Ich weiß nicht, ob ich hysterisch kichern oder peinlich berührt heulen soll.

»Von wem sind die?« Lisa lehnt sich so weit vor, dass sie einen Blick auf die Karte erhaschen kann. »Vollidiot? Wer in aller Welt ist das?«

Cordt steckt den Kopf zur Tür herein. »Emmi, kannst du uns …«

Rasch lasse ich den Strauß sinken.

»Oh, Blumen. Ein besonderer Anlass?«

Mich selbst zu feiern, möchte ich sagen. Doch ich belasse es bei einem betont fröhlichen: »Heute ist mein Geburtstag.«

Er schnappt sich meine Hand und schüttelt sie kräftig.

»Alles Gute! Es tut mir leid, wir sind mitten in der Besprechung. Wärst du so gut, ein Taxi zu bestellen? Es soll in einer halben Stunde da sein.«

»Natürlich.«

»Dann bis später.« Er zwinkert mir zu und verschwindet im Flur. Verwirrt bleibe ich zurück. Das wirkte fast verschwörerisch. Oder habe ich mir nur etwas eingebildet? Darin bin ich immerhin Meisterin.

»Was war das denn bitte?«, fragt Lisa. »Erzähl mir nicht, dass Cordt mit dir flirtet. Bitte nicht!«

»Quatsch, wie kommst du darauf?«

Brit zieht die Augenbrauen hoch. »Ich will ja nichts sagen, aber …«

»Dann lass es«, fällt ihr Lisa ins Wort. »Heute ist Emmis Geburtstag. Den haben wir ausreichend vergeigt. Ruf das Taxi, und wenn die Bande endlich weg ist, lassen wir die Korken knallen!«

Reichlich angeschickert, taste ich mich die dunklen Treppen hinunter. Wenn es im Hof nicht so verdammt schattig wäre, würde das ständig kaputte Licht weniger auffallen. Vorsichtig setze ich einen Fuß vor den anderen. Wenn ich jetzt hinfalle, tue ich mir nicht nur weh, sondern zerdeppere auch die Vase mit Sean McKennas Blumen. Das darf nicht passieren. Bisher ist es mein einziges Geschenk!

Die Luft draußen ist erstaunlich klar. Von meinem Kabuff aus habe ich es nicht mitbekommen, doch es scheint geregnet zu haben. Der Asphalt ist noch feucht, ebenso tropft es aus den Dachrinnen und den Bäumen. Aber die Sonne hat sich ihren Platz am Himmel zurückerobert, in wenigen Minuten wird wohl alles wieder trocken sein.

In meiner Tasche klimpern dumpf Unmengen leerer Tupperware. Ich steuere die U-Bahn-Station an, als neben mir mit quietschenden Reifen ein knallblauer Opel Kadett stoppt.

»Einsteigen, oder es knallt!«, brüllt Annabelle, deren Wangen gerötet sind. Sie schwenkt eine augenscheinlich nicht mehr ganz volle Flasche Champagner. »Wird aber auch Zeit, dass du endlich Schluss machst, ich dachte schon, ich muss den Fusel allein trinken!«

Baff glotze ich von Annabelle zu Terese, die mich von ihrem Platz hinter dem Steuer aus angrinst.

»Na, überrascht?«, grölt Annabelle weiter. »Du hast nicht wirklich geglaubt, wir würden dich an deinem Dreißigsten sitzenlassen, oder? Mensch, du bist ja janz schön naiv, mein Frollein.«

»Ich dachte, du wärst in München«, bekomme ich irgendwann über die Lippen.

»War ich, war ich. Glücklicherweise gibt es Flugzeuge. Und glücklicherweise sind Tereses Kontakte in Kreisen der Luftfahrt derart exzellent, dass ich nicht nur zwei Maschinen früher nehmen durfte als geplant, sondern auch noch upgegradet wurde. Der freundliche Purser hat mir sogar eine Flasche Schampus für dich mitgegeben, denn ich habe ihm natürlich in epischer Breite erzählt, warum ich unbedingt pünktlich in Berlin sein muss. Jetzt haben wir schon drei Buddeln. Was meint ihr, reicht das?«

Terese sagt nichts, und mir fällt auch nichts mehr ein, also schwinge ich mich auf die Rückbank und versuche, unauffällig meine Tränen wegzublinzeln.

Zwei Ecken weiter wird mir klar, dass wir weder zu mir nach Hause fahren noch zu Annabelle oder Terese. Vor dem Filmsalon stoppt der Wagen, Annabelle reißt die Hintertür auf und lässt sich auf meinen Schoß plumpsen. »Jetzt aber erst mal richtig knutschen. Herzlichen Glückwunsch!«

Auch Terese steigt aus und schiebt sich auf die Rückbank. Sie macht einen deutlich nüchterneren Eindruck. »Auch von mir alles Liebe, Spatz! Ich wünsche dir alles nur erdenklich Gute für das nächste Jahrzehnt.«

Von beiden Seiten werde ich gedrückt und geherzt, und nun heule ich doch, bis Annabelle mir den Champagner in die Hand drückt, ruft: »Noch nicht trinken!«, aussteigt, meine Hand greift und mich rauszieht.

»Jetzt aber Tempo!«

Sie schleust mich am Filmsalon vorbei in einen abgehalfterten Hinterhof, wo sich zwischen den Pflastersteinen gefährlich anmutende Löcher auftun. Auch der Blick nach oben weiß kaum zu beruhigen. Hängen die Balkone nicht ganz schön schief? Und die Regenrinne, von der nur noch ein Bruchteil mit dem Dach des Hauses verbunden ist, könnte ebenfalls jeden Moment abstürzen. Lieber in der Mitte bleiben und die Wände meiden.

Als ich mich zu Terese umdrehe, fällt mir auf, wie blass sie ist. Obwohl sie sorgfältig geschminkt und im Gegensatz zu heute Morgen frisiert ist, wirkt sie wie ein aus dem Nest gefallenes Vögelchen. Ich schnappe mir ihre Hand, die so schmal ist, dass sie wie die eines Kindes wirkt. Wenn Annabelle einen ihrer fiesen Tage hat, behauptet sie, Terese habe nur deswegen ihren Job bekommen: weil sie damit so gut Tomatensaft zwischen den schlafenden Passagieren hindurchreichen könne. Leider muss ich zugeben, dass ich jedes Mal darüber lache.

Annabelle stößt eine graffitibesprühte Metalltür auf, die dumpf quietscht. Der Flur ist feucht und kalt, und die Härchen an meinen Unterarmen stellen sich auf. Allein würden mich keine zehn Pferde hier hereinbringen. Annabelle aber marschiert siegessicher die Treppen hinauf, in den ersten, zweiten, dritten Stock. Ganz oben macht sie halt und poltert gegen eine altersschwache Holztür. »Wir sind es!«

Eine rundliche Frau mit etwas auf dem Kopf, das mich im ersten Moment an ein Krankenschwesternhäubchen aus dem Zweiten Weltkrieg erinnert, sich beim genaueren Hinsehen aber als interessant geformte Kochmütze entpuppt, winkt uns freudestrahlend herein. »Du musst Emmi sein!«

Als ich nicke, drückt sie mich so fest gegen ihren Busen, dass ich mir wünsche, auch so einen zu besitzen. Wie herrlich, derart weich zu sein! »Alles Liebe zu deinem Geburtstag. Ich hoffe, wir können deinen Ansprüchen genügen!«

Irritiert nicke ich und blinzele in einen dunklen, lang gezogenen Gang. Gedämpfte Stimmen sind zu hören. Mit klopfendem Herzen lasse ich mich von Annabelle eine kleine Leiter hochschieben, durch eine geöffnete Luke hindurch ins Freie. Warme Luft umschmeichelt mich hier, und ich blicke zuerst in den blassblauen Himmel, an dem erste Sterne leuchten, und dann in die zahlreichen Gesichter, bekannte und weniger bekannte. Begeistert klatsche ich in die Hände. Eine Überraschungsparty! Frank, mein früherer Lieblingskommilitone vom BWL-Studium, winkt mir strahlend zu, neben ihm stehen Annabelles Kollegen aus dem Filmsalon und zwei Flugbegleiter, mit denen Terese und ich vor Urzeiten mal in einem puffähnlichen Etablissement versackt sind. Vor der provisorisch zusammengebastelten Bar, an der Annabelles Chef Wieland eifrig Mojitos mixt, mache ich meine früheren Paderborner WG-Genossen Chris und Kim aus. Über ihnen schaukeln bunte Lampions leise im Wind. Die Hälfte des Dachgartens füllen riesige Sitzkissen aus, zwischen Blumentöpfen, in denen sich Palmen biegen. Spanisch anmutende Musik erfüllt die Luft. Ich fühle mich, als hätte mich jemand an den Strand gebeamt. Nur das Wasser fehlt. Okay, die Beachboys auch.

Annabelle drückt mir einen Mojito in die Hand und verhaspelt sich fast vor Aufregung. »Erst mal runter damit.«

Eine Parade zieht an mir vorbei. Ich werde gedrückt und geküsst, mir wird von allem nur das Beste gewünscht und davon viel. Anschließend klemme ich mich zwischen Chris und Kim, um über alte Zeiten zu quatschen und zu hören, wohin das Leben sie verschlagen hat. Irgendwann klatscht die Frau mit dem Krankenschwesterhäubchen in die Hände. »Mesdames et messieurs, ich bitte, Ihre Plätze einzunehmen. Das Dinner wird serviert.«

Wieland springt hinter seiner Bar hervor und beginnt, am Dachrand herumzuwurschteln. Annabelle kommt ihm zu Hilfe, und wenig später rollen sie eine gigantische Leinwand auf.

Eine Wolke von exotischen Gerüchen dampft aus der Dachluke. Mein Magen grummelt, und gespannt und voll Vorfreude recke ich den Hals.

Terese drückt meine Hand. »Weil wir dich leider weder zu Ottolenghi nach Islington einladen konnten noch in das Füße-ins-Meer-Restaurant nach Singapur, haben wir gebrainstormt. Dabei rausgekommen ist eine kulinarische Weltreise. Hoffentlich schmeckt sie dir!«

Das Geschnatter verstummt. Jeder nimmt seinen Platz auf einem der Sitzkissen ein, während Wieland nach hinten sprintet und einen Beamer auf die Leinwand ausrichtet. Asiatische Klänge ertönen, und ein Medley aus »Eat Drink Man Woman« und »Tampopo« flimmert über die Leinwand. Ein kleiner, fein bemalter Teller wird zu mir hindurchgereicht. Satéspieße in Erdnusssauce und ein knackiger Salat aus Sojasprossen und frittiertem Tofu liegen darauf. Stumm vor Begeisterung sehe ich Terese an. Sie grinst, auch wenn ich finde, dass ihre Augen nicht wirklich mitlachen.

Meine Lippen formen ein lautloses »Danke«. Mit einem lauten Seufzer lässt sich Annabelle auf meine andere Seite fallen. »Na, macht es dir Spaß?«

»Annabelle, es ist großartig!«

Stolz lächelt sie und wirft einen Blick zu Wieland hinüber, der ebenso zufrieden mit sich selbst aussieht. Ein warmes Glücksgefühl breitet sich in meinem Magen aus. Nicht nur weil das Essen fantastisch schmeckt. Sondern weil ich mich so geborgen und zu Hause fühle, wie ich es, gerade heute, kaum für möglich gehalten habe.

Als der erste Gang beendet ist, presst Wieland einen Knopf auf der Fernbedienung. Wieder wandern Teller durch die Reihen, diesmal mit Bulgurkugeln, in denen sich knackige Pinienkerne verstecken und etwas Rotes, das ich erst nach mehrmaligem Probieren als Granatapfelkerne identifiziere. Dazu gibt es erfrischend nach Minze und Zitrone schmeckenden Joghurt. Die visuelle Begleitung bildet »Caramel«, den ich zwar schon vier- oder fünfmal gesehen habe, ein Zuviel aber gibt es davon nicht. Mit »Kukushka« geht es weiter. Dazu werden filigrane Schüsseln mit Borschtsch gereicht, zu »Gigante« ein Hauch von kaltem Fleisch, dessen holzig-rauchiger Geschmack an Lagerfeuer erinnert. Zum Nachtisch gibt es Banoffee Pie, und ich schwöre mir, nie wieder anderen Kuchen zu essen – aber ist es überhaupt Kuchen? Gebacken wurde die frisch-süße Mischung aus Kekskrümeln, Bananenscheiben und Sahne jedenfalls nicht. Wieland ist so freundlich, dazu statt »Herr der Ringe« oder »Der Hobbit« ein frühes Werk von Peter Jackson zu zeigen. Welcher Film würde schon besser zu dieser köstlich-kreischigen neuseeländischen Zuckrigkeit passen als »Bad Taste«?

Als sich immer mehr Gäste mit glücklichem Gesichtsausdruck so weit nach hinten plumpsen lassen, wie möglich ist, ohne dem Hintermann auf den Füßen zu liegen, steht Annabelle auf und hustet laut. Wieland dreht den Ton ab. »Hoch mit den Gläsern, meine Lieben! Lasst uns auf Emmi trinken, die jetzt endlich dreißig ist. In einem Alter also, mit dem das Leben bekanntlich leichter wird. Zumindest wird es das laut meinem Großvater, und dem glaube ich alles. Ich möchte auch auf Emmis Liebe zu den Dingen trinken. Namentlich zum Kochen. Aber auch zum Essen, und das führt ganz schnell weiter, denn dann ist es nicht nur die Liebe zu den Dingen, sondern die Liebe zu den Menschen, die Emmi für mich ausmacht. Es ist das Wohlergehen der Leute, das sie umtreibt, sie will sie umhegen und pflegen, satt und trunken machen, sie will das Glück in sie hineinbugsieren, manchmal mit einem profanen Stück Brot.«

Gerührt schlucke ich, und Sean poppt vor meinem inneren Auge auf. Wenn es jemanden gibt, der Glück in Kastenform servieren kann, so ist es er und nicht ich.

»Ich trinke auf Emmi, ohne die ich nie wieder sein möchte!«

Um die Tränen im Zaum zu halten, reiße ich die Augen so weit auf, dass ich aussehen dürfte wie Chucky, die Mörderpuppe. Egal. Ein warmes Gefühl breitet sich in mir aus.

Wir stoßen noch einmal an, diesmal mit Champagner, während sich Brigitte Bardot in »Die Verachtung« in der Sonne räkelt. Wieland ist wirklich auf alles vorbereitet.

Annabelle klopft auf das Kissen neben Terese, das leer geblieben ist. »Wo ist Peter?«

»Er muss arbeiten.« Das war so knapp, dass Annabelle und ich sie erstaunt ansehen. Normalerweise wissen wir stets aufs Beste Bescheid über Peters Aktivitäten, seien es die der Arbeit oder freizeitliche. So kenne ich fast jede Platte in seiner Sammlung, ebenso wie seine Lieblingsflohmärkte und -kneipen. Ich weiß, dass er einmal pro Monat mit seiner Mutter telefoniert und dabei immer so sehr die Augen rollt, dass Terese sich das Lachen kaum verbeißen kann. Er trägt gern schottische Karohemden und forscht über deren clanspezifische Muster manchmal ganze Wochenenden. Sein Chef ist meist sympathisch, nur montags nicht, nachdem er sich zwei Tage lang von seiner Frau hat anschreien lassen. Peter würde eigentlich gern als Trickfilmanimator arbeiten. Doch wie es das Leben will, hat er sein Auskommen als Informatiker gefunden – was definitiv besser bezahlt ist.

»Sind die zerzausten Blümchen, die du im Auto umklammert hast, eigentlich von Hermes?«, fragt Terese. Wahrscheinlich will sie von sich ablenken. Es gelingt ihr ganz gut, denn ohne es zu wollen, schnalze ich mit der Zunge.

»Oh, oh«, murmelt sie.

»Was?«

»Du siehst plötzlich aus wie damals, als du die Karten für das William-Fitzsimmons-Konzert wiedergefunden hast«, meldet sich Annabelle zu Wort. »Zwei Monate zu spät.«

»Wie bitte sah ich da aus?«

»Wie jemand, der denkt, dass er sich so einen Mist durch irgendein doofes Karma selbst zuzuschreiben hat.«

»Aber …«

»Warum freust du dich nicht über die Blümchen? Hast du Rosen erwartet?«

»Natürlich nicht.«

»Aber?«, fragt Terese.

»Sie sind nicht von Cordt. Sie sind von Sean McKenna.«

Stille.

»Watt?«, fragt Annabelle dann mit krauser Stirn.

»Sie sind vom Mozzarellamann.«

»Sean McKenna, den Namen kenne ich. Aber wer in aller Welt ist der Mozzarellamann?«

Bei dem Versuch, weiter aufzurücken, kippt Terese fast auf mich drauf. Als sie sich wieder aufgerichtet hat, erzähle ich ihnen von dem Fingergrapscher von der »Forever Green«-Party, dem Vollidioten bei der Berlin Fashion Week – und von dem Mann, der heute das süßeste, himmlischste, beeindruckendste Zuckerzeug präsentiert hat, das mir je untergekommen ist. »Tja, und wie es der Zufall will, handelt es sich bei den drei um nur einen Mann. Sean McKenna.«

»Den Pop-Patissier«, haucht Annabelle.

»Den was?«, gebe ich zurück.

»Das hab ich über ihn gelesen. Lustig …« Mit einem für sie sehr unüblichen Blick schaut sie über die Leute hinweg. Sie könnte glatt Teil eines romantischen Gemäldes sein – nur müsste sie dann statt eines Shirts, dessen Ärmel sie grobzackig abgeschnitten hat, und ihrer New-Wave/Punk-Frisur Wallehaar tragen und ein mit Rüschen verziertes schneeweißes Kleid.

»Was ist lustig?«

»Dass ich immer, wenn ich über Sean McKenna gelesen habe, an dich gedacht habe.«

»Wieso?«

»Na … Das war wie, wie soll ich es sagen – ich habe an Schicksal gedacht. Ich!« Sie wirkt über sich selbst entrüstet. »Aber wenn dieser Mann über Essen spricht, sieht man alles in den buntesten Farben vor sich. Dabei reicht es eigentlich, wenn man ihn vor sich sieht.«

Neugier breitet sich auf Tereses Gesicht aus. »Wieso? Wie sieht er denn aus?«

Annabelle kräuselt die Stirn und lehnt sich zurück. »Na ja … Er hat eine breite Nase, die aussieht wie zweimal gebrochen, ich finde das ja unerhört sexy. Überhaupt hat er etwas von Owen Wilson. Und den fand ich ja schon immer geradezu berückend.«

»Ich dachte, du wärst mit Idris glücklich.«

»Klar, bin ich, an den kommt keiner ran. Aber zurück zu Mr. Leckerbäcker. Die Frauen stehen auf ihn.«

Ich zucke mit den Schultern.

»Was ich sagen will: Die coolsten Frauen der Stadt stehen auf ihn.«

»Ja – und? Was soll mich das interessieren?«

»Er hat dir Blumen geschenkt. Also, ich würde mich geschmeichelt fühlen. Verdammt geschmeichelt.« Mit Zeigefinger und Daumen bildet Annabelle eine Pistole und schießt einen imaginären Vogel ab.

Wieder zucke ich mit den Schultern und verziehe das Gesicht.

»Was?«, fragt Annabelle.

»Mir ist es egal, ob Frauen auf ihn stehen oder nicht. Trotzdem freue ich mich, dass er mir Blumen geschenkt hat. Das würde ich aber auch, wenn ihn keine auch nur von hinten angucken würde.«

»Pff.«

Wenigstens Terese pflichtet mir bei. Nur um wenig später zu fragen: »Aber was hat dir Hermes geschenkt?«

Mit einem Mal bekomme ich Bauchschmerzen. Dass Cordt sich nicht mal die Mühe gemacht hat, in meinem Vertrag nachzusehen, wann mein Geburtstag ist – könnte das ein Omen sein? Würde er sich für mich interessieren, wären ihm doch auch mein chinesisches und mein indianisches Sternzeichen ein Begriff, geschweige denn das Datum meines dreißigsten Geburtstags. Ganz kurz bin ich sauer auf Annabelle und Terese, dass sie ihn nicht eingeladen haben. Aber dann reiße ich mich zusammen. Wieso sollten sie? Und wäre die Gefahr nicht groß, dass er mit panischem Gesichtsausdruck abgewunken hätte?

Um an etwas anderes zu denken, sehe ich den Leuten, die die Sitzkissen beiseitegeräumt haben, beim Tanzen zu. Ich überlege, mich dazuzugesellen, doch dann werfe ich einen Blick auf Terese. Ihr Gesicht wirkt so angespannt, als versuche sie, nicht zu weinen. Ich lege meine Hand auf ihren Oberarm. »Was ist los?«

Sie blinzelt.

»Nun sag schon«, flüstere ich. »Wo ist Peter? In den sieben Jahren eurer Beziehung wart ihr meines Wissens nach noch nie einzeln auf einer Party.«

»Alles ist gut«, gibt sie zurück und steht auf. »Ich sagte doch schon, er arbeitet.« Sie wirkt zerbrechlich wie aus Glas. Ich habe Angst, ein Loch in ihre Hülle zu schlagen.

Bei meiner Nachbarin Patrizia brennt noch Licht. Ich versuche, nicht zu sehr zu schwanken, während ich in ihrem Türrahmen stehend auf meine Geburtstagspost warte.

»Wäre ja schön, wenn du tagsüber auch mal da wärst, wenn der Paketbote kommt.«

»Ich arbeite zu der Zeit immer«, murmele ich entschuldigend. Aus zusammengekniffenen Augen sieht sie mich an. Oh nein, das klang hoffentlich nicht wie die Einladung zu einer Diskussion darüber, dass sie sich durchaus als Stütze der Gesellschaft sieht, auch wenn sie keiner Beschäftigung nachgeht! Für meinen Geschmack haben wir darüber schon ausreichend debattiert.

»Ich muss dann mal«, sage ich schnell und umklammere das Päckchen, das irritierend laut scheppert, und die Briefumschläge. »Danke!«

»Nacht!«, grunzt Patrizia und wirft die Tür ins Schloss.

Im Hinauflaufen reiße ich den ersten Umschlag auf. Eine Karte liegt darin, mit eingestanztem Herz darauf. Auf der Rückseite steht, schwungvoll mit blauer Tinte geschrieben: *Ich liebe dich. Papa.*

Ich bleibe stehen und lasse die Karte sinken. Tränen schießen mir in die Augen, und fast blind ziehe ich mich am Geländer die restlichen Stufen hoch. Oben angekommen, leuchtet mir Ryans fröhliches Gesicht entgegen. Mit ausgebreiteten Armen heißt er mich willkommen. »Hey my love. I hope you had the best birthday ever!«

Später im Bett kuschele ich mich an ihn und atme seinen vertrauten Geruch ein. Die Karte meines Vaters taucht in meiner Erinnerung auf.

Noch nie hat er mir diese drei Worte gesagt. Langsam atme ich ein und aus, und Wärme breitet sich in mir aus. Verschüttet unter der Angst, verstoßen zu sein, allein zu sein, einsam zu sein, taucht noch etwas auf. Ein bohrender Schmerz. Es ist die Sehnsucht nach meinem Vater, die ich so lange verdrängt habe. Mit dem Handrücken wische ich über meine Augen und lege sie auf mein Herz. Es klopft, sachte und vorsichtig.

Mein Handy piept. Abrupt setze ich mich auf und hangele danach. Die SMS ist von Cordt. »Liebe Emmi, nun gab es heute doch kein Später. Wie wäre es mit morgen Abend? Du und ich, gegen acht bei mir, und später leuchtet der Sternenhimmel über uns?«

Verwirrt lasse ich das Telefon sinken. Mag er mich doch? Ist es ihm peinlich, dass er von meinem Geburtstag nicht wusste? Plant er ein phänomenal romantisches Dinner, ein Picknick auf seinem Balkon – oder mietet eine Barkasse, mit der wir die Spree runterschippern?

»Who was it?«

»Hm? Ach, niemand. Gute Nacht, Ryan.«

Unter der Bettdecke tippe ich »Gern« und drücke »Senden«. Anschließend starre ich ins Dunkel. Hätte ich »Sehr gern« schreiben sollen? Und nicht so schnell antworten? Sicher denkt er, ich würde nichts anderes tun, als mein Display anzustarren in der Hoffnung, er meldet sich. Und überhaupt, wer schreibt heutzutage noch »gern«? Das klingt nach Oma. Nach höflicher Oma, keiner aus Berlin, die »Jawoll« verschickt hätte oder aber »Lass ma«. Falls er sich meldet, war das »Gern« nicht schlimm. Mein Telefon aber gibt keinen Mucks mehr von sich.

Ich robbe wieder an Ryan heran, doch er hat mir den Rücken zugedreht. Tut er nur so, als schlafe er? Sein Atem geht unregelmäßig. Ich flüstere seinen Namen. Er antwortet nicht.

Mr. & Mrs. Wrong

Ich erwache von dem Geräusch von Regen und kuschle mich tiefer unter meine Decke. Das Prasseln klingt heimelig und beruhigend und erinnert mich an lange Tage im Bett, daran, nur aufzustehen, um den Fernseher auszuschalten oder etwas zu knabbern zu holen. Moment. Regen?

Als ich mich aufsetze, bohre ich mir wieder mal fast den Garderobenast ins Auge. Ich muss ihn dringend umhängen, ansonsten massakriere ich mich eines Tages damit. Aber viel wichtiger: Was, bitte sehr, ist da draußen los? Wo ist der Sommer geblieben? Gestern herrschten schon morgens neunundzwanzig Grad. Jetzt sieht es nach maximal zehn aus. Graue Wolken verschlucken den Fernsehturm. Es gießt wie aus Kübeln.

Als ich das Büro erreiche, rinnt Wasser meine Stirn hinab, und neben meinen Schuhen bilden sich kleine Pfützen. Glücklicherweise habe ich ein Ersatzklamottenset eingepackt. Leider ohne es vorher in eine Plastiktüte zu wickeln. Meine Tasche hat nicht dicht gehalten, doch immerhin sind die Jeans und die sonnengelbe Chiffonbluse nur teilweise feucht. Mit dem Küchenhandtuch trockne ich mein Haar ab und versuche es mit den Fingern zu entwirren. Der Regen kam horizontal. Ich hätte mich in ein Ganzkörpercape hüllen müssen, um ihm zu entkommen.

Nachdem ich Kaffee aufgesetzt habe, schnuppere ich an dem Blumenwasser, das faulig riecht und sofort ausgetauscht werden muss, staube Pisas Schreibtisch ab, staube Cordts Schreibtisch ab, gucke mir an, was auf seinem Schreibtisch herumliegt, und bin stolz auf mich, kein bisschen zu schnüffeln.

Okay, ein winziges bisschen, aber das ist so unwichtig, dass ich es eigentlich nicht erwähnen muss. Sein Kalender liegt aufgeklappt neben seinem Laptop. Wenn ich ehrlich bin, liegt er aufgeklappt in der dritten Schublade von unten, und aufgeklappt ist er nicht, sondern ziemlich zu. Mit angehaltenem Atem, eingeknickten Knien und schiefem Rücken, sodass ich sofort flüchten kann, sollte jemand das Büro betreten, blättere ich zum heutigen Tag. Kein Herz ist dort gemalt, kein »E« steht dort für Emmi. Aber er weiß von unserem Date ja auch erst seit neun Stunden.

Leise schließe ich die Schublade und staube auch noch das Fensterbrett ab, über dem traurig aussehend die kaputte Jalousie hängt. Ich nehme mir vor, noch heute für Ersatz zu sorgen. Wenn ich es geschickt anstelle, kann ich sie sogar selbst anbringen und auf der Leiter stehend verdammt sexy aussehen.

Als der Kaffee durchgelaufen ist, setze ich mich an meinen Schreibtisch und studiere Pisas To-do-Liste. Vierundzwanzig Dinge sind ihr gestern Abend noch eingefallen. Beachtlich. Aber mittlerweile schüttle ich so was aus dem Ärmel: Opernkarten bestellen, Flüge buchen, Fragebogen auswerten, mit denen sie einer möglichen Scheinselbstständigkeit ihrer freiberuflichen Redakteure auf die Schliche kommen will.

Es ist noch nicht einmal zehn, als ich mit der Hälfte der Aufgaben durch bin. Ich checke meine Mails, nippe an meinem tiefschwarzen Kaffee und schmiege mich an die Lehne meines Drehstuhls. Draußen regnet es immer noch. Pisa und der Rest der Kollegen trudeln bis elf ein. Mit jeder Minute werde ich nervöser. Normalerweise weiß ich über Cordts Außer-Haus-Termine Bescheid. Wo in aller Welt steckt der Mann? Und ob er ein Restaurant mit aufgepinseltem Sternenhimmel kennt? Oder immerhin einer blauen Decke, sodass wir uns die Sterne dazudenken können? Mist, warum hab ich nie mit Fingernägelkauen angefangen, das könnte mich jetzt beschäftigen. So zerzause ich nur meine sowieso chaotische Frisur und mache mit dem Kopf unrhythmische Bewegungen zu einer nicht vorhandenen Musik.

Ich sollte arbeiten. Zum Beispiel, indem ich »Wetter: schön« in die Suchmaschine eingebe. Okay, keine so brillante Idee, damit finde ich nur Müll. »Sternenhimmel« bringt auch nicht die erwünschten Ergebnisse. Aber dann: »Wettertechnologie«. Eine Schweizer Firma will den Himmel über Genf blankfegen. Erstens allerdings dürfte diese Möglichkeit kurzfristig kaum verfügbar sein, zudem bezweifle ich, dass sie besonders umweltverträglich ist.

Auch meine Freundinnen sind mir keine Hilfe. Entweder wollen oder können sie sich keine Gedanken über meine Notlage machen. Annabelle gibt an, auf der Suche nach ihrem Waffenschein zu sein, während sich Terese kurz davor befindet, einen Flieger nach Madrid zu besteigen.

»Alles okay mit dir?«, flüstere ich.

»Ja«, lautet ihre knappe Antwort. »Ich muss Schluss machen.«

Je weiter der Tag voranschreitet, desto nervöser werde ich. Cordt lässt sich weder blicken noch von sich hören, und Pisa gibt sich ahnungslos. Mein Telefon scheint verstorben zu sein. Niemand antwortet auf meine SMS. Cordt nicht. Terese nicht. Annabelle nicht. Seltsamerweise kommt meine Mutter durch.

»Hat dir meine Büste gefallen?«

Jetzt weiß ich, was der Haufen Scherben in dem Päckchen war. »Ähm, sie war bestimmt toll. Leider ist sie kaputtgegangen.«

Meine Mutter gibt ein enttäuschtes Schnalzen von sich. »Ich habe sie selbst gemacht!«

Ungläubig reibe ich mir über die Augen. Es muss an dem Schlafmangel liegen, dass ich sie derart falsch verstanden habe.

Niemals, ich wiederhole, *niemals* würde meine Mutter sich dazu herablassen, handwerklich tätig zu werden. Der Mensch definiert sich schließlich über seinen Kopf – alles andere ist schierer Ballast in ihren Augen. Silje Pape also mit staubiger Schürze, die Finger zu etwas anderem einsetzend als dazu, die Arbeiten ihrer Studenten zu korrigieren?

»Soll ich sie noch mal töpfern?«

Unglaublich. Ich scheine mich doch nicht verhört zu haben. »Das ist lieb von dir«, stammele ich. »Was, ähm, für eine Büste war es denn?«

»Sie stellte Alice B. Toklas dar.«

»Ach.«

»Ich habe lange über ein adäquates Geschenk für diesen runden Geburtstag nachgedacht. Nur Alice schien die Richtige dafür zu sein. Natürlich gibt es von ihr keine Statuen zu kaufen. Zu so etwas hat es nur Gertrude Stein gebracht. Aber zu dir passt die Stein nicht.«

Soll ich fragen, warum? Lieber nicht.

»Du weißt schon, dass die Toklas hauptberuflich Muse war, ja? Sie war Vertraute und Sekretärin, kurz, eine Frau, deren Leben nach Meinung aller erst begann, als sie Gertrude Stein kennenlernte. Sie war übrigens auch ihre Köchin.«

Daher weht der Wind. Ich seufze.

»Meine Bildhauerlehrerin hat die Büste übrigens als besonders kreativ gelobt. Sie würde sich bestimmt hübsch in deiner Küche machen, statt all dieser Einmachgläser voller Zeug.«

Ich schlucke. Wäre ich noch neunundzwanzig, würde ich jetzt lügen. Aber mit dreißig … Irgendwann muss man doch mal anfangen, sich an die Wahrheit heranzutrauen, oder?

»Dass du mir etwas gebastelt hast, bedeutet mir wirklich viel.« Vor allem nach zehn Geburtstagen, zu denen ich die neuesten Studien aus der Gender-Forschung geschenkt bekam, sorgfältig kopiert und abgeheftet. Einmal ist sie über ihren Schatten gesprungen und hat einen pinken Ordner dafür genommen. Die anderen waren von einem traurigen Mausgrau. »Aber ich glaube, ich habe dafür keine Verwendung.« Nervös lausche ich in den Hörer hinein. Ob sie nun wütend wird? Oder, noch schlimmer, traurig?

»Hm«, sagt sie. Und nach einer Pause: »Ach, da bin ich froh. Dieser ganze Dreck in der Werkstatt hat mir die Nase und die Lunge verstaubt. Aber ich glaube, ich habe noch etwas Schönes für dich. Ein österreichischer Verlag hat die jüngste Vorlesung Judith Butlers verlegt, ich hatte den Band letztens in der Hand.«

Der Seufzer ist laut, und Wunder! Sie hört ihn.

»Oh. Nicht das Richtige?«

»Nicht wirklich. Du, ähm, Mama?«

»Ja?«

»Papa hat mir eine Karte geschickt. Mit einem Herzen. Und der Nachricht ›Ich liebe dich‹.«

Ich höre sie einatmen. Doch ihre Stimme klingt gefasst, beinahe weich. »Hast du dich bedankt?«

»Bisher noch nicht. Ich …«

»Ruf ihn an. Es ist schön, dass er den ersten Schritt tut. Auch wenn er es nie schafft, mal zwei oder drei hinterher zu machen.«

Nachdem wir aufgelegt haben, beschließe ich, Papa noch vor meiner Verabredung anzurufen. In mir kribbelt es, wenn ich an heute Abend denke. So sehr, dass ich nicht mal mehr einen Schluck Kaffee runterbekomme. Ob einer meiner anderen Kollegen weiß, wo Cordt steckt? Ich traue mich nicht zu fragen, und hake stattdessen Punkt für Punkt Pisas Liste ab. Um kurz nach zwei erscheine ich in ihrer Bürotür. »Haben Sie noch etwas für mich zu tun?«

Sie guckt mich an, als sei ich ein sprechendes Eichhörnchen.

»Ich habe Ihnen gestern eine Liste hingelegt.«

»Erledigt.«

»Alles?«

Ich nicke. Sie mustert mich nachdenklich, guckt auf ihren Monitor und wieder zu mir.

»Hatten Sie nicht gestern Geburtstag?«

»Öhm, ja«, sage ich zögernd. Welche Falle verbirgt sich hinter dieser Frage?

»Dann machen Sie heute mal frei. Auf Wiedersehen.«

Irritiert räume ich das Feld. War das etwa ein Anflug von Nettigkeit? Undenkbar, wir reden hier von Pisa. Ich fahre den Computer herunter, sammle meine Stifte ein und lasse sie in die Schreibtischschublade fallen, wische mit der Hand über die Holzoberfläche und reibe mit dem angefeuchteten Zeigefinger so lange an einem Kaffeefleck herum, bis er verschwunden ist. Ich habe ein ungutes Gefühl. Möglich, dass Pisa etwas von Cordts und meiner Liebschaft ahnt. Vielleicht hat sie den sechsten Sinn, vielleicht guckt sie im Gegensatz zu den meisten anderen Leuten aber auch nur genauer hin. Ich kann mir nicht vorstellen, dass sie eine Liaison innerhalb dieser heiligen Hallen gutheißen würde. Darf ich also früher gehen, weil sie mich aus dem Weg haben möchte? Doch welchen Sinn ergäbe das?

Kopfschüttelnd verlasse ich das Büro. Wieder ein Blick auf mein Telefon. Nichts. Als ich die feuchte Luft einatme, über mir tiefgraue Wolken hängen sehe, den Niesel spüre, der innerhalb von Sekunden einen feuchten Film auf meinem Gesicht hinterlässt, fühle ich Mutlosigkeit in mir aufsteigen. Aber warum eigentlich? Wenn sich Cordt nicht meldet, sagt er immerhin nicht ab. Was bedeutet, dass unsere Verabredung für heute Abend steht. Um acht bei ihm. Und für den Sternenhimmel sorge ich.

Ich hebe mein Kinn, spanne den Schirm auf und stapfe durch die Pfützen zur Bergmannstraße. Hier, zwischen Restaurants, Hippieläden und einen Drogeriemarkt, quetscht sich Cems Reich, ein lang gezogener Schlauch von einem Laden. Was für ein Glück, dass dieser Mann alles hat. Und damit meine ich: alles. Schuhcreme aus Afghanistan genauso wie sich selbst erwärmende Lockenwickler aus Chile, andalusischen Nougat, der so hart ist, dass jedes Kind beim ersten Biss die Milchzähne verliert, und getrocknetes Elchfleisch. Das ist von ähnlicher Konsistenz wie der Nougat, habe ich festgestellt, schmeckt allerdings furchtbar. Und natürlich hat Cem, wer wollte sich wundern, auch Weihnachtsdekoration, sommers wie winters. Ein stolzes Strahlen im Gesicht, winkt er mich in ein Nebenzimmer, das von blinkenden Zwergen bewohnt wird, und präsentiert eine Lichterkette, die so lang ist, dass man mit ihr das Brandenburger Tor umwickeln könnte.

Glücklich klopfe ich ihm auf die runde Schulter. »Du rettest meinen Tag.«

»Und du verschönerst meinen«, sagt er. Wir strahlen uns an. Ich spüre ein Kribbeln der Vorfreude in mir. Vielleicht wird nun doch alles gut – warum auch nicht, nur dieses eine Mal in meinem Leben?

Zu Hause arrangiere ich meine Einkäufe auf dem Küchentisch. Es sind viele geworden. Ich habe mich beim Vietnamesen um die Ecke ausgetobt und Nori-Algen gekauft, Wasabi, Reisessig und schwarze Sesampaste. Plus ein paar Blümchen, bei denen ich noch unsicher bin, ob sie essbar sind oder Zier. Zudem habe ich im Feinschmeckerbioladen vegane Riesengarnelen erstanden, die ebenso teuer waren wie ihre echten Meeresgeschwister.

Ein Blick auf die Uhr: Ich habe noch ewig Zeit. Was tun, um nicht vor Nervosität die Wand hochzurennen? Ich könnte es noch mal bei Terese versuchen. Irgendwann muss ich sie schließlich weichbekommen. Doch sie sagte, sie sei heute in Madrid, München, Frankfurt und Köln. Mein Vater aber könnte schon nachmittags zu sprechen sein.

Während es tutet, stelle ich mir vor, wie er aussieht. Vielleicht trägt er ein rosa Polohemd, dessen oberste Knöpfe geöffnet sind. Darunter blitzt braungebrannte, glänzende Haut hervor sowie ein paar weiße Härchen. An den Beinen eine helle Bundfaltenhose. Segelschuhe. In dem faltigen Gesicht ein breites Lächeln, wie auf den Fotos in der Schuhschachtel, die ganz unten in meinem Küchenschrank liegt. Papa … Wie seltsam das klingt. Wie etwas, das ein Teil von mir ist. Oder bin ich ein Teil von ihm? Doch ich fühle mich wie durch Milchglas abgetrennt von dem Gefühl, sein Kind zu sein.

»Richard Pape!«

»Hi, Papa, hier ist Emmi. Ähm, Emma.«

Eine kurze Pause, dann klingt seine Stimme weich. »Emma! Ich freue mich.«

»Ja«, sage ich langsam. »Ich mich auch.«

Hilfe, worüber sollen wir reden?

»Hattest du einen schönen Geburtstag?«

Puh, eine Frage. Darauf kann ich antworten. Nachdem er meinem Partygeplapper gelauscht hat, wird es wieder still in der Leitung. Innerlich winde ich mich. Muss er es mir denn so schwer machen?

»Vielen Dank, dass du mir geschrieben hast, Papa.«

Wieder bleibt es kurz still. »Meinst du das ernst?«

»Ja. Natürlich.«

»Ich dachte, also, ich hätte mich nicht gewundert, wenn du nichts mehr mit mir zu tun haben wolltest.«

Jetzt ist es an mir, zu schweigen. Was meint er damit? Wieso sollte mich seine Liebe erschrecken?

»Ehrlich gesagt war ich froh darüber. Dass du es ausgesprochen hast. Du hast mir so etwas noch nie gesagt.«

»Nein, das habe ich nicht. Und es tut mir leid. Ich möchte nicht, dass du glaubst, ich hätte keinen Anteil an deinem Leben genommen. Das habe ich getan, auf meine vielleicht etwas verquere Art. Und was ich gesehen habe, das hat mich …« Scheinbar sucht er nach Worten, dann bricht es aus ihm heraus. »… schockiert.«

Baff schüttele ich den Kopf. »Wie bitte?«

»Emmi, all dein Können, dein Talent! Du bist ein so besonderer Mensch. Wieso machst du nichts daraus?«

»Papa, was soll das? Wie kommst du jetzt darauf?« Ich hole tief Luft und versuche, meine Stimme so klar und unweinerlich wie möglich zu halten. »Ich habe deine Karte gemeint. Wovon sprichst du?«

»Ich dachte, du meinst meinen Brief«, sagt er leise.

»Welchen Brief?«

»Den blauen.«

»Welcher blaue Brief, Papa?«

»Er war nicht wirklich blau. Aber bitte sag nicht, du hast ihn nicht bekommen.«

»Welcher blaue Brief?« Gott, klingt meine Stimme schrill.

»Der Brief, den ich dir vor ein paar Wochen geschrieben habe. Wie gesagt, er war nicht wirklich blau. Aber ich habe ihn für mich so getauft, weil er … ja, weil er etwas so Lehrerhaftes hatte, aber glaube mir, Emmi, er war wohlüberlegt, und ich stehe immer noch zu meinen Worten.«

»Und welche waren das?« Jetzt klinge ich nur noch patzig.

»Dass ich nicht wünsche, dass du länger bei Biancetti arbeitest.«

»*Wie bitte?*«

»Und falls du dich dem widersetzt, nein, sagen wir es anders, falls du das nicht einsiehst, würde ich dafür sorgen, dass du es nicht länger tust.«

Wir schweigen. Bis ich frage: »Was?«

»Wie bitte?«

»Dass ich was nicht länger tue?«

»Bei Biancetti arbeiten.«

»Und wie in aller Welt hättest du das anstellen sollen? Ich bin keine fünfzehn mehr, das weißt du ja augenscheinlich.«

»Das weiß ich sehr wohl. Ich weiß aber noch mehr. Nämlich dass dein früherer Chef Moritz Meier heißt und dich sehr mag, wirklich sehr mag und er immer noch jeden Anruf von mir blockiert, weil er sich so schlecht damit fühlt, dich rausgeworfen zu haben.«

»Was hast du mit Herrn Meier zu tun?«, frage ich mit bedrohlichem Unterton.

»Wir sind zusammen zur Schule gegangen, haben aber den Kontakt verloren. Vor einem Jahr, lass es anderthalb sein, sind wir uns zufällig wieder in die Arme gelaufen.«

Seltsamerweise erinnere ich mich sogar daran, dass Herr Meier mal eine Woche in Frankfurt war. Danach wirkte er etwas kühl auf mich, doch das gab sich wieder, und natürlich dachte ich mir nichts dabei.

Atemlos lausche ich, während mein Vater weiterspricht. Seine Stimme klingt klar und ohne Reue, während er mir davon berichtet, dass er Herrn Meier gebeten hat, einen Grund zu finden – irgendeinen, solange er rechtlich nicht anfechtbar war –, um mich auf die Straße zu setzen.

»Hast du den Brief wirklich nicht bekommen, Emmi?«

Ich spüre, dass ich die Tränen nicht länger aufhalten kann.

»Nein«, wispere ich. »Tschüs, Papa. Bitte ruf mich nicht wieder an.«

Ich lege auf und kicke das Telefon mit dem Fuß zur Seite. Es klingelt. Ich starre auf die 069-Nummer, drücke sie weg, werfe das Telefon auf den Balkon und ziehe die Tür zu. Trotzdem höre ich das fortwährende Schrillen. Die Hände auf die Ohren gepresst, ziehe ich die Beine an und lege den Kopf auf meine Knie.

Als die Tränen versiegen, blicke ich auf eine daumennagelgroße Spinne, die sich draußen zwischen den Geländerstangen ein Netz gebaut hat. Sie wirkt so dick und zufrieden dort und scheint nichts zu benötigen außer Nahrung. Vielleicht sollte auch ich mich darauf konzentrieren. Zu kochen, zu essen. Und keinesfalls zu fühlen.

Irgendwann rappele ich mich auf. Mein Handydisplay zeigt siebzehn verpasste Anrufe an, ausnahmslos von meinem Vater. Ich laufe drei Stockwerke hinunter. Zart klopfe ich gegen Patrizias Tür. Ich höre sie rumpeln, dann reißt sie die Tür auf. »Ja?«

»Kann es sein, dass bei dir noch ein Brief für mich gelandet ist? Vor ein paar Wochen schon?«

»Pff.« Sie zuckt mit den Schultern. »Ich gebe dir immer alles sofort. Was soll ich mit deiner Post?«

»So war das nicht gemeint«, beeile ich mich zu sagen. »Mir ist schon klar, dass du ihn nicht extra liegengelassen hast. Aber vielleicht könntest du ja noch mal nachgucken.«

»Hm.« Missmutig kaut sie an einem ihrer Rastazöpfe herum, dann lehnt sie die Tür an, sodass ich nur durch einen schmalen Schlitz beobachten kann, wie sie in ihrem rumpligen Flur Schubladen aufreißt und unter Magazine und Bücher guckt. Dass hier etwas verlorengeht, ist mehr als nur vorstellbar. Eigentlich handelt es sich um ein Wunder, dass ich bisher überhaupt meine bei ihr abgegebene Post bekommen habe.

»Also, ich find nix«, sagt sie wenig später und lehnt ihren drahtigen Körper gegen den Türrahmen. »Du siehst ganz schön fertig aus. Was ist passiert?«

Ich schüttele den Kopf. »Nichts. Ich dachte nur … Na ja, danke. Noch einen schönen Abend.«

»Dito«, ruft sie mir nach und wirft die Tür zu.

Wieder in meiner Wohnung, marschiere ich schnurstracks in die Küche. Ich nehme die Karte und zerreiße sie in Schnipsel, bis mir die Fingernägel wehtun. Der Spalt in der Leiter! Er enthält eigentlich nur, was nach Vermieter aussieht oder Ämtern, mit denen nicht gut Kirschen essen ist. Dennoch sollte ich nachsehen. Der Vollständigkeit halber.

Ich finde drei Briefe, deren Absender von außen nicht ersichtlich ist. Doch meine Adresse ist bei allen mit der Maschine getippt. Trotzdem reiße ich sie auf. Zwei sind Werbung. Einer ist von meinem Vater.

Meine liebe Emma,

steht da in schnörkelloser, aber schöner Schrift.

wahrscheinlich wunderst du dich darüber, dass ich zum Füller greife und dir schreibe. Ich könnte dich anrufen. Nein, ich sollte dich anrufen. Doch zu schreiben fällt mir leichter.

Ich schlucke und lasse den Brief sinken. Möchte ich ihn wirklich lesen? Reicht es nicht, zu wissen, was drinsteht? Doch nach kurzem Zögern nehme ich ihn wieder auf.

In den letzten Jahren sind wir beide, du und ich, umeinander herumgetapst wie ängstliche kleine Hunde. So vieles wollte ich dir sagen, so vieles erklären. Doch ich fürchtete, dich für immer zu verprellen. Und womöglich das Verhältnis zwischen deiner Mutter und dir zu zerstören.
Ich bin nicht gegangen, weil mir jemand anders wichtiger war als du. Ich bin gegangen, weil deine Mutter es so wollte. Die erste Zeit ist mir kaum gelungen, an sie und dich zu denken, zu schmerzhaft war alles, was damit in Verbindung stand.
Die Pause, die ich vielleicht brauchte, auch wenn sie mich als Vater einen jämmerlichen Job machen ließ, hat bewirkt, dass ich vieles klarer sehe. Doch was war, ist nicht länger wichtig. Wichtig ist, was ist und was kommen wird. Ich habe sehr spät in meinem Leben begriffen, was Zufriedenheit bedeutet. Ich habe sie durch meine Arbeit erlangt, und ich glaube, dass dies auch für dich der richtige Weg ist. Ich habe gesehen, mit welcher Leidenschaft du kochst, und in ihren sporadischen Briefen an mich hat mir deine Mutter auf das Bunteste geschildert, welche Kämpfe ihr in eurer winzigen Paderborner Küche ausgetragen habt.

Warum hast du all das weggeworfen? Nur wegen eines Mannes? Lass dir von jemandem, der Ähnliches durchlebt hat, sagen, dass niemand ein solches Opfer wert ist. Ich möchte, dass du dort weitermachst, wo du aufgehört hast. Und ich möchte dafür aufkommen: Ich werde deine Wohnung bezahlen, wenn du deine Lehre wieder aufnimmst, ich werde für einen vollen Kühlschrank sorgen und auch dafür, dass das Montagabendessen zwischen deinen Freundinnen und dir weiterhin stattfinden kann.
Bitte nimm mein Angebot an, Emma. Ich wünsche es mir so sehr.
In Liebe
Papa

Ich lasse den Brief sinken und versuche, normal zu atmen. Ich hätte meine Lehre wieder aufnehmen können. Er wäre für alles aufgekommen. Alles hätte so einfach sein k… Unsinn! Nichts wäre einfach gewesen. Ich hätte meinem Vater auf der Tasche gelegen, nein, sagen wir es doch deutlich, ich wäre von seinen Launen abhängig gewesen. Mein Vater war schon einmal von jetzt auf gleich weg, ohne einen Blick in den Rückspiegel zu werfen. Was, wenn mir das wieder passiert wäre, kurz vor der Abschlussprüfung womöglich oder einfach mittendrin? Und was meint er mit *seinem* Schmerz? Ja, meine Mutter hat ihn rausgeschmissen. Aber war er nicht schon vorher weg? Damals nämlich, als er die ominöse *Andere* küsste?

Die Andere, so hat meine Mutter sie genannt. Sie hat ihr keine Schimpfnamen verpasst, und ich glaube, sie hat nie deswegen geweint. Doch sie ist hart geworden in jener Zeit. Ich konnte dabei zusehen, wie ihr Herz auf die Größe eines Pfirsichkerns schrumpfte.

Ich weiß nicht, was aus der Anderen geworden ist. Mit meinem Vater habe ich nie darüber gesprochen, mit Mama erst recht nicht. Doch soviel ich weiß, lebt Papa allein. Die paar Male, die wir in den letzten Jahren telefoniert haben, wirkte er einsam auf mich.

Tränen laufen meine Wangen hinunter. Ich trete gegen alles, was nicht schnell kaputtgeht. Schuhe wirbeln durch die Luft und landen mit einem dumpfen Geräusch auf den Bohlen, ich werfe die Jacken und Mäntel hinterher, am liebsten würde ich Geschirr zerschmeißen, das kracht so schön, doch ich bringe es nicht übers Herz.

Was denkt sich dieser Mann? Sich dermaßen in mein Leben einzumischen, nachdem er vorher quasi unsichtbar war? Ich hasse ihn. *Ich hasse ihn!*

Aber was jetzt? Kann ich so bei Cordt auftauchen? Er wird mich sehen und mir die Tür vor der Nase zuschlagen. Doch wird er das wirklich? Oder zieht er mich an sich, und ich kann mein Gesicht an seiner Schulter verbergen, die wärmer ist als Ryans? Er wird mir über den Rücken streichen und liebe Dinge flüstern, und langsam, ganz langsam werde ich ruhiger werden und meinen Vater vergessen.

Unter der Dusche peele und creme ich mich und versuche, die Tränen zurückzuhalten. Ich drapiere mein Haar mal seitlich, mal hoch, mal nach hinten gekämmt, bis ich mir in letzter Verzweiflung die Blumen hineinstopfe, die ich im Asia-Shop erstanden habe. Sie leuchten exotisch aus meinem blonden Dutt heraus. Jetzt noch viel Make-up ins Gesicht, sodass man die hektischen Flecken nicht sieht. Dann los.

Als ich in der U-Bahn sitze, einen Rollkoffer mit Speisen, Ausstechförmchen, bunten Tellern und liebevoll zusammengestelltem Besteck neben mir ruhend, habe ich meinen Vater aus meinem Kopf geschoben. Stattdessen herrscht da nur noch Nebel, aber der wird vergehen, wenn ich erst in Cordts Armen liege.

Als ich in seine Straße abbiege, knabbere ich vor Aufregung an meiner Unterlippe, bis sie wehtut. Nummer 48. Das Haus ist aufwendig saniert, mit Balkonen, von denen orange blühende Schlingpflanzen herabhängen. Es sieht so einladend und freundlich aus, dass ich am liebsten sofort einzöge.

Mit klopfendem Herzen drücke ich auf die Klingel, neben der »Willander« steht. Stumm zähle ich bis zehn und klingele noch einmal. Nichts regt sich, nur der Regen ist zu hören und das Geräusch eines vorbeifahrenden Autos. Nach einer Weile lasse ich die Hand sinken und parke meinen Koffer und mich so nah an der Wand, dass wir beide nicht weiter nass werden. Ich bin wie immer überpünktlich. Cordt wird sicher gleich kommen.

Doch er lässt sich nicht blicken und öffnet auch nicht beim sechsten und beim siebten Klingeln. Langsam komme ich mir dämlich vor, aber dieses Gefühl ist nichts gegen die Enttäuschung, die ich erfolglos niederzuringen versuche.

Habe ich wirklich geglaubt, mit diesem Abend würde alles wieder gut? Damit könnte ich den Gedanken an meinen Vater vertreiben und an Moritz Meier, der nie den Mumm aufbrachte, mit mir zu sprechen?

Jetzt stehe ich hier mit all meinen Sachen, dem Essen, den Kerzen, der Lichterkette, Geschirr und Pfannen, dem Pizzateig, den Flaschen mit Reissirup, Balsamico-Essig, Erdnussöl und Weißwein, der längst warm geworden ist. Ich ziehe den Haarschmuck heraus. Traurige, blütenlose Knospen sind es noch, die langsam zu Boden fallen. Ich greife nach dem Rollkoffer und rumpele die Straße hinab und gebe acht, dass sich mein Oberkörper nicht zu auffällig hebt und senkt. Nur Luftanhalten hilft, die Tränen in Schach zu halten und den Impuls, laut zu schreien.

In der U-Bahn quetscht sich Ryan zwischen mich und eine Gruppe Jugendlicher. »*Having a nice evening?*«

»*Was machst du hier?*«, wispere ich lautlos.

»Checking if you're all right.«

»Natürlich«, motze ich.

Mitleidig betrachtet er mich. *»Where is he?«*

Ich zucke die Schultern und wende mich ab. *»Keine Ahnung. Er hat mich versetzt.«*

»Did you try to call him?«

»Natürlich. Nur die Mobilbox geht ran.«

»He might have had an accident.«

»Meinst du?« Ich starre ihn an. *»Daran habe ich noch gar nicht gedacht.«*

»Maybe he's dead.«

»Ryan!«

»What? People die all the time. Might as well be him.«

»Na toll. Jetzt geht es mir gleich besser.«

»Or he's with the girl. What was her name? Sandra?«

»Sarah.«

»Beautiful Sarah with that beautiful ass of her's.«

»Hau ab, Ryan.«

»Say hello to reality, babes.«

Wieder schießen mir Tränen in die Augen. Ich nehme mir vor, die Sache mit Ryan zu beenden. Nicht hier, nicht heute, aber bald. Er ist gemein geworden, seit ich Cordt kenne.

Mit überheblichem Blick zieht er eine blau getönte Sonnenbrille aus seiner Jeans und schiebt sie auf die Nase. *»The problem is: He is Mr. Wrong.«*

»Woher willst du das wissen? Und was soll die Sonnenbrille? Es ist neun Uhr abends. Außerdem sind wir in der U-Bahn.«

Er tut, als habe er mich nicht gehört. *»He is Mr. So-Wrong, believe me.«*

»Und was würde passieren, wenn wir heiraten?«, frage ich. *»Wäre ich dann Mrs. So-Wrong?«*

»No. You'd be Mrs. Dumbass.«

Under the Milky Way

Annabelle winkt mir zu, als ich den hohen, matt beleuchteten Raum betrete, dessen Boden mit einem nass getretenen weinroten Teppich bedeckt ist. An Regentagen übertrifft die Hipsterdichte der Videothek sogar die des Berghains. Überall Mützen über wuscheligem Haar und Vollbart oder Frauen auf turmhohen Absätzen mit dem abwesenden Blick eines Topmodels. Dies ist der ideale Ort, um sich schlecht angezogen zu fühlen. Oder man tut, als wäre man unsichtbar, und guckt nur. Doch dazu habe ich heute weder die Kraft noch Lust. Meine Tränen wegblinzelnd, ziehe ich das Köfferchen hinter mir her zum Tresen.

»Was ist los?« Annabelle hat mir nur einen kurzen Seitenblick zugeworfen, doch meine Stimmung augenscheinlich klar erfasst. »Ach du je. Das Date?«

Ich nicke. Irgendwie gelingt es ihr, einen Kunden zu bedienen, etwas im Computer nachzuschauen und mich so entschieden an den Schultern hochzuziehen, dass mir ein »Autsch« entfährt.

»Rücken gerade. So, jetzt kannst du atmen. Was ist passiert?«

Ich schüttele den Kopf. Wenn ich auch nur einen Mucks von mir gebe, heule ich los, und das müssen die Leute, die um uns herumstehen, wirklich nicht sehen.

»Was ist da drin?«, fragt Annabelle mit einem Kopfnicken in Richtung Koffer.

»Essen«, flüstere ich schließlich. »Ungekocht.«

Sie nickt mit einem sachverständigen Gesichtsausdruck. »Ich muss bis Mitternacht hierbleiben, aber wenn du magst, komme ich danach bei dir vorbei und futtere alles weg, das dich auch nur im Entferntesten an diesen Mann erinnert.«

Meine Lippen verziehen sich zu einem dankbaren, aber schiefen Lächeln. Allein der Gedanke daran, jetzt in meine Wohnung zurückzukehren, die bis auf einen schadenfrohen Ryan leer ist, und mich an die Vorfreude zu erinnern, die ich heute Nachmittag verspürte, an die Aufregung und die Blümchen, das Studieren meiner Rezeptwand, das Surfen im Internet auf der Suche nach einem einzigartigen, an einen leuchtenden Nachthimmel erinnernden Menü … Nein. Ich kann jetzt unmöglich allein sein. »Ist Wieland da?«

Annabelle schüttelt den Kopf.

»Ist hinten aufgeschlossen?«

»Natürlich. Wieso?«

»Ich brauche seine Küche.«

»Aber …«

Ohne sie weiter zu beachten, schnappe ich mir den Koffer, nehme im Stechschritt die Treppen zur Empore und trete durch eine hinter einem Vorhang versteckte Tür in das Reich des Chefs. Das Personal darf Wielands Toilette besuchen, Nichtpersonal ist der Zugang zu seiner Wohnung strengstens verwehrt. Doch was soll's. Heute habe ich nichts mehr zu verlieren.

Wielands Küche ist klein und eng wie eine Kajüte, verfügt aber über einen Herd mit zwei Kochplatten und Ofen sowie eine Arbeitsfläche mit den Abmessungen eines Gästehandtuchs. Ich schiebe die Ärmel meiner Bluse hoch. Wenig später hat der Raum Ähnlichkeit mit einer chinesischen Opiumhöhle – Rauch und Dampf lassen mich kaum mehr die Hand vor Augen sehen. In den Kochtöpfen brodelt es bedrohlich, das kleine, vergitterte Fenster ist beschlagen, der Duft von Limetten, Knoblauch und Ingwer verdrängt die eben noch schal schmeckende Luft.

Als der Reis so weit abgekühlt ist, dass ich ihn zu einer Rolle formen kann, hülle ich ihn in eine Bambusmatte und ziehe und zerre, damit er möglichst fest bleibt. Ich warte eine Weile und halte beim Auswickeln die Luft an. Ich muss die Rolle in exakt gleich dicke Scheiben schneiden, um daraus exakt gleich große Sterne zu stechen. Doch zuerst werfe ich die Algenstreifen in das Öl. Es zischt und blubbert, und ich trete einen Schritt zurück, treffe aber gleich auf Widerstand in Form der Küchenwand. So viel Platz wie in einem Camper. Aber ich wusste ja, dass Wieland kein begeisterter Koch ist. In dem Ofen, hinter dessen Glasscheibe jetzt sechs handtellergroße Pizzen backen, hält er höchstens mal einen Hamburger warm.

Mit spitzen Fingern lasse ich Sesamkörner über die abgetupften Algen rieseln und stelle sie beiseite. Der Moment der Wahrheit ist gekommen. Vorsichtig drücke ich die Sternenform in die Reisscheiben. Fällt alles auseinander, serviere ich Annabelle statt der Himmelskörper auf nächtlich schwarzem Algenhimmel einen unappetitlichen Haufen auf dunkler Masse. Oder aber gar nichts – dann nämlich, wenn ich alles in den Müll werfe.

Vorsichtig ziehe ich die erste Ausstechform heraus und trenne die nun überflüssigen Körner von meinem Himmelskörper. Er ist perfekt, fest und weiß. Ich probiere den zweiten, den dritten, den vierten und atme erleichtert auf. Der Gott der Reissterne ist mir gnädig.

Plötzlich fühle ich mich beschwingt. Andere Menschen gehen laufen, boxen oder putzen akribisch ihre Wohnung, um ihre Laune zu steigern. Meine Therapie ist das Kochen. Und wenn dann noch der Duft von Knoblauch und Zwiebeln in meine Nase steigt … Ich lasse die unechten Meeresfrüchte mit der sternförmigen Karambole in heißes Olivenöl plumpsen und reibe mir die Hände, als hinter mir ein Hüsteln erklingt. In der Tür steht Wieland, die langen Arme vor der Brust verschränkt, den Kopf schief gelegt. Der Blick aus seinen rehbraunen Augen ist nicht gerade freundlich. Er räuspert sich ausgiebig und fragt: »Habe ich mich im Vorhang geirrt? Irgendwie war mir, als ob dies meine Wohnung sei.«

»Na ja«, beginne ich, doch schon fällt mir nichts mehr ein. Langsam lässt er seinen Blick über die Kochtöpfe und die Arbeitsfläche wandern, von der nichts mehr zu sehen ist. Dafür Teller, Klarsichtfolie, ein Häufchen Agar-Agar, verstreutes Maismehl, Knoblauchschalen, Reiskörner. Nervös beobachte ich ihn. Wieland ist kein großer Redner. Laut Annabelle aber auch kein großer Zuhörer, sondern jemand, der schlicht und einfach seine Ruhe haben will. Dass ich in seiner Küche herumstehe, ohne um Erlaubnis gefragt zu haben, dürfte ihm nicht gefallen.

»Hier sieht es aus wie bei meiner Mutter kurz vor Weihnachten.« Er kommt näher und greift nach einem Glas mit schwarzem Sesam. »Etwas asiatischer allerdings.« Er schnuppert und verzieht angewidert das Gesicht. »Riecht komisch.«

»Schmeckt aber gut.«

Die Garnelenspieße geben ein zischendes Geräusch von sich. Ich wende sie und zeige mit dem Kinn auf die Pfanne. »Möchtest du probieren?«

Er behält seinen angeekelten Gesichtsausdruck bei und schüttelt den Kopf.

»Oh«, sage ich leise. »Okay.« Das Hochgefühl, das mich die vergangene Stunde angetrieben hat und Cordt vergessen ließ, ist längst in sich zusammengefallen. Ich zucke entschuldigend mit den Schultern. »Tut mir leid, Wieland, dass ich hier einfach so reingeplatzt bin. Ich packe alles zusammen. Ein bisschen wird es dauern, ich muss noch putzen, aber ich bin so schnell wie möglich weg.«

»Ich esse keinen Fisch.«

»Wie bitte?«

»Ich esse keinen Fisch.«

»So wie Annabelle.«

Ein Lächeln blitzt über sein Gesicht. Für einen Moment sieht er zehn Jahre jünger aus. Beziehungsweise so alt, wie er nach Annabelles Angaben ist, nämlich Ende dreißig. »Genau wie Annabelle, ja.« Er fährt sich über die schimmernde Glatze und betrachtet anschließend seine Hand, als erwarte er, dort ein ausgerupftes Haar zu finden. »Gibt es auch etwas, das keine Flossen hat?«

»Die Spieße tun nur so, als seien sie aus dem Meer, in Wirklichkeit sind sie vegan. Der Hauptgang ist immerhin vegetarisch. Gemüsepizzen, so schwarz wie die Nacht.«

»Klingt … interessant.« Er streckt seine kräftigen Arme aus und nickt mir zu. »Annabelle sagte, sie stirbt vor Hunger. Ich hab heute meinen netten Tag, wie du gemerkt haben könntest. Also her damit. Ich bringe es ihr.«

»Oh«, stammele ich, »danke!«

Eine zum Reinbeißen verlockende Kruste überzieht die Garnelenspieße. Auf der Unterlage aus frittierten Algen leuchten sie wie ein sanft geschwungener Halbmond, wenn auch nicht so hell wie die Reissterne daneben. Der zweite Spieß war für mich gedacht, doch ich lege ihn dazu. Wenn ich nicht mit Cordt essen kann, mag ich nichts.

Ich werfe einen letzten Blick auf die Teller. Es ist ein bisschen kitschig, das gebe ich zu, und erinnert an Erlebnisgastronomie, doch ich weiß, meine Kreation wird Annabelle schmecken. Wahrscheinlich guckt sie sowieso nicht länger als zwei Sekunden darauf, sondern stopft mit Blick auf den Computermonitor alles in sich hinein.

Erneut lasse ich mich von dem heißen Dampf umarmen, der aus den Töpfen und dem Ofen steigt. Ich streiche die Haare aus meiner Stirn, postiere mich mit erhobenem Schneebesen vor dem Herd und mische Milch, Sesampaste und kochendes Wasser zu einer gräulichen Masse. Noch etwas Sesam dazu, und dann so kräftig schlagen, bis mir der Schweiß ausbricht. Mir fällt ein, was Cordt zu meinen Oberarmen sagte: dass sie vom Teigkneten muskulös seien. In Wirklichkeit ist der Schneebesen mein effektivstes Trainingsgerät. Ich beiße die Zähne zusammen und rühre heftiger. Warum, frage ich mich, hat er sich mit mir verabredet, wenn er mich gar nicht sehen wollte?

Als Wieland zurückkehrt, starre ich erstaunt auf die blanken Teller in seiner Hand. Nicht einmal ein Reiskorn ist noch zu sehen. Hat er sie im Bad vorgespült? Doch bevor ich danach fragen kann, zeigt er mit Blick auf die im Backofen vor sich hin bräunenden Pizzen: »Sind die Black Beautys fertig?«

»Fast«, murmele ich beim Herausholen und kneife die Augen gegen die Hitze zusammen. In der Kasserolle haben sich Balsamico und Honig zu einer dunklen, klebrigen Masse vereint. Probeweise fahre ich mit dem Löffel hinein. Perfekt. Mit leichtem Schwung träufele ich sie über die mit Sternen aus Erdbeeren belegten Hefeteile, gebe ein paar Krümel Ziegenkäse und Basilikumblätter darüber – fertig ist meine Abendrotpizza, die zwar weniger an das nächtliche Firmament erinnert, dafür aber himmlisch duftet. Geradezu kosmisch gibt sich dagegen die andere Variante. Schwarzes Bohnenmus, Ricotta und einen Hauch schimmernder Metallpartikel habe ich auf dem Hefeteig zu einem milchstraßenähnlichen Strudel verquirlt. Falls die NASA mal eine Party schmeißen will, soll sie sich an mich wenden. Ich habe das perfekte Pizzarezept für sie.

Wieland verschwindet erneut und lässt mich mit meiner neuesten Errungenschaft, einer Edelstahlpfanne, allein. Nachdem ich meine Hand über den dicken Boden gehalten habe, um die Hitze zu erspüren, schaufele ich Zucker hinein. Sofort bilden sich an den Rändern braune Schlieren, und ich fühle mich auf einen Weihnachtsmarkt versetzt, als der Geruch des schmelzenden Süßen in meine Nase dringt. Ich lasse die Pfanne nicht mehr aus den Augen, was meinem Kopf wieder die Gelegenheit gibt, unschöne Gedanken durchzulassen. Was, wenn Cordt tatsächlich einen Unfall hatte? Vielleicht liegt er mit gebrochenen Beinen im Krankenhaus und darf sein Handy nicht benutzen. Oder hat er mich bloß vergessen? Noch schlimmer, er hat mich nicht vergessen, sondern drückt sich mit schlechtem Gewissen in einer Kneipe herum, darauf wartend, dass ich nicht mehr anrufe, hoffend, dass ich nicht vor seiner Tür stehe, wenn er nach Hause kommt.

Ich will nicht über so etwas nachdenken. Das ist, als bohrte ich mit dem Küchenmesser in einer alten Wunde herum. Besser, ich denke an Wiesen, eine leichte Brise, Wolken, die vorüberziehen. Doch die sind am Himmel, und wenn ich den vor mir sehe, bin ich gleich wieder bei Sternen und bei Cordt. Heftig blinzelnd starre ich in die Pfanne. Sieben Minuten noch, schätze ich, bis sich das perfekte Karamell gebildet hat. Sieben Minuten, in denen ich nichts anderes machen sollte, als vor mich hin zu glotzen, um keine verbrannte Masse zu riskieren. Erneut versuche ich mich auf die schönen Dinge zu konzentrieren. Ich denke an meine Küchentafel, auf der ich heute Morgen noch neue Ideen festgehalten habe. Wie wäre es nächsten Montag mit gebratener Makrele auf Avocadocremebällchen und einem Tupfer Wasabi? Rote-Bete-Sorbet mit Ingwer, eingebettet in einem warmen See aus Zartbitterschokolade? Und im Herbst werde ich mich als Erstes an einen Aufstrich aus Blattspinat, Oliven und Schafskäse machen. Dazu würde wunderbar das Brot passen, das mir Sean McKenna bei der Fashion Week weggeschnappt hat. Ob er es selbst backt? Ich sollte ihn fragen, ob er mir ein paar Laibe verkauft.

»Ich habe nur ein Ministückchen abbekommen«, unterbricht Wieland meine Gedanken. Auch diese Platte blitzt wie frisch gespült. Halt, doch nicht. Am unteren Rand klebt der letzte Rest einer Erdbeere.

»Ich stapele das im Flur.«

Mit den leeren Pizzabrettern verzieht er sich, und ich reiße nach einem Blick hinein die Kasserolle von der Platte. Das war knapp. Beinahe wäre aus der perfekten Karamellsauce ein bitter schmeckender Plombenzieher geworden.

Mit dem Finger prüfe ich die Flan-Temperatur im Kühlschrank – längst nicht kühl genug. Mein Timing sah ja auch tiefsinnige Gespräche und Küsse zwischen den einzelnen Gängen vor, vielleicht Sex. Dass ich im Schnelldurchlauf Annabelles Magen füllen würde, hatte ich mir heute Nachmittag nicht ausgemalt. Aber noch zwei Stunden zu warten kommt nicht infrage. Wieland will seine Küche zurück.

Die Masse in den Gläsern schimmert schwarz und wabbelt ein wenig. Wieder halte ich die Luft an, während ich sie auf einen weißen Porzellanteller stürze. Nun die Karamellsauce darüberträufeln und dabei zusehen, wie sie langsam hinabrinnt, so langsam, dass man das Beobachten als Zen-Übung betrachten könnte. Zum Abschluss lasse ich drei Krümel Fleur de Sel über jeden schwarz schimmernden Pudding rieseln und umfasse vorsichtig die Griffe des Tabletts.

»Emmi«, flüstert Wieland, als ich mich an ihm vorbeiquetsche, »da draußen ist ein bisschen was im Gange. Nicht dass du dich erschreckst.«

»Was denn?«, frage ich, während ich mit dem Fuß den Vorhang beiseitehalte, um mich und die Desserts unbeschadet seitlich hindurchzubugsieren.

»Na ja, also, da sind ein paar …«

Doch ich lasse schon fast das Tablett fallen. Zwanzig oder mehr Augenpaare blicken mich abwartend an. Sie haben sich vor Annabelles Tresen versammelt, ein paar tuscheln leise, ansonsten herrscht eine seltsame Stille, die mich ganz kribbelig werden lässt. Unschlüssig blicke ich auf das Tablett in meinen Händen. Bin ich versehentlich in einen Filmdreh geraten? Schreit gleich einer: »Raus aus dem Bild!«, und scheucht mich im Rückwärtsgang in Wielands Küche zurück?

Als das nicht passiert, rufe ich nach Annabelle. Sie quetscht sich an einem geschätzten Dutzend Bäuchen und Rücken vorbei und erreicht die Treppe zur Empore.

»Super, oder? Daraus sollten wir was machen, das ist *die* Geschäftsidee, kochen und Filme verleih…«

»Dies ist und bleibt eine anspruchsvolle Videothek«, blafft hinter mir Wieland. »Ohne Popcorn, ohne Chips, ohne Kondome, ohne Pornos. Und ohne warme Küche!«

»Aber …«

»Heute ist eine Ausnahme, Leute«, ruft er an mir vorbei, »genießt es, solange es währt.«

Jemand klatscht, hört aber gleich wieder auf. Ich stehe immer noch da, das Tablett in den Händen, mit einem Ausdruck im Gesicht, der zwischen Hase und Koboldmaki changieren dürfte. Am liebsten würde ich mich rückwärts aus dem Staub machen.

»Was wollen die alle?«, flüstere ich Annabelle zu.

Sie dreht sich um und fragt die Menge. »Was wollt ihr?«

Kichern ist zu hören, einer ruft: »Pornos!«

»Also, ich wollte nur schnell die ›Sesamstraßen-Party‹ für meine Kinder ausleihen«, meldet sich eine Rothaarige zu Wort. »Jetzt bin ich seit über einer Stunde hier und habe mein Telefon stumm geschaltet. Bekomme ich jetzt was, oder kann ich los?«

Ich strecke ihr das Tablett hin, und sie schnappt sich eine Untertasse. »Das ist ja wie aus Tausendundeiner Nacht!«

Ehe ich mich versehe, wandern die Flans durch die Reihen. Die meisten wischen den Löffel erst an ihren Pullovern ab, bevor sie ihn in den schwarzen Berg tauchen. Ein paar aber nehmen es mit der Hygiene nicht so genau.

Als alle fertig sind und Annabelle die Untertassen wieder einsammelt, fühle ich mich so erschöpft wie nach einer Schwimmtour durch den Ärmelkanal. Wieland greift nach meiner Schulter und bugsiert mich in seine Wohnung zurück.

»Das war aufregend, oder?«

Mir gelingt nur ein müdes Nicken.

»Aber glaub nicht, dir bliebe das Aufräumen erspart. Da musst du durch. Ich kann dir nicht helfen. Ich habe Serien zu gucken.« Damit verschwindet er in seinem Wohnzimmer, das kaum größer ist als die Küche. Mit einem Seufzer lässt er sich auf den bordeauxrot bezogenen Zweisitzer fallen und schaltet den Computer ein. Wenig später füllen abgehackte, japanisch klingende Befehle den Raum. Ich entere die Küche und lasse meinen Blick über die Teller, Schüsseln, Töpfe und Pfannen wandern. Wenn ich bis morgen früh fertig bin, kann ich mich freuen.

Kurz vor Mitternacht steige ich die Treppen zu meiner Wohnung hoch. Annabelle konnte Wieland überreden, seine Mangaserie für eine Stunde zu unterbrechen und sich den Kunden zu widmen. In der Zeit half sie mir und hörte nicht mehr auf, von unserer großen Chance zu sprechen. Ich rolle immer noch mit den Augen, als ich Stufe um Stufe zu meiner Wohnung hinauf nehme. Als wenn es so einfach wäre. Als wenn ständig hungrige Leute herumständen, die nur darauf warten, dass ich etwas Geschmackvolles zaubere. Im Gegensatz zu heute müssten sie mich aber vor allem dafür bezahlen.

In der Mitte der letzten Treppe erlischt das Licht. Mit letzter Kraft schleppe ich mich durch die Dunkelheit. Ich will nur eines, ins Bett fallen und nie wieder an Cordt denken. Warm rollt eine Träne meine Wange hinab, während ich den Rollkoffer hinter mir herhieve.

Eine Gestalt sitzt vor meiner Tür. »Emmi.« Cordts Stimme klingt, als habe er den Abend lang ein Fußballteam angetrieben. »Es tut mir so leid.«

Schon im Wohnungsflur bin ich nackt und spüre seine Hände auf meinen Brüsten. Eng umschlungen taumeln wir weiter, kichern und küssen uns, und ich sauge tief seinen Duft ein. Er murmelt etwas, das ich nicht verstehe. Wir fallen aufs Bett. Erneut nestelt er ein Kondom aus seiner auf dem Boden liegenden Jeans und beugt sich vor, um mich zu küssen.

Diesmal geht er nicht. Wir schlafen ein paar Stunden, wachen auf, blicken einander an, reden. Zuerst über die Arbeit. Dann über unser Leben. Ich traue mich kaum, von mir zu sprechen – was habe ich als Teenager schon erlebt in meinem Kleinstadtdasein, von dem ich die Hälfte für meinen gefälschten Lebenslauf erfunden habe? Immerhin scheint mein Biancetti-Job interessant genug zu sein. Wusste ich doch, dass er nicht darauf hinabsieht! Er will wissen, was wir zu tun hatten, wie meine Kollegen waren …

»Sag mal, warum hast du eigentlich behauptet, der Personalchef zu sein?«, fällt mir plötzlich ein. Den Tag, an dem ich gefeuert wurde und mich Rico zum ersten und bisher einzigen Mal diesen Sommer anrief, erinnere ich nicht gern – diesen Part aber schon.

Er grinst und sieht plötzlich so jugendlich aus, wie ich ihn noch nie gesehen habe. »Das war natürlich nicht geplant. Aber ich fand es unerhört, wie sich die Alte aufgespielt hat mit ihrer Vierhunderteurohose. Ehrlich gesagt wollte ich ein bisschen recherchieren und mich unter das Fußvolk mischen. Also, die Büroleute«, beeilt er sich zu sagen, als er mein entrüstetes Gesicht sieht. »Die Büroleute beim Pommes-in-sich-Hineinstopfen.«

»Du warst also undercover da?«, frage ich und muss kichern.

»In der Kantine, ja. Eine Viertelstunde später bin ich dann aber wieder in meiner Funktion als Ökojournalist aufgetreten. Allerdings hast du mir einen Strich durch die Rechnung gemacht, denn die blöde Pute in der Hose war, ohne dass ich es ahnte, genau die, mit der ich später einen Termin hatte. Dass die Leute immer Fotos von sich ins Netz stellen, auf denen sie komplett anders aussehen! Als ich dann an das Büro der Umweltbeauftragten klopfte, mit dem Plan, sie dermaßen zu grillen, bis sie ihre Bereitschaft, Urwälder abzuforsten, um Palmöl zu gewinnen, zumindest überdenken, rief sie mich erst herein und dann die Security. Tja, aus dem Interview wurde nichts. Aber kein Problem. Ich habe auch so genug.«

»Was meinst du damit?«

»Hm?« Sein eben noch wacher Blick wird plötzlich träumerisch. Er zieht mich an sich und streichelt sanft über mein

Haar. »Lass uns nicht die ganze Zeit über mich sprechen. Wir waren bei dir. Von dir will ich Sachen wissen. Also. Hast du dich wohl gefühlt in diesem Wespennest?«

Ich nicke, fühle mich aber unwohl. Was will er von mir hören? Dass dort nur Bösewichte in schicken Anzügen arbeiten?

»Keine gemeinen Kollegen oder fiesen Chefs?«

Ich schlucke und verdränge den Gedanken an Moritz Meier.

»Aber du warst ja auch öfter oben. Im Managerrestaurant.«

Stimmt ja, das hatte ich während des Vorstellungsgesprächs behauptet.

»Ich hoffe sehr, man war nett zu dir dort.«

»Mhm.«

Er kitzelt mich. »Aus dir etwas rauszubekommen ist ja schwieriger als aus dem CIA-Hauptquartier. Du bist doch sonst nicht so schweigsam.«

»Es gibt nichts, was ich darüber zu erzählen wüsste«, sage ich und setze mich auf. »Sag mal, warum warst du gestern Abend nicht da? Ich stand vor deiner Tür.«

Er nagt an seiner Unterlippe und wendet sich ab. »Es tut mir leid. Ich musste noch etwas Dringendes erledigen. Das klingt jetzt blöd, ich weiß.«

Für den Bruchteil einer Sekunde spiele ich mit dem Gedanken, überheblich zu tun. Heißt es nicht immer, Männer stünden auf so etwas? Ich könnte ihm die kalte Schulter zeigen und darauf warten, dass er angekrochen kommt. Doch das will ich nicht. Ich möchte nicht spielen. Ich möchte lieben. Und geliebt werden.

»Komm schon, Emmi.« Wieder versucht er mich zu kitzeln. Ich entziehe mich ihm und drehe mich auf die Seite.

Vor dem Fenster ist es längst Tag geworden. Grau hängt der Himmel über Berlin, und genau so fühle ich mich plötzlich. Übermüdet, aber auch voll Angst davor, was geschehen könnte, wenn Cordt mich als die sieht, die ich bin. Emmi Pape, das Rundum-sorgenvoll-Paket.

Aus kristallblauen Augen blickt er mich an.

»Okay«, beginne ich zögerlich. »Wenn du mehr über mich wissen willst, bitte. Meine Eltern haben sich getrennt, als ich sechzehn war. Mein Vater ging, ohne sich noch einmal von mir zu verabschieden, meine Mutter hatte ihn rausgescheucht wie einen Hund.« Ich stoppe und schlucke. Unter meiner Wut taucht wieder das Gefühl von vorgestern Nacht auf. Die schmerzhafte Liebe, die ich für meinen Vater empfinde, die Sehnsucht nach ihm. Doch ich will sie nicht. »Danach ging es uns besser. Mama hat sich in ihre Arbeit geworfen. Und hatte so etwas weniger Zeit, sich um meine Belange zu kümmern, ein Glück.« Ich stoppe und blicke Cordt an. Sein Kopf liegt auf meinem Laken, er starrt an die Zimmerdecke. »Hin und wieder aber wünsche ich mir so sehr, dass er mich in den Arm nimmt und mir sagt, alles ist gut. Dass ich eine tolle Frau bin und mich gut mache. Stattdessen gab es nur mal eine Karte hier und da. Ich habe geglaubt, ich sei ihm egal. Und gestern – gestern …« Wieder hole ich Luft und beuge mich zu ihm vor, »habe ich mit ihm telefoniert. Und er hat mir gebeichtet, dass er es war, der mich bei Biancetti rausgeworfen hat. Indirekt, okay. Aber es war seine Entscheidung. Der lange Arm des Richard Pape.«

Cordt setzt sich auf. »Richard Pape? Ist das nicht der mit den Werbewänden? Der damals in den Osten gegangen ist, ein gutes Jahrzehnt nach Maueröffnung, ein Unternehmen aufgebaut und es für sagenhaftes Geld kürzlich an *die* Westfirma für Reklametafeln vertickt hat?«

Ich nicke. »Ja, *der* Richard Pape. Mein Vater. Der es bestens versteht, mein Leben auch heute noch zu versauen.«

»Er hat dich bei Biancetti feuern lassen?«

Ich nicke und versuche, meine Tränen zu verbergen. Nachdenklich reibt sich Cordt über die Stirn und sieht dabei auf seine Uhr. »Hoppla. Kurz vor neun. Jetzt aber los.«

Er springt aus dem Bett, als sei er es gewöhnt, nächtelang nicht zu schlafen. Ich dagegen fühle mich wie mit Hanteln beschwert. Jede Bewegung kostet entsetzlich viel Mühe.

»Kaffee?«, flüstere ich heiser.

»Zu spät«, ruft er, während er in seine Klamotten springt. Ungläubig sehe ich ihm dabei zu. Was habe ich gesagt, dass er es jetzt so eilig hat? Wenig später sieht er aus wie frisch geduscht, auch wenn er sich nur Wasser ins Gesicht gespritzt hat. Ein kurzes »Tschüs«, ein flüchtiger Kuss, weg ist er. Und mir fällt ein, was ich Ryan versprochen hatte – dass Cordt nicht mehr hierherkäme.

»Ryan?«

Er liegt im Wohnzimmer auf dem Sofa, den Arm über dem Gesicht. Stumm betrachte ich ihn. Er rührt sich nicht. Rückwärts gehe ich in den Flur, blicke eine Weile meine Schuhe an, bis mir der Gedanke kommt, dass ich sie anziehen könnte. Aber zuerst Bluse und Hose, Socken, die Jacke. Die Umhängetasche über die Schulter geworfen, noch schnell das Handy eingepackt. Und los geht es. Auf zu einem langen Tag im Büro.

Ich fühle mich kalt und leer innerlich, als ich mir Pisas neue Liste vornehme. Doch dann gelingt es mir, alle Gedanken beiseitezuschieben und Punkt für Punkt abzuhaken. Gegen Mittag fällt mir ein, dass ich gestern Nacht mein Telefon ausgeschaltet habe. Drei Sprachnachrichten sind auf der Mailbox. Je eine von Terese und Annabelle. Und eine einer mir unbekannten Frau.

»Hallo«, erklingt ihre helle Stimme. »Luise Schaller am Apparat. Ich habe deine Nummer von Christine Kruse.«

Christine Kruse? Nie gehört.

»Die wiederum hat sie von einer Freundin, die sie wiederum von einer Freundin von dir hat, von, Moment …« Ich höre Papier knistern. »Annabelle Grohe. Von der Freundin meiner Freundin jedenfalls soll ich dir ausrichten, entschuldige, da muss ich noch mal gucken, also, ich soll dir ausrichten, dass sie diejenige sei, die gestern Abend eine ›Sesamstraßen‹-DVD ausleihen wollte. Bitte ruf mich baldmöglichst zurück.«

Verwirrt glotze ich auf mein Telefon. Eine Freundin von wem? Und was für eine DVD? Dann fällt mir die Rothaarige ein, die sich so enthusiastisch auf meine Variation des japanischen Kuro-Goma-Purins gestürzt hatte. Sie hatte die »Sesamstraße« erwähnt. Aber was will die Freundin der Freundin der Rothaarigen von mir? Und kann sie sich nicht etwas weniger verwirrend ausdrücken?

»Ich bin in der Pause«, rufe ich in Richtung Pisas Büro und bin weg, bevor sie mir ein kühles »Ach« hinterherschleudern kann. Auf der Straße zwänge ich mich durch Touristenhorden, an hupenden, im Schritttempo an einer Baustelle vorbeischleichenden Autos vorbei, ignoriere das Klingeln der Fahrräder und das Rufen der Leute, die sich immer irgendetwas zu sagen haben. Hier ist es zu laut zum Telefonieren. Doch ich kenne einen Ort, nur eine Seitenstraße weiter, der so ruhig und von allen vergessen ist, dass er nicht nur wie aus der Zeit gefallen wirkt, sondern auch wie aus der Stadt.

Nachdem ich unter dem schmiedeeisernen Torbogen durchgelaufen bin, tauche ich in eine Oase der Stille ein. Die Autos und das Geplärr der Leute sind nur noch eine Erinnerung, einzig Vogelgezwitscher unterbricht die Ruhe. Vor mir tut sich ein grünes Oval auf, das von kniehohen, gusseisernen Zäunen gesäumt ist, darauf ein paar Parkbänke, ein Metallmülleimer, ansonsten: nichts. Ich lasse mich auf eine der Bänke sinken und fühle mich wie in einem abgelegenen Stadtteil von Paris. Doch anders als dort herrscht hier Ruhe. Niemand regt sich hinter den Fensterscheiben der Gründerzeitbauten, einzig der Himmel spiegelt sich darin.

Nervös tippe ich die Nummer ein, die auf einem Blatt auf meinen Knien steht. Mit steigender Nervosität lausche ich Luise Schallers Monolog. Ich muss ein paar Mal nachfragen, was genau sie von mir möchte und ob sie sicher ist, dass ich die bin, die sie meint. Sie spricht schnell und hüpft von einem Satz zum nächsten, ohne dass der eine an den anderen anschließt. Als ich wieder auflege, zittern meine Finger, und wenn ich genauer in mich hineinfühle, bemerke ich die Übelkeit, die mit jeder Sekunde zunimmt. Schnell die Helferin für alle Fälle anrufen.

»Annabelle«, flüstere ich mit wackelnder Stimme. »Ich habe eine Catering-Anfrage.«

»Echt? Super!«

»Jemand mochte das Essen in der Videothek gestern und hat es weitererzählt. Und jetzt …« Meine Stimme bricht weg. »… soll ich ein Angebot schreiben. Ich habe keine Ahnung, wie man so was macht.«

»Für die, die mich nach deiner Nummer gefragt hat? Ha, ich wusste es.«

»Ein bisschen komplizierter. Die Freundin einer Freundin einer Freundin. Aber egal, jedenfalls plant sie eine Party mit dreißig Gästen und heißt Luise Schaller. Hast du den Namen schon mal gehört?«

Annabelle reagiert nicht.

»Bist du noch dran?«, frage ich nach einer Weile.

»Von wem?«

»Luise Schaller.«

»Halleluja.«

»Halleluja? Wieso Halleluja?«

»Sag nicht, du hast sie noch nicht gegoogelt.«

»Ich hab gleich dich angerufen.« Vor Panik überschlägt sich meine Stimme. »Ich hatte noch keine Zeit, sie zu googeln.«

»Luise Schaller ist *die* It-Lady Berlins. Auf Du und Du mit Wenders und kennt sämtliche Bundespräsidenten persönlich. Dreißig Leute, sagst du?«

»Ja«, hauche ich.

»Sie muss etwas Besonderes planen. Normalerweise schmeißt sie Feste für hundert, zweihundert Mann. Das ist bestimmt etwas Privates. Hui, Emmi, das ist klasse.«

Mein Hals fühlt sich rau und trocken an. Ich nicke stumm, mal wieder vergessend, dass diese Geste am Telefon keine Wirkung hat.

»Emmi?«

»Ja?«, flüstere ich.

»Das schaffst du.«

»Mhm.« Das klingt nicht besonders überzeugend, und ich bin auch nicht überzeugt. Doch: davon, zu versagen. Für zahlende Gäste zu kochen heißt, auf den Punkt kochen zu müssen. Da kann ich nicht in letzter Minute das komplette Menü umschmeißen, nur weil mir plötzlich wehmütig ums Herz geworden ist. Und noch etwas heißt es: dass ich mich der Kritik stellen muss. Annabelle und Terese sind dankbare Esser. Niemals – außer ich serviere Rohkost – würden sie einen Teller mit herabgezogenen Mundwinkeln von sich schieben.

»Emmi? Alles klar bei dir?«

»Ja«, flüstere ich in den Hörer. »Ich glaube schon.« Doch an mir nagen die Zweifel. Was, wenn ich die Sache in den Sand setze? Was, wenn meine Mutter recht behält – und ich mich bisher in der Küche versteckt habe, um in der realen Welt nicht bestehen zu müssen?

In the Sud for Love

Eine Brise huscht meine nackten Waden entlang. Ich blicke an dem riesigen Pyjamaoberteil hinab, das ich zusammen mit einem Sporthöschen trage. Eigentlich ist die Kombi zu warm. Aber es fühlt sich gemütlich an, selbst wenn ich ohne Decke schlafe, beschützend wie eine Umarmung.

Mit einem Glas Minztee und meinem Telefon habe ich mich auf den Balkon verkrochen. Ich müsste hundemüde sein, doch die Aufregung hält mich wach. Meine erste Catering-Anfrage! Ich bin so stolz auf mich – auch wenn es von außen betrachtet vielleicht nicht so wirkt. Ich schaffe es einfach nicht, meine Hände nicht zu Fäusten zu ballen, sie kehren immer wieder in diese Position zurück, und immer wieder presse ich auch die Lippen aufeinander und denke: »Na, warte, Papa. Du wirst schon sehen!«

Was genau, darüber bin ich noch unschlüssig. In meinen optimistischen Sekunden male ich mir eine Party aus, wie Berlin sie noch nicht gesehen hat. Ich sehe meinen Namen in der Zeitung, begeisterte O-Töne, vielleicht drucken sie sogar eine Preisliste meiner Catering-Dienste ab.

Doch dann kommt die Angst. Was, wenn ich mich lächerlich mache? Wenn das Essen ein Fiasko wird? Doch das wird es nicht, beschließe ich und springe auf. Ich muss einfach nur gut vorbereitet sein.

Entschlossen entfalte ich das Fax, auf dem Luise Schaller kurze Fakten gekritzelt hat. Das Fest findet zum dreißigsten Ehejubiläum ihrer Freundin Sophia Hagerlund statt. Die Perlenhochzeit also, wie ich herausgefunden habe. Hagerlund klingt schwedisch. Was liegt also näher als ein skandinavisches Meerthema? Undine, Perlen, süße und salzige Köstlichkeiten, in denen sich das Thema Wasser wiederfindet, die Freiheit, die einen befällt, wenn man an Deck eines Schiffes steht, schwankend nach der Reling greift, das Haar im Wind flattert, einem der Geruch von Salz, Diesel und Tang in die Nase klettert.

Am Wochenende möchte Luise erste Ideen von mir hören. So habe ich den Nachmittag damit zugebracht, im Netz zu recherchieren, wie man Catering-Angebote schreibt und Preise kalkuliert, und was zu welcher Veranstaltung passt – will man beispielsweise auf Platten gereichtes Fingerfood, Menüs an Tischen oder Buffet? Und was habe ich im Vorfeld zu tun, beziehungsweise was muss vor Ort zubereitet werden? Viel schlauer bin ich damit nicht geworden. Doch was nicht ist, muss einfach noch werden.

Ich schnappe mir mein Adressbuch und blättere darin herum. Grundsätzlich alle haben vom Kochen keine Ahnung, von Gastronomie ganz zu schweigen. Doch irgendwer muss doch … Mein Blick fällt auf die Handvoll Kornblumen, die in der Vase ihre Köpfe hängen lassen. Sean? Nein. Doch?

Nein!

»Hey love«, murmelt Ryan. Er lehnt in seinem weißen T-Shirt und den Boxershorts, mit strubbeligen Haaren und halb geschlossenen Augen im Türrahmen und guckt von dem Strauß zu mir und wieder zurück. Schließlich murmelt er: »You should get rid of them. But keep the number.«

Irritiert blicke ich ihm nach, während er ins Wohnzimmer schlurft. Warum schläft er eigentlich so früh? Und was meint er damit, ich solle die Nummer behalten? Findet er etwa, ich solle den Vollidioten anrufen? Allein bei dem Gedanken daran wird mir schlecht. Was, wenn er mir doch noch eins auswischen will, als Dank für mein mit Törtchen geschriebenes »Vollidiot«? Andererseits ist er genau das, was ich momentan brauche: jemand, der sich auskennt mit Catering …

Es wird doch wohl noch andere Möglichkeiten geben. Vielleicht die freundliche Frau mit dem Krankenschwesterkopfschmuck, die auf meiner Geburtstagsparty für die fantastischen Speisen gesorgt hat. Doch Annabelle gähnt nur in den Hörer, als ich danach frage, und sagt: »Die war nur Staffage und das Essen vom KaDeWe. Willst du da anrufen?«

Natürlich nicht. So sitze ich wieder hier, starre abwechselnd auf mein Telefon und auf Sean McKennas Karte. »Manchmal ist weniger einfach mehr – deine Profiterole war fantastisch.« Er hat eine hübsche Schrift. Unmännlich, soweit ich das beurteilen kann. Schwungvoll, so als habe er es eilig gehabt, aber nicht mit Sauklaue schreiben wollen. Dynamisch könnte man es im Fachjargon nennen.

Vielleicht ist er doch ganz in Ordnung, flüstert eine Stimme in meinem Kopf. *Ruf an, Emmi, nun mach schon!* Okay, ich tue es. Ich tippe seine Nummer ein und bekomme dabei fast einen Herzinfarkt.

»Hallo?«

Seine Stimme klingt samtiger, als ich sie in Erinnerung hatte. Ich räuspere mich. Und noch einmal. Etwas scheint mit meinen Stimmbändern nicht in Ordnung zu sein. Endlich bringe ich »Hier ist Emmi. Ähm, hallo« hervor und warte mit klopfendem Herzen.

»Hallo. Hi. Wie geht's?«

Er scheint nicht erstaunt zu sein über meinen Anruf. Seltsam, ich bin es immer noch.

»Gut geht's, prima, also, Sean, ich …«

»Sorry«, unterbricht er mich, »ich muss doch noch mal nachfragen. Wer ist Emmi?«

Für einen kurzen Moment weiß ich nicht, was ich darauf antworten soll. Ist das metaphorisch gemeint? Will er mit mir über Philosophie quatschen?

»Hallo?«, fragt er, und ich meine, leichte Amüsiertheit aus seiner Stimme herauszuhören.

»Die Emmi von ›Forever Green‹«, presse ich zwischen zusammengekniffenen Lippen heraus. »Die mit den Profiteroles.«

»Oh … ja … Ah, ja. Schön, dass du anrufst. So schnell habe ich nicht damit gerechnet.«

Jetzt komme ich mir wie eine Stalkerin vor. »Zwei Tage nicht anzurufen ist ganz schön lang.« Moment, das wollte ich nicht sagen. Es klingt, als habe ich mich bisher nur mit roher Gewalt davon abhalten können, seine Nummer zu wählen. So ist das aber nicht. Ich hab nicht mal an dich *gedacht,* Mister!

»Im Vergleich zu was sind zwei Tage lang?«

»Wenn man verliebt ist, zum Beispiel«, purzelt es über meine Lippen, »ist das eine verdammt lange Zeit.« Verliebt? Was für einen Mist rede ich? Klappe jetzt, Emmi, einfach mal nichts sagen!

»Verliebt in wen?«, fragt er mit noch samtiger klingender Stimme.

»In niemanden. Also, der Grund meines Anrufs: Ich …«

»Nicht in mich also«, unterbricht er mich.

»Natürlich nicht. Also …«

»Aber du kennst mich doch gar nicht.«

»Nein.«

»Dann lern mich kennen.«

»Können wir jetzt bitte darüber reden, was ich mit dir besprechen wollte?«

»Ich dachte, du möchtest mich kennenlernen.«

»Ich möchte dich kein bisschen kennenlernen, das sollte dir klar sein.«

Hm, weswegen habe ich ihn noch einmal angerufen? Genau, Luise Schaller.

»Sean, ich bin für ein Catering gebucht.« Bitte, bitte, lach jetzt nicht.

In der Leitung bleibt es still.

»Und dafür brauche ich deine Hilfe.«

»Hm.«

»Hm?«

»Welche Art von Catering?«

»Ein Catering-Catering. Ich koche, jemand bezahlt mich dafür.« Zum ersten Mal in meinem Leben, aber das muss ich ihm ja nicht auf die Nase binden.

»Wie viele Leute?«

»Dreißig.«

Anerkennend pfeift er durch die Zähne. »Wann?«

»In drei Wochen.«

»All right. Nicht viel Zeit. Wie weit bist du?«

»Wieso wie weit? Am Anfang natürlich.«

»Du solltest schon fast fertig sein mit den Vorbereitungen.«

»Danke, du beruhigst mich.« Jetzt jagen mir Schauer der Panik über den Rücken. »Aber ich habe ein paar gute Ideen. Finde ich jedenfalls. Am Sonntag treffe ich mich mit der Auftraggeberin. Sollte ich da alles schon wissen?«

»Absolut.« Er schweigt. Ich höre ihn ein- und ausatmen, und plötzlich sehe ich wieder seinen Rücken vor mir. Breite Schultern, die gar nicht so schlecht aussahen. Für einen Patissier jedenfalls. »Okay. Wir battlen gegeneinander. Samstagabend. Wenn du gewinnst, helfe ich dir. Verlierst du, hast du Pech gehabt.«

»Was meinst du mit Battlen?«

»Wir kochen gegeneinander. Und der Bessere gewinnt.«

»Und wer sagt, wer der Bessere ist?«

»Die Juroren. Jeder bestellt einen zu dir ein, sagen wir … für neun Uhr. In Ordnung?«

»In, äh, Ordnung.« Mir rauscht der Kopf.

»Aber eine Bedingung habe ich. Falls ich dir tatsächlich zur Seite stehen sollte, bleibe ich unerkannt. Meinen Namen hältst du raus.«

»Warum?«

»Ich habe mein eigenes Business. Ich kooperiere nicht. Und Privat-Caterings mache ich seit Jahren nicht mehr. Zu viel Stress, zu wenig Geld.«

»Kein Problem«, flöte ich. Umso besser für mich – mit diesem Profi an meiner Seite kann ich nur Ruhm einheimsen. »Um sechs bei mir?«

»Gib mir deine Adresse, ich werde da sein.«

Sean steht am Herd, als gehöre er zum Inventar. Er trägt meine knallbunte Schürze um die Hüften und tupft sich in regelmäßigen Abständen mit einem Stoffzipfel über die Stirn. Sein Haar steht in alle Richtungen ab, als sei er gerade erst aufgestanden. Ohne auch nur hinzusehen, greift er nach der Kelle, die oberhalb seines Kopfes baumelt, und versenkt sie in dem brodelnden Sud vor sich.

Ich versuche immer noch, mir das Geschirrhandtuch umzubinden. Vielleicht hätte ich die Schürze doch nicht so generös rausrücken sollen. Jetzt kommt mir mein Po gigantisch vor – warum will das dumme Ding bloß nicht halten?

»Komm, ich helfe dir.« Mit zwei geübten Handgriffen hat er das Stück Stoff gerade gezogen und verknotet es. Ich spüre seinen Handrücken an meiner Jeans und halte den Atem an.

»Wie kommt es, dass du Bäcker geworden bist?«, frage ich schnell und mache einen so großen Schritt nach vorn, dass meine Nase gegen die Balkontür stößt.

»Bäcker?« Klingt er amüsiert oder beleidigt? Als ich mich umdrehe, umspielt ein Lächeln seinen hübschen Mund, und ich spüre, wie mir das Blut in den Kopf schießt. Warum bin ich nur ein solch nervöses Wrack? Im Beisein *irgendwelcher* Typen werde ich normalerweise doch nicht ständig rot. Luise Schallers Party ist schuld, garantiert. Und mein Vater. Und der Fakt, dass Cordt und ich seit Mittwochmorgen genau drei Worte gewechselt haben: »Hallo« und »Schönes Wochenende«.

»Äh, also, Patissier, meine ich«, sage ich schnell.

»Vor allem, weil ich gern esse. Am liebsten süß. Bloß dass mir das meiste, was man beim Konditor oder im Supermarkt kauft, *zu* süß ist. Und zu einfallslos. Also habe ich zu Hause begonnen, kleine Schweinereien herzustellen, bei denen einem nicht gleich alle Plomben rausfallen.« Wieder wischt er sich mit einem Schürzenzipfel über seine Stirn. Er senkt den Blick auf seine Hände. Zupackerhände, stelle ich erneut fest, aber nicht grob, sondern breit, mit sich unter der Haut abzeichnenden Adern. »Mit Marzipan habe ich angefangen. Das ist einfach, und man kann schlichte, aber interessante Figuren daraus formen. Später wurde es anspruchsvoller. Damals habe ich in Dublin studiert und hatte keine Küche, da hat es sich doppelt angeboten, etwas zu basteln, für das man keinen Ofen braucht.«

»Du warst an der Uni?«

Seine grünen Augen glitzern. »Überraschung, was? Ich habe einen Abschluss in Germanistik.«

Kein Wunder, dass er so gut Deutsch spricht. Er schaltet den Herd runter, setzt sich zu mir, und ich beobachte ihn, wie er mit ruhigen, präzisen Schnitten den Pastetenteig in Quadrate teilt.

»Und was hat dich an den Herd verschlagen?«, fragt er.

»Du meinst ein einschneidendes Erlebnis, weswegen ich lieber mit feuerroten Wangen am Herd stehe und im Akkord Zwiebeln schneide, als tanzen zu gehen?«

»So etwas, ja.«

Ich denke an die mit Gerümpel befüllte, vielleicht fünf Quadratmeter große Küche, in der meine Mutter jeden zweiten Tag Spargelcremesuppe aus der Tüte kochte. Wobei »kochen« hier natürlich maßlos übertrieben ist. An den anderen Tagen gab es Nudeln mit fertiger Tomatensauce, manchmal auch nur mit Butter, hin und wieder mit Apfelmus. Für Silje Pape war die alleinige Tatsache, eine Küche zu besitzen, ein Affront gegen alles, was sie sich erarbeitet hatte – ihrem Mann nicht duldend zur Seite stehen zu müssen, nicht den Tag über auf ihn zu warten wie so viele Frauen ihres Alters, sondern eine Professur an der Uni Paderborn innezuhaben. Ihrer Ansicht nach habe ich im zarten Alter von sieben Jahren Hochverrat an meinen Geschlechtsgenossinnen begangen. Damals, als ich zum ersten Mal in meinem Leben Pudding kochte. Echten Pudding, mit Zucker und Eigelb und Sahne und ausgekratzter Vanilleschote, die meine Mutter mit spitzen Fingern anhob und in den Müll beförderte.

»Es gab nicht den einen Moment«, sage ich langsam. »Es ist entstanden. Wie eine sich behutsam aufbauende Liebe, die irgendwann so stark ist, dass sie für immer hält.«

Er blickt mich einen Moment zu lange an. Unter einem fadenscheinigen Vorwand verlasse ich den Raum und atme im Flur tief ein. Am liebsten würde ich mir kaltes Wasser ins Gesicht spritzen. Dass er mich so ausfragt, irritiert mich. Bisher hat sich außer Tante Bea niemand je für meine Kochleidenschaft interessiert – außer, er kam wie Terese und Annabelle in die Gunst ihrer Ergebnisse.

Ich werfe einen Blick ins Wohnzimmer, wo Ryan in entspanntester Manier auf dem Sofa lümmelt. Er blinzelt mir zu und deutet mit dem Kinn in Richtung Küchentür. »Your visitor is waiting for you.«

»Er wartet nicht, er macht Pastete.«

»I wouldn't be so sure about it.«

»Bin ich. Definitiv Pastete. Mit frischer Minze und Zucchini und griechischem Käse, dessen Namen ich nicht aussprechen kann.«

»I didn't mean the pie part. Übrigens, findest du nicht auch, dass Pastete etwas sehr easy ist für ein Koch-Battle? Wäre ich du, würde ich vermuten, dass etwas dahintersteckt.«

»Und was?«

»Dass er dich gewinnen lassen will, zum Beispiel.« Die Titelmelodie von »Parenthood« ertönt. Ryan legt die Beine über die Armlehne des Sofas, drückt sich ein Kissen unter den Kopf und schaltet lauter. »Go, girl. I'd like to have a little time by myself.«

Wäre ich Hugh Grant, würde ich jetzt heftig blinzeln. Stattdessen kehre ich in die Küche zurück, in der das Messer in Seans Hand wie eine Verlängerung seines Arms auf das Brett niedersaust. Schnappschnappschnapp, hackt es die Minze in atomgroße Teile. Ich tue, als würde mich das nicht das kleinste bisschen beeindrucken, und reihe den Reis und die Gewürze vor mir auf. Mit dem Rücken versuche ich, Seans Blicke abzuschirmen, während ich Fischsteaks aus ihrer Marinade hebe und sie in mundgerechte Stücke schneide. Meine Messerhaltung wirkt nicht so souverän wie seine. Das ärgert mich. Bisher war meine Küche eine selbstzweifelfreie Zone. Doch dann beginnt er, aus seiner Kindheit zu erzählen. Er berichtet von seinem Versuch, Schneelawinen von einem Hausdach herunterzuschießen, von seiner Lieblingslehrerin und der Großmutter väterlicherseits, die am Abendbrottisch von seltsamen Begegnungen in der Dämmerung sprach und von der das Pastetenrezept stammt. »Sie traf mehr Monster als Menschen. Wobei die Monster eindeutig die gutherzigeren Wesen sind, sagte sie. Sie seien nicht besonders hübsch, einem wuchsen zum Beispiel armlange schwarze Haare aus dem Bauchnabel, aber wen scherte das schon. Meine Großmutter jedenfalls nicht. Sie behauptete, die erste ernstzunehmende Monsterforscherin Irlands zu sein. Und dass diese Monster entgegen landläufiger Meinung über sehr viel mehr Seelentiefe verfügen als unsereins. Sie war auch davon überzeugt, von der Queen zur Dame geschlagen worden zu sein. Und dass Elisabeth die Zweite ebenfalls ein Monster ist. Abstammend von der Linie der Knitterlinge. Einer sehr wohlerzogenen Art.«

»Deine Großmutter scheint eine sehr interessante Frau zu sein.«

Sein Mund verzieht sich zu einem wehmütigen Lächeln. »Das war sie. Jetzt ist sie tot.« Als ich etwas sagen will, hebt er die Hand. »Aber jetzt erzähl mir von dir.«

Weil ich mich immer noch ein bisschen wirr fühle, plappere ich wie auf Kommando los. Ich spreche über die Kämpfe, die ich mit meiner Mutter austrug, wenn ich ein Sonntagsessen durchzusetzen versuchte, über Terese und Annabelle. Und irgendwann schiebt sich das Thema so groß in den Raum, dass ich es nicht länger ignorieren kann: Ich erzähle von meinem Vater.

»Und?«, frage ich schließlich. »Hast du dazu eine Meinung?«

Er lächelt. »Zu deinem Leben? Es klingt lebendig. Voller Gefühl. Das ist gut.«

»Es waren aber auch eine Menge unschöner Gefühle dabei.«

»Deswegen ist es ja lebendig. Besser, als einigermaßen zufrieden zu sein und nicht zu merken, dass man innerlich wie eingefroren ist, findest du nicht?«

Macht er sich über mich lustig? Doch er sieht ernst aus, und mit einem Mal ist mir, als versinke ich in seinen Augen wie in einem tiefen, undurchsichtigen Meer.

Er räuspert sich. »Vielleicht solltest du deinem Vater noch eine Chance geben.«

Ich senke den Blick.

»Ich will ihn nicht besser machen, als er ist, viel weiß ich ja nicht von ihm. Aber ich finde deine Haltung … nun ja, gefährlich. Es scheint ja nicht nur darum zu gehen, dass er dich wie ein kleines Kind behandelt hat, sondern auch darum, dass er dich, als du noch fast ein Kind warst, behandelte wie einen Erwachsenen. Diese verkehrte Welt gilt es vielleicht jetzt geradezurücken.«

Ich schweige.

»Oder du lässt es, das ist dein gutes Recht. Doch dann solltest du nicht mehr über ihn nachdenken.«

Ich forme den Reis zu einer oben abgeflachten Rolle und gieße Mirin darüber, erhitze die Pfanne auf höchster Stufe und beginne, Salatgurke und Möhre in Stäbchen zu schneiden und den Ingwer zu schneiden. Mein Kopf rauscht. Sean hat in Worte gefasst, was in mir zu nebulös war, um es greifen zu können. Doch das Ganze ist mir unheimlich. »Vielleicht könnten wir das Menü durchgehen, das ich mir für Luise Schaller ausgedacht habe«, schlage ich daher vor und bin froh, als er bereitwillig nickt.

Während ich die Thunfischsteaks scharf anbrate, erzähle ich ihm von meinen Catering-Ideen. Wieder lauscht Sean ohne eine Regung.

»Gar nicht schlecht. An ein paar Dingen müssen wir arbeiten, nicht alles eignet sich für die Vorbereitung. Warst du schon vor Ort? Hast du die Küche gesehen?«

Ich schüttele den Kopf.

»Ich maile dir morgen meine persönliche To-do-Liste. Du musst nicht alles genauso machen. Aber mir hilft es, nicht durchzudrehen vor Nervosität.«

»Danke.« Ich strecke die Hand nach ihm aus. Keine Ahnung, was sie will, doch als ich mir ihrer bewusst werde, ziehe ich sie zurück, drehe mich um, mische den großblättrigen Salat, schneide die Reisrolle, drapiere den innen noch roten Fisch auf den stehenden Ovalen und gieße Soja-Sesam-Sauce darüber. Sean hat in der Zeit den Tisch frei geräumt und Besteck und Gläser gedeckt und in die Mitte des Tisches eine Blume gelegt. Eine blaue Kornblume. Wieder fällt mir seine Karte ein, auf der er mit »Vollidiot« unterschrieben hat. Ich muss mir ein Grinsen verkneifen. Als er es sieht, greift er nach dem Stück Kreide, das auf dem Fensterbrett liegt, und stellt sich an meine Rezeptwand. Hinter seinen Schultern kann ich nichts erkennen, doch als er zur Seite tritt, lese ich: *In the Sud for Love.*

»Darüber denke ich schon seit gut einer Stunde nach«, sagt er und lächelt.

Ich spüre ein Kichern in mir aufsteigen, als die Türklingel ertönt.

»So früh?«, murmele ich. Es ist kurz nach acht. Annabelle und Seans Freund, dessen Name mir schon wieder entfallen ist, waren erst für neun eingeladen. Doch als ich die Tür aufreiße, blicke ich in ein eisblaues Augenpaar. Ich weiß nicht, wieso, aber ich fühle mich ertappt.

»Hi, Emmi.« Cordt sieht müde aus und fährt sich mit dem Handrücken über das Gesicht. Siedend heiß fällt mir der Fisch ein. Kann man ihn im Flur riechen? Und zählt es, dass er mit der Angel und nicht mit Schleppnetz gefangen wurde?

»Cordt, also …«

»Darf ich?« Ohne meine Antwort abzuwarten, erreicht er mit zwei großen Schritten die Küchentür und bleibt stehen.

»Das ist Sean«, sage ich, während ich mich an Cordt vorbeiquetsche und mit lässig ausgebreiteten Armen vor die Arbeitsfläche stelle, sodass Cordt nicht sieht, was daraufliegt. »Darf ich vorstellen? Cordt Willander, mein, äh, Chef.«

»Wir kennen uns«, sagt Sean, der aufgestanden ist und sich aus meiner Schürze wickelt.

»Tun wir?«, fragt Cordt.

»Sean ist Patissier. Er hat an meinem Geburtstag etwas in die Redaktion gebracht«, murmele ich.

»Ah, der Mann mit dem Gemüsezuckerzeug. Ich wusste nicht, dass ihr … Freunde seid.«

»Sind wir nicht«, sagt Sean. »Wir kochen gegeneinander. Und …«, er zögert, »… deine Freundin liegt um Längen vorn. Aber du bist bestimmt schon oft in den Genuss gekommen.«

Cordt nickt, dann zuckt seine Nase, und er runzelt seine Stirn. »Kochst du Fisch?«

Aus aufgerissenen Augen starre ich Sean an. Er zögert kurz und hebt entschuldigend die Schultern. »Eine kleine Vorspeise. Natürlich MSC-zertifiziert.«

»Ah«, sagt Cordt.

»Ja«, sagt Sean.

»Also«, sage ich, »wollen wir uns setzen?«

»Ich muss weg.« Routiniert sucht Sean seine Kochutensilien zusammen. Cordt lässt sich unterdessen auf den Platz fallen, der eben noch Seans war.

»Aber was ist mit dem Battle?«, frage ich verdattert.

»Du hast gewonnen.«

»Und dein Kumpel? Der kommt doch um neun.«

»Dem sage ich ab, kein Problem.« Mit schief gelegtem Kopf guckt er mich an. Ich werde nicht schlau aus ihm. Ist er sauer auf mich – oder froh, wenn er hier raus ist? Und was heißt das nun, dass ich gewonnen habe? Hilft er mir?

»Habt einen schönen Abend, ihr zwei.« Damit dreht er sich um und ist aus der Tür, bevor ich etwas erwidern kann. Plötzlich wirkt die Küche kalt. Ich drehe mich zu Cordt um, der sich von dem Wein eingeschenkt hat, den Sean mitgebracht hat.

»Das war jetzt … komisch.«

Er nickt und winkt mich heran. »Setz dich doch erst mal.«

»Gleich«, murmele ich und breite hinter meinem Rücken Geschirrtücher über den Fisch. Ein Blick zurück: nichts Auffälliges mehr zu sehen. »Du hättest vorher anrufen können.«

»Entschuldige, Emmi. Ich dachte nur …« Er massiert sich die Nasenwurzel und blickt mich forschend an. »Ich war mir nicht sicher, wie du reagieren würdest auf das, was ich dir sagen will. Da dachte ich, ich platze lieber ohne Vorankündigung rein. Sorry, das war eine schlechte Idee.«

Irritiert betrachte ich ihn. Er wirkt so anders heute. Bleich, klar, übermüdet. Doch da ist noch etwas. Cordt erinnert mich kaum mehr an den Hermes, den ich bei Biancetti getroffen habe.

»Ach, Emmi. Ich bin wirklich bescheuert. Ich war beunruhigt, weil deine Texte … Sie sind nicht mehr ganz das, was sie mal waren. Du hast gerade viel um die Ohren, wie es scheint.« Er lacht, doch es klingt unnatürlich und zu laut. »Ich rede Blödsinn. Vergiss, was ich gerade gesagt habe. Vergiss, dass ich hier war.« Er wischt sich über die Augen. »Ich habe zu viel gearbeitet. Die Titelgeschichte für die nächste Ausgabe macht mir zu schaffen. Hast du den Heftplan gesehen?«

Verwirrt schüttele ich den Kopf. Der riesige Papierausdruck, den er jeden Monat neu an die Redaktionswand pinnt, mit grünen, rosafarbenen und hellblauen Reihen, unterteilt in einzelne Kästchen mit seltsam klingenden Wörtern darin, lässt mich stets ratlos zurück, und so mache ich mir gar nicht mehr die Mühe, ihn zu verstehen zu versuchen. Cordt mailt mir meine Themen sowieso immer nach den Redaktionskonferenzen, an denen ich nicht teilnehmen darf, weil irgendwer schließlich ans Telefon gehen muss.

»Wieso?«, frage ich.

»Nichts weiter. Ich dachte bloß …«

Erst jetzt sickert durch, was er eben gesagt hat. »Du findest, ich schreibe schlecht in der letzten Zeit?«

»Wie? Nein. Wie gesagt, vergiss meine Worte. Ich bin übermüdet. Ich sollte nach Hause gehen und eine Runde schlafen.«

»Bleib wenigstens für das Glas Wein, okay?«

Er beugt sich vor und küsst meine Nasenspitze. »Entschuldige noch mal. Das war unhöflich. Ich weiß selbst nicht, warum ich hierher …« Ratlos blickt er sich um. »Keine Ahnung, was mit mir los ist.«

»Aber …«

»Ciao, Emmi.« Er küsst mich sanft und geht auf die Wohnungstür zu.

»Cordt, du bist hier reingeplatzt, und jetzt gehst du schon wieder?«

Er dreht sich um und sieht, ich weiß nicht, beschämt aus. Ja, beschämt, glaube ich.

»Es tut mir leid«, sagt er leise. »Wir reden am Montag, okay?«

Damit ist er weg. Ich gucke auf das Essen, die Pastete, die im Ofen vor sich hin bräunt, schalte die Temperatur hinunter und lasse sie noch ein wenig im Innern ruhen.

Was für ein seltsamer Abend. Er lässt mich zurück mit dem Gefühl, die Welt nicht mehr zu verstehen und erst recht nicht die Personen, die in ihr leben. Mit einem Seufzer richte ich den Thunfisch genauso an, wie ich es mir vorgestellt hatte. Auf dem Reis balancierend und mit dunklem Essig beträufelt sieht mein Gericht eher wie ein Dessert aus. Es erinnert mich an Banana Splits, die ich als Kind geliebt habe. Mein Vater spendierte sie mir immer sonntags, auf dem Marktplatz in Paderborn. Ob er an mich denkt? Was empfindet er? Ist er sauer auf mich oder enttäuscht? Und wie konnte er glauben, ich würde ihm einen solchen Vertrauensbruch verzeihen?

Seans Worte aber hallen in meinem Kopf nach. Soll ich Papa noch eine Chance geben? Oder kann es mir gelingen, ihn für immer aus meinem Herzen zu verbannen?

Doch darüber möchte ich jetzt nicht nachdenken. Eine SMS an Annabelle ist schnell getippt: »Kannst du auch früher kommen? Jurorin musst du nicht mehr sein, Essen aber gibt es mehr als genug.« Die an Terese schicke ich hinterher. »Hunger? Bring Peter mit! Ich habe kaum gepfeffert.«

Mit einem Seufzer lege ich das Telefon neben mich. Seans Pastete im Ofen duftet verheißungsvoll. Ich sehe Cordt vor mir und spüre Wut in mir hochkriechen. Sein Auftritt heute Abend war befremdlich. Wenn er nicht gewesen wäre, würde ich jetzt mit Sean hier sitzen. In den Stunden mit ihm habe ich mich wohl gefühlt wie seit langem nicht. Klar – schließlich bin ich nicht in ihn verliebt. Da fällt es mir leichter, zu entspannen und einfach ich zu sein.

Doch ist da nicht noch etwas? Ein Kribbeln, eine Nervosität, die nicht hochkommt, wenn ich an Cordt denke. Ich springe auf. Jetzt muss ein Mojito her. Auch wenn längst noch nicht Montag ist.

Außer Atem, außer mir

Luise Schallers Villa ist ein schneeweißer Kubus nahe dem Gendarmenmarkt. Von außen sieht das Haus unauffällig aus. Eine hell lackierte Tür, daneben die Hausnummer, beide fand ich erst nach mehrmaligem Auf- und Abgehen der Straße. Es ist wie in einem Science-Fiction-Film. Nirgendwo scheint es hinein- oder wieder hinauszugehen, trotzdem verschwinden ständig Menschen vom Gehweg.

Als sie die Tür öffnet, verschlägt es mir die Sprache. Luise Schaller ist klein und zierlich, ihr Teint schimmert in einem zarten Olivton, und das lange dunkle Haar, das ihr locker über die Schultern fällt, glänzt wie mit Butter bestrichen und schwingt bei jeder Bewegung mit. Sie ist die schönste Frau, die ich je gesehen habe. Aus fast schwarzen Augen blickt sie mich so fröhlich an, als sei ich eine verloren geglaubte Freundin.

»Emmi!« Ihre zarten Hände umfassen meine und drücken sie. »Komm rein!«

Barfuß tänzelt sie mir voraus durch einen langen, betongrauen Gang und wirkt dabei so elegant und selbstsicher, als gehöre ihr die Welt. Was sie ja vielleicht auch tut, zumindest teilweise. Einmal so selbstsicher sein! Doch dazu muss ich vielleicht auch erst dreiundfünfzig werden.

»Wie schön, dass wir uns endlich kennenlernen«, ruft sie über ihre Schulter. »Hier herein. Ich habe Tee gemacht. Ich hoffe, du trinkst schwarzen Tee.«

»Ja, sehr gern.«

Was überhaupt nicht stimmt. Weder bin ich Engländerin noch über siebzig, wieso also sollte ich schwarzen Tee mögen? Doch als ich ihr wenig später in ihrem lichtdurchfluteten, zweistöckigen Wohnzimmer gegenübersitze, auf einem weißen, sich weich anfühlenden Quadrat, das wohl ein Lederhocker ist, und mich unsicher an meinem Glas festkralle, bin ich froh über das Getränk, das mich nicht ganz so hibbelig macht wie Kaffee. Beeindruckt schaue ich mich um. Das gesamte Mobiliar ist in Weiß gehalten. Trotzdem wirkt es warm, zumindest heute, da durch die zehn Meter hohen Scheiben Sonnenstrahlen fluten. An den Wänden hängen großformatige Bilder.

»Rothko«, sagte Luise Schaller, die meinem Blick gefolgt ist, und zeigt auf ein Gemälde, das ineinanderverlaufende bunte Streifen zeigt. »Interessierst du dich für zeitgenössische Kunst?«

Ich mache eine Kopfbewegung, die gleichzeitig ein Nicken und Kopfschütteln sein könnte.

»Das ist ein Gursky. Um den musste ich kämpfen.« Sie lacht. Es klingt wie ein warmes Glucksen. »Mein Ex-Ehemann mochte ihn auch sehr. Aber ich bin stärker. Nun, körperlich vielleicht nicht, er ist recht sportlich, der Horst, aber mental bin ich stark wie Popeye. Sagt man das heutzutage noch? Stark wie Popeye? Oder kennt den keiner mehr?«

»Ich weiß nicht«, sage ich. Meine Hände sind feucht vor Aufregung, und beinahe rutscht mir das Glas hindurch. Bloß keine Sauerei anrichten auf dem weißen Teppich. Auch wenn es nur Tee ist.

Ein Gähnen ist zu hören. Als ich mich umsehe, entdecke ich einen großen, felligen Kopf, der sich nur in Bewegung von dem weißen Hintergrund abhebt. Er gehört einem Hund, der die Beine von sich streckt, wieder gähnt, wobei verdammt große Zähne zum Vorschein kommen, und dann langsam auf uns zutrottet. Er ist so riesig, dass er mich auf meinem Hocker glatt überragt.

»Das ist Luis«, sagt Luise Schaller. »Ein netter Hund, du musst dich nicht fürchten.« Sie schnalzt, doch Luis achtet nicht auf sie. Ich halte die Luft an, während mich das Tier beschnuppert. Glücklicherweise scheine ich nach nichts Besonderem zu riechen, denn er verliert schnell das Interesse an mir und trottet weiter. Ich glaube, es ist ein Windhund. Zumindest ist sein Haar lang, und er ist schmal wie eine Heftklammer.

»Sollen wir loslegen?«, fragt sie. »Ich bin so aufgeregt! Dabei habe ich schon viele Partys ausgerichtet.« Wieder lacht sie glucksend, und ich spüre, wie sich meine Wangen mit Farbe überziehen. »Aber dieses Fest liegt mir besonders am Herzen. Sophia ist eine langjährige Freundin von mir. Keine Schulfreundin oder so, also, so lange nicht. Wir hatten mal den gleichen Freund. Denselben Freund? Ich komme immer damit durcheinander. Aber wen kümmert das? Also, Sophia. Ich kann kaum glauben, dass sie seit dreißig Jahren mit ein und demselben Mann verheiratet ist. Ich habe drei Ehen hinter mir, jetzt habe ich beschlossen, die Finger davon zu lassen. Scheidungen kosten viel Geld, die Männer jedenfalls. Na, egal. Wo waren wir? Ach ja, hast du schon Ideen für den Abend? Du hast doch sicher etwas vorbereitet.«

Freundlich nickt sie mir zu, und ich beuge mich über meine Tasche und hole mit zitternden Händen meinen Notizblock hervor. Ich fühle mich wie eine Fünfjährige, die den Schminkschrank ihrer Mutter geplündert hat und in deren acht Nummern zu großen Pumps umherstolpert. Überhaupt nicht souverän.

»Der letzte Caterer hat ein Dreißiggängemenü vorgeschlagen«, sagt sie und seufzt. »Dreißig Gänge! Klein, klar, aber dreißig? Sehen wir aus, als wollten wir am nächsten Tag dreißig Kilo mehr wiegen? Sehe ich so aus?«

Ich schüttele den Kopf. Puh, ein Glück hatte ich nichts dergleichen geplant.

»Also, ich will etwas Außergewöhnliches«, spricht sie weiter. »So etwas wie deinen kulinarischen Überraschungsangriff im Filmsalon. Von mir aus kannst du deine Leute vorher hier drin verstecken, und sie springen plötzlich mit Tabletts hinter dem Sofa hervor, so wie Ninjas. Na, vielleicht doch nicht.«

»Das mit den Ninjas finde ich nicht schlecht, aber es ist zu sehr Zirkus für einen romantischen Anlass wie diesen.« Ich habe leise angefangen, doch als ich das Interesse in Luise Schallers Augen aufblitzen sehe, spreche ich mit festerer Stimme weiter. »Meine Kollegen und ich sind in Weiß gekleidet, sodass man uns hier kaum sieht, was man allerdings sieht, sind die Speisen. Wir reichen sie dynamisch, nicht statisch am Tisch. Perlenhochzeit – das ist ein fantastisches Meerthema. Wir sind ständig in Bewegung, wie Wellen, sanft und leise, wir umspülen die Gäste mit unserer Aufmerksamkeit. Wir reichen Undine und Poseidon, geformt aus gefärbtem Reis, Muscheln und Fisch, leichte Speisen. Die Gäste bemerken uns kaum und sehen sich doch ständig mit einer kleinen Herausforderung konfrontiert, etwas, das sie so nicht kennen. Die Speisen sind nicht gefällig, sie wollen entdeckt werden, aber ohne die ganze Aufmerksamkeit auf sich zu ziehen.«

Ich bin nicht ganz sicher, woher all das kommt, was ich sage, doch ich spüre ein Prickeln, das meinen ganzen Körper ergreift. Ich richte mich auf, hole erneut Luft und lasse die

Worte aus mir hinausströmen. Ich spüre, wie meine Augen zu glänzen beginnen und ich das Lächeln kaum mehr von meinem Gesicht wischen kann. Schließlich bin ich zum Ende gekommen. Ich schließe den Mund und fühle mich plötzlich wieder unsicher. Luise Schaller hat sich zurückgelehnt und die Arme verschränkt. Mit nachdenklichem Gesichtsausdruck blickt sie aus dem Fenster.

Habe ich nicht das Richtige gesagt? Eben erschien mir alles so klar, so überzeugend. Doch sie sagt nichts. Ich höre sie nur leise atmen.

»Falls Ihnen das nicht gefällt, kann ich mir auch etwas anderes ausdenken.«

Immer noch reagiert sie nicht. Ein Kloß bildet sich in meinem Hals. Am liebsten würde ich aufspringen und sie schütteln. Nichts habe ich je so sehr geliebt, wie zu kochen. Nirgendwo fühle ich mich so sicher, so wohl, so zu Hause wie am Herd. Und ohne dass ich mich in den letzten Jahren getraut habe, diesen Wunsch auch nur zu denken, war er immer da: das Kochen zum Beruf zu machen. Das muss nicht morgen passieren, auch nicht übermorgen. Doch irgendwann, vielleicht wenn ich Mitte dreißig bin oder vierzig – wäre es nicht großartig, dann mit meiner größten Leidenschaft Geld zu verdienen? Luise Schaller hat mir eine einzigartige Möglichkeit geboten. Es wäre ein Anfang. Ein grandioser Anfang. Habe ich ihn mir schon wieder verbaut?

»Ich werde Ihr Catering übrigens nicht allein ausrichten«, sage ich, und ein Teil von mir würde sich am liebsten die Hand auf den Mund pressen. »Sagt Ihnen der Name Sean McKenna etwas?«

Wieder spüre ich ihren Blick auf mir.

»Ein bekannter Patissier, er hat zum Beispiel bei der Fashion Week für das leibliche Wohl der Models gesorgt.«

»Natürlich kenne ich Sean McKenna.«

»Wir arbeiten zusammen.«

Sie beugt sich vor und mustert mich mit neuem Interesse. »Was genau heißt das, ihr arbeitet zusammen?«

Ich muss mich räuspern, bevor ich weitersprechen kann. »Er … ist mein Partner. Im Verborgenen. Wir beliefern Sie gemeinsam.«

»Heißt das, er wird auch hier sein?«

Ich starre meine Fußspitzen an. »Ja«, sage ich leise.

»Das ist ja fantastisch! Ich habe zigmal versucht, ihn zu bekommen. Immer vergeblich. Dann sind wir uns einig. Wunderbar.«

Sie steht auf, und ich tue es ihr nach. Während ich ihr durch den dunklen, schmalen Gang zum Ausgang folge, brennen meine Wangen, und das Gefühl von Scham überrollt mich wie eine gigantische Welle. An der Tür schütteln wir uns die Hände, und ich muss ihrem Blick ausweichen.

»Dann sehen wir uns in zweieinhalb Wochen.«

Ich nicke stumm und stolpere an ihr vorbei in das gleißende Licht der Mittagssonne. Was habe ich nur getan?

Mit einem Bleistift zwischen den Lippen, in der einen Hand ein Blatt Papier, in der anderen den siebten Kaffee, sitze ich auf meinem Balkon und versuche, nicht durchzudrehen. Wie immer in den letzten Nächten habe ich schlecht geschlafen und bin noch vor Sonnenaufgang wach geworden und sofort aufgestanden. Ich wollte nicht denken, denn wenn ich das tue, denke ich an Sean. Beziehungsweise daran, dass ich mich immer noch nicht getraut habe, ihm die Wahrheit zu sagen.

Immerhin habe ich es versucht. Viermal habe ich ihm meine Bitte auf den Anrufbeantworter gequatscht, sich zurückzumelden. Im Anschluss daran bin ich bei jedem Geräusch zusammengezuckt und habe mit klopfendem Herzen auf mein Handy gestarrt. Doch er schickte nur freundliche, professionell klingende SMS. Sollte ich ihm etwa per Kurznachricht beichten? Unmöglich. Also organisierten wir auf diese Weise die Party. Die Party übrigens, die in wenigen Stunden losgeht. Und bei der sich Luise Schaller wie eine Hyäne auf Sean stürzen und ihn all ihren Freundinnen vorstellen wird. Am liebsten würde ich sterben. Doch anstatt mich vom Balkon zu stürzen, konzentriere ich mich auf meine Liste. Algenschaum für die Zander-Petit-fours: wartet im Kühlschrank. Dominosteine aus Pumpernickel, Spargelparfait und Portweingelee: fertig. Auf dem Herd dampft der Reis für Nixe und Poseidon, die ich erst in Luise Schallers Küche formen werde. Die Rote Bete liegt gekocht und geschnitten auf der ausgehängten Tür, die auf vier Stühlen balancierend im Wohnzimmer eine zweite Arbeitsfläche bietet. Daneben stapeln sich die Gaben meines neuen besten Freundes, des Obst- und Gemüsemanns Georg. Die ersten Pflaumen, prall und von einem schimmernden Violett, und Äpfel, so rot und rund, dass Schneewittchens Stiefmutter einen Arm für sie geben würde. Käse in allen Variationen, mal cremig und zart, mal bretthart und würzig. Im Kühlschrank liegen Aal, Garnelen und Zander, von denen jedes Amuse-bouche nur winzige Mengen enthalten wird. Eine Art Molekularküche auf Emmi-Art. Ohne das Tamtam, aber hoffentlich mit demselben Resultat: einer Geschmacksexplosion.

Alles unter Kontrolle. Wer hätte das gedacht? Zudem bin ich so gut im Timing, dass es mir sogar noch gelingen wird, mein schönstes Kleid unter all den anderen Kleidern am Boden meines Schrankes zu finden, es zu waschen, trockenzuföhnen und zu bügeln.

Nachdem ich die geflochtenen Zöpfe um meinen Kopf gebunden und festgesteckt habe, pinsele ich silbern schimmernden Lidschatten auf und Pfirsichrot auf die Wangenknochen. Nun noch ein bisschen Gloss auftupfen, den Schmuck meiner Mutter suchen, die Füße in die flachsten Sandalen, die ich besitze, schieben, selbst wenn ich zur Feier des Tages am liebsten Pumps tragen würde. Als ich meine Handtasche auf- und wieder zuschnipsen lasse, wird mir übel. In drei Minuten klingelt Peter. Gemeinsam werden wir die Speisen in Tereses altersschwachen Opel laden. Dann geht es los.

Ich frage mich, ob Sean Perücke und falschen Schnauzer tragen wird, um bei Luise Schaller unerkannt zu bleiben. Und wie er aussehen wird, wenn er enttäuscht ist. Mein Herz zieht sich zusammen. Ich stelle mir seine grünbraunen Augen vor, trübe wie das Wasser am Grund eines Sees.

Ich werde ihm beichten, sobald ich durch Luise Schallers Küchentür trete. Ich werde ihn am Arm fassen und mit fester Stimme sprechen, ich werde ihm meine Angst erklären, davor, den Auftrag zu verlieren, bevor ich ihn wirklich hatte. Ich werde ihm von meinem Job bei »Forever Green« erzählen, der okay war als einer, bei dem ich Cordt kennenlernen konnte. Doch plötzlich ist etwas Neues in mein Leben getreten. Und ich will es nicht gehen lassen. Das wird er verstehen. Denn wer, wenn nicht er?

Eine Frau in dunklem Kostüm führt mich in die hochmoderne Küche, deren lang gezogene metallene Arbeitsoberfläche blitzt wie neu. Keine Spur von Luise Schaller. Keine Spur von ihrem Windhund Luis. Keine Spur vor allem aber von Sean.

»Es war schon jemand da«, sagt die Frau und deutet auf ein weißes Leinentuch, unter dem das Grün einer Plastikpalette hervorblitzt. Mit gerunzelter Stirn trete ich näher und hebe die Abdeckung an. Der heimelige Geruch nach frisch gebackenem Brot trifft mich unvorbereitet.

»Wer hat das gebracht?«

»Ein junger Mann.« Sie zuckt mit den Schultern. »Ein Lieferant von Herrn McKenna, sagte er.«

Meine Stimme klingt leise und rau. »Sagte er, es kommt noch jemand? Oder bringt noch etwas?«

»Nein, er sagte nichts Derartiges.«

Ich hebe das blütenweiße Tuch ganz an. Soweit ich es überblicke, ist alles da. Die frischen Laibe Dinkel-Ciabatta, dunkle Roggen-Baguettes, knusprige Pancetta-Brötchen, kreisrunde Mini-Focaccia und die ofenfertig vorbereitete Pastete nach dem Rezept seiner großartigen, monsterliebenden Großmutter.

Ich nicke langsam. Er hat es rausgefunden, und es ist sein gutes Recht, mich sitzenzulassen. Ruhig bleiben, atmen, die Souveräne spielen. Als ich merke, wie mir Tränen in die Augen steigen, beiße ich mir so fest auf die Lippen, wie ich kann. Jetzt bloß nicht in Selbstmitleid verfallen. Auch wenn es sich weniger wie Selbstmitleid anfühlt als wie … wie … ein Schmerz im Brustkorb. In der Herzgegend, grob gesagt.

Die Dame vor mir blickt mich irritiert an. »Soll ich Frau Schaller Bescheid geben?«

»Nein, nein«, beeile ich mich zu sagen. »Vielen Dank, alles ist bestens.«

Peter kommt beladen mit Geschirrkisten herein. Als wir allein sind, kralle ich meine Finger so fest in seinen Oberarm, dass er aufschreit.

»Er lässt mich allein«, stammele ich.

»Wer? Der Runner?«

»Nein, Sean!«

»Oh. Hm. Aber der Junge kommt?«

»Der Junge kommt. Natürlich kommt der Junge! Ich habe ihn über die Studentenjobbörse gebucht. Ist auf so etwas kein

Verlass?« Meine Stimme klingt so schrill, dass ich mir am liebsten die Ohren zuhielte.

Mit schmerzlich zusammengekniffenen Augen runzelt Peter die Stirn. »Alles klar bei dir, Emmi? Soll ich dir etwas zur Beruhigung holen? Tee? Wodka?«

»Nein!«, brülle ich und atme anschließend tief ein. »Bitte entschuldige. Mir geht es gut.«

»Ich muss um sechs weg«, sagt Peter und blickt mich weiter so besorgt an, als fürchte er, ich würde gleich mit einem der Küchenmesser Selbstmord begehen. »Aber so lange kann ich dir helfen.«

»Okay«, murmele ich und versuche zu lächeln, obwohl meine Mundwinkel gefährlich zucken. Nicht weinen. Bitte, bitte nicht weinen. »Okay. Wir brauchen einen Anzug für dich. Einen weißen. Hast du so was?«

»Was?«

»Einen blütenweißen Anzug. Warte, ich rufe Terese an, die weiß, ob du so was besitzt.«

»Emmi.« Er legt seine Hand auf meinen Unterarm. »Ich kenne die Farben meiner Anzüge. Ja. Ich besitze einen weißen.«

»Ist er sauber und gebügelt?«

»Ich denke schon.«

»Dann hol ihn. Schnell!« Plötzlich bin ich mir sicher, dass ich die Kurve noch bekomme. Luise Schaller wird um Mitternacht nicht hohnlachend vor mir stehen und ihr Geld zurückverlangen. Das werde ich nicht zulassen.

»Versuche dich schon mal mit dem Gedanken anzufreunden, dass du heute jemand anders bist«, rufe ich ihm nach, als er schon im Flur verschwunden ist.

Nach einem kurzen Moment steckt er seinen Kopf wieder zur Tür herein. »Was?«

»Du heißt Sean McKenna. Du bist ein berühmter irischer Patissier, der inkognito bleiben will.« Ha, das ist genial. Niemand wird merken, dass Peter nicht der echte Sean ist.

»Ist dieser Sean McKenna, der ich heute Abend sein soll, zufällig der, der dich heute versetzt hat?«

»Äh, ja.«

»Emmi.« Peter verschränkt die Arme und sieht aus, als wolle er mir eine Newtonsche Formel erklären. »Ich habe über ihn gelesen. In einer Zeitung. Ein anderes Mal im Internet. Und seltsam, jedes Mal war auch ein Foto von ihm zu sehen.«

»Na, und?«, frage ich, bin allerdings nicht mehr ganz so überzeugt von der Sprengkraft meiner Idee.

»Wäre es nicht möglich, dass auch die anderen hier wissen, wie er aussieht? Nämlich mit solchen Schultern …« Er breitet die Arme aus, als wolle er einen doppeltürigen Kleiderschrank abmessen. »… dieser Größe …«, er zeigt auf seine Nasenwurzel, »… und dunkelblonden Haaren, während meine meines Wissens nach nicht wirken wie gefärbt? Außerdem hat er diese Nase, mit so einem Höcker, als habe er mal eins draufbekommen, und einen ganz anderen Mund als ich. Terese findet seinen Mund sehr hübsch. Du auch?«

»Peter, was redest du da? Wieso studieren Terese und du Fotos von Sean McKenna?«

»Tun wir nicht. Terese sagte nur … ach, nichts.«

Ich starre ihn an.

»Nichts, Emmi. Ich gehe den Anzug holen. Und keine Bange. Garantiert wird niemand merken, dass ich nicht er bin.«

Als er weg ist, sehe ich mich um. Und vergesse sofort wieder, von Peters Worten irritiert zu sein, denn jetzt fühle ich mich nur noch mutlos. Wie soll ich das nur schaffen? Ich hatte angenommen, Sean würde mit verschränkten Armen in der Ecke stehen und Anweisungen geben, und ich müsste nicht gleichzeitig denken und kochen und Speisen servieren und so tun, als habe ich alles im Griff. So war der Plan. Was mache ich jetzt?

»Hi«, flüstert jemand vom Türrahmen aus. »Ich bin Timo von der Studentenjobvermittlung. Bin ich hier richtig?«

Ich starre ihn an und frage mich, warum man auf der Uni-Website keinen Fragebogen wie bei Dating-Portalen ausfüllen kann. Würde ich einen Begleiter für eine experimentelle Kunstschau suchen, wäre Timo bestimmt der Richtige. Für heute allerdings hatte ich mir einen Mann gewünscht von den Maßen eins neunzig mal ein Meter, und diesen Meter im Schulterbereich. Timo gibt höchstens eins siebzig mal null Komma fünf her und wiegt geschätzt die Hälfte von mir. Er wirkt so stark wie ein Grashalm. Gleich bekomme ich einen Nervenzusammenbruch.

»Ähm, ja. Hi, ich bin Emmi.« Ich schüttele seine schlaffe, kalte Hand. Okay, okay, okay, was würde Sean tun? Ich versuche ihn mir neben mir vorzustellen. Gelassen würde er sich umsehen und mit einem Nicken auf die Kartons mit dem Geschirr zeigen. »Gut, dann fangen wir mal an«, sage ich und gebe mir Mühe, wie ein Kerl zu klingen. »Räum du die Gläser aus, und zwar hierher. Und dann mach mit den Tellern weiter. Bitte guck dir jeden einzeln an. Sie müssen blitzsauber sein.«

Timo nickt und sieht jetzt schon verwirrt aus.

Die nächsten Stunden fühlen sich an, als säße ich in einem Karussell, das sich viel zu schnell dreht. Verzweiflung und klitzekleine Momente von Hochgefühl wechseln einander in rascher Folge ab. Peter alias Sean McKenna scheint zu glauben, er sei in Wirklichkeit bekannt wie Colin Farrell. Sein Englisch klingt furchtbar. Doch egal, wie oft ich ihm sage, dass er Deutsch sprechen kann, schließlich hat Sean Germanistik studiert, er kommt aus seiner irischen Cowboynummer nicht heraus. Also habe ich ihn angewiesen, sich in der Küche zu verstecken. Anders hätte es der echte Sean schließlich garantiert auch nicht gemacht.

Nachdem ich den Poseidon aus Reis geformt habe, dessen Dreispitz mir heute einfach nicht gelingen will, stürze ich am Spülbecken stehend ein großes Glas Wasser herunter. Ich wünschte, es wäre Wodka. Doch ich muss nüchtern bleiben.

Im Gang ertönt ein Klackern. Umweht von einer Wolke aus Parfum rauschen Luise Schaller und eine Frau herein, deren Haar zu einem riesigen, grauen Turm geformt ist. Sie ist stark geschminkt und reißt ihre türkisfarben umrandeten Augen so weit auf, dass sie herauszukullern drohen.

»Dies ist Sophia Hagerlund«, sagt Luise Schaller und umgreift meinen Arm mit ihrer warmen Hand. Zuerst glaube ich, sie wolle mich an sich ziehen, doch dann stelle ich fest, dass sie sich an mir festhält. »Unser Catering-Genie Emmi Pape.« Suchend sieht sie sich um. »Ah, und das dürfte Sean McKenna sein. Ich freue mich sehr, Sie endlich kennenzulernen!«

Sophia klackert auf ihn zu und schüttelt begeistert seine Hand. »Mein Name ist Sophia Hagerlund.«

Mit angehaltenem Atem starre ich auf Peter. *Sprich Deutsch, sprich Deutsch, bitte, bitte, bitte, lieber Peter, sprich Deutsch!*

»Miss Hagerlund«, setzt er an und lächelt dabei, als hinge ihm eine brennende Kippe von der Unterlippe, »so fucking happy to meet you.«

Hinter den Rücken der Frauen mache ich Kopf-ab-Zeichen, doch Peter ignoriert mich.

»I've heard so much from you. Of you. About y…«

»Sophia«, grätsche ich dazwischen. »Grattis på bröllopsdagen!«

Unter schwer getuschten Wimpern sieht sie mich verwirrt an. »Wie bitte?«

»Herzlichen Glückwunsch zum Hochzeitstag! Es tut mir leid, mein Schwedisch klingt bestimmt schrecklich.«

»Oh, das weiß ich nicht. Sprechen Sie Schwedisch?«

»Ich habe nur diesen einen Satz für Sie auswendig gelernt.«

»Ich kann mit Fremdsprachen nichts anfangen. Aber Schweden soll ein schönes Land sein.«

Nun ist es an mir, sie verwirrt anzugucken. Warum hat Luise Schaller nicht gesagt, dass ich mit meinem Skandinavienthema danebenliege?

»Aber herzlichen Dank.« Sie lächelt mich hoheitsvoll an und wendet sich wieder Peter zu. »Ich freue mich so sehr, dass Sie diese Feier ausrichten.«

»What please?«

Ich rolle die Augen.

»The party to my, ähm, honour. Thank you so very much.«

Glücklicherweise klingt auch ihr Englisch alles andere als sicher. Und Luise Schaller scheint weit davon entfernt, irgendetwas zu merken. Sie hat glasige Augen und lehnt sich statt gegen mich nun gegen den Küchentresen.

»Um genau zu sein, richtet eigentlich meine bezaubernde Kollegin Emmi Ihre Feier aus.« Puh, er spricht Deutsch.

Sophia nickt, wendet aber ihren Blick nicht von ihm ab. »Ganz Berlin spricht von Ihnen. Dass Luise das für mich hinbekommen hat, kann ich kaum glauben. Kommen Sie doch mit uns raus, hier drin ist es ja heiß wie in einer Sauna. Ich möchte Ihnen ein paar Freunde vorstellen. Und natürlich meinen Mann. Nun kommen Sie, nicht so schüchtern.«

Eingepfercht zwischen Luise und Sophia verschwindet Peter. Mir wird so schwindelig, dass ich fast zu Boden gehe. Da draußen wird sicher jemand den Unterschied bemerken zwischen Peter und dem echten Sean McKenna. Wie bin ich nur auf diese alberne Idee gekommen?

»Emmi«, wispert es neben mir. Ich schrecke auf.

»Der Crémant ist aus, und die Damen wollen Nachschub.« Zum Beweis hält Timo eine leere Flasche hoch.

»Gib ihnen Wein, davon haben wir mehr als genug.«

»Das habe ich schon versucht. Ich habe wirklich versucht, sie zu überreden. Himmel, wir haben einen Gaul-Riesling, der nach Gräsern und wilden Beeren schmeckt, perfekt für einen Spätsommerabend, aber niemand will auf mich hören.«

Erstaunt blicke ich ihn an. Vielleicht habe ich mit ihm doch Glück gehabt. Das allerdings löst die Crémant-Frage nicht. Ich nestele meine EC-Karte aus der Tasche und drücke sie ihm in die Hand. »Fahr in die Weinhandlung. Hol Nachschub. Sie sollen es auf meine Rechnung setzen. Falls sie nicht wollen, bezahl mit Karte. Fünf sieben zwei sechs. Die Geheimnummer. Nicht vergessen.«

Er verschwindet, und ich beschließe, mich darauf zu konzentrieren, kein Chaos in der Küche ausbrechen zu lassen. Was du hinausräumst, räum wieder hinein, lautet eine alte Kantinenregel. Ich schiebe Seans Pastete in den Ofen, die selbst in kaltem Zustand nach Wildkräutern duftet, spüle und poliere die benutzten Sektkelche, schimpfe auf den Erfinder von kussechtem Lippenstift, zerbreche ein paar Gläser, fege die Scherben zusammen, spüle und poliere weiter, bis die Küche aussieht wie auf einem Katalogfoto.

Während ich den Brandteig für die Windbeutel zubereite, frage ich mich, ob ich sauer auf Sean bin. Oder sein soll. Oder dankbar dafür, dass er meine Entschuldigung nicht hören will. In mir herrscht ein zu gewaltiges Chaos, um Antworten darauf zu finden. Vielleicht sollte ich darüber nachdenken, wenn ich mit der Arbeit fertig bin. Jetzt muss ich mich auf den Teig konzentrieren. Doch ein lautes Scheppern reißt mich heraus.

»Fuck!«, klingt es aus dem dunklen Gang. »Damned Küchenblödsinnmist.«

»Peter?«

»My name is Sean, Mylady.«

»Peter, was ist denn mit dir passiert?« Er war kaum fünf Minuten weg. Nein, das stimmt nicht, es kam mir nur wie fünf Minuten vor, doch selbst in einer halben Stunde kann es doch kein Mensch schaffen, sich dermaßen zu betrinken.

»Peter, was hast du gemacht?«, zische ich.

Mit kalkweißem Gesicht starrt er mich an. Ich weiß nicht, ob er mich erkennt. Er schwankt vor und zurück wie ein Seemann auf Landgang, sein Haar ist nass geschwitzt, und an seinem Hals zeigen sich leuchtend rote Flecken.

»Jetzt komm her und setz dich. Hier, Wasser. Trink das.«

Folgsam greift er nach dem Glas, verfehlt es aber um ein paar Zentimeter, sodass ich es beinahe fallen lasse.

»Ich helfe dir.« Sanft drücke ich seinen Kopf nach hinten und flöße ihm Tropfen um Tropfen Leitungswasser ein.

Wieder ertönt ein Rumpeln aus dem Flur. »Wo ist Sean?«, fragt Luise Schaller, als sie hereinstolpert und an mir vorbeistarrt wie sonst nur Pisa.

»Ihm geht es nicht gut. Ich glaube, er braucht eine Pause. Vielleicht etwas zu essen. Ich bringe ihn Ihnen nachher wieder.«

Sie hebt ein Glas mit einer honigfarbenen Flüssigkeit. »Nein, Pause gibt's nicht bei uns. Wir sind noch lange nicht durch mit den Whiskys, noch nicht mal mit den irischen. Hier, mein Freund, habe ich einen Bushmills, der halb so alt ist wie ich.« Sie kichert. »Na, ein bisschen jünger vielleicht als halb so alt. Weich wie ein Babypopo, komm, Sean, runter damit, so was hast du noch nicht probiert.«

»Ich kenne alle irischen Whiskys, die jemals gekocht wurden«, kräht Peter und spuckt in einer kleinen Fontäne das Wasser wieder aus.

Luise Schaller bricht in grell klingendes Gelächter aus.

»Frau Schaller, er braucht wirklich eine Pause. Lassen Sie ihn etwas Kleines essen, das dauert nicht l…«

Peter zieht sich an mir hoch, sodass ich unter seinem Gewicht fast umkippe, und schmeißt seinen Arm um Luise Schallers Schulter. »Her mit dem Fusel.«

Klirrend und krachend torkeln sie weg. Wäre ich ein gläubiger Mensch, würde ich auf die Knie fallen und beten. So versuche ich nur, nicht zu weinen. Als Timo mit Kartons voller Flaschen hereinkommt, lasse ich ihn sie abstellen und drücke mein Gesicht gegen seine hagere Schulter. Er steht ganz still, während ich den Atem anhalte, um ja keinen Schluchzer herauskriechen zu lassen. Dann richte ich mich wieder auf, klopfe ihm auf die Schulter, ohne ihn anzusehen, und murmele: »Du machst einen tollen Job. Kannst du auch das Essen servieren?«

Er nickt, und ich stürze mich wieder auf die Zubereitung. Meine Hände fliegen nur so, ich spüre meine Beine nicht mehr, ich weiß nicht einmal, ob ich noch atme. Immer wieder kommt Timo herein und verlangt nach Nachschub. Telefone läuten, die Türklingel geht, und hin und wieder frage ich mich, ob es in einer solchen Nachbarschaft wohl Menschen gibt, die wegen Ruhestörung die Polizei benachrichtigen. Doch selbst wenn es so sein sollte, käme er bestimmt nicht weit. Wie ich Luise Schaller kenne, hat sie Bussifreunde selbst im obersten Polizeiministerium.

Hektisch belade ich immer wieder die Tabletts. Mit jedem Gang, so scheint mir, werden meine Häppchen unansehnlicher. Es will mir nicht mehr gelingen, ihnen Form zu verleihen. Jedes Kraut, das während meiner Übungs-Sessions so hübsch drapiert auf den Krenhäubchen thronte, sinkt nun ein, bis es nicht mehr zu sehen ist. Mir gelingen keine geraden Schnitte, das Pumpernickel sieht aus wie zerfetzt. Meine Nixe ist ein schwarzer Reishaufen, die Dominosteine aus gemalztem Schwarzbrot, Algenschaum, Zander und Portweingelee sind nur noch dunkle Klumpen. Immer häufiger kehrt Timo mit den Tabletts zurück, die aussehen, als habe sie niemand angerührt.

»Die haben mehr Durst als Hunger«, versucht er zu erklären. Doch mir reicht es. Ich reiße die Ofentür auf, lasse den wunderbar duftenden Dampf an mir vorbeiwallen und ziehe Großmutter McKennas Pastete heraus.

»Serviere ihnen dies. Die Leute brauchen eine Grundlage, sonst brechen hier Zustände aus wie auf einer Teenagerparty.«

Die Minuten vergehen. Ich lehne mich gegen den Metalltresen und versuche, normal zu atmen. Um mich herum stapeln sich die Tabletts und Platten, voll mit Miniwindbeuteln und Austern, mit zu Felsen getürmten Heilbuttsteaks und Salatblättern mit Scampi und Zanderhäppchen.

Als Timo wiederkommt, leuchtet sein Gesicht. »Sie haben alles gegessen, restlos alles!« Stolz präsentiert er mir die leeren Teller. »Sie wollen Nachschub. Gibt es welchen?«

Müde schüttele ich den Kopf. Ohne ein weiteres Wort wende ich mich dem Aufräumen zu. Ich spüre seinen fragenden Blick in meinem Rücken. Schließlich höre ich ihn gehen. Er nimmt neue Flaschen mit, wahrscheinlich um die Gäste über die traurige Nachricht hinwegzutrösten, dass es ab jetzt nur noch mein Essen gibt.

Hinter den Fenstern ist es dunkel geworden. Eine Band spielt einen Mix aus Polka und Südstaatenfolk. Die Gespräche draußen werden lauter und lauter, hin und wieder sehe ich Schatten. Es ist kurz vor Mitternacht, als ich alles verstaut habe. Ich mache mich auf die Suche nach Peter und finde ihn unter dem Glastisch im Wohnzimmer liegend. Die Kapelle spielt nun einlullende Schunkelmusik. Die Gäste draußen haben das Tanzen aufgegeben, einige sitzen in Grüppchen zusammen und rauchen Zigarre, andere haben sich um Timo gruppiert, der verschiedene Weinflaschen hochhält und etwas zu ihren Etiketten erklärt.

Ich verabschiede mich von Sophia Hagerlund, die mich mit einem fragenden Blick bedenkt. Scheinbar hat sie keinen Schimmer, wer ich bin. Luise Schaller kann ich nicht entdecken. Sie ist wie vom Erdboden verschluckt.

Peter stützt sich schwer auf meine Schultern, während wir den Rückzug antreten. In der Küche ist alles bereit zum Wegbringen. Doch wie soll ich das allein schaffen? Ich will Timo nicht von den Gästen loseisen. Auf Peter aber kann ich nicht zählen.

Als ich mein Handy hervorkrame, sehe ich irritiert, dass sieben verpasste Anrufe eingegangen sind. Mein Herz klopft schneller. Doch nicht Sean hat versucht, mich zu erreichen. Sämtliche Anrufe stammen von Terese. Oh nein. Terese!

»Ich bin es«, stammele ich atemlos. »Du willst wissen, wo Peter ist, stimmt's?«

Eisiges Schweigen ist die Antwort.

»Es tut mir leid, ich habe ihn total in Anspruch genommen. Er musste mir helfen, weil Sean mich sitzengelassen hat. Peter hat mir das Leben gerettet heute Abend. Terese? Terese?«

Die Leitung ist tot. Ich schlucke die aufkommende Panik hinunter, gebe eine Taxinummer ein, verfrachte Peter wenig später auf den Rücksitz der Mercedes-Limousine, stopfe dem Fahrer einen Zwanzigeuroschein in die Hand und nenne ihm Peters und Tereses Adresse.

»Bitte seien Sie so nett und bringen Sie ihn in den zweiten Stock. Geht das?«

Der Mann nickt und gibt Gas. Ich brauche etwas mehr als eine Stunde, bis ich alles in Tereses Opel geladen habe. Wahrscheinlich wird er morgen nach Fisch riechen, denn die Teller sind nur grob vorgespült. Völlig außer Acht gelassen habe ich bei meiner Planung, jemanden als Spülhilfe zu engagieren. Dreckig zurückgeben kann ich das geliehene Geschirr morgen auf keinen Fall.

Es ist kurz vor zwei Uhr morgens, als ich auch den letzten Karton in meine Küche geschleppt habe. Ich atme schwer, mein Kopf ist knallrot, ich bin todmüde und fühle mich ausgezehrt, doch ich weiß, dass ich nicht schlafen kann. Ein Wort blinkt in meinem Kopf wie ein Leuchtreklameschild: »Versagerin.« Dunkelheit. »Versagerin.« Dunkelheit. »Versagerin.«

Müde schiebe ich die Ärmel meiner Bluse hoch und lasse dampfend heißes Wasser ins Becken laufen. Das Spülmittel wirft Blasen und riecht nach künstlichem Sommer. Einen Teller nach dem anderen versenke ich darin. Bei dem hundertsten, den ich schrubbe, kalt abspüle und trockenwische, höre ich auf zu zählen. Irgendwann werden meine Beine so schwer, dass ich mir eine Stuhllehne unter den Po klemme. Vom Balkon dringt Vogelgezwitscher herein, die Sonne geht auf. Die Müdigkeit kommt in Wellen. Irgendwann ist alles Fühlen aus meinem Körper verschwunden. Mechanisch machen meine Hände ihren Job, automatisch verlagere ich mein Gewicht von einem Fuß auf den anderen. Als alles blitzt und blinkt, schleppe ich mich in den Flur. Plötzlich werden meine Knie weich. Ich knicke ein und lande auf dem Boden, überlege, zu meinem Bett zu robben, doch der Weg erscheint mir zu lang. Der Teppich riecht nach Staub, das Holz darunter ist kühl, aber das spüre ich nur am Rande meines Bewusstseins. Innerhalb von Sekunden schlafe ich ein.

Unter Haien

Wieder ein Morgen, der wirkt wie mit Blei beschwert. Irgendwann habe ich es doch geschafft, ins Bett zu robben. Nun starre ich auf den Garderobenast, der über mir sanft hin und her schwingt. Ich habe die Decke zur Seite geworfen und spüre die erste Herbstkühle. Sie verhindert, dass ich wieder einschlafe. Doch nicht nur sie. Vor allem sind es die Gedanken, die mich wach halten. Die Scham, alles verbockt zu haben, die Wut auf mich selbst. Und ich kann mich nicht einmal in Tereses Armen verkriechen!

Ich drehe mich auf die Seite und fahre mit der flachen Hand über das Laken. Ryan verdrückt sich seit ein paar Nächten ins Wohnzimmer. Angeblich weil ich mich so sehr wälze. Meine Nervosität wegen des Caterings sei auf ihn übergesprungen, behauptete er, und überhaupt, manchmal rede ich im Schlaf.

Im Zeitlupentempo setze ich mich auf. Ich fühle mich wie in einem Tunnel. Wahrnehmen kann ich nur, was direkt vor meiner Nase ist, alles andere verschwimmt. Diese Müdigkeit! Sie ist nicht nur dem Schlafmangel geschuldet. Vor allem bin ich dessen müde, was mein Leben ausmacht – oder von dem ich glaubte, es mache mein Leben aus. Ich dachte, ich sei zur Köchin geboren. Pustekuchen. Ich tauge nicht mal zur Küchenhilfe.

So ist es also. Ich habe es versucht und bin gescheitert. Jetzt brauche ich einen Plan B, und zwar dringend.

So leise wie möglich koche ich Kaffee und versuche, die Geschirrpaletten, die im Schein der Deckenlampe blitzen, zu ignorieren. Meine Gedanken zermartern mich. Alles, aber auch alles habe ich falsch gemacht. Vielleicht sollte ich mich erst darauf konzentrieren, gut in Dingen zu werden – egal in welchen. Das war doch Tante Beas Rat. Was ich liebe, mit aller Kraft zu tun, und das, was nicht, mit größtmöglicher Aufmerksamkeit. Lernt man nicht genau das in indischen Yogazentren? Stunden- oder tagelang den Boden zu fegen, und zwar in jedem Winkel, und dabei auch nicht die Spinnweben an der Decke vergessend, ebenso wenig wie die Fensterbänke und Stufen und kleinen Teppiche, die vor dem Altar liegen, Moment, gibt es Altäre im Hinduismus, ähm, Buddhismus? Völlig wurscht. Was ich meine, ist: Kommt die Erleuchtung vielleicht genau dann, wenn ich nicht mit ihr rechne?

Wie ein Blitz durchzuckt es mich. Cordt sagte, meine Texte seien schlecht geworden. Ich kann dem Himmel danken, dass er mich nicht schon gefeuert hat – ich habe nur noch an mein Catering gedacht und mich zu Höherem befähigt gefühlt, ich bin arrogant geworden und überheblich. Doch das wird sich ändern. Ich werde die beste Redaktionsassistentin, die die Welt je gesehen hat. Wann? Genau: jetzt!

Nach einer Blitzdusche ziehe ich mir Jeans und eine karierte Bluse über die noch feuchte Haut, fasse mein nasses Haar in einem Pferdeschwanz zusammen, schlüpfe in die silberfarbenen Sandalen und sitze auf dem Fahrrad, bevor ich es mir anders überlegen kann. Die Stadt ist menschenleer. Berlin bietet plötzlich so viel Raum, dass ich das Gefühl habe, endlich atmen zu können. Straßen wirken breit wie Felder, an den Rändern blüht in leuchtendem Gelb Sonnenhut, von einem

Holunderbaum hängen schwer die schwarzen Trauben. Kurz bin ich versucht anzuhalten. Daraus ließe sich ein toller Sirup herstellen. Doch dann fällt mir ein, warum ich zu dieser fast nachtschlafenden Zeit unterwegs bin, und radle weiter, die Augen halb geschlossen und die jetzt schon warme Brise genießend.

Darüber, dass Cordt noch im Bett liegen könnte, mache ich mir keine Sorgen. Er ist kein Langschläfer. Möglich, dass er schon im Büro ist, aber ich werde es trotzdem zuerst bei ihm zu Hause versuchen. In einer kleinen französischen Bäckerei kaufe ich duftende Brötchen, butterweiche Croissants und ein Töpfchen Brombeermarmelade.

»Et voilà«, sagt die Verkäuferin mit echt wirkendem französischen Akzent, und ich werfe ihr ein kunstvolles »Merci« entgegen und drehe mich um. Fast knalle ich mit einer umwerfend aussehenden Mittsechzigerin zusammen. Duftend, frisiert und elegant gekleidet, handelt es sich bestimmt um eine Pariserin auf Berlinurlaub. Vielleicht hat sie mal bei der »Vogue« gearbeitet. Oder sie zumindest abonniert. Meine Entschuldigung nimmt sie mit einem gnädigen Lächeln zur Kenntnis. Ihr Mund ist feuerrot geschminkt, was ihre helle Haut noch vornehmer wirken lässt und ihr Haar noch dunkler. Sie sieht wie Schneewittchen aus – in Alt, okay, aber auch Märchenwesen bleiben ja nicht für immer jung.

Der Wind hat mein Haar getrocknet, als ich in Cordts Straße einbiege. Mit ihren Jugendstilhäusern, von deren Balkonen gelbe und orangefarbene Blüten der Kapuzinerkresse wuchern, Efeu und violette Clematis, fühle ich mich wie in »Die fabelhafte Welt der Amélie«, so zauberhaft und verwunschen erscheint mir meine Umgebung.

Möglich, dass ich diese Erfahrung brauchte, um wieder … demütig zu werden. Vielleicht wollte mir das Leben sagen, dass Träume nicht unbedingt dazu da sind, in die Realität verfrachtet zu werden.

Vor Cordts Haus springe ich ab. Ich bin so froh, hier zu sein! Er war es doch, den ich wollte – wie konnte ich das nur vergessen?

Mit einem leisen Lied auf den Lippen und der Brötchentüte in der Hand klingele ich. Wahrscheinlich habe ich betonfarbene Augenränder, aber was soll's. Der Summer ertönt, ich schiebe die Tür auf und renne die beiden Stockwerke nach oben. Endlich sehe ich seine Wohnung! Das letzte Mal, das ich hier war, birgt ja keine schöne Erinnerung für mich. Doch heute öffnet er mit verwuscheltem Haarschopf die Tür, sein langer Körper ist zu meiner Überraschung noch in einen Pyjama verpackt, der ihn tatsächlich wie James Stewart aussehen lässt, der Mund ist zu einem Lächeln verzogen – das plötzlich verwindet. »Emmi?« Er sieht so ungläubig aus, dass ich stocksteif stehen bleibe. Ich fühle die Brötchentüte in meiner Hand und mein Herz, das eben noch fröhliche Hüpfer gemacht hat und nun so zaghaft klopft, als hätte es Angst, unangenehm aufzufallen.

»Was machst du hier?« Er sieht panisch aus. Oh Gott, er sieht panisch aus. Warum? Darf ich ihn nicht besuchen, sind wir noch nicht so weit, soll ich einfach umkehren und schnurstracks die Treppe runterlaufen und vergessen, dass es diesen Sonntagmorgen gab, besser noch das gesamte Wochenende?

»Entschuldige, dass ich so unangemeldet auftauche.« Ich versuche ein Grinsen. »Ich dachte, du freust dich.«

Er starrt mich weiter an, dann fängt er sich. »Natürlich. Klar, ich freue mich, dich zu sehen. Ähm. Normalerweise würde ich dich reinbitten.« Er kratzt sich am Kopf und mustert mich forschend, als erwarte er, gleich Annabelle und Terese hinter mir hervorspringen zu sehen mit den Worten: »Party!«

»Können wir, na ja, nachher sprechen? Ich würde gern erst mal aufwachen. Ich brauche meinen Kaffee morgens, am liebsten allein, sorry. Das ist wohl eines meiner Geheimnisse. Ich bin ein Morgenmuffel. Gib mir ein, zwei Stunden, dann rufe ich dich an.«

Ich habe den Impuls, tapfer zu nicken und zu verschwinden. Nein, beschließe ich dann. Ich will mit ihm reden und bin den ganzen Weg hierhergeradelt, ich habe Brötchen besorgt und kann sehr gern warten, bis er zeitunglesend seinen Kaffee getrunken hat. Doch ich möchte nicht länger in dieser Unsicherheit leben. Ich möchte von ihm hören, ob wir zusammen sind, ich möchte wissen, ob er mich mag. Und ich möchte ihm meinen Entschluss mitteilen, mich ab jetzt hundertprozentig in den Job hineinzuhängen. Ich halte die Brötchentüte hoch. »Ich bin ein Mäuschen und sage kein Wort. Aber ein Croissant hätte ich jetzt doch gern.«

Die Türklingel ertönt. Er wird blass und starrt mich an. Ich dagegen starre auf die Klingelanlage. Schließlich drückt er darauf. Wir hören, dass die Tür geöffnet wird. Schritte erklingen. Ein helles Klack-Klack, daneben noch ein Geräusch. Vielleicht jemand mit Lederabsätzen. Frauenstimmen sind zu hören. Mir wird übel.

Ganz langsam drehe ich mich um und sehe auf einen schwarzen Schopf hinunter, sorgfältig frisiert. Er kommt mir bekannt vor, doch von oben gesehen komme ich nicht gleich darauf. Daneben wippt ein mahagonifarbener Pferdeschwanz.

Am Treppenabsatz drehen sich die Frauen zu uns um. Ich kenne beide Gesichter. Das eine gehört der Schönen von der »Forever Green«-Party. Meine Vorgängerin als Redaktionsassistentin trägt einen wunderschön geschwungenen Rock mit Marimekkomuster: strahlendes Gelb und Orange, wie das der

Blumen eben am Straßenrand. Ihre schmale Taille wird durch eine in den Rock gesteckte Bluse betont. Es gibt Menschen, die immer gepflegt aussehen und riechen, selbst sonntagmorgens oder freitagnachts. Sarah ist so jemand. Ebenso die Frau, bei der sie untergehakt ist. Warum habe ich in der Bäckerei nicht die geradezu plakative Ähnlichkeit zwischen ihr und Cordt bemerkt? Ihre fast weiße Haut unter schwarzen Haaren, dazu leuchtend blaue Augen.

»Du hast Besuch?«

»Emmi wollte gerade gehen. Sie ist eine Kollegin und hat mir nur schnell etwas vorbeigebracht.«

Ich starre auf die Brötchentüte in meinen Händen. Auch Sarah trägt eine, die jedoch viel größer ist als meine.

»An einem Sonntag?« Erstaunt blickt mich die Frau an. »Sie sollten sich nicht von meinem Sohn ausnutzen lassen. Gehen Sie nach Hause, und machen Sie sich einen schönen Tag.«

Wie auf Autopilot stolziere ich an den beiden vorbei und beginne erst auf der letzten Stufe zu rennen. Während ich mit zitternden Fingern das Fahrradschloss öffne, murmele ich fast unhörbar: »Atmen, atmen, atmen.« Irgendwie schaffe ich es bis zur nächsten Kreuzung und zu einer weiteren. Erst als ich an Tereses und Peters Loft vorbeifahre, komme ich wieder zu mir. Ich überlege zu klingeln, doch dann lege ich nur die Brötchentüte vor ihrer Tür ab und schicke Peter eine SMS.

Wenig später schließe ich die Bürotür auf. Es ist dunkel hier drin, die Luft riecht abgestanden. Wie in Zeitlupe räume ich meinen Schreibtisch leer, sammle die wenigen Habseligkeiten zusammen, die meine sind, untersuche in der Küche den Vorrat an Tupperware. Zwei Boxen gehören mir. Ebenso die Zuckerdose und das Milchkännchen. Aus Ermangelung an Zeitungen hülle ich beides in Altpapier, das neben dem Drucker liegt. Die meisten Seiten tragen Pisas Daumen hoch (wenige) oder runter (eine Menge). Zwischen den anderen Ausdrucken finde ich auch welche mit handschriftlichen Bemerkungen. Ich erkenne Cordts Schrift sofort. Seine Buchstaben sind klein und stehen eng und sind fast so leserlich, als seien sie gedruckt. Ich erspähe meinen Namen auf einem, beiße die Zähne noch fester zusammen und gebe ein lautes Schnauben von mir. Was ist das, eine Beurteilung? Oder eine Art Tagebuch, in dem er das Für und Wider einer Affäre mit mir abwägt? Okay, Letzteres ist unwahrscheinlich, zumal Pisa das zu lesen bekommen könnte.

Mit zitternden Händen ziehe ich das Blatt heraus. Es ist der Heftplan. Lauter farbige Kästchen von unterschiedlicher Breite. Vermerkt sind die Anzeigenplätze, die Seitenzahlen, die Titeln der geplanten Artikel für die kommende Ausgabe. Ich habe mich in diesem DIN-A3-großen Wirrwarr nie zurechtgefunden, und auch jetzt hätte ich keinerlei Interesse, mich hineinzuvertiefen, stünde da nicht handschriftlich mein Name. Neben der Coverstory. Die heißt: »Vetternwirtschaft umgekehrt: Frau gefeuert, weil ihr Vater sie für etwas Besseres hielt.«

Ein metallener Geschmack breitet sich in meinem Mund aus. Ich kralle meine Nägel in das Papier, sodass sie kleine Abdrücke darin hinterlassen.

Was ist das? Halluziniere ich? Oder plant Cordt tatsächlich, die Geschichte meines Vaters und mir als Titelgeschichte zu veröffentlichen? Mein Atem geht kurz und stoßweise. Ich springe auf und spüre, dass ich zittere und nass geschwitzt bin. Mir gelingt es kaum, seinen Computer hochzufahren, geschweige denn auf ein überzeugendes Passwort zu kommen. »Sarah« und »Forever Green« sind falsch. Ein drittes traue ich mich nicht einzugeben. Doch von meinem Computer aus habe ich Zugang zum Server. Ist der Text schon fertig, müsste er darauf zu finden sein.

Doch da ist nichts, sosehr ich auch das Redaktionssystem durchforste. Mit geballten Fäusten laufe ich auf und ab. Hat Cordt hinter meinem Rücken recherchiert, vielleicht sogar mit meinem Vater gesprochen? Doch das hätte Papa mir gesagt, das bestimmt. Und was wussten die anderen? Hat Lisa etwas geahnt? Was ist mit Pisa?

Ein lautes Schluchzen bricht aus mir hervor. Ich wusste nicht, dass Menschen so sein können – mit nichts als sich selbst im Auge. Wahrscheinlich glaubt Cordt nach wie vor, er sei der Retter der Menschheit. Dass er dabei über meine Leiche geht, scheint ihn nicht zu bekümmern. Dieses Schwein!

Wieder setze ich mich an seinen Schreibtisch und durchwühle seine Schubladen. Heute ist es mir völlig gleich, ob er es sieht. Doch es gibt auch keinen handschriftlichen Entwurf, zumindest nicht hier. Dafür einen champagnerfarbenen Umschlag. Im Innern eine Karte mit zwei ineinanderverschränkten Ringen darauf.

Liebster

steht auf einem gelben Post-it, das an die Rückseite geheftet ist. Ich kenne die verspielte Schrift. Mit exakt den gleichen nach rechts geneigten Lettern sind die Ordner in meinem Kabuff beschriftet.

Wie findest du diese?
Deine Mutter hat sie mitgebracht. Sie hat sich für kommendes Wochenende angekündigt. Vorher sollten wir eine Entscheidung fällen. Lass uns heute Abend reden. Ich liebe dich.

Nicht nur die Schrift kenne ich, sondern auch den Umschlag, den ich höchstpersönlich mit Eingangsdatum abgestempelt habe. Er ist am 20. Juli hier eingetrudelt. Am Tag nach meinem Geburtstag, jenem Tag also, an dem Cordt mich zunächst sitzenließ und später im dunklen Treppenhaus auf mich wartete.

Debattierten er und seine Zukünftige über ihre Hochzeit, während ich in Wielands Zwergenküche vegane Garnelen briet? Und was ist mit dem Samstag danach, an dem er in Seans und mein Koch-Battle platzte? Klebten da Sarah und seine Mutter zusammen und recherchierten sich an ihren iPhones die Finger wund auf der Suche nach einer tollen Location für das Jawort?

Ein rötlicher Schleier liegt vor meinen Augen, während ich wieder in mein Büro stampfe und mit zittrigen Händen die Telefonliste hochhalte. Da, Pisas Handynummer. Mir ist egal, dass heute Sonntag ist. Mir ist egal, dass sie mich mit eiskalter Stimme begrüßt. Ich rede, ohne mich von ihr unterbrechen zu lassen. Dann lege ich auf, lasse das Licht brennen, meinen Computer angeschaltet und das Papier wild um den Drucker verstreut.

Zu Hause schleppe ich mein Rad nach oben, lasse es im Wohnzimmer fallen und lege mich daneben. Keine Träne rollt mehr über meine Wange. Ich liege nur hier und fühle mich leer. Schließlich schlafe ich ein, wache auf, schlafe wieder ein. Am nächsten Morgen, vielleicht ist es der nächste Mittag, streiche ich über mein Gesicht und mein Haar, fahre den Nacken hinab, die Arme und den Bauch. Augenscheinlich bin ich noch da. Doch ich komme mir pelzig vor, taub, innerlich wattiert.

Meine Kolleginnen fallen mir ein – Lisas misstrauischer Blick an meinem Geburtstag und Brits Frage, ob Cordt mit mir flirte. Sie müssen von Sarah gewusst haben. Doch nicht nur von ihr. Was ist Lisa an jenem Tag in der Büroküche herausgerutscht? Ich sei endlich mal eine, die nett ist? *Endlich eine?*

»Cordt Willander ist bekannt dafür, ein Assistentinnenkiller zu sein. Es tut mir leid zu hören, dass auch Sie darauf reingefallen sind«, sagte Pisa, kurz bevor ich mich verabschiedete. Das Atmen fällt mir schwer, während ich über das Wort nachdenke. Ich fühle mich tot. Und reingefallen, in einen dunklen, unendlich tiefen Schlund.

Herbsttöne

»Ich habe etwas Tolles für dich entdeckt«, ruft Annabelle vom Beifahrersitz aus zu mir nach hinten. »Schau mal.« Sie kramt in ihrer Tasche, die größer ist als sie selbst und ihren langen Beinen darunter kaum Platz zum Bewegen lässt. »Un momento … hier!«

Mit müdem Blick versuche ich das Etikett zu entziffern. Die Flasche, die sie mir entgegenstreckt, sieht wie eine gewöhnliche Shampooflasche aus. Weiß, schmal, mit anthrazitfarbener Schrift. Auf einem kleinen Foto ist der Kopf einer Frau zu sehen, die mit den Händen ihr dichtes, blondes Haar hochhält.

»Und was soll das?«, murmele ich mehr zu mir als zu ihr. Anstatt mich zu unterhalten, würde ich lieber aus dem Fenster blicken. Blaue Autobahnschilder fliegen vorbei. Ansonsten ist alles grün. Wellige Wiesen, flache Wiesen, ein dunkler, rotkäppchenhaft bedrohlich wirkender Wald.

»Das ist eine super Sache«, ereifert sich Annabelle. »Sobald wir ankommen, stellst du dich unter die Dusche, lässt Wasser auf deinen Kopf prasseln und seifst dieses Wunderzeug ein. Du wirst sehen, du wirst dich wie verwandelt fühlen.«

»Lass sie«, meldet sich Terese vom Fahrersitz aus. Ich bin froh, dass sie wieder mit mir redet. Wobei sie momentan eher über mich spricht als mit mir.

»Lassen?« Annabelle wirft die Hände in die Luft, wobei sie die Shampooflasche loslässt, die mit einem dumpfen Geräusch gegen das Wagendach knallt und anschließend zwischen unseren Gepäckstücken versandet. Das Auto dürfte dreiundsiebzig Zentner wiegen. Nachdem ich eingestiegen bin, habe ich meine Füße zwischen zwei Taschen gezwängt und seitdem nicht mehr gesehen. Ich bin unsicher, ob überhaupt noch Blut von unten nach oben fließt. Auch rechts von mir türmen sich grellbunte Taschen und viele Stücke aus Tereses beeindruckender Rollkoffersammlung. Man könnte glauben, wir wanderten aus.

»Lassen?«, wiederholt Annabelle. »Was ist denn das für ein Vorschlag? Wir können Emmi doch nicht noch dabei unterstützen, ihr ungewaschenes Köpfchen in den Sand zu stecken!«

Seit wir Berlin verlassen haben, nörgelt sie an mir herum. Leider habe ich nicht einmal ausreichend Kraft, um »Halt die Klappe« zu sagen. Seit dem Wochenende des Grauens sind fünf Tage vergangen. Fünf Tage, an denen ich auf dem Sofa lag und die Wohnzimmerdecke anstarrte. An denen Ryan auf Zehenspitzen an mir vorbeischlich und mir hin und wieder den Kopf streichelte. Fünf Tage, an denen mich das Klingeln meines Handys zusammenzucken ließ, mich aber nicht dazu bewegen konnte, es auch aufzunehmen. Mein Inneres ist wie verkapselt. Und ich blicke mit einer Art Staunen in mich hinein und sehe nur Schwarz.

Meine Freundinnen glauben, dass es so nicht weitergehen kann. Sie sind der Überzeugung, dass ein freundliches Lächeln und ein Ausflug zur Mecklenburger Seenplatte den Sommer auslöschen können, der hinter mir liegt.

Annabelle motzt weiter vor sich hin, hat sich aber immerhin wieder umgedreht. Wir sind von der Autobahn abgefahren und driften eine endlos lang erscheinende Allee entlang. Ich lehne meine Wange gegen die warme Fensterscheibe. Sonnenstrahlen blitzen durch die Bäume, deren Wipfel sich im Wind sanft wiegen. Ich möchte die Augen schließen und schlafen. Schlafen mit einer Nie-wieder-aufwach-Garantie. Doch gerade als meine Gedanken abdriften und ich eingelullt werde von dem schnellen Spiel von Licht und Schatten, spüre ich eine Hand auf meiner Schulter.

»Du döst auf keinen Fall schon wieder ein«, höre ich Annabelles Stimme.

Ich lasse die Augen geschlossen.

»Aufwachen!« Sie greift fester zu und rüttelt.

»Lass sie.«

»Sie kann nicht schon wieder schlafen. Das deprimiert mich. Ich habe seit einer Ewigkeit nicht mehr ihre Augen gesehen.«

»Du übertreibst.«

Ich seufze leise.

»Eine halbe Stunde noch«, bemerkt Terese.

»Ein Glück«, brummelt Annabelle.

Ich lausche dem beruhigend klingenden Geräusch des Motors. Irgendwann muss ich tatsächlich eingeschlafen sein, denn ich komme erst wieder zu mir, als das Auto stillsteht und Annabelles und Tereses Stimmen verklungen sind. Langsam hebe ich den Kopf und wische mir über das Kinn. Wo sind wir?

Auf dem Land, so viel steht fest. Was keine Überraschung ist, denn genau dorthin wollten wir. Doch mit dem Land einer romantischen Vorstellung hat es so viel zu tun wie Berlin mit einer Weltstadt. Zwanzig Meter von mir entfernt sind mehr neonfarbene Sonnenbrillengestelle zu sehen als in ganz Mitte zusammengerechnet. Unzählige Leute hüpfen da draußen herum, schleppen Plattenkoffer und Zelte, Rucksäcke und Sixpacks durch die Gegend. Annabelles großer Abend steht bevor. Ich sollte aufgeregt sein und mich für sie freuen, doch immer noch ist da nichts, wenn ich in mich hineinzuspüren versuche.

Mühsam zerre ich meine Füße aus den Gepäckstücken und schäle mich aus dem Sitz. Es tut gut, die Beine durchzudrücken und frische Luft zu atmen. Wenn sie auch nach Lagerfeuer, Cannabis und einem Hauch Kuhmist riecht. Elektroklänge dringen an mein Ohr. Eine Frau oben ohne wuselt mit geschäftigem Gesichtsausdruck an mir vorbei.

Mit müden Schritten schlurfe ich auf das weiße Gutshaus zu, in dem ich meine Freundinnen zu finden hoffe. Ohne sie zu sein ist tatsächlich noch schlimmer als mit ihnen. Zumindest hier. Plötzlich scheint der Mob seine Richtung geändert zu haben, und all die Menschen, die eben noch in sicherer Distanz zu mir ihrem Tagwerk nachgingen, kommen nun auf mich zu. Ich ziehe die Schultern hoch und beschleunige mein Tempo. Als ich die drei Stufen erreiche, die zu einer blau lackierten Holztür führen, sind meine Sandalen staubig, und mein Herz klopft wie nach einem Marathonlauf. Normalerweise habe ich keine Angst vor Menschenmassen. Heute aber vertrage ich sie nicht. All das fröhliche Geplapper, die Musik, der Zigarettenrauch, der Duft von Parfum, Deo und Haarspray, Gelächter, meine Gedanken, die wie ein Flüstern sind, das lauter und lauter wird. Hilfe, was ist das? Habe ich einen Panikanfall?

Kurz vor der Tür drehe ich ab. Allein der Gedanke daran, dort drin auf noch mehr Leute zu stoßen, die mich neugierig mustern, sich fragen, was die ungewaschene Blonde hier macht und wieso sie im Gegensatz zu den meisten anderen Festivalgästen nicht im Zelt schläft, sondern im Haus logieren darf, lässt mich schaudern. Ohne einen Blick zurück beschleunige ich meine Schritte, um mehr und mehr Raum zwischen die Party und mich zu bringen. Was in aller Welt habe ich mir von diesem Ausflug erhofft? Ruhe und Frieden?

Ich muss gut eine halbe Stunde gelaufen sein, als mir Annabelle und Terese einfallen. Ich hangele mein Telefon hervor und tippe: »Mir geht es gut, keine Sorge, bin in einer Stunde zurück«. Links von mir sonnenerwärmter Asphalt. Hin und wieder fährt ein Auto vorbei, manchmal, sehr viel langsamer, ein Fahrrad. Auf einer Weide zu meiner Rechten grasen Pferde, die nicht einmal aufblicken. Ebenso wenig die Schafe auf der nächsten. Interessierter geben sich die Alpakas am Eingang eines Dorfes. Neugierig versammeln sie sich am Zaun, und ich überlege, sie zu streicheln, gebe ihnen aber nur ein paar Blätter Löwenzahn. Nicht dass sie mich anspucken. Oder machen das nur Lamas?

Der Ort besteht aus acht Häusern auf der einen Straßenseite und sieben auf der anderen. Eine Post gibt es, die zweimal pro Woche drei Stunden lang geöffnet hat und morgens Brötchen verkauft. Ansonsten nichts. Auch Menschen sind nicht zu sehen. Es ist, als würde das Dorf nur von Tieren bewohnt. Die sich allerdings viel Mühe mit ihrer Unterkunft gegeben haben. Heißt es nicht immer, Mecklenburg-Vorpommern sterbe aus? Dieses Dorf dagegen wirkt so liebevoll gepflegt, als wäre es aus einer Filmkulisse gefallen. Zweigeschossige, rot oder ockerfarben geklinkerte Häuser säumen die begrünten Straßenränder. Hinter niedrigen Holzzäunen kann ich einen Blick in die Gärten erhaschen. Alte Obstbäume wiegen sich darin im Wind; Büsche, deren Zweige sich unter den Ladungen von Johannisbeeren biegen, bilden die Grenze zum Nachbarn; ich sehe Schaukeln, Sandkästen, Hängematten und höre Kinderrufe – tatsächlich leben doch auch Menschen hier.

Ein Schild weist den Weg zum Yachtclub, und neugierig folge ich ihm. Yachtclub, stelle ich wenig später fest, ist ein wenig übertrieben. Drei, vier Kähne schwimmen auf den im Sonnenlicht funkelnden Wellen, gut am Steg vertäut, der mitten in den Horizont zu führen scheint.

Ich laufe bis zum Ende und setze mich auf die sonnenerwärmten Planken. Es riecht leicht modrig und nach Fisch, und nach kurzem Überlegen streife ich meine Turnschuhe ab und stecke die Füße in das kühle Nass. Herrlich. Ich fühle mich wie als Kind. Als ich nur Fühlen war und kein Denken. Eine Möwe kreist über mir und ruft schrill, und ich lasse mich nach hinten fallen, verschränke die Arme hinter dem Kopf und blinzle ihr zu.

Mein Atem geht sanft, meine Bauchdecke entkrampft sich. Etwas in mir gerät in Bewegung, ich weiß nicht, was es ist, ich weiß nur, dass sich plötzlich lebendig anfühlt, was davor starr und kalt war. Ich spüre meine Haut, die unter den warmen Sonnenstrahlen prickelt. Tupfenwolken ziehen über mir vorbei.

Als ich mich aufrichte, fühle ich mich so ausgeruht wie seit Tagen nicht. Und ich verspüre ein vertrautes, vermisstes Gefühl im Bauch: Ich habe Hunger. Nachdem ich mich ausgiebig gestreckt habe, sehe ich mich um. Immer noch kein Mensch zu sehen. Dieser Yachtclub ist wohl der verlassenste der Welt. Aber er hat Charme, das muss ich zugeben.

Ich will den Kiespfad zurück zur Hauptstraße nehmen, als ich vor einem schmiedeeisernen Gartentor stoppe. Weder zur Rechten noch zur Linken verläuft ein Zaun, es steht einfach so da, wie der Eingang zu einer geheimen Welt.

Und diese Welt lässt mich auch bei genauerem Hinsehen an ein verwunschenes Reich denken. Ein alter Ahornbaum verdeckt mit seinem breiten, knorrigen Stamm und den ausladenden Ästen fast das Haus, das sich krumm und schief und augenscheinlich halb verfallen dahinter auftut. Es ist von wild wuchernden Sträuchern umgeben und einer kniehohen Wiese. Der Anblick der Kornblumen versetzt mir einen Stich. Weiter hinten gruppieren sich kleine Apfelbäume an einer ehemaligen Allee entlang. Rot schimmern ihre Früchte.

Nachdem ich nach rechts und nach links geschaut habe, umrunde ich die Pforte. Von nahem gesehen ist die Villa noch verfallener als angenommen. Von den Erkern bröckelt großflächig Putz ab, ganze Mauerteile fehlen. Die Fensterläden, deren flaschengrüner Lack fleckig und an den Ecken abgeplatzt ist, hängen schief in ihren Angeln. Hinter einem erahne ich einen Sprossenrahmen, dessen ehemals wohl heller Cremeton sich mit den Jahren, dem Wind und dem Regen in ein mausiges Grau verwandelt hat. Die eine Hausseite, an die etwas Kastenförmiges angebaut ist, ist bewachsen. Armdicke Zweige ranken sich die Wand hinauf, an denen fleischige Blätter hängen, ähnlich geformt wie die von Kastanien. Beim Nähertreten kann ich darunter einen Wintergarten ausmachen. Seine Scheiben durchziehen Risse, und sie sind schmierig und verdreckt, sodass ein Blick hinein fast unmöglich ist. Und doch bin ich sicher, dahinter eine Reihe schmiedeeiserner Kaffeehaustische erkennen zu können. Ob der herrschaftliche Bau in seinen besseren Zeiten ein Restaurant beherbergte? Ich trete einen Schritt zurück, lege als Sonnenschutz die Hand über die Augen und blicke mich um. Falls ja, war dies ein fantastischer Ort dafür. Hinter mir das Wasser, rechts und links die alten Bäume, die nach Lampions geradezu rufen und am Tag Schutz vor der Sonne bieten. Ich meine, das Lachen von Kindern hören zu können, das Klirren von Geschirr, leise Musik, die vom Wind verweht wird.

Es ist so schön hier, dass ich ein Stechen verspüre. Traurig wende ich mich ab. Niemand kümmert sich noch um das Anwesen und die Gäste, die bestimmt immer noch zahlreich kommen würden …

Mit gesenktem Kopf laufe ich die ehemalige Allee entlang. Nicht nur Apfelbäume bieten hier ihre Früchte dar, auch Zwetschgen und Birnen gibt es. Ich hebe vom Boden auf, was wirkt, als sei weder Fäulnis noch ein Wurm darüber hergefallen. Süß rinnt mir der Pflaumensaft in die Kehle. Er schmeckt um Längen besser als alles, was ich je in Berlin gekauft habe.

An einem windgeschützten Knick im Weg bleibe ich stehen. Zwischen den niedrig gewachsenen Obstbäumen hindurch blicke ich auf ein Weizenfeld. Wenn die Ähren im Wind wiegen, erinnern sie bestimmt an ein goldenes Meer. Doch die Ernte ist vorbei, nur ein Stoppelfeld ist übrig geblieben. Ich streiche über den Stamm einer Robinie. Er fühlt sich warm und trocken an, so tröstlich, dass ich am liebsten meine Wange daranlegen würde. Warum eigentlich nicht? Hier sieht mich schließlich niemand.

Mit ausgebreiteten Armen umfasse ich den Baum. Der Geruch von Harz dringt in meine Nase, ich höre das dumpfe Brummen einer Hummel und das hellere von Bienen und stelle mir die unermessliche Zahl von Käfern und Ameisen vor, die hier drin ihr Zuhause gefunden haben.

Als ich mich umdrehe, erwarte ich, noch einen letzten Blick auf das ehemals pompöse Landhaus zu werfen. Stattdessen starre ich in ein hellgraues Augenpaar.

»Sie sprechen mit Bäumen?«, fragt die alte Frau mit heller Stimme. Sie ist etwa halb so groß wie ich und dürfte kaum mehr als ein Kind wiegen. Doch sie drückt den Rücken durch und die Schultern nach hinten, als stünde eine strenge Ballettlehrerin hinter ihr. Auf mich wirkt sie angsteinflößend, trotz ihrer geschätzt achtzig Jahre. Wie hat sie sich nur so anschleichen können? Das Gras ist fast kniehoch, ich hätte sie doch hören müssen. Vielleicht hat sie sich in den Brombeerbüschen versteckt, die den Pfad säumen.

»Also?«

»Nein. Nicht wirklich. Ich wollte nur mal …« Meine Stimme verliert sich. Was wollte ich? Ich weiß es nicht.

Das faltige Gesicht schmückt eine gewaltige Adlernase, doch es strahlt eine entschlossene Schönheit aus. Wahrscheinlich sah sie in jungen Jahren wie Kleopatra aus. Die echte, nicht die von Liz Taylor verkörperte.

»Machen Sie hier Ferien?«, fragt sie und starrt mich weiter an, als sei sie noch unschlüssig, ob sie einen Mars- oder Erdenbewohner vor sich hat.

»Ja.«

»Gehören Sie zu der Partytruppe?«

»Ja.«

»Ich wüsste ja gern, was die Jugend heutzutage konsumiert. Nicht, dass ich das auch nehmen wollte. Aber es interessiert mich.«

Ihr Haar flattert wie die Federn eines Kükens. Mit hinter dem Rücken gefalteten Händen wippt sie langsam vor und zurück. »Übrigens habe ich kürzlich Schilder gesehen. Ihnen sind sie nicht aufgefallen?«

»Schilder?«, frage ich verunsichert.

Sie legt den Zeigefinger an die Nase und reibt mit nachdenklichem Gesichtsausdruck darüber. »Ja. Schilder. Warten Sie, was stand darauf? Ich meine, es wäre etwas mit ›Betreten verboten‹ gewesen. Und ›Privatgrundstück‹. Aber gut möglich, dass sie weggekommen sind. Vielleicht hat der Waschbär sie umgeworfen. Oder mitgenommen. Ich könnte mir vorstellen, er kann sie gebrauchen. Er stellt sie vielleicht vor seiner Baumhöhle auf und hofft, dass die Jäger gehorchen. Im Gegensatz zu Ihnen, augenscheinlich.«

»Ich wusste nicht, dass dies ein Privatgrundstück ist.«

»Nein?« Sie zieht eine fein geschnittene silberfarbene Augenbraue hoch und wedelt mit der Hand, die mich an die Kralle eines Huhns erinnert. Fleckenübersäte Haut über Knochen. »Sie sollten jetzt gehen. Es könnte Hunde geben.«

»Oh.« Hunde mögen zwar die besten Freunde des Menschen sein, meine sind aber bekanntlich Annabelle und Terese. Zu den Vierbeinern lasse ich gern ein wenig Abstand.

»Darf ich Sie noch fragen, wem das gehört?«

»Ja.«

»Aber Sie wollen es mir nicht sagen?«

Sie legt den Kopf schief und sagt spitz: »Ist mir entfallen.«

Okay, okay, ich gehe ja schon. Doch ich lasse es mir nicht nehmen, einen letzten Blick auf das in der Nachmittagssonne erstrahlende Gebäudeensemble zu werfen.

»Noch Fragen?«

Ich schüttele den Kopf, drehe mich um und laufe, den bohrenden Blick der Alten im Rücken, auf die Landstraße zu.

»Schön, dich zu sehen, Madame!« Aus einer Gruppe gut angezogener Mitte-Hipster löst sich Annabelle, knufft mich und greift nach meiner Hand. »Ah, du hast geduscht, fantastisch. Langsam erkenne ich dich wieder. Hunger?«

Ich nicke. Wenig später stehe ich in einer provisorisch aufgebauten Küche am Rand der Scheune, in der das Elektrofestival über die Bühne geht. Annabelle lässt ihren Blick über den Sandboden gleiten wie ein König über sein Land. »Heute Abend wird hier dermaßen die Post abgehen«, murmelt sie. »Ich glaube, ich bin ein klitzekleines bisschen aufgeregt.«

»Echt?«

Sie runzelt die Stirn. »Nee, doch nicht. Ich mache das ja nicht zum ersten Mal. Also, hier, Kühlschrank, Emmi, Emmi, Kühlschrank.«

Damit lässt sie mich und den kläglichen Inhalt allein. Passend zu meiner depressiven Stimmung habe ich mich vor unserer Reise nicht um Proviant gekümmert. Die Quittung bekomme ich jetzt: Nur schwach von einer müden Funzel in der Kühlschrankwand beleuchtet, reihen sich schamhaft drei Flaschen mit Ketchup, Curry- und Senfsauce aneinander. Außerdem zu finden: labbrige Toastscheiben, mittelalter Gouda, Cornichons, Aldi-Salami und salzige Margarine. Ich klappe die Tür wieder zu. Lieber geselle ich mich zu den Kühen auf die Weide und futtere ihnen das Gras weg, als irgendetwas hieraus zu verspeisen. Oder lasse mir von Terese ausgiebig die Wohnung zeigen. Wenn ich Glück habe, hat sie Kekse dabei.

Sie und ich schlafen auf der Empore, die nur über eine halsbrecherisch steile Leiter zu erreichen ist.

»Annabelle lasse ich nachts da nicht raufklettern«, bemerkt sie. »Sturzbetrunken, wie sie sein wird.«

Ich nicke verständig und frage mich, ob ich mich sicherheitshalber schon zu Beginn des Abends dort hinauf verziehen soll. Doch was, wenn ich auf die Toilette muss?

Neben einer blütenweiß bezogenen Doppelmatratze liegt meine Tasche. Terese hat alles aus- und aufgeräumt. Sogar ein Buch hat sie auf mein Kissen gelegt. Mit eingezogenem Kopf, um mich nicht zu stoßen, krabbele ich näher und lese laut: »›Wieder froh‹. Wieder froh? Mache ich einen so schlimmen Eindruck auf dich, dass du mir schon Selbsthilfelektüre unterjubeln musst?«

Als ich aufblicke, sehe ich, dass sie rot geworden ist. Blitzschnell krallt sie sich das Buch und lässt es verschwinden.

»Das ist ein Roman. Und zwar meiner. Ich schlafe auf dieser Seite.«

Ich finde nicht, dass es wie ein Roman aussah. Oder kommen die mittlerweile mit knallgelben Butterblumen auf dem Titel daher und der Unterzeile »Warum das Leben trotzdem lebenswert ist«?

»Hast du einen Pyjama mitgebracht?«, fragt sie und guckt auffällig interessiert einer Fliege hinterher.

»Was glaubst du denn?« Als ich mich allerdings über den Stapel Klamotten beuge, den Terese ordentlich auf dem Stuhl aufgeschichtet hat, bin ich nicht mehr so sicher. Ich habe die Tasche im Trancezustand gepackt. Was allein daran zu erkennen ist, dass ich zwar ein Springseil dabeihabe – ich? Wieso? –, drei alte Kochzeitschriften, ein Foto, das mich als Fünfjährige halb und meine Mutter als junge Frau ganz zeigt, drei Blusen aus Baumwolle und eine aus Polyester, mit der ich einem Lagerfeuer besser nicht zu nahe kommen sollte, einen Norwegerpullover – die Nächte hier können kalt werden, so dumm war das also nicht – und zwei Bikinis, nicht aber Wäsche zum Schlafen.

»Mist.«

»Ich kann dir was leihen.«

»Terese, ich bin einen Meter größer und einen Meter breiter als du. Wie soll ich in deinen Schlafanzug passen?«

Im Schneidersitz auf dem Boden angelt sie etwas aus ihrer Tasche und lässt es vor mir hin- und herbaumeln. Es ist graurosa kariert. Eine Flanellhose. Ich greife danach und lasse prüfend das Bündchen schnippen.

»Das soll deiner sein? Terese, sogar ein Elefant würde hier reinpassen. Terese?«

Sie hat sich abgewendet. Irritiert begutachte ich ihre Wirbelsäule, die sich unter der fast transparenten Bluse deutlich abzeichnet. Sie hüpft seltsam auf und ab. Wie ein mitteldickes Gummiband, an dem man zu fest gezogen hat, oder ein außer Kontrolle geratener Flummi. Doch erst als sie ihr Gesicht in ihre Hände legt und laut schluchzt, wird mir klar, dass sie weint.

Terese weint!

Ich robbe näher und umschlinge sie mit den Armen. Weich wie der einer Stoffpuppe gibt ihr Körper nach, sie sinkt in meinen Schoß und gibt immer lauter werdende Schluchzer von sich. Ich streiche ihr übers Haar, während es mir fast das Herz zerreißt.

Ich war in den letzten Wochen so in meine eigenen Probleme verstrickt, dass ich nichts außerhalb davon wahrgenommen habe. Doch schon an meinem Geburtstag hätte ich nachhaken sollen. Peter war nicht da. Und jetzt, da ich darüber nachdenke, fällt mir auf, dass Terese diesen Sommer eine andere war als sonst. Ja, sie war immer ernsthaft, zielstrebig, erwachsen, im Gegensatz zu Annabelle und mir. Doch Terese war die Optimistin in unserem Dreierbund. Probleme waren für sie dazu da, angepackt zu werden. Zu verzagen ist ein ganz neuer Punkt auf ihrer Agenda. Was immer es ist, das sie zum Weinen bringt – es muss etwas Ernstzunehmendes sein.

»Ist es wegen Peter? Weil er in der Catering-Nacht so spät nach Hause kam?«

»Nee«, flüstert sie. Ihre Stimme klingt heiser. »Bitte lass mich jetzt nicht darüber reden, ja?«

Ich halte meinen Mund, zermartere mir aber den Kopf. Was kann Terese derartig mitnehmen? Ob ihre Eltern krank sind? Ihr Vater ist schon vor langer Zeit vom Trinken losgekommen. Hatte er etwa einen Rückfall?

Besorgt betrachte ich das rote Haar unter meinen Händen, das jetzt gar nicht mehr wohlfrisiert ist. Ihr Kopf wirkt klein, ihr Rücken schmal, ihre Schultern wie die einer Zehnjährigen. Langsam beruhigt sich ihr Schluchzen, doch sie bleibt in meinem Schoß liegen, und ich wage es nicht einmal, mein Gewicht zu verlagern. Ich möchte, dass sie so bleibt, genau so, für wenige Augenblicke geschützt vor der Welt.

Als Schritte im Treppenhaus erklingen und sich ein Schlüssel im Schloss dreht, richtet sich Terese auf und wischt sich die Tränen von den Wangen.

»Halloho!«, ertönt Annabelles Stimme. »Wo bleibt ihr denn?« Vier Meter unter uns dreht sie sich suchend im Kreis. Unter ihren weißblonden Haaren leuchtet ihre Haut golden. Sie sieht unbeschwert und fröhlich aus. »Kommt runter!«, ruft sie, als sie uns entdeckt. »Ich hab eine Überraschung für euch!«

Zu dieser Überraschung müssen wir eine Weile fahren. Terese am Steuer schweigt, und Annabelle wirft ihr und mir fragende Blicke zu, sagt aber nichts. Drei, vielleicht vier Kilometer von dem Gutshaus entfernt brüllt sie plötzlich »Halt!«. Ruckartig stoppen wir.

»Wir sind im: Paradies«, verkündet Annabelle stolz. Ich sehe mich um. Tereses Wagen steht am Rand einer kleinen Wiese, hinter uns läuft die Landstraße ins Nirgendwo, vor uns versperren uns die tief hängenden Zweige einer Birke den Weg. Ratlos gucke ich Annabelle an, die den Kofferraum aufklappt und einen gigantischen Picknickkorb herauswuchtet. »Bitte sehr«, sie drückt ihn mir in die Hand, und unter dem Gewicht gehe ich in die Knie. »Abmarsch, Mädels.«

Terese und ich tauschen einen Blick. Wenn Annabelle auf einer Mission ist, lohnt kein Widerstand, so viel ist klar. Ich hoffe allerdings inständig, dass in dem Picknickkorb etwas Essbares ist – und nicht etwa Gewehre, um welches zu erlegen. Schließlich habe ich sie im Auto dabei beobachtet, wie sie mit verträumtem Blick in einem Buch ihres Großvaters blätterte.

Annabelle kämpft sich mit erhobenen Armen durch einen Urwald aus Birken, Weiden und verwilderten Brombeerbüschen. Ich schleppe den Korb und versuche, Terese, die vor mir läuft, nicht eine Sekunde aus den Augen zu lassen. Sie wirkt so fragil, als könnte sie ein zurückschnellender Grashalm zu Fall bringen. Nach einem kurzen Fußmarsch bleibt Annabelle so abrupt stehen, dass Terese gegen sie läuft.

»Trara!«

Vor uns funkelt ein See orangerot in der Abendsonne. Sein Ufer ist von hellem Sand gesäumt, nur hier und da schwebt ein krummer Baum über der Wasseroberfläche wie von Zauberhand gehalten. Mücken flirren um unsere Ohren, eine Entenfamilie quakt, Vögel trällern leise, ansonsten herrscht sanfte Stille.

»Oh«, sagt Terese leise. Blinzelt sie schon wieder Tränen weg?

Begeistert klatscht Annabelle in die Hände. »Jetzt müssen wir nur noch auf Anton warten. Er war mir noch einen Gefallen schuldig, weil ich mal seine gesamte Klasse ins Berghain gebracht habe.«

Irritiert gucke ich sie an. »Du kennst hier Leute?«

Sie nickt. »Ich war früher oft hier. Mit Opapa.«

Ich nehme mir vor, keine weiteren Fragen zu stellen. Aussichtslos wäre es, sich all die Orte zu merken, die Annabelle mit ihrem Großvater bereist hat. Dass auch Mecklenburg-Vorpommern dazugehört, überrascht mich allerdings. Meist handelte es sich um weit exotischere Gegenden.

»Und du hast Kinder ins Berghain geschleust?« Eine aufgeregt schnatternde Grundschulklasse taucht vor meinem inneren Auge auf. Mitleid überwallt mich. Es ist so schrecklich laut dort. Und dunkel.

»Quark! Berufsschüler. Ha, da ist er.« Sie schwenkt begeistert die Hände, während sich mit kräftigen Paddelschlägen ein

Mann in einem Kanu nähert, dessen gegerbte Haut und schütteres Haar jeden Gedanken an Viertklässler vertreiben.

Kurz vor dem Ufer springt er ins Wasser und watet mit fröhlichem Gesicht auf uns zu. »Was für eine Freude!«

Annabelle springt auf ihn zu und knutscht ihn auf die Wange. Wieder werfen Terese und ich uns erstaunte Blicke zu.

»Anton«, sagt er, nachdem Annabelle mit Küssen fertig ist, und streckt Terese seinen kräftigen Arm hin. Ihre Hand verschwindet bis zum Gelenk zwischen seinen Fingern, und ich habe Angst, er könnte sie zerquetschen. Doch sein Händedruck ist, wie ich kurz darauf feststelle, angenehm und nicht zu fest.

»Ihr kommt klar?«, fragt er und nickt mit dem Kinn in Richtung Kanu, das träge auf dem Wasser schaukelt.

»Äh«, sagen Terese und ich unisono.

»Aber sicher«, sagt Annabelle, wuchtet den Picknickkorb ins Bootsinnere, wirft Anton Tereses Autoschlüssel zu, verabredet sich mit ihm für irgendwann irgendwo und guckt auf Tereses und meine Füße. »Schuhe aus.«

Wir tun, wie uns befohlen. Ich krempele die Beine meiner Jeans hoch, Terese lüpft ihren Rock, und wie zwei brave Entenküken lassen wir uns von Annabelle in das warme Nass scheuchen und krabbeln ungelenk ins Boot.

»Ich sitze hinten«, blökt Annabelle, und ich steige wieder aus und nehme die noch leere Bank an der Spitze. Terese in der Mitte hält sich mit hoheitsvollem Blick, aber verkrampften Fingern am Bootsrand fest. Das Element Luft scheint ihr deutlich mehr zu liegen als Wasser.

Nachdem ich mich hingesetzt habe, schiebt Annabelle uns vom Ufer weg und klettert so gekonnt ins Innere, als sei das Boot ihr zweites Zuhause.

»Ich lenke. Ihr paddelt. Terese rechts, Emmi links.«

Na wunderbar. Wusste ich doch, dass wir alle Arbeit machen müssen. Unsicher tauche ich das orangefarbene Paddel ins Wasser. Zu tief augenscheinlich, denn fast rutscht es mir aus der Hand.

»Kein Drama, wenn ihr es verliert«, ruft Annabelle von hinten. »Die Dinger sind mit Luft gefüllt. Sie schwimmen.«

Ich versuche noch einen Schlag, und diesmal bewegt sich das Kanu. Das ist gar nicht schwer. Noch ein Versuch, noch einer, noch einer …

Ein leises »Ach« von Terese reißt mich aus meiner Paddelmeditation. Die Strahlen der untergehenden Sonne treffen fast waagrecht auf das Wasser und lassen es funkeln, als glitzere Gold am Grund des Sees. Ein Haubentaucher verschwindet kopfüber und gleitet unter dem Boot hindurch, und ich verspüre ein Stechen, als ich Moritz Meiers Frisur erinnere, die so viel Ähnlichkeit mit dem Kopfschmuck dieses Vogels aufweist. Mir fehlen seine Fragen zu den Montagabendessen und seine Tipps für das ideale Menü. Mehr aber noch spüre ich, wie sehr er mich verletzt hat. Dass er sich einfach so mit meinem Vater zusammenschloss und nie auch nur den kleinsten Mucks darüber verlor …

Mir fällt Pisas trockenes Hüsteln am Telefon wieder ein. »Hatten Sie eine Affäre mit Herrn Willander?« Ich starrte auf den Heftplan in der einen Hand, die Karte zu Sarahs und Cordts Hochzeit in der anderen. »Ich wäre Ihnen sehr verbunden, wenn Sie bei der Wahrheit blieben. Zu meinem Amtsantritt bei ›Forever Green‹ habe ich unmissverständlich klargemacht, dass ich keine Beziehungen im Kollegenkreis dulde. Erst recht nicht zwischen Chef und Untergebenen. Das war der Grund, warum Sarah gehen musste.«

Dummer Cordt. Warum ließ er sich parallel auch noch mit ihrer Nachfolgerin ein? Doch er und Sarah, ja, selbst mein

Vater wird kleiner und unwichtiger, während wir uns einem Kanal nähern, der mit einem Dach von Schlingpflanzen überdeckt ist. Nicht mal ein leises »Oh« entschlüpft noch Tereses oder meinen Lippen. Beinahe lautlos gleitet das Kanu unter dem Grün hindurch. Das Wasser wirkt hier dunkler. Unter der Oberfläche wabern Algen um einen umgestürzten Baum. Seine Äste sind wie Arme emporgereckt, und wir müssen aufpassen, mit dem Boot nicht entlangzuschrammen. Bald durchdringt kaum ein Sonnenstrahl mehr das grüne Geflecht. Leise versenke ich die Spitze des Paddels im Wasser, ziehe, hebe die Arme wieder an. Ein plätscherndes Geräusch begleitet jede Bewegung, und ich spüre, wie die Anspannung langsam von mir weicht.

Wir nähern uns einer Ausbuchtung des Kanals, an dessen Rändern ein weißes Beet von Seerosen leuchtet, die sich zur Nacht schon schließen. Ich fühle mich wie in einer anderen Welt. In einer Welt, in der es ruhig und behutsam zugeht. In der niemand brüllt und keiner es eilig hat. In einer Welt voller Düfte – nach Fallobst und Gras, Kühen und Wasser, Heu und sonnengewärmter Haut. Und plötzlich taucht Sean in meinen Gedanken auf, und ich spüre ein so starkes Ziehen in der Brust, dass es mir fast den Atem nimmt. Ich sehe ihn vor mir, wie er zärtlich die Ränder der Pastete eindrückt. Wie er mir zuhört und mich aus seinen grünbraunen Augen nachdenklich mustert. Wie seine Mundwinkel zucken, wenn ich mich in meinen Worten verheddere und meine Hände nicht mehr wissen, was sie tun sollen. Meine bunte Schürze um seine schmalen Hüften. Es schien ihm nicht eine Millisekunde peinlich zu sein, sie zu tragen.

Ein seltsames Gefühl breitet sich in mir aus, als wolle mein Körper abheben und woandershin fliegen. Verwirrt versuche ich es abzuschütteln. Was macht dieser Ort nur mit mir?

Plötzlich ist alles in leuchtendes Orange getaucht. Ich halte mir die Hand vor die Augen und senke den Kopf, und als ich wieder nach oben blinzele, sehe ich einen weiteren See, diesmal den wohl schönsten der Welt. Wir gleiten unter dem Dickicht hervor. Über den Wipfeln niedrig gewachsener Laubbäume erhebt sich ein Himmel voller Schleierwolken, von der Abendsonne goldrot gefärbt. Strandabschnitte aus Sand und Kies wechseln sich mit dichtem Schilf ab. Dahinter ragen kleine Hügel empor, moosbewachsen, die eher in einen Tolkien-Film oder nach Norwegen passen als hierher.

Eine Entenfamilie zockelt an uns vorbei. Annabelle deutet mit ihrem Paddel nach rechts. »Da müssen wir hin. Ich hab Hunger. Ihr auch?«

Als wir an einem Steg festmachen, bin ich froh über die Ablenkung. Fachmännisch vertäut Annabelle das Seil und stabilisiert das Kanu, während Terese und ich an Land klettern. Annabelle reicht mir den kiloschweren Picknickkorb und bellt Anweisungen. Wenig später sitzen wir auf einer rot-weiß karierten Picknickdecke und lassen die nackten Füße oder Hände ins Wasser baumeln. Zwischen uns stehen Unmengen kleiner Schüsseln, Gläser und Teller, gefüllt mit Olivenpaste und Estragonaufstrich, süßem, hausgemachtem Senf, knackigen, über Rauch getrockneten Würsten, in mundfertige Happen geschnittener Tortilla, Pasteten und in Geschirrtüchern warm gehaltenen Blinis, mit Crème fraîche serviert und falschem Kaviar. In handtellergroße Pfannkuchen klecksen wir Brombeermarmelade und rollen sie zusammen. Dazu reicht Annabelle frisches, luftiges Brot, das fast so gut schmeckt wie Seans.

Ich nehme einen Löffel kalter Gurkensuppe und reiße die Augen auf. »Die ist fantastisch! Wo hast du die her?«

Annabelle grinst glücklich. »Großes Klabautermanngeheimnis. Aber nicht aus dem KaDeWe, so viel verrate ich dir.«

Genüsslich löffle ich den Teller leer und probiere eine Waffel mit einem cremigen Mix aus Ziegenkäse, rotem Pfeffer und Rosmarin. Ich muss zweimal hineinbeißen, um dahinterzukommen, woher der süßliche, aber auch pikante Unterton des Gebäcks kommt. »Wow, Kürbiswaffeln. Die wollte ich auch mal backen, aber dann, aus Ermangelung eines Waffeleisens …«

»Jetzt red nicht so viel«, wirft Annabelle ein. »Iss lieber.«

Als ich pappsatt bin, lege ich das Besteck weg, falte die Serviette ordentlich zusammen und betrachte noch einmal all die Leckereien, von denen leider nichts mehr in mich hineinpasst.

Wer immer sie zubereitet hat, den möchte ich kennenlernen. Garantiert kann er mir ein paar Kniffe zeigen, so wie damals Tante Bea. Oder Moritz Meier. Oder … Sean.

»Ich muss euch was sagen.« Mit irritierend unsicherem Blick guckt Annabelle uns an. »Ich gehe weg aus Berlin.«

Eine Stille, dickflüssig wie Honig, tritt ein.

»Das ist nicht dein Ernst«, sage ich irgendwann.

»Doch.« Sie pustet sich eine Ponysträhne aus der Stirn und nagt an ihrer Unterlippe.

»Aber warum? Und wohin?«, fragt Terese, als sie sich gesammelt hat.

»Nach Freiburg.«

»Wie bitte?«

»Was willst du in Freiburg?«

»Ich studiere wieder. Im Oktober geht es los. Ich mache meinen Master.«

»Du?«

Trotzig sieht sie Terese an. »Ja. Ich. Falls du es vergessen haben solltest, war ich die Beste meines Jahrgangs. Die Professoren haben mir nachgeweint.«

»Aber noch mal studieren … Annabelle, wovon willst du leben?«

Sie zuckt mit den Schultern. »Die ersten sechs Monate sind durchfinanziert. Ich habe so viel mit Auflegen verdient, dass ich einiges zur Seite legen konnte. Und für den Rest des Jahres bin ich dermaßen gut gebucht, dass ich auch weiterhin bestens über die Runden kommen sollte. Und da dachte ich mir, warum soll ich die ganze Zeit in der Videothek verplempern, wenn ich auch mal wieder was für meinen Kopf tun könnte?«

Sprachlos starre ich sie an. Berlin ohne Annabelle ist nicht mehr Berlin. Das ist nur noch eine graue, baustellengefüllte Stadt mit den unfreundlichsten Bewohnern dieses Planeten.

»Was ist mit deiner Wohnung?«

»Schon inseriert.«

»Aber …« Mir versagt die Stimme. »Du kannst doch nicht einfach weggehen.«

Sie legt den Kopf schief und versucht augenscheinlich, fröhlich auszusehen. Es gelingt ihr nicht wirklich. »Ich hab keine Lust mehr, so weiterzumachen. Herrje, ich werde dreißig nächstes Jahr. Mein Leben ist zu jugendlich für mein Alter.«

Ich seufze und auch Terese guckt so traurig, dass ich fürchte, sie bricht wieder in Tränen aus.

Annabelle ist das augenscheinlich ebenfalls nicht entgangen. Sie beugt sich vor und betrachtet Terese aus nächster Nähe. »Jetzt raus mit der Sprache. Was ist mit dir los?«

Terese schlägt die Lider nieder und fährt sich mit dem Handrücken über den Mund. »Nichts. Ich bin traurig, weil du weggehst.«

»Ich würde mich geehrt fühlen, wenn ich dir nur glauben könnte. Aber du schleppst schon seit Tagen, ach, was sag ich, seit Wochen einen imaginären Trauersack mit dir rum. Terese, was ist los?«

Terese antwortet nicht.

»Hast du … eine Affäre?«, frage ich und merke, dass ich mir nervös in die Haut zwicke. Brauchte sie deswegen an jenem unheilvollen Abend, an dem ich Lisas Fotovoltaiktext schrieb, ihr hübsches Kleid? Ich habe panische Angst davor, dass sie mit Ja antwortet. Peter und sie sind mein Traumpaar. Geht diese Beziehung zu Ende, kann ich gar nicht mehr an die Liebe glauben.

»Nein.«

»Hat Peter eine Affäre?«

»Nein!«

»Bist du … bist du magersüchtig?«

»Was? Wie kommst du denn bitte darauf?«

»Sorry, du bist so dünn geworden, deswegen dachte ich …«

Terese schnappt sich ihren Teller und schaufelt sich die Gabel voll. Zweieinhalb Minuten später hat sie alles verspeist und wirft das Besteck neben sich. »Ich möchte, dass ihr mich im Auge behaltet. Ich werde nämlich nicht gleich aufstehen und mich ins Schilf erbrechen.«

Annabelle rollt die Augen. »Das hat doch keiner behauptet.«

»Noch mal von vorn«, sage ich und beuge mich so weit zu ihr vor, dass sie meinem Blick nicht ausweichen kann. »Du hast keine Essstörung, und zwischen Peter und dir ist alles bestens. Hast du deinen Job verloren?«

Sie schüttelt den Kopf. Ich spüre, dass etwas in ihr arbeitet. Sanft streiche ich über ihren Handrücken.

»Okay«, flüstert sie schließlich.

»Okay?«, frage ich nach einer Weile. Annabelle blickt angespannt von einer zur anderen.

»Hase und ich werden heiraten.« Sie sagt das mit einer so traurigen Miene, als hätte sie ihre Trennung bekanntgegeben. Annabelle und ich tauschen verwirrte Blicke.

»Das ist toll!«, sage ich schließlich. »Darauf sollten wir anstoßen. Oder?«

»Ja, stoßen wir an«, sagt Terese lahm und hält ihren mit Wasser gefüllten Plastikbecher hoch. »Auf unsere prachtvolle Hochzeit, von der ich seit Kindertagen geträumt habe, mit Pferden und Kutsche und euch als Brautjungfern und Mädchen, die Rosenblüten regnen lassen.« Lautlos fließen Tränen ihre Wangen hinab und hinterlassen auf ihrer halbtransparenten Bluse dunkle Bahnen. »Wir heiraten aus einem bestimmten Grund. Nämlich weil wir ein Kind bekommen möchten.«

Für einen Moment frage ich mich, ob wir drei eine Zeitreise unternommen haben, ohne es zu merken. »Wieso muss man dazu heiraten? Versteh mich nicht falsch, ich finde es toll, also, theoretisch fände ich es toll, dann nämlich, wenn du dich auch darüber freuen würdest. So ist es eher, als ob du, also …«

»Als ob du dich monatelang nur von Schokolade und Eiscreme ernähren müsstest, obwohl du Schokolade und Eiscreme hasst«, grätscht Annabelle hinein.

»Ich mag Schokolade«, schluchzt Terese.

»Aber warum freust du dich dann nicht? Und was war das jetzt mit dem Kind? Ich verstehe das nicht.«

Tereses Seufzer klingt wie das Atmen eines Vogels, kaum hörbar und so zart und verletzlich, dass mir das Herz schmerzt. Minuten verstreichen.

»Das mit dem Kinderkriegen ist nicht so einfach, wie wir dachten«, murmelt sie schließlich kaum hörbar. Sie blickt auf und stößt ein kurzes, unnatürlich klingendes Lachen aus. »All die Jahre habe ich brav verhütet und diese Scheißpille eingeworfen. Weil ich dachte, wenn ich es nur einmal vergesse, passiert es. Aber ob ihr es glaubt oder nicht, Hase und ich verhüten seit mehr als einem Jahr nicht mehr. Wir haben regelmäßig Sex. Besonders dann, wenn es *gefährlich* ist.« Sie malt Anführungszeichen in die Luft. »Aber scheinbar wollen sich unsere Gene nicht reproduzieren. Wir hätten es ahnen können. Hase ist Einzelkind, ich bin Einzelkind. Meine Mutter ist Einzelkind. Augenscheinlich kann die Welt auf ein weiteres Mitglied der Familie Bucher verzichten, ebenso auf einen weiteren Abkömmling aus Hases Familie.«

»Als ob es so laufen würde«, traut sich Annabelle einzuwerfen.

»Ja, wie läuft es denn? Erklär mir doch bitte, wie es läuft mit dem Kinderkriegen. Ich bin zweiunddreißig, nicht zweiundvierzig. Ich habe nie übermäßig viel getrunken, nie geraucht, ich ernähre mich vernünftig und zwinge Hase, das ebenfalls zu tun. Er isst seit einem halben Jahr keinen Pfeffer mehr, verdammt noch mal!« Als sie unsere verwunderten Blicke bemerkt, fügt sie hinzu: »Ich hab gelesen, dass scharfe Gewürze die Spermaqualität beeinträchtigen.«

»Dann hat Peter gar keine Allergie, die durch Pfeffer verstärkt wird?«

Terese schüttelt den Kopf und wischt mit dem Ärmel die Tränenspuren von ihrem Gesicht. »Es ist komisch. Ich habe alles mit euch besprochen bisher, selbst Sachen, die so intim waren, dass Hase mich umbringen würde, wenn er davon wüsste. Aber diese Sache konnte ich euch nicht erzählen. Keine Ahnung, warum. Ich habe mich geschämt. Ich kam mir unnatürlich vor. Als hätte ich euch angelogen und wäre in Wirklichkeit gar keine Frau. Irgendwas anderes. Ein Alien. Ein Mann. Was weiß ich.«

»Im Leben hätte ich dich nicht für einen Mann gehalten«, bemerkt Annabelle. »Für ein Alien, okay, denkbar.«

Ein Lächeln huscht über Tereses Gesicht. Ich fühle mich hilflos. Dies ist ein Thema, das mich bisher nicht einmal ansatzweise berührt hat. Ich kann mir nicht vorstellen, von der Sehnsucht nach einem Kind verzehrt zu werden. Doch vielleicht kommt das, wenn die Liebe zweier Menschen so groß ist, dass sie noch Größeres hervorbringen will.

»Und jetzt?«, stelle ich die Frage aller Fragen. »Was wollt ihr unternehmen? Ein Kind adoptieren?«

»So weit sind wir noch nicht. Aber das kann kommen.« Nun sieht sie wieder traurig aus. »Erinnerst du dich an deinen Geburtstag, als ich so schnell wegmusste? Mein Schwangerschaftstest war positiv. Wir hatten einen Termin bei meiner Frauenärztin. Doch das Ei war zwar befruchtet, aber …« Sie schüttelt den Kopf, holt tief Luft. »Es war schon tot. Es. Er. Sie. Keine Ahnung.«

»Oh Terese.« Vorsichtig nehme ich sie in den Arm. Sie wirkt noch fragiler als vorhin, und ich habe Angst, sie zu zerdrücken.

»Irgendwie hatte ich es geahnt. Und mich nicht gefreut, während Hase ganz aus dem Häuschen war.« Sie zuckt mit den Schultern. »Er war dann noch trauriger als ich, glaube ich. Ich konnte ihn einfach nicht dazu überreden, mit zu deiner Geburtstagsparty zu kommen.« Sie seufzt. »Und so haben wir begonnen, uns mit künstlicher Befruchtung auseinanderzusetzen.«

»Aber ist es denn kein gutes Zeichen, dass du immerhin schon schwanger warst?«

»Das dachten wir auch. Doch dann hat meine Frauenärztin die These aufgestellt, dass ich möglicherweise schon öfter solche Schwangerschaften hatte, ohne es zu merken, früher, bevor ich die Pille nahm. Ich könnte die Blutung damals für meine Tage gehalten haben. Die kamen sowieso nie ganz regelmäßig. Was bedeutet, dass ich immer ein … ein Kind …« Sie schluchzt leise, setzt sich aufrecht hin und räuspert sich. »Es könnte genetisch bedingt sein. Muss aber nicht.«

Ich nicke.

»Wir wollten es aber weiter ›so‹ probieren. Letztes Wochenende ging es wieder mal in die heiße Phase. Ha. Nicht so heiß, wie es aussieht.«

Mir stockt der Atem. »Letzten Samstag? Oh, nein, Terese, es tut mir so leid! Ich hab Peter vollkommen in Beschlag genommen, und deswegen …«

Sie winkt ab. »Ehrlich gesagt, glaube ich sowieso nicht mehr daran. Wir haben uns jetzt bei einer Fertilitätsklinik angemeldet. Das heißt, ich werde mir täglich Spritzen in den Po knallen, furchtbare Launen und vielleicht Depressionen kriegen, man wird mir Eizellen entnehmen und in ein Reagenzglas geben und Hase muss seinen Samen *spenden*.« Wieder malt sie Anführungsstriche in die Luft und lässt im Anschluss die Arme kraftlos nach unten fallen.

»Was ich allerdings nicht verstehe, ist der Teil mit der Hochzeit.« Mit dem Griff ihrer Gabel kratzt sich Annabelle an der Wange und hinterlässt einen roten Striemen. »Ist mir entgangen, dass Kinderkriegen hierzulande nur noch Verheirateten erlaubt ist?«

»Das nicht. Aber die Kasse gibt zur In-vitro-Behandlung nur etwas hinzu, wenn man verheiratet ist.«

»Wow. Fortschrittlich.«

»Also ist in anderthalb Monaten unser großer Tag.« Mit zerknirschtem Ausdruck in ihrem Gesicht, das noch puppenhafter wirkt als sonst, blickt Terese uns an.

»Äh, dürfen wir wirklich Brautjungfern sein?«

»Wir haben keine Brautjungfern. Wir heiraten standesamtlich.«

»Dürfen wir Trauzeugen sein?«

Sie senkt den Blick. »Na ja …«

»Was na ja?«, frage ich.

»Wir möchten kein großes Bohei machen. Unsere Eltern kommen. Hases Vater und meine Mutter sind die Trauzeugen. Entschuldigung.«

Wir sind nie Frauen gewesen, die sich gegenseitig ihre Hochzeitsträume vorgebetet haben. Ich habe mir nie ein Brautkleid ausgemalt, weder das meiner Freundinnen noch mein eigenes. Doch dass Terese diesen Schritt gänzlich ohne uns gehen will, und das aus so traurigen Gründen, lässt mich fast in lautes Geheul ausbrechen.

»Alles klar bei dir, Emmi?« Als ich nicke, schüttet Annabelle Mineralwasser nach und verteilt die Becher. Erst jetzt fällt mir auf, dass der Korb völlig ohne Alkohol auskommt. Mir fehlt er nicht. Meinen Freundinnen augenscheinlich auch nicht.

»Wir trinken trotzdem darauf«, verkündet Annabelle. »Denn eine Hochzeit von zwei so tollen Menschen wie dir und Hase, Pardon, Peter ist ein Grund zum Feiern, ganz egal, wie sie zustande kommt.«

Nachdenklich fährt sich Terese mit der Hand durch ihr kupferrotes Haar. Es ist weicher geworden, fällt mir auf. Die Strähnen schwingen leicht vor und zurück und kehren dann in ihre Ausgangslage zurück. »Sorry, dass ich ohne euch heirate«, sagt sie nach einer Weile.

Annabelle tätschelt ihr Knie. »Kein Problem.«

»Ich weiß, dass es eines ist. Und Hase und ich geben ein Fest, falls es mir gelingen sollte, schwanger zu werden. Oder ein Kind zu adoptieren, was so einfach ja auch nicht ist. Aber jetzt ist mir nicht nach Lächeln und Feiern. Ich spüre keine Freude, die ich teilen kann. Versteht ihr das?«

Stumm nicke ich. Sie greift nach meiner Hand und drückt sie. Mir wird klar, dass Terese meine Herzensschwester ist und ich damit leben kann, nicht ihre Trauzeugin zu sein. Viel glücklicher bin ich darüber, Zeugin ihres Lebens zu sein. Ihres

Glücks und ihres Unglücks, ihres Lachens und ihrer Tränen, so wie sie Zeugin von meinen ist. Trotzdem könnte ich heulen. Wie gern würde ich etwas für sie tun. Doch was?

Es dämmert, als das Kanu mitsamt Annabelle, Terese, dem jetzt leichten Picknickkorb und mir auf das Ufer zutreibt. Niemand von uns hat gesprochen, während wir über das Wasser schaukelten. Wir tauchten einfach nur die Paddel ein, und diese Monotonie wirkte seltsam tröstlich.

Am Ufer wartet Anton, erhellt von einer Lichterkette, die kunstvoll um die Äste eines Baums geschwungen ist. Es gelingt mir kaum, meine Augen von dem Grün, Gelb, Rot und Blau zu lösen. Ich frage mich, ob ein Kind sie dort aufgehängt und vergessen hat.

»Alles noch heil?«, ruft er. »Habt ihr es gut gefunden? Und wie hat euch der Schwansee gefallen?«

Annabelle steigt als Erste aus. »Alles bestens. Und der See ist toll. Am liebsten würde ich hierbleiben.«

Überrascht betrachte ich Annabelle. Doch das hat sie nicht ernst gemeint. Schließlich zwitschert sie in nicht mal sechs Wochen nach Süddeutschland ab. Zeitgleich wird Terese ohne Annabelle und mich heiraten. Es bricht mir das Herz, wenn ich nur daran denke.

Annabelle hilft Anton, das Boot zu säubern und trocken zu wischen, und hebt es an, als sei es leicht wie ein Stück Stoff. »Platz da.« Es vorsichtig über ihren Köpfen balancierend, marschieren sie über den Kies. Terese und ich folgen ihnen, bis ich abrupt stehen bleibe. An dem hinter Bäumen versteckten Haus, auf das wir zusteuern, leuchten noch mehr Lichterketten, zehn, vielleicht zwanzig baumeln hinab von dem mitgenommenen Dachvorsprung, kaschieren die Risse im Putz, die Löcher in den hölzernen Fensterrahmen. Wir stehen vor der

Villa, die ich heute Nachmittag gefunden habe. So hell erleuchtet wirkt sie wie aus dem Dornröschenschlaf geküsst.

Zu meinem Erstaunen setzt Annabelle das Boot vorsichtig ab und klopft gegen ein Fenster.

»Frau Holzer, sind Sie da?«

»Du weißt, wem das Haus gehört?«

Sie dreht sich zu mir um. »Ja, natürlich. Wieso?«

»Ach, ich …«

Mit lautem Quietschen öffnet sich eine flaschengrün lackierte Holztür, und die unfreundliche Alte von heute Nachmittag streckt ihren silbern schimmernden Kopf hinaus. »Ihr seid schon da? Kommt rein, trinkt noch ein Glas mit mir.«

Ich verstehe gar nichts mehr. Annabelle nimmt mir den Picknickkorb aus der Hand und geht vor, Anton und Terese folgen ihr. Nur ich stehe noch draußen und atme die Spätsommerluft ein, die süß riecht wie Lavendeleis.

Wenige Augenblicke später öffnet sich die Haustür erneut. »Sie nicht?«

»Doch«, murmele ich. Sie huscht vor, und ich folge ihren kleinen flinken Schritten. Weiß sie, dass wir einander heute schon einmal begegnet sind? Und warum hat sie mir verschwiegen, dass sie hier wohnt? Ich bin noch unsicher, ob ich sie für bescheuert halten soll oder interessant, eines aber weiß ich: Sie hat Geschmack. Das Holz des Bodens ist von einem warmen Rotton, die unverputzten Wände von romantisch abblätterndem Taubenblau. Immer wieder fallen mir liebevoll eingesetzte Details ins Auge: ein windschiefer Bilderrahmen mit einem gepressten Ahornblatt darin, die kniehohe, bauchige Vase zwischen zwei Türrahmen, aus der ein Hagebuttenstrauch ragt. Seine Früchte leuchten blutrot. Wir laufen durch einen schmalen, nur schwach beleuchteten Gang an tief angesetzten Sprossenfenstern vorbei. Wenn die

Sonne scheint, ist hier bestimmt alles in mandarinenfarbenes Licht gehüllt. Aus dem Raum am Ende des Gangs höre ich Annabelles Stimme. Als wir eintreten, bleibt mir die Luft weg. Die Küche ist so groß wie meine gesamte Wohnung. Man könnte Rollschuh auf den schwarz-weißen Bodenplatten fahren, einmal von dem gigantischen Kühlschrank zum sechsflammigen Gasherd und zurück. Ich stelle mir vor, dabei die Arme auszustrecken und mit einem Kochlöffel auf den von den Decken hängenden Kupfertöpfen Xylophon zu spielen.

Eine hölzerne Arbeitsfläche zieht sich eine gesamte Wand entlang. Darüber hängen Drucke von liebevoll gezeichnetem Obst und Gemüse und ein Regal mit Tellern aus allen erdenklichen Epochen und Erdteilen. Ich fühle mich wie Alice im Wunderland. Bis ich mich nach links drehe und irritiert auf ein Feldbett starre, neben dem ein Kartonturm steht, der augenscheinlich als Kleiderschrank dient. Annabelle fängt meinen Blick ein und schüttelt fast unmerklich den Kopf.

Das ist wohl nichts, was ich thematisieren sollte.

»Rotwein?«, fragt mich die Alte und hält mir ein putziges Gläschen hin. Ein großer Schluck, und es ist leer, also nippe ich nur daran, nachdem wir angestoßen haben.

»Grete haben wir unser grandioses Picknick zu verdanken«, sagt Annabelle in die andächtige Stille hinein. »Ich wusste, ich muss euch einander vorstellen, ihr versteht euch bestimmt prima.«

Ich senke den Kopf, doch als ich kurz aufblicke, zwinkert Grete mir zu. Eine seltsame Frau. Warum hat sie mir heute Nachmittag nicht einfach gesagt, dass sie die Besitzerin von Land und Haus ist? Und warum in aller Welt wohnt sie in ihrer Küche? Doch natürlich kann ich nicht anders, als ein bisschen in sie verliebt zu sein nach diesem Essen. Zwar fände ich es trotzdem begrüßenswert, wenn sie freundlich bliebe – aber gewisse Talente erlauben einfach Arroganz.

»Emmi ist auch eine begnadete Köchin«, erklärt Annabelle.

Gerade will ich dazwischengrätschen, als Terese nach meinem Arm greift. »Mach dich ja nicht kleiner, als du bist. Du kochst fantastisch. Sie sollten sie mal hier walten lassen.«

Unter hochgezogenen Augenbrauen mustert Grete Terese und mich. Die Luft scheint sich verändert zu haben. Plötzlich ist sie zum Schneiden dick. Terese lässt meinen Arm los und blickt angestrengt auf den Fußboden.

»Würden Sie jemand Fremden einladen, Ihr Schlafzimmer zu nutzen?«, fragt Grete.

Terese läuft rot an. »Ähm, nein.«

»Also.« Sie guckt noch ein bisschen mürrisch, dann glättet sich ihr Gesicht. »Entschuldigung. Sie sehen nicht wie jemand aus, bei dem Ausschimpfen Spaß macht. Bei Ihren Freundinnen schon«, sie guckt von Annabelle zu mir, wendet sich aber wieder Terese zu. »Sie sollten gut auf sich achtgeben. Und sich auf die schönen Dinge konzentrieren. Das birgt manche Überraschung.«

Terese guckt so peinlich berührt, dass ich mich vor sie schiebe. »Wir sollten jetzt … Annabelle, du musst noch auflegen …«

»Upps! Aber hallo! Tschüs, Grete, es war uns ein Fest.«

Draußen stottert Terese: »Was hat sie bitte damit gemeint?«

»Grete ist ein bisschen wunderlich«, sagt Anton und stopft seine großen Hände in die Tasche seiner Jeans. »Aber harmlos. Weitgehend jedenfalls. Seit sie vor ein paar Jahren das Hotel dichtmachen musste, hat sie so ihre Launen.« Nachdenklich reibt er sich über das dickfleischige Kinn. »Mit sechzig hatte sie einen Schlaganfall. Sie hat sich erholt, aber ihr habt sie ja gesehen. Wirkt um Jahre gealtert. Die Arme …« Er senkt den

Blick, seine Stimme verliert sich in der beinahe schwarzen Nacht. »Froh war sie seitdem nicht mehr.«

»Wie alt ist sie denn?«, frage ich.

Er zuckt mit den Schultern. »Müsste so sechsundsechzig sein.«

Was? Ich hatte sie für achtzig gehalten! Ich drehe mich um und werfe einen Blick auf den schummrig beleuchteten Raum, der früher das Restaurant beherbergte. Mir ist, als könnte ich die leise Musik hören und das Plaudern der Gäste, während Grete hinten in der Küche laut singt und mit den Töpfen klappert.

»Geht schon mal vor. Ich kenne den Weg«, rufe ich und ziehe noch einmal die quietschende Holztür auf.

»Auch im Dunkeln?«, ruft Terese mir nach.

»Ja, ja.« Während ich durch den Flur eile, frage ich mich, was ich der alten Dame eigentlich sagen will. Vor der Küchentür bleibe ich stehen. »Entschuldigung«, rufe ich. »Ich bin es noch einmal. Emmi.«

Als keine Antwort ertönt, drücke ich zaghaft gegen das Holz. Im abgedunkelten Licht sehe ich zunächst nur ein silbriges Häuflein auf dem Bett. Ich zucke zusammen. Hat sie etwa einen erneuten Schlaganfall? In zwei Schritten bin ich bei ihr, strecke die Hand nach ihr aus und berühre zart ihre Schulter.

»Frau Holzer!«

Als sie sich langsam umdreht, atme ich vor Erleichterung tief auf. Ihr Gesicht zeigt Spuren von Tränen. Ein kalter Schmerz fährt in meinen Bauch. Ich reiche ihr kein Taschentuch – wie immer habe ich keines –, ich weiß auch nichts Tröstliches zu sagen. Doch, eines schon: »Ich verstehe Sie.«

Sie blinzelt und wischt sich über die Augen. Langsam kehrt Farbe in ihr Gesicht zurück. Wie schön sie früher gewesen sein muss. Ihre Züge wirken wie gemeißelt, von entschiedener Hand in Stein gehauen.

»Ich bin so müde«, sagt sie.

Am nächsten Morgen, zwischen Honigbrötchen, Kaffee und kleinen Apfelküchlein, die ich frisch vom Herd hole und auf der Dachterrasse serviere, streiche ich über Tereses Haar. »Was möchtest du heute machen?«

Ihre Augen wirken unergründlich. Sie blickt in den blassblauen Himmel, zieht die Beine an, löst die Verschlüsse ihrer baumhohen Pumps und wirft sie in weitem Bogen von sich. »Heute fühle ich mich einfach mal klein.«

»Darf ich mitmachen?«

»Nein. Ich möchte lieber für mich sein.«

»Kommt gar nicht infr…«

»Doch.« Entschlossen hebt sie das Kinn. »Mir geht es heute viel besser als die Wochen zuvor. Einfach mit euch darüber zu reden hat geholfen. Außerdem musst du todmüde sein. Es war bestimmt fünf, als du nach Hause gekommen bist, oder? Wenn ich nicht wie ein Stein geschlafen hätte, wäre ich gestorben vor Sorge um dich. Wo warst du?«

Ich grinse und lege den Kopf schief. »Bist du mir böse, wenn ich das noch ein bisschen für mich behalte? Ich habe das Gefühl, ich würde ein böses Omen heraufbeschwören, wenn ich es zu früh auf die Welt loslasse. Die Idee ist noch zu klein, zu unfertig. Verstehst du das?«

Sie nickt, runzelt die Stirn. »Hm … Okay. Auch wenn ich so neugierig bin, dass ich sterben könnte. Schließlich wirkst du plötzlich, ich weiß nicht … wie ausgewechselt. Als ob du endlich die Steckdose gefunden hättest.« Sie grinst, und ich könnte sie knutschen. »*Mir* geht es ja wie gesagt viel besser, seit ich mit euch über mein Geheimnis geredet hab.«

»Aber deines war traurig. Es gibt Dinge, die man ohne die besten Freundinnen nicht durchsteht. Und welche, bei denen es nur darum geht, still wie ein Mäuschen zu sein und in sich hineinzulauschen.« Ich blicke auf die Landschaft unter uns. Weiche Hügel durchziehen das Land, am Horizont glitzert die Müritz. Wenn ich zurückblicke auf mich selbst zu Beginn dieses Sommers, kann ich kaum glauben, dass wir ein und derselbe Mensch sind. So vieles ist passiert. Eine Menge, was schmerzte, doch mir scheint, ich habe mich gerade erst richtig kennengelernt.

Terese lächelt, und jetzt erkenne ich wieder meine alte Freundin in ihr. Klein, stark und optimistisch bis an die Grenze des Erträglichen.

»Ich freu mich schon drauf, was immer es ist!«

Sweet Clementine

Ich werde so aufgeregt wach, dass ich mit einem Satz aus dem Bett springe und nicht mal einen Kaffee brauche. Heute fängt es an. Heute beginnt der Teil meines Lebens, in dem ich mich ins Fahrwasser begebe, das Steuer in der Hand.

Schneller habe ich mich nie in meine seriösesten Klamotten gequetscht, die Haare glatt gebürstet und dezentes Make-up aufgetragen. Beschwingter hab ich wohl auch nie vor mich hin gesummt, während ich die Stufen hinabeile, meinen Schirm aufspanne und durch den pladdernden Regen zur Bushaltestelle laufe. Der Doppeldecker bringt mich in den ödesten Teil Charlottenburgs. Mir klopft das Herz bis zum Hals, während ich mich umsehe. Graue Mietskasernen überall. Weit und breit ist kein Passant zu sehen.

Entschlossen drücke ich die Klinke einer Glastür hinunter. Drei Augenpaare blicken mich an und wieder hinunter. Ich bringe ein »Hallo« hervor und setze mich auf einen freien Stuhl, dessen Sitzfläche unangenehm kalt ist. Das Gründerinnenbüro ist in frohen Farben gehalten, die einander auf Fensterrahmen und Wandanstrichen abwechseln. Die Einrichtung selbst ist nüchtern. Furnierte Tische und Türen, keine Bilder oder Vorhänge.

Gedanklich gehe ich die Punkte durch, die ich vor ein paar Tagen auf meiner Rezeptwand notiert habe. Genau genommen war es keine Rezeptwand mehr, denn etwas fehlte: die

Rezepte. Stattdessen stand ich vor einer mattschwarzen Fläche, die beinahe leer war, und rieb ein Stück Kreide zwischen Zeigefinger und Daumen. Der Duft von Orangen erfüllte den Raum. Fruchtperlen platzten auf meiner Zunge und verströmten eine frische Süße, während ich Wort für Wort niederschrieb. Am Ende sah mein Gekrakel ziemlich chaotisch aus, doch ich hatte das Gefühl, einen Plan zu haben.

Nacheinander verschwinden die wartenden Frauen in einem Büro. Schließlich bin ich dran. Den Schreibtisch ziert ein Topf mit einer Orchidee, der Rest des Raums ist schmucklos gehalten. Die Frau vor mir, die sich als Marianne Senkel vorstellt, schiebt mir ein Glas Wasser hin und bittet mich, Platz zu nehmen. Ich schätze sie auf Mitte vierzig und frage mich, ob ich je so erwachsen aussehen werde. Sie trägt ein blaues Businesskostüm und Perlenkette und geht garantiert alle zwei Wochen zum Friseur.

»Wie kann ich Ihnen helfen?«

Als ich die Website fand, war ich davon überzeugt, hier an der richtigen Stelle zu sein. Existenzgründerberatung von und für Frauen – wie für mich gemacht! Doch jetzt werde ich unsicher. Was, wenn sie mich auslacht? Ich drücke den Rücken durch. Nix da. Jetzt zu kneifen würde allenfalls zu der alten Emmi passen. Ich atme tief ein. »Ich möchte mich an einem Hotel mit Restaurant in Mecklenburg-Vorpommern beteiligen.« Jetzt ist es raus.

Die Frau nickt und zieht etwas aus einer Schublade. Auffordernd lächelnd schiebt sie mir einen eng bedruckten Zettel zu. »Hier sind Adressen, die hilfreich für Sie sein könnten. Wir bieten einen Stammtisch für Gründerinnen an. Ein guter Ort, um sich mit Gleichgesinnten zusammenzuschließen. Vielleicht haben Sie Glück und finden gleich welche, die ebenfalls im Hotel- oder Gastronomiegewerbe unternehmerisch tätig werden wollen.«

Vielleicht sollte ich jetzt noch erwähnen, was möglicherweise das Problem an der Sache sein könnte. Besser gesagt, was ein Problem unter einer Menge sein könnte. »Leider habe ich keine abgeschlossene Ausbildung im Gastgewerbe. Ich habe eine Kochlehre begonnen, aber, na ja, aus persönlichen Gründen nicht fertiggemacht.«

Abwartend blickt sie mich an.

»Leider habe ich auch kein Kapital.«

Nun legt sie doch den Kopf schief. Ich wusste es. Mein Killerargument – leider keins in meinem Sinne.

»Wie Sie sich denken können, ist Geld immer gut.« Sie lächelt. »Wo etwas ist, kann es sich vermehren. Auf darben Äckern wächst nicht viel.« Sie spielt an ihren Perlen. »Wir vom Gründerinnenbüro können Ihnen aber so oder so nicht sagen, ob sich Ihre Idee umsetzen lässt oder nicht. Wir bemühen uns stattdessen darum, Interessierte untereinander zu vernetzen und mit Adressen weiterzuhelfen. Grundsätzlich immer nützlich ist, sich an eine Unternehmensberaterin zu wenden. Da müssen Sie ein wenig Geld in die Hand nehmen. Aber es lohnt sich. Dort kann man Ihnen Finanzierungsmöglichkeiten nennen, einen Businessplan erarbeiten, gemeinsam über alternative Wege nachdenken. In die Hotellerie oder Gastronomie einzusteigen ist nicht gerade kostengünstig. Doch es gibt auch Wege, die nicht zwingend ausschließlich zu Banken führen. Ich sage nur Crowdfunding. Auf dem Flugblatt haben wir Websites zusammengetragen, die auch hier anleiten könnten.«

»Crowdfunding?« Gespannt beuge ich mich vor und blicke auf die Liste. Klar habe ich von Leuten gehört, die so ihre eigenen Platten oder Filme produzieren, es gibt sogar Menschen, die auf diese Weise Bücher schreiben. Aber ein Restaurant in Meckpomm eröffnen?

Kurz bevor Terese und Annabelle eintrudeln, backe ich noch schnell einen Banoffee Pie. Na ja, backen kann man dazu wirklich nicht sagen. Es ist eine herrliche Sauerei, alles an mir klebt, die Küche ebenso. Mit amüsiertem Lächeln sieht Ryan mir zu.

»Die Gehirnzellen funktionieren mit Zucker fast in Reinform bestimmt noch besser«, erkläre ich. »Ich stelle mir das so vor: Mit den Kekskrümeln locken wir sie aus der Reserve, die süße Kondensmilch ist die Peitsche, die sie antreibt, die Bananen sind ihre Belohnung.«

Es klingelt, und ich sprinte in den Flur und hüpfe im Türrahmen von einem Fuß auf den anderen. »Ich platze vor Ideen«, rufe ich meinen Freundinnen auf dem letzten Treppenabsatz entgegen. Sie werfen sich einen verblüfften Blick zu. »Kommt schon hoch, ich brauche eure Hilfe.«

Annabelles Nase zuckt. »Hier riecht es ja nach gar nichts.«

»Was?«

»Normalerweise weiß ich schon unten, was es heute geben wird, weil mir herrliche Duftschwaden entgegenwabern. Heute riecht es nach nichts. Hast du etwa vergessen, dass Montag ist?«

»Nein! Aber wir haben keine Zeit für ein ausgefallenes Menü. Rein jetzt mit euch. Wir müssen nachdenken!«

Die folgenden Tage verschwimmen zu einem einzigen Strudel. Ich telefoniere mir die Finger wund und die Stimme heiser, ich mache Listen, lang wie die Straße des 17. Juni, ich rechne und kalkuliere und plane und raufe mir alle halbe Stunde derart die Haare, dass ich befürchte, bald keine mehr zu besitzen.

»Are you sure you're getting somewhere?«, ruft Ryan aus dem Wohnzimmer.

»Ja! Ruhig jetzt!«

Immer nachmittags werde ich so nervös, dass ich nicht anders kann, als zu kochen. Ich habe mich einmal durch das neueste Werk von Alain Ducasse gearbeitet und wende mich gerade Levi Roots zu, als eine Idee in mein Hirn tropft, die zuerst zu formlos ist, um sie in Worte zu fassen. Während ich die Süßkartoffeln schäle und Butter mit Chilischoten und zerstoßenem Knoblauch verrühre, schiebe ich sie langsam von hier nach da, begucke sie von allen Seiten und finde immer mehr Gefallen daran.

Mein Telefon schrillt.

»Emmi, bist du angezogen? Ich hab Wieland die Kamera aus den Rippen geleiert. Ich komme vorbei, ja?«

Ich schlucke. Zwei Minuten Film, sagte Annabelle, brauche man, um eine Chance auf dem engen Crowdfunding-Markt zu haben. Und ich bin die Hauptfigur, was für ein Graus! Immerhin will sich Annabelle ebenfalls zeigen. Ich schätze, sie ist sehr viel drehtauglicher als ich.

Ob ich mir schnell einen Mojito mixe? Doch ich verwerfe den Einfall so schnell, wie er gekommen ist. Jetzt ist Nüchternheit gefragt. Überzeugungskraft. Wo, bitte sehr, kann man die kaufen?

Banktermine haben etwas an sich, das sich meiner Meinung nach am besten mit einer Mischung aus Chemieklausur und für Süßigkeiten ausgegebenem Taschengeld beschreiben lässt – ich fühle mich viel zu schlecht vorbereitet und habe ein diffus schlechtes Gewissen. Warum eigentlich? Weil mein Konto in den Miesen ist? Wahrscheinlich. Trotzdem halte ich den Kopf erhoben und umklammere mit schweißnassen Fingern die Mappe, die ich mit Hilfe einer Unternehmensberaterin ausgearbeitet habe.

Die Papiere darin sehen toll aus. Voller Tabellen, Zahlenkolonnen, Flipcharts in Gelb, Schwarz und Grün. Ich finde sie enorm überzeugend. Ich hoffe, mein Berater sieht es ebenso.

Wieso wirkt eine Bank eigentlich genau wie jede andere? Gibt es einen Urtyp, den sich der größte Langweiler der Welt ausdenken durfte? »Bitte essen Sie beim Entwerfen Haferschleim«, könnte das Credo gelautet haben. »Wenn es sein muss, darf hier und da etwas glänzen, aber wagen Sie ja nicht, Farbe einfließen zu lassen.« Auch frage ich mich, ob sie wie beim Supermarktbau Konzepte entwickelt haben, in welche Richtung der Kunde geschleust wird. So etwas wie: »Die Wendung nach links wirkt einschüchternd, schwenkt er nach rechts, erwacht in ihm Spieltrieb.«

Ich werde nach links gewunken. »Frau Pape? Kommen Sie doch bitte herein – Emmi! Das ist ja eine Überraschung!«

Verwirrt starre ich Frank an. »Jetzt sag nicht, dass du mein Berater bist.«

Er grinst mich an. »Scheint so. Dein Name kam mir dunkel bekannt vor, aber da ich dich nie Emma genannt habe – und erst recht nicht Pape … Was für ein Zufall!«

Ich grinse über beide Ohren. Das ist Schicksal, da bin ich ganz sicher. Das – und mein unfassbar professionelles Konzept – wird mich in einer halben Stunde mit einem Kredit über fünfzigtausend hier rausspazieren lassen. Juhu!

»Alles klar?«, murmelt Annabelle nachmittags in mein Haar. Statt einer Antwort gebe ich ein Schluchzen von mir.

»Ach, Emmi. Wir wussten doch, dass es nicht einfach ist.«

»Ja, aber, aber«, hickst es aus mir heraus. »Aber dann habe ich Frank gesehen und war ganz sicher, ganz sicher, dass, dass, dass …«

»Pscht.« Ihre Hand auf meinem Kopf fühlt sich beruhigend an. »Nun wein dich erst mal aus. Dann sehen wir weiter.«

»Aber ich, ich, ich hab geglaubt, nun geht endlich mal was einfach!«

»Das wird es auch. Bloß nicht sofort.«

»Aber wenn Frank nicht dran glaubt ... Vielleicht hat er recht.«

»Er sagte doch gar nicht, dass er nicht daran glaubt. Er will bloß erst abwarten, ob mehr Geld zusammenkommt, bevor die Bank etwas investiert.«

»Ich finde zweitausend viel«, sage ich dumpf in Annabelles Oberschenkel.

»Ich auch, Spatz. Ich auch.«

»Und ich dachte ja, *oh Gott!*« Vor Scham über meine Naivität bohre ich meine Nase so tief in Annabelles Knie, dass sie aufschreit.

»Was ist?«

»Ich dachte tatsächlich, ich könnte Geld für Terese davon abzweigen. Was meinst du, soll ich ihr die zweitausend geben, die durch das Crowdfunding bisher reinkamen?«

»Du darfst ihr die zweitausend nicht geben, Süße! Die Leute investieren in Gretes und dein Hotel, nicht in Tereses Bauch. Du würdest ganz schön Ärger bekommen.«

»Verdammt!«

»Zieht Idris eigentlich mit ein?«, rufe ich tags darauf Annnabelles Rücken zu. Ich habe mich wieder berappelt und Franks Kopf, den ich mit Kreide an meine Rezeptwand gemalt habe, heute erst ein-, höchstens zweimal die Zunge rausgestreckt.

Schnaufend bleibt sie stehen und versucht, die Plattenkiste mittig auf ihrem Oberschenkel zu balancieren. »Wer?«

»Idris. Ich dachte, du bist mit Idris Elba zusammen.«

»Stimmt ja, irgendetwas war anders, und das waren nicht nur Hermes und dein Job und Tereses Launen. Wir haben uns unsere Sexerlebnisse gar nicht mehr erzählt!«

»All die aufregenden Techniken, die ich mit Ryan durchgespielt habe, hast du verpasst.«

»Hab ich?«

Ich schüttele den Kopf. »Wir kuscheln nur noch. Und bei euch?«

»Hat nicht funktioniert. Ehrlich gesagt hab ich ihn vergessen, so in etwa in der Zeit, als ich die Idee mit dem Studium hatte. Und dann kam ja alles klackklackklack.« Sie zuckt mit den Schultern. »Keine Muße mehr für Sex mit dem bestaussehenden Mann der Welt.«

»Tempo, Tempo, Mädels«, keucht Wieland, der sich mit hochrotem Kopf und drei aufeinandergestapelten Kartons an uns vorbeidrückt und die Stufen zu meiner Wohnung in Dreierschritten nimmt. Ich bin froh, dass der größte Teil des Umzugs schon hinter uns liegt. Und dass der größte Teil von Annabelles Kram nicht bei mir unterkommt, sondern in seinem Keller, wo zwischen Milliarden leerer DVD-Hüllen und Pappaufstellern, die William Shatner als Captain Kirk zeigen, tatsächlich noch genug Platz für ihre Möbel ist. Doch die Platten sollen zu mir, darauf hat sie bestanden, ebenso wie ihre Klamotten. Auch Peter hilft beim Schleppen. Terese muss arbeiten, hat aber versprochen, unsere Interims-WG heute Abend mit Champagner zu begießen.

Nachdem Peter eine Riesenportion Umzugssuppe vertilgt und sich verabschiedet hat, schrillt mein Handy. Ich lasse mich aufs Sofa fallen und strecke die Beine aus.

»Emmi?«, fragt eine weibliche Stimme, die mir entfernt bekannt vorkommt. »Hier ist Daniela Mönkemöller. Beas Tochter. Deine Mutter hat mir deine Nummer gegeben. Es gibt etwas, das ich gern mit dir besprechen würde. Besser gesagt, das mein Bruder und ich mit dir besprechen möchten. Hast du etwas dagegen, wenn ich den Lautsprecher auf Laut stelle?«

»Natürlich nicht«, stammele ich und lausche ihren Worten. Thomas Mönkemöller spricht mit ebenso angenehmer Stimme wie seine Schwester. Ich bleibe stumm, die meiste Zeit. Doch noch lange nachdem wir uns verabschiedet haben, klopft mir das Herz bis zum Hals. Ich starre nach oben und traue mich kaum, über das Gespräch nachzudenken. Was, wenn es sich bei genauerem Hinsehen als Einbildung entpuppt?

Plötzlich fällt mir auf, dass es verdammt still in meiner Wohnung ist. Wo ist Ryan? Und waren da eben nicht noch Annabelle und Wieland? Ich rappele mich auf und werfe einen Blick ins Bad. Es ist leer. Das Schlafzimmer ebenso beziehungsweise die paar Zentimeter, die nicht mit Annabelles Kisten vollgestellt sind. Auch im Flur keine Spur. Wohl aber in der Küche.

Ohne einen Mucks von mir zu geben, starre ich auf Annabelles Rücken. Er ist gebeugt, ihre Schultern sind rund. Sie sitzt auf Wielands Schoß, seine Hände zerzausen ihr Haar, und sie küssen sich so innig, als gäbe es keine Welt mehr um sie herum.

Atemlos trete ich den Rückzug an. Als mein Handy klingelt, ertönt ein lautes Rumpeln aus der Küche. Ich wette, wenn ich nun hineingucke, sitzen beide brav auf zwei Stühlen und tun so, als langweilten sie sich zu Tode. Ha, wenn ich das Terese erzähle! Doch statt ihrer Stimme erklingt eine männliche. »Hallo, Emma. Hier ist Papa.«

Zischend atme ich ein. »Oh. Ähm. Hallo.«

»Emma, ich möchte mit dir reden.«

Ich beiße mir auf die Lippen. Wieder dieser Kommandoton. Könnte er mich nicht einfach bitten? »Gib mir Zeit, okay? Ich melde mich, wenn ich so weit bin.«

Wunschpunsch

Ein wenig mehr Festlichkeit hatte ich schon erwartet. Doch Herr Rosinsky lässt mich in seinem grau in grau gehaltenen Büro nur mehrere Dokumente unterschreiben, faltet die Hände und rückt seine Krawatte zurecht. »Der Grund, warum man Sie so spät über die Existenz des Testaments in Kenntnis setzte, ist folgender: Beatrix Mönkemöllers Vermögen wurde zunächst nach der gesetzlichen Erbfolge verteilt, schließlich nahm man an, dass kein Testament existiere. Die Erben der ersten Ordnung jedoch fanden nun, zwei Jahre nach Frau Mönkemöllers Tod, ihr Vermächtnis in einem Kochbuch. Hierin wurden auch Sie bedacht. Ich muss zugeben, dass mir so etwas bisher nicht untergekommen ist. Man hätte es auch verschwinden lassen können, es handelte sich schließlich um kein notariell beglaubigtes. Doch den Abkömmlingen war der Wunsch der Mutter wichtiger als das eigene Vermögen.«

Ich verstehe nur Bahnhof. »Ich bin immer noch nicht sicher, ob ich weiß, was mir zusteht. Was mir von Tante Beas Erbe gehört, nach Abzug von allem, Steuern und so etwas.«

Mit fragendem Ausdruck in seinen Augen blickt er mich an.

»Beatrix Mönkemöller«, füge ich hinzu. »Ich habe sie Tante Bea genannt.«

»Verstehe. Nun, das lässt sich ganz einfach ausrechnen. Lassen Sie mich sehen.« Er murmelt etwas Unverständliches, blättert vor und zurück und richtet seine Augen auf mich, deren Grau hervorragend zu dem der Wand hinter ihm passt. »Da Sie in keinerlei Verwandtschaftsgrad mit der Erblasserin standen, summiert sich Ihr Teil, die Erbschaftssteuer abgezogen, auf einundvierzigtausend Euro.«

Ich schlucke und habe das Gefühl, kopfüber in ein Stück Sahnetorte gefallen zu sein. Reichlich schwindelig aber ist mir auch. Er nickt, auch wenn er kaum so wirkt, als sei dies eine nennenswerte Summe für ihn. Für mich aber, oho, ist das eine Menge Geld. Eine riesige, eine gigantische Menge Geld. Ich springe auf und rüttele am obersten Knopf der blendend weißen Bluse, die Terese mir geliehen hat. Sie ist zu klein und spannt über Bauch und Brüsten, doch heute Morgen glaubte ich, dass Tante Beas Kinder ebenfalls anwesend sein würden. Ich wollte seriös aussehen. Erwachsen. Dankbar. Ich weiß nicht, warum ihre Mutter auch mir etwas hinterlassen hat. Doch ich bin mir sicher, dass sie wollte, dass ich etwas Sinnvolles damit anstelle.

Ich bedanke mich überschwenglich bei Herrn Rosinsky, laufe über die graue Auslegware des langgezogenen Altbauflurs, hüpfe die Treppen hinab und öffne die Haustür. Der Ku'damm liegt breit und glänzend vor mir. Nur wenige Leute sind zu dieser frühen Stunde unterwegs, all die schicken Geschäfte sind noch geschlossen. Die Luft schmeckt weich und holzig nach nahendem Herbst. Ich atme tief ein und angele nach meinem Telefon.

»Schick mir deine Kontonummer! Und noch etwas: Widerstand ist zwecklos«, simse ich, und plötzlich sehe ich nur noch Schwarz. Etwas Weiches, nach Zedern und einem Hauch Tabak Riechendes presst sich an meine Nase. Besser gesagt presse ich meine Nase dagegen, denn ich bin schließlich in diese Person hineingerannt.

»Hoppla, Entschuldigung«, murmele ich und blicke auf, als ich einen festen Griff um meinen Oberarm spüre. Ruckartig werde ich weggezogen und ein paar Meter weiter wieder losgelassen. Der Typ, der mich so unsanft von hier nach dort geschubst hat, mustert mich mit strafendem Blick. Er ist kahlhäuptig, an seinem linken Ohrläppchen leuchtet ein lilafarbener Stein, und sein massiger Körper steckt in einem T-Shirt und einer amerikanisch wirkenden Jeans, die hierzulande wegen ihrer Unförmigkeit niemand tragen würde.

»Watch yourself«, fährt er mich an.

»Jetzt aber mal halblang«, protestiere ich. »Das hab ich nicht extra gemacht.« Unterstützung suchend blicke ich den Typen an, den ich fast umgerannt hätte. Und spüre ein wildes Kichern in mir aufsteigen. Ich kenne diese graublauen Augen, die ein bisschen zu eng beieinanderstehen und doch ungemein sexy wirken. Ich kenne den schmal geschnittenen Mund und die gerade Linie seiner Nase. Ich kenne das blonde Haar und weiß genau, wie es sich anfühlt, hindurchzustreichen. Diese Schultern, die mit den Jahren immer breiter geworden sind, weil er wohl für jeden Film mehr trainieren muss. Ich kenne ihn und kenne ihn nicht, denn es ist nicht mein Ryan Gosling, sondern der, den die ganze Welt sehen kann, hören und vielleicht, hier und da einmal, berühren kann. Er steht da und guckt an mir vorbei. Sein Bodyguard reibt sich die Hände, als habe er sein Tagwerk vollbracht, und lässt mich nicht aus den Augen. Es fällt mir schwer, meinen Blick zu lösen. So also sieht der echte aus. Nicht so gut wie meine Version. Wie das wohl kommt? Vielleicht weil der Mensch immer schöner wird, je besser man ihn kennt.

Als ich bemerke, dass ich nicht mehr die Einzige bin, die ihn erkannt hat, löse ich mich aus der kleinen Menschenmenge und laufe weiter. In den Tiefen meiner Tasche piept mein

Handy. Zärtlich klopfe ich darauf. Ich weiß nicht, ob es an dem überraschenden Treffen von eben liegt oder ob es sich auch sonst so anfühlen würde, doch ich war noch nie so sicher, das Richtige zu tun.

Zögernd schwebt mein Zeigefinger über der Computertastatur. Ich könnte ihn in der Luft lassen. Für ein paar Stunden, vielleicht sogar Tage, falls ich nicht vorher einschlafe und vom Stuhl kippe. Aus der Wohnung unter mir ertönt Hippiemusik. Ich starre auf meinen Zeigefinger, auf den Monitor und auf die Zahl in dem Euro-Feld. »10.000« steht da. Eine Eins mit vier Nullen. Ich hatte noch nie in meinem Leben so viel Geld. Und noch nie in meinem Leben bin ich mit einer einzigen Überweisung so viel losgeworden. Klick. Weg ist es.

Wie gern würde ich mich in Ryans Arme werfen und mit ihm durch die Wohnung tanzen. Ich würde ihm erzählen, dass ich hoffe, Patentante zu werden, und mich keinesfalls daran stören würde, mir diese Rolle ein klitzekleines bisschen erkauft zu haben.

»No way«, würde er vielleicht sagen. »Du hast es nicht erkauft, du hast es dir verdient.«

Doch nach dem Treffen mit Herrn Rosinsky wartete in meiner Wohnung nur Annabelle auf mich. Ryan ist fort, obwohl ich immer wieder hoffnungsfroh hinter meinen Schrankvorhang oder unter die Bettdecke gucke.

»Das ist viel zu viel!« Terese steht bleich und mit aufgerissenen Augen im Hausflur und wedelt mit einem Haufen Blättern herum. Ihren Kontoauszügen, wie es aussieht. »Das ist dein Geld. Ich will es nicht.«

Ich ziehe sie herein. »Komm, wir haben etwas zu besprechen.«

»Das haben wir, allerdings. Aber ich kann dir jetzt schon sagen, was meine Meinung dazu ist: N.E.I.N. Ich nehme das Geld nicht. Du sollst dein Restaurant eröffnen und Meckpomm retten und was weiß ich.«

»Darüber reden wir noch. Nun komm.« Während ich sie hinter mir herziehe, fällt mir auf, dass ihre Schuhe keine klackernden Geräusche machen. Ich drehe mich um. Tatsächlich – Terese trägt Turnschuhe. So klein wirkt sie damit eigentlich gar nicht.

In der Küche blickt uns Annabelle mit seligem Lächeln an. »Emmi, du kannst dir nicht vorstellen, wie glücklich mich dieser Abend macht.«

Verwirrt wechseln Terese und ich einen Blick.

»Mir ist es aufgefallen, als ich in den Ofen geguckt habe. Ich habe diesen Duft eingeatmet. Und mir wurde klar, dass du über Hermes hinweg bist.«

»Äh, ja?«

»Bist du. Du hast einen Braten gemacht. Fleisch. Einen ganzen Berg davon. Halleluja!« Sie streicht sich eine Strähne aus dem Gesicht. Ihr Haar ist ohrlang – eine echte Mähne also für ihre Verhältnisse – und aschblond getönt. Sie sieht aus wie ihre jüngere, deutlich bravere Schwester. Aber irgendwie süß.

»Sag bloß, das wird dir erst jetzt klar«, sage ich trocken. Annabelle guckt so überrascht, dass ich mir ein Grinsen nicht verkneifen kann.

»Darauf trinke ich«, sagt Terese, nimmt sich ein Glas und hält es hoch. »Auf dich, Emmi. Und auf dein Herz, das du keinem Schuft mehr schenkst!«

Wir stoßen an.

»Aber dein Geld will ich trotzdem nicht.«

»Terese …«

»Du hast mir fünfhundert Euro geschuldet, keinen Cent mehr.«

»Ich habe mich schlaugemacht, was Kinderwunschbehandlungen kosten. Für fünfhundert Euro bekommst du nicht mal ein Reagenzglas.«

»Erzähl keinen Quatsch.«

»Na gut, vielleicht das Reagenzglas, aber nicht den Arzt dazu, der in dem Reagenzglas die nötigen, äh, Sachen macht.« Ehrlich gesagt ist diese ganze Fruchtbarkeitsmedizin Neuland für mich. Aber das, was ich über In-vitro weiß, lässt sich in drei Worten zusammenfassen: Es ist teuer.

»Emmi, du kannst mir keine zehntausend Euro geben.«

»Es ist nur geliehen.«

»Egal, ob es geliehen ist oder geschenkt. Ich überweise es dir morgen zurück.«

»Nein. Ich habe eine Menge Ideen, wie Grete und ich das trotzdem wuppen. Eine wollte ich jetzt mit euch besprech…« Mein Blick fällt auf die Rezeptwand. *In the Sud for Love* steht da immer noch, inmitten all meiner Ideen und Notizen. Warum habe ich es nicht weggewischt? »Also …«, sage ich, und dann fällt mir nichts mehr ein. Ich starre darauf und dann in Annabelles und Tereses Gesichter. Dies ist der Moment, auf den ich keinesfalls gewartet habe – doch jetzt, da er da ist, erkenne ich ihn so glasklar, als hielte mir jemand eine Lupe vor das Gesicht. »Ich muss noch mal weg. Macht es euch gemütlich. Der Braten muss in einer Stunde raus. Trinkt alles, was ihr finden könnt, ich bin bald wieder da.«

»Wohin willst du?«, ruft mir Terese nach, doch da habe ich mir schon mein Rad geschnappt und bin aus der Tür. Ich spüre mein Herz, das immer schneller klopft, und draußen die Luft, die mich wie eine kühle Umarmung empfängt. Manchmal muss man eben den richtigen Moment abwarten, denke ich, während ich mich auf den Sattel schwinge und losradele. Den kleinen Berg, der dem Viertel seinen Namen gibt, schaffe ich spielend. Weiter geht es durch die Dämmerung, bis ich mit dem Gleimtunnel die frühere Grenze zwischen Ost und West passiere. Dieser Teil des Weddings passt sich seinem schicken Nachbarn zunehmend an, doch es wird hoffentlich noch Jahre dauern, bis die Mieten auch hier explodieren.

Eine Viertelstunde später lasse ich das Fahrrad ausrollen. Ich bin so aufgeregt, dass ich nicht einmal mehr schlucken kann. Vielleicht war es doch eine dumme Idee, hierherzukommen. Vielleicht? Ganz sicher war es das! Ich weiß nicht einmal, womit ich anfangen soll, geschweige denn, womit aufhören.

Nervös starre ich auf den Wohnkomplex, der in den frühen Sechzigern seine besten Jahre gehabt haben müsste. Soll ich einfach hier stehen bleiben? Nein, ich habe eine viel bessere Idee: Ich drehe um und fahre zurück.

Doch das geht nicht, und ich weiß es. Wenn ich jetzt nicht klingele, werde ich niemals den Mut aufbringen. Ich werde Sean niemals sagen, wie sehr mir unsere Gespräche fehlen. Wie sehr ich es genossen habe, bei ihm dieselbe Leidenschaft für Essen zu spüren, die auch mein Leben bestimmt. Und wie froh ich war, in ihm jemanden gefunden zu haben, der weiß, was ein sahniges Gefühl ist.

Meine Knie sind weich, als ich auf die Haustür zulaufe. Im Halbdunkel versuche ich die Namen zu entziffern. Ganz unten: »McKenna«. So schnell, dass mein Gehirn nicht mehr »Stopp!« brüllen kann, drücke ich auf die Klingel. Mein Herz rast, meine Hände zittern. Nichts geschieht. Hm.

Deutlich zaghafter als eben schelle ich noch einmal. Und warte wieder vergeblich. Damit, dass Sean womöglich nicht da sein könnte, hatte ich nicht gerechnet.

»Schulligung«, höre ich hinter mir und mache einen erschrockenen Satz zur Seite. »Ick muss da ma ran.«

Ein Typ in abgeschnittenen Shorts und weißen Kniestrümpfen drückt sich, ohne mich anzusehen, an mir vorbei, steckt seinen Schlüssel ins Schloss und öffnet die Tür.

»Wollnse mit?«

»Äh.«

»Also watt?« Mit dem Fuß hält er die Tür auf, zieht ihn dann aber zurück.

»Ja!«, rufe ich endlich und schaffe es gerade noch, meine Finger in den kleiner werdenden Spalt zu rammen.

Er hat kein Licht eingeschaltet, vielleicht funktioniert es nicht. Es riecht nach abgestandener Kälte hier drin, nach Gemäuer, das nie die Sonne wärmt. Mit einem leisen Klacken fällt hinter mir die Tür zu. Nun ist es noch dunkler. Und kühler.

Ich höre die Schritte des Mannes im Treppenhaus über mir, das Rasseln seiner Schlüssel, dann wird es still. Zaghaft setze ich einen Fuß vor den anderen. Ein paar Meter weiter, neben einer unscheinbaren grauen Tür, lese ich wieder Seans Namen. Und klopfe, erst zaghaft, dann lauter, bis ich mit der Faust dagegenwummere. Nach einer Minute, vielleicht sind es auch zwei, lasse ich die Hand fallen. Die Klingel außen hat also nicht *nicht* funktioniert. Sean ist schlicht und einfach nicht da.

Die Enttäuschung fällt wie eine Felslawine auf mich herab. Ich versuche sie wegzuschieben, während ich durch das finstere Treppenhaus zurück zur Außentür laufe. Was für ein Glück, dass zu Hause Annabelle und Terese warten! Allein sein möchte ich jetzt auf keinen Fall.

Vor meinem Fahrrad steht jemand. Im ersten Moment glaube ich, er will es klauen, doch als ich näher komme, erkenne ich Sean. Er hat die Stirn in Falten gelegt, starrt auf den Rahmen und sieht langsam auf.

»Hi«, sagt er leise.

Meine Aufregung ist der Überraschung gewichen. Trotzdem bringe ich kein Wort hervor.

»Hi, Emmi«, sagt er noch einmal. Im Halbdunkel treten seine Wangenknochen deutlich hervor. Er wischt sich mit der Hand etwas aus dem Gesicht und lächelt mich unsicher an.

Ich gebe ein Geräusch von mir, das mit viel Fantasie ein Gruß sein könnte. Nun stehe ich so dicht vor ihm, dass ich die Sommersprossen und den Höcker auf seiner Nase sehen kann. Wieder reibt er sich über die Wange. Ich sehe seine kräftigen Fingerknöchel und die hübsch geschwungenen Lippen, die darunter zum Vorschein kommen.

»Sean, ich war so blöd«, murmele ich. »Ich hätte der Schaller nie von dir erzählen dürf…«

Sachte zieht er mich an sich. Ich habe das Gefühl, in einem flaschengrünen Ozean zu versinken, während ich seinen Blick erwidere. Er ist zärtlich und von einer Tiefe, dass mir schwindelig wird. Mein Herz klopft dumpf, das Atmen fällt mir schwer. Sean hebt seine Hand und streicht mir mit dem Finger über die Wange, fährt sanft meine Brauen entlang, über die Stirn und erreicht den Haaransatz.

»Emmi«, flüstert er.

Seine Lippen berühren meine. Das sahnige Gefühl, hier ist es, in seiner reinsten Form.

Immer wieder höre ich Schritte, die sich nähern und verklingen. Jugendliche rufen lachend etwas. Türen und Fenster klappen auf und zu, Motoren starten, irgendwo pfeift ein Vogel, Technoklänge wabern an uns vorbei. All das interessiert mich nicht. Ich will nur bei ihm sein, ihn küssen, ihn riechen, ihn spüren. Mein Körper schmiegt sich an seinen wie ein perfekt auf seinen passender Scherenschnitt.

Als wir uns langsam voneinander lösen, muss die Welt um uns erst wieder Form annehmen. Doch schon küssen wir uns erneut, stoppen, blicken uns aus nächster Nähe an. Mir ist, als ob wir uns noch Wochen so ansehen müssten, um alles aufzunehmen, jede Pore, jede Falte, alles, was ihn und mich ausmacht.

Ich ziehe ihn so fest an mich, dass wir kaum mehr Luft bekommen.

»Sachte, meine Schöne«, wispert er. »Oder musst du gleich wieder gehen?«

»Ehrlich gesagt … ja.«

Mit einem amüsierten Grinsen lehnt er sich zurück. »Wirklich?«

»Äh, ja. Annabelle, Terese und ein Braten warten zu Hause auf mich. Schlimm?«

Er lässt sich Zeit mit seiner Antwort. Langsam schüttelt er dann den Kopf, und wieder überzieht ein Lächeln seine Lippen, von dem es unmöglich ein aufregenderes, sexyeres, wunderbareres auf dieser Welt geben kann.

»Nimmst du mich mit?«, flüstert er.

Ich nehme sein Gesicht in meine Hände, betrachte seine Sommersprossen, die schmalen Augenbrauen, und nicke. Wenig später radeln wir Hand in Hand durch die schummrig beleuchteten Straßen. Ich frage mich, ob ich noch einmal die Party ansprechen soll. Meine Entschuldigung steht aus. Doch ich entscheide mich dagegen. Der Moment ist zu kostbar, um durch Worte gestört zu werden.

Doch als könnte er meine Gedanken lesen, fährt er langsamer. »Es ging nie darum, was du zu Luise Schaller gesagt hast. Ich konnte einfach nicht dahin marschieren und die Nacht mit dir arbeiten. Nicht, nachdem ich dich mit deinem Freund gesehen habe.«

Überrascht trete ich auf die Bremse. »Was meinst du? Den Abend in meiner Küche? Beim Koch-Battle?«

Er greift erneut nach meiner Hand. »Ich bin nach Hause gefahren und habe den Gedanken nicht aus meinem Kopf bekommen, dass du die Nacht mit ihm verbringst. Dass ihr zusammen esst, zusammen trinkt. Du wirktest so nervös auf mich. Ich dachte …«

»Du dachtest, ich wäre so sehr in ihn verliebt?«

Er nickt. Ich hüpfe vom Rad und küsse seine Nase, seine stoppeligen Wangen, sein Kinn. Langsam arbeite ich mich bis zu seinen Ohren vor. Ich spüre die Gänsehaut, die sich auf seinem Hals ausbreitet, und die unbezähmbare Freude, die mich von Kopf bis Fuß erfüllt. »War ich gar nicht«, murmele ich. »Doch das wusste ich zu dem Zeitpunkt nicht.«

Die Choriner Straße hinab lege ich den Kopf in den Nacken und kichere leise in mich hinein. Ein aufregender Sommer liegt hinter mir. Mal war er glücklich, dann wieder herzzerreißend, nervenerschütternd, magenboxend. Nun steht der Herbst vor der Tür. Und schon jetzt fühlt es sich an, als könne er zum glücklichsten meines bisherigen Lebens werden.

Epilog

Hier bist du.«

Ich löse meinen Blick von der glitzernden Oberfläche des Schwansees und drehe mich um. Da, wo sich früher Gretes Feldbett befand, steht jetzt mit wild vom Kopf abstehenden Haaren Sean. Fröhlich grinst er mich an. »Ich dachte schon, du wärest weggelaufen. Hast du Angst?«

Ich denke kurz nach. »Nein.«

»Aber aufgeregt bist du hoffentlich.«

»Eigentlich nicht.«

Mit großen Schritten kommt er auf mich zu und umfasst mich so fest, dass ich kaum Luft bekomme. »Meine Frau«, murmelt er in mein Haar. »Professionell wie keine andere.«

Ich liebe es, wenn er mich so nennt. Auch wenn ich nicht seine Frau bin – nicht im rechtlichen Sinn. Wir sind nicht verheiratet, und ich finde, wir kennen uns dafür auch noch nicht lang genug. Selbst wenn ich mich ihm so nah fühle und glaube, seinen Kern erspüren zu können, ihn wahrzunehmen, wie er ist, in seiner einfachsten, unbequemsten, schönsten Form.

»Darf ich jetzt übernehmen?«, wispert er.

»Mach, dass du an den Herd kommst.«

Ich verlasse das Herzstück des Hauses und laufe den Flur entlang, der nach dem Holz des Bodens duftet und nach den Pfingstrosen, die auf dem Empfangstresen in einer chinesischen Vase stehen. Daneben liegt ein Buch. In silbern geschwungener Schrift steht »Gäste« darauf. Während ich davorstehe, spüre ich, wie ein Prickeln meine Wirbelsäule hinabläuft. Anders als ich es Sean weismachen wollte, bin ich so aufgeregt, dass ich platzen könnte.

Ein breiter Sonnenstrahl fällt durch das Kassettenfenster in den Esssaal. »Saal« ist ein klitzekleines bisschen übertrieben. Zehn Tische fasst der Raum, mit zwei bis vier Stühlen bestückt. Mir war wichtig, dass genug Platz zum Herumspazieren bleibt – als Gastgeberin möchte ich ja wissen, ob es den Leuten schmeckt. Und ich will ihnen die Möglichkeit bieten, sich unterhalten zu können, ohne dass der Nebentisch Einblicke in privateste Details erhält.

Die jahrhundertealten Bohlen aus Kirschbaumholz glänzen. Das abblätternde Taubenblau an den Wänden haben wir nicht angerührt – es hat Patina, ohne wie Shabby Chic daherzukommen. Nur die Tür- und Fensterrahmen haben wir lackiert, sie haben dasselbe Cremeweiß wie die Gardinen, die sich im Wind bauschen und den Blick auf den Garten freigeben. Ich trete ans Fenster und atme die noch kühle Luft ein. Heute Abend ist der Dornröschenschlaf endgültig vorbei. Halb Berlin, so kommt es mir vor, haben wir eingeladen. Und natürlich das ganze Dorf. Unsere neuen Nachbarn haben Sean und mich aufgenommen wie vermisst geglaubte Kinder. Es vergeht kaum ein Tag, an dem nicht jemand mit frischen Eiern vor der Tür steht, einem Strauß Tulpen oder einem Stapel Glühbirnen, die er auf seinem Speicher gefunden hat. »Die könnt ihr sicher gebrauchen«, wird dann immer gemurmelt. Und schon mit dem Rücken zu uns: »Kommt ihr nachher noch auf'n Kaffee vorbei?«

»Emmi«, brüllt Grete draußen. »Wenn mich meine altersschwachen Ohren nicht täuschen, ist was im Anmarsch!«

Auch ich höre leises Motorenbrummen. Kurzer Check brustabwärts: Mein Kleid ist frisch und sauber, meine Sneakers leuchten in einem fröhlichen Rot. Jetzt noch schnell den Blazer überziehen, in der Küche Sean mit einer Papierkugel bewerfen und raus zu Grete, die mit wedelnden Armen an dem sich immer noch im Nirgendwo befindenden Gartentor steht, als befürchte sie, dass der Autotross vorbeiführe. Wohin? In den See hinein?

»Fünfzig Jahre habe ich darauf gewartet, diesen Satz zu sagen«, ruft sie aufgeregt. »Hier kommt die Kavallerie!«

Tereses verbeulter Opel schiebt sich als Erster in mein Sichtfeld. Ihm folgen ein alter VW Käfer und ein geliehener Pritschenwagen. Nervös hüpfe ich von einem Fuß auf den anderen. Als sich Terese von der Fahrerseite hievt, starre ich sie erstaunt an.

»Sag nichts«, winkt sie ab. »Das Ding ist mir über Nacht gewachsen. Es würde mich nicht wundern, wenn ich nächsten Monat so breit wie hoch bin.« Sie küsst und umarmt mich, und ich bestaune die riesige Kugel, die an die Stelle ihres vorher papierflachen Bauchs getreten ist.

»Wo sind die Getränke?«, ruft Annabelle und klettert vom Rücksitz. »Ich dachte, die Jungs hätten uns überholt.«

»Und haben sich anschließend wohl verfahren.« Timo schält sich als Letzter aus Tereses Wagen, stützt seine Hände in die schmalen Hüften und sucht mit den Blicken die Umgebung ab. »Hoffentlich sind sie nicht verschüttgegangen.«

Mehr und mehr Autos parken am Ufer. Endlich finden auch Wieland und die restliche Belegschaft des Filmsalons zu uns und mit ihnen zehn Kisten Crémant. Sean und ich verteilen die Gläser, Timo schenkt ein und erklärt jedem, der es hören oder nicht hören will, was diesen Tropfen so besonders macht.

»Der Mann hat ein Talent für Adjektive«, bemerkt Annabelle, die plötzlich neben mir aufgetaucht ist. »Du solltest ihm vorschlagen, es als Journalist zu versuchen.«

Ich verziehe das Gesicht, doch gleich darauf glättet es sich wieder. Alles ergibt einen Sinn. Jeder Stolperstein war Teil des Weges, der mich hierhergeführt hat, an den Rand der Mecklenburger Seenplatte und mitten in Seans Arme. Tja, vielleicht sollte ich Timo tatsächlich mit Lisa bekannt machen.

Eine dunkle Limousine rauscht fast lautlos die Straße hinunter, und wenig später entschwebt dem Fahrersitz wie eine Elfe Sophia Hagerlund, das Haar oben etwas plattgedrückt. »Emmi, wie schön!« Luftküsse rechts und links, dann lässt sie ihren Blick über die Menge schweifen und stellt sich auf die Zehenspitzen. Mit dem Ellbogen boxt mich Annabelle in die Seite und grinst.

»Ah, da ist er ja«, trillert Sophia schließlich und setzt sich in Bewegung. Mit leichter Panik laufe ich hinterher. »Mr. McKenna, wie schön, Sie endlich wiederzusehen!«

»Äh«, setzt Terese mit verwirrtem Gesichtsausdruck an, doch Peter schafft es irgendwie, ihr so liebevoll die Hand auf den Mund zu legen, dass sie blinzelnd wieder in Schweigen verfällt. »Hallo, Frau Hagerlund, die Freude ist ganz auf meiner Seite. Ich hoffe, Sie weiterhin zu meinen besten Kunden zählen zu dürfen.«

»Aber natürlich, Herr McKenna.« Ihr feuerrot geschminkter Mund verzieht sich zu einem strahlenden Lächeln. »Ich habe all meinen Freundinnen von Ihrer Pastete vorgeschwärmt.«

Sean verbeißt sich das Lachen und duckt sich unauffällig weg. »Was für ein Glück, dass Marge das Internet noch nicht entdeckt hat.«

»Marge?«, flüstere ich.

»Simpson. Wegen der Frisur.«

Zufrieden lasse ich meinen Blick über unsere Gäste schweifen, die mit lauten »Ahs« und »Ohs« durch den Garten laufen und sowohl die Umgebung als auch unsere Villa ausgiebig würdigen. Auch Tante Beas Kinder sind gekommen. Ich winke ihnen zu und bedeute ihnen durch Gesten, dass sie die Ersten sein werden, die ich nachher durchs Haus führe. Wir haben im letzten halben Jahr viele Male telefoniert und uns vor zwei Monaten zum ersten Mal seit Tante Beas Beerdigung wiedergetroffen. Ich habe das Gefühl, neue Verwandtschaft geschenkt bekommen zu haben. Und irgendwie sind sie es ja auch: Wenn ihre Mutter meine inoffizielle Tante war, so handelt es sich bei ihnen um meine Cousine und meinen Cousin – wenn auch nicht von Gesetz wegen.

Schwungvoll drehe ich mich um und betrachte meinen Wunschtraum, der in Erfüllung gegangen ist. Ich erinnere mich an den ersten zögerlichen Schritt auf das Gemäuer zu, wie magisch davon angezogen. Nun strahlt es in einem hellen Weißgrau. Fensterläden und Haustür haben ihr verblichenes, an den Ecken abblätterndes Flaschengrün behalten. Sogar von hier aus kann ich durch die bodenhohen Fenster den Holzboden glänzen sehen.

»Hallo, Spatz«, sagt eine warme Stimme hinter mir. Ich drehe mich um und strahle meinen Vater an. Sein Gesicht ist faltig, das Haar immer noch von einem kräftigen Braun. Er trägt Bundfaltenhosen – und wenn auch kein rosa Poloshirt, dafür ist es zu kalt, so doch ein rosa-weiß kariertes Hemd. Ich lag wirklich nicht falsch mit dem Bild von ihm, das ich so lange mit mir herumgetragen habe. Nachdem ich ihn auf die leicht nach einem holzigen Parfum riechende Wange geküsst habe, hake ich mich bei ihm unter. »Ich freue mich so, dass du da bist.«

Er lächelt und drückt mich an sich. Als wir uns im Oktober zum ersten Mal seit so langer Zeit wiedersahen, schlotterten uns beiden die Beine vor Angst. Unsicher, über was wir reden sollten, rührten wir in unseren Tassen, bis die Flüssigkeit überschwappte. Ich hatte das chinesische Teehaus in den Gärten der Welt für das Treffen vorgeschlagen, und dort saßen wir, schwiegen und rührten, und schließlich sagte ich: »Papa, ich habe einen Plan. Ich würde mich freuen, wenn du investieren möchtest, bin dir aber auch nicht böse, wenn nicht.«

Erleichtert blickte er auf. »Um was geht es?«

Seltsam, dass mir erst in dem Moment klarwurde, dass es nicht Geld war, das ich von ihm wollte. Ich brauchte seine Expertise – weit mehr aber sehnte ich mich danach, eine gemeinsame Ebene für uns beide zu finden. Und hier war sie: in einem Projekt, das wir zusammen angehen konnten.

Ich kramte meine Mappe hervor. Durch unsere Crowdfunding-Aktion und den Rest meines Erbes hatten wir genug Kapital angehäuft, um Frank, meinen Ex-Kommilitonen und neuen Bankberater, davon überzeugen zu können, eine gute Investition zu sein. Doch die Idee, die mir bei Levi Roots' Süßkartoffeln gekommen war, ließ mich einfach nicht los. Und nachdem Wieland und Annabelle eingesehen hatten, dass Streaming-Angebote und Download-Portale selbst der bestsortierten Videothek der Welt ernstzunehmende Konkurrenz machen, hatten wir ein neues Konzept aus der Taufe gehoben. Anstoß dazu gab der Erfolg der für mich ausgerichteten Geburtstagsparty. Nun plante Wieland, die Dachterrasse neben dem Filmsalon dauerhaft anzumieten, die Wohnung im Stock darunter ebenso. An den Wochenenden wollten wir Kochkurse zu Filmthemen anbieten, von Sean geleitet, dessen Prominenz auch Leute außerhalb Berlins anlockt.

Und dann gab es noch etwas: unser »Eat Pay Love«-Catering. Planung, Kalkulation, PR und Marketing würde eine übernehmen, der so etwas weit mehr liegt als mir: Annabelle. Ich könnte mich auf das Kochen konzentrieren und auf Gretes und mein Haus.

Mein Vater lauschte mir, ohne mich zu unterbrechen. Er studierte meine Mappe, als enthalte sie eine diffizile mathematische Gleichung. Schließlich sah er auf und nickte. »Gut. Legen wir los.«

»Ich glaube, der Rest begrüßt sich ganz gut selbst«, sage ich jetzt. »Hast du Lust auf einen Spaziergang?«

Wir wandern am Schwansee entlang. Auch zu dieser Jahreszeit, wenn die Laubbäume erst wenige Blätter tragen, sieht er bezaubernd aus. Verheißungsvoll glitzert das Wasser im Sonnenlicht, die Luft ist klar, und das Geschrei der Möwen klingt in meinen Ohren wie ein fröhlicher Gruß.

»Gefällt es dir auf dem Land?«, fragt mein Vater.

Ich krause die Stirn. »Seltsamerweise ja. Zuerst war ich ja nur in das Hotel verliebt. Aber mittlerweile, ich weiß nicht … Ich habe das Gefühl, nach Hause gekommen zu sein. Als gehörte ich hierher.«

Er nickt.

»Du, Papa?« Ich hole tief Luft und bereue plötzlich, erst jetzt mit der Sprache rauszurücken. Was, wenn er auf dem Absatz kehrtmacht und zurück nach Frankfurt fährt? »Ich … ich weiß gar nicht, wie ich es dir sagen soll.«

Er lächelt und sieht plötzlich viel jünger aus. »Dass deine Mutter kommt?«

Sprachlos starre ich ihn an. »Äh, ja. Woher w…«

»Sie hat mich angerufen. Sie dachte sich schon, dass du entweder vergisst, mich vorzuwarnen, oder aber aus taktischen Gründen davon absiehst.«

»Ich hatte Angst, du würdest nicht kommen«, sage ich lahm.

»Tja, aber hier bin ich. Obwohl ich davon wusste. Und ob du es glaubst oder nicht, deine Mutter und ich haben uns gut unterhalten. Es hat Spaß gemacht. Wir haben sogar eine Flasche Wein miteinander geleert – sie auf ihrem Sofa in Paderborn, ich auf meinem in Frankfurt.«

Ich grinse ungläubig.

»Es ist ja nun auch schon wirklich lang her.«

»Und ihr seid nicht mehr sauer aufeinander?«

»Für deine Mutter war ich der Böse – der Fremdgeher, typisches Männerschwein. Ich wiederum konnte nicht glauben, dass sie mir wegen eines einzigen Fehlers den Todesstoß versetzen konnte. Sie war verletzt, ich war verletzt. Und wir beide haben nur einen Menschen dabei gesehen, uns selbst. Dass wir eine Tochter hatten, die mit einem Mal die Welt nicht mehr verstand, ist uns entgangen. Tragisch ist das. Und es tut uns, da kann ich, glaube ich, für beide sprechen, unendlich leid.«

Ich drücke seinen Arm und lehne meinen Kopf gegen seine Schulter. Sein Hemd riecht frisch gestärkt. Sein Hals nach Papa. Wir setzen uns in Bewegung und kraxeln eine Anhöhe hinauf. Von hier haben wir einen tollen Blick auf das Anwesen. Anton hat den Rasen selbst im entlegensten Teil des Gartens gemäht, und wenn ich es richtig sehe, hat er um jeden Baum eine Lichterkette geschwungen. Ein Glück, dass sie solarbetrieben sind.

Gestern kam ein Päckchen, das laut klimperte. Im ersten Moment befürchtete ich eine weitere Büste von Alice B. Toklas, dabei hatte meine Mutter mir nachträglich zum Geburtstag doch tatsächlich etwas für die Küche geschenkt (ein Radio. Nicht direkt zum Kochen, aber Gold wert). Doch als ich das Päckchen drehte und wendete, sah ich den Absender: Rico

Warnheimer. Mit klopfendem Herzen riss ich das Papier auf. Zum Vorschein kam eine Zwiebackdose. Darin: neunhundertvierunddreißig Euro und sechzig Cent. Exakt die Summe, die er mir vor sechs Jahren gestohlen hatte.

Das wollte ich mit dir bereden, liebe Emmi. Aber ich verstehe, dass du sauer bist. Ich möchte dich um Entschuldigung bitten und dir versichern, dass ich mich bemühe, mit mir und dem Leben klarzukommen. Hab du eine gute Zeit. Ich würde mich freuen, irgendwann einmal wieder von dir zu hören. Alles Gute. Rico

Mein Vater drückt mich noch einmal fest an sich. »Wollen wir?«

Mit hüpfenden Schritten folge ich ihm bergabwärts. Wenig später schnappe ich mir Tante Beas Kinder. Mit beiden an der Hand betrete ich die Küche.

»Traumhaft«, flüstert Daniela. »Sie hätte Mama glücklich gemacht.«

Flächen aus Edelstahl wechseln mit Fronten aus geöltem Holz ab. In den Regalen schimmert altes Kochgeschirr, kupferne Formen für Napfkuchen und ein wuchtiger Bräter, der aussieht, als sei er hundert Jahre alt. An der Decke baumelt Schneebesen hinter Schneebesen. Meine alte Flurleiter leistet mir wieder gute Dienste: als hängende Gärten für Kräuter. Jetzt, zum Nachmittag hin, leuchtet die Sonne herein und taucht den altmodisch wirkenden, aber brandneuen Gasherd in goldenes Licht. Bei Ebay habe ich einen Apothekerschrank gefunden, den ich aufgearbeitet und mit Gewürzen gefüllt habe. Momentan begeistere ich mich für orientalische Geschmacksrichtungen. Herben Kreuzkümmel, zart schmeckenden Safran, Kardamom, der überraschend unweihnachtlich wirken kann. Auch Sean experimentiert damit, und halb Berlin überschlägt sich vor Begeisterung für sein wildes Eastmeets-West-Gebäck.

Lächelnd lotse ich sie durch die weiteren Räume im Erdgeschoss: den Speisesaal, das Entree, die ehemalige Gesindekammer, die uns als winziges Büro dient. Die hölzerne Treppe hinauf, gelangen wir zu den Gästezimmern. Acht gibt es, und wir haben jedem Raum eine spezielle Note verpasst. Am liebsten ist mir das Lavendelzimmer. Die Wände sind von einem blassen Lila, das ein wenig knarrende Holzbett ist blütenweiß bezogen, und vor dem Fenster, von dem aus man einen wunderschönen Blick westwärts hat, in die untergehende Sonne hinein, steht ein fragil wirkender Damensekretär. Der Raum strahlt Schlichtheit aus und gleichzeitig eine solche Ruhe, dass ich mich manchmal hineinschleiche und nur dastehe und dem Staub dabei zusehe, wie er durch die Luft tanzt.

»Hier schläfst du«, sage ich zu Daniela, die begeistert nickt. Ich zeige Thomas sein Domizil, das mit seinen Dachschrägen rustikaler, aber sehr gemütlich wirkt.

Durch das geöffnete Fenster dringen begeisterte Rufe herein.

»Jetzt aber schnell wieder raus. Es gibt Gretes weltbekannten Mohnhefekranz.«

Wir haben Glück heute. Der Maiabend ist lau, und auch wenn es längst dunkel ist, sitzen noch zahlreiche Grüppchen an den Tafeln, die Timo und seine Jungs unter den Apfel- und Pflaumenbäumen aufgebaut haben. Auf rot-weiß karierten Tüchern stehen Vasen mit Wiesensträußen, Geschirr und Gläser, Karaffen mit Wasser, Saft und Wein. Über allem baumeln leise im Wind schaukelnd die Lichterketten. Sie strahlen ein sanftes

Licht aus und werden nur unterstützt von zahlreichen Windlichtern und ein paar Fackeln, die den Wegesrand säumen.

Für die, die immer noch nicht satt sind, locken auf langen Holzbrettern süße und herzhafte Tartes. Ihr Teig ist wie Schalen geformt und wartet mit Füllungen aus gebackenen Kartoffeln, grünen Spargelspitzen und karamellisiertem Fenchel auf, andere mit puderzuckerbestäubten Erdbeeren oder mit Pistazien und Rhabarber. Etwas abseits raucht noch unsere selbstgebastelte Außenküche: ein schlichter Feuerplatz zwischen gestapelten Ziegeln, über dem eiserne Querstreben drei große, mittlerweile fast leere Töpfe halten. Sean hatte die Idee, die Provence nach Mecklenburg-Vorpommern zu verfrachten. Mit Fischen aus dem Schwansee hat er eine Bouillabaisse gezaubert, die so würzig und appetitanregend roch, dass ich mich am liebsten sofort daraufgestürzt hätte.

Finn spielt mit Trine und den Kindern aus dem Ort Verstecken. Ihre Mütter, Sabrina und Lisa, sitzen mit Timo, Frank und Moritz Meier zusammen, der hinter dem Blumenstrauß, den er mir heute Nachmittag hinhielt, kaum zu sehen war. Natürlich erkannte ich ihn an dem Haubentaucherhaarbüschel, das zwischen den zart duftenden Blüten der Margeriten, Hyazinthen und des Klatschmohns hervorblitzte. Wir haben uns erst stumm die Hände gegeben, dann zog er mich an sich und tätschelte Entschuldigungen murmelnd meine Schulter.

Lisa, so erzählte sie mir nach ihrer Ankunft, hat einen neuen Job. Diesmal in Festanstellung und Teilzeit. »Ich wusste nicht, dass irgendein Unternehmen so etwas heutzutage noch anbietet.« Sie übersetzt Gebrauchsanweisungen. Ich bin begeistert. Gibt es in Zukunft endlich Toaster, bei denen die Inbetriebnahme nicht wie russisches Roulette vonstattengeht? Cordt, erwähnte sie beiläufig, hat Berlin verlassen. Scheinbar will er jetzt wirklich Fakten schaffen und den Palmölanbau vor Ort stoppen. Ob Sarah ihn nach Borneo begleitet, danach fragte ich nicht. Seltsam. Es zu wissen ist mir einfach nicht wichtig.

Vom anderen Ende des Tisches aus zwinkert Sean mir zu. Meine Eltern flankieren ihn und scheinen wichtige Dinge mit ihm zu debattieren. Alle drei sehen so glücklich aus, dass ich am liebsten heulen würde, aber dazu bleibt keine Zeit.

»Prost, meine großartigen Freundinnen!« Schwungvoll serviert Annabelle drei Mojito-Gläser. »Mit Ginger Ale für unsere Terese.«

Ich streife meine Schuhe ab, spüre das kühl werdende Gras unter meinen Füßen und lausche dem leisen Summen der Insekten und dem lauteren der Gäste. Annabelle, Terese und ich stoßen an, und ich betrachte die glitzernde Flüssigkeit in meinem Glas.

»Auf euch«, sage ich leise. »Ich bin so froh, dass ihr hier seid.«

»Und das auch bleiben werden«, pflichtet Annabelle bei. »Das mit dem Fernstudium ist so easy, warum bin ich da eigentlich nicht allein draufgekommen? Aber egal. Ich trinke auf dich, Emmi. Dein Landleben, aber auch dein Stadtleben. Ich sage nur Filmsalon und Eat Pay Love. Wir zählen auf dich.«

»Und auf dich, Terese!« Schwungvoll halte ich mein Glas hoch. »Auf euch, besser gesagt!« Das Baby soll zu Herbstbeginn zur Welt kommen. Zum Ende des Jahres dann, wenn hoffentlich die schlaflosen Nächte abgeklungen sind (oder sich Peter und Terese daran gewöhnt haben), wird ihre Hochzeitsfeier stattfinden. Hier. Als Peter und Terese mir ihren Entschluss mitteilten, konnte ich eine halbe Stunde nicht aufhören herumzuhüpfen.

»Auf alles«, sagt jetzt Annabelle. »Ich wusste ja schon immer, dass das Leben mit dreißig erst richtig spannend wird.«

Damit steht die nächste große Party an. Mir wird ganz schwindelig, wenn ich daran denke – den Sommer über sind wir ausgebucht, sogar die erste Oktoberhälfte. Ich bin gespannt, wie es weitergeht. Doch Annabelle, die den hiesigen Jagdverein schon komplett unter ihre Fittiche genommen hat, blickt optimistisch in die Zukunft. »Unsere Hunt Dinners finden natürlich bei Grete und dir statt.«

»Alles gut?«, wispert Sean in mein Ohr. Ich habe ihn nicht kommen hören und spüre ein glückliches Prickeln in mir aufsteigen, als ich den Kopf drehe. Wie immer, wenn ich aus dieser Entfernung in seine Augen blicke, wird mir wolkig ums Herz – mir fällt kein besserer Ausdruck dafür ein. Ein fast wehmütiges Gefühl übernimmt das Kommando, ein sehnsüchtiges Ziehen. Dabei verspüre ich gar keine Sehnsucht. Schließlich ist alles, was ich will, hier.

Miriam Covi

STORCHEN HELFER

Roman

Hilly Seebeck will alles: einen Ehemann, eine erfolgreiche Karriere und glückliche Kinder. Zu dumm, dass ihr Langzeitfreund sich wegen seiner schwangeren Sekretärin von ihr trennt. Doch Hilly ist fest entschlossen, sich nicht unterkriegen zu lassen. Ihre Karriere läuft gut, und das Kind kann sie auch ohne Mann bekommen – wozu gibt es schließlich Kinderwunsch-Kliniken? Und in ihrem attraktiven Nachbarn Mick ist auch rasch ein Kandidat gefunden, der sich als Vater in spe ausgeben könnte …

KNAUR